Af samme forfatter:

Alfabethuset
Og hun takkede guderne
(tidligere udgivet som *Firmaknuseren*)
Washington Dekretet
Fasandræberne
Flaskepost fra P

JUSSI ADLER-OLSEN

KVINDEN I BURET

KRIMI

POLITIKENS FORLAG

Stor tak til Hanne Adler-Olsen, Henning Kure, Elsebeth Wæhrens, Søren Schou, Freddy Milton, Eddie Kiran, Hanne Petersen, Micha Schmalstieg og Karsten D. D. for uundværlige og grundige kommentarer. Tak til Gitte & Peter Q. Rannes og Det Danske Forfatter- og Oversættercenter Hald for vigtig arbejdsro i afgørende skrivestunder. Tak til Peter Madsen for særudgaveillustrationer og til Peter H. Olesen og Jørn Pedersen for inspiration. Tak til Jørgen N. Larsen for research, Michael Needergaard for faktaviden om trykkammerpåvirkninger, og tak til K. Olsen og politikommissær Leif Christensen for politimæssige korrektioner. Og endelig også en stor tak til min redaktør Anne Christine Andersen for et godt og særligt makkerskab.

"Dedikeret til Hanne Adler-Olsen. Uden hende løb kilden tør."

PROLOG

HUN KRATTEDE FINGERSPIDSERNE til blods på de glatte vægge og banke-
de knytnæverne mod de tykke ruder, til hun ikke længere kunne mærke
sine hænder. Mindst ti gange havde hun famlet sig frem til ståldøren og
sat neglene i sprækken og flået i den, men døren var urokkelig og kan-
ten skarp.

Til sidst, da kødet slap neglene, faldt hun tilbage på det iskolde gulv,
tungt åndende. Et øjeblik stirrede hun ud i det buldrende mørke med
opspilede øjne og hamrende hjerte, og så skreg hun. Skreg, til det ringe-
de for ørerne og stemmen svigtede.

Så lagde hun nakken tilbage og mærkede igen den friske luft, der
strømmede ned fra loftet. Måske kunne hun springe derop, hvis hun tog
tilløb, og få fat i noget. Måske der så ville ske noget.

Ja, måske ville satanerne derude være nødt til at komme ind til hende.

Og hvis hun så sigtede efter deres øjne med fremstrakte fingre, kunne
hun måske blinde dem. Hvis hun var hurtig nok og ikke tøvede, så kun-
ne hun måske. Og så kunne hun måske også slippe ud.

Et øjeblik suttede hun på sine blødende fingre, satte dem så i gulvet
og pressede sig op.

Hun stirrede blindt op mod loftet. Måske var der for langt at springe.
Måske var der ikke noget, hun kunne få fat i. Men prøves skulle det.
Hvad ellers?

Hun trak sin jakke af og lagde den omhyggeligt i et hjørne, så hun
ikke skulle falde i den. Så satte hun af i et sæt fra gulvet og strakte arme-
ne så langt i vejret, hun kunne, men ramte ingenting. Gjorde det et par

7

gange mere, før hun trådte tilbage mod endevæggen, hvor hun stod og sundede sig et øjeblik. Så tog hun tilløb, og med al sin kraft sprang hun opad i mørket med armene hvirvlende efter håbet. Da hun ramlede ned, skred den ene fod på det glatte gulv, og kroppen faldt til siden. Hun stønnede tungt, da skulderen ramte betonen, og skreg, da hovedet hamrede ind i væggen og bankede hjernen fuld af lysglimt.

I lang tid lå hun ganske stille og ville bare græde, men gjorde det ikke. Kunne hendes fangevogtere høre hende, så ville det blive misforstået. De ville tro, at hun var ved at give op, men det var hun ikke. Tværtimod.

Hun ville passe på sig selv. For dem var hun kvinden i buret, men afstanden imellem tremmerne bestemte hun. Hun ville tænke tanker, der åbnede sig ud mod verden og holdt sindssygen på afstand. De skulle aldrig nogensinde få hende ned med nakken. Det besluttede hun der på gulvet, mens skulderen dunkede dybt og hævelserne omkring øjet lukkede det i.

En eller anden dag skulle hun nok slippe væk.

1

2007

CARL TRÅDTE ET skridt frem mod spejlet og førte en finger hen over tindingen, hvor kuglen havde strejfet ham. Såret var helet, men arret tegnede sig tydeligt under hårene, hvis nogen ellers gad se efter.

'Hvem fanden skulle gide det?' tænkte han, mens han granskede sit ansigt.

Nu kunne det ses, at han havde forandret sig. Furerne omkring munden var blevet dybere, randene under øjnene mørkere, og blikket signalerede inderlig ligegyldighed. Carl Mørck var ikke længere sig selv, den erfarne kriminalefterforsker, der levede og åndede for sit arbejde. Ikke længere den lange, elegante jyde, der fik øjenbryn til at hæves og læber til at skilles. Hvad fanden skulle han også bruge det til?

Han knappede sin skjorte, tog jakken på, kylede den sidste sjat kaffe indenbords og hev hoveddøren hårdt i efter sig, så husets øvrige beboere kunne forstå, at de måtte se at komme ud af fjerene. Hans blik faldt på dørens navneskilt. Nu var det var på tide at få det skiftet ud. Det var allerede længe siden, at det var længe siden, at Vigga var flyttet. Og selv om de ikke var skilt endnu, så *var* det løb kørt.

Han vendte sig om og satte kurs mod Hestestien. Nåede han toget om tyve minutter, så kunne han være en god halv time oppe hos Hardy på hospitalet, inden han skulle videre ind til Politigården.

Han så kirken rage rødt op over de nøgne træer og prøvede at minde sig selv om, hvor heldig han trods alt havde været. Bare to centimeter til højre, og Anker havde stadig levet. Bare én centimeter til venstre, så var han selv blevet dræbt. Lunefulde centimeter, der havde skilt ham fra turen langs de grønne marker og de kolde grave nogle hundrede meter foran ham.

Carl havde prøvet at forstå det, men det var svært. Han vidste ikke ret meget om selve døden. Kun at den kunne være uforudsigelig som lynnedslag og uendelig stille, når den havde indfundet sig.

Til gengæld vidste han alt om, hvor voldsomt og meningsløst det at dø kunne være. Det vidste han virkelig.

BARE ET PAR uger efter afgangen fra Politiskolen havde synet af det første mordoffer brændt sig ind på Carls nethinde. En lille, spinkel kvinde, der var blevet stranguleret af sin mand og nu lå med matte øjne og et ansigtsudtryk, der gjorde Carl elendig i ugevis. Siden var masser af sager kommet til. Hver morgen havde han gjort sig klar til at se det hele. Det blodige tøj, de voksblege ansigter, de iskolde fotos. Hver dag havde han lyttet til menneskers løgne og undskyldninger. Hver dag sin forbrydelse i en ny afskygning, efterhånden mere og mere uvedkommende. Femogtyve år i politiet og ti i drabsafdelingen hærdede.

Sådan var det gået indtil den dag, hvor der kom en sag, som trængte gennem hans panser.

DE HAVDE SENDT ham og Anker og Hardy ud til en rådden barak på en mørbanket grusvej på Amager, hvor et lig lå og ventede på at fortælle sin helt egen historie.

Som så ofte før havde det været stanken, der havde fået en nabo til at reagere. Bare en eneboer, der havde lagt sig fredsommeligt i sit eget skidt og udåndet sine sidste sprittåger, kunne man tro, til man opdagede sømmet fra en sømpistol banket halvt ind i kraniet. Det var på grund af det søm, at Københavns Politis drabsafdeling var gået ind i sagen.

Den dag var det Carls hold, der stod for tur, hvilket hverken han eller hans to assistenter havde specielle indvendinger imod, selv om Carl som sædvanlig brokkede sig over arbejdspresset og de øvrige holds langsommelighed. Men hvem kunne også vide, hvor fatal denne sag ville blive? At der kun skulle gå fem minutter, fra de trådte ind i ligstanken, til Anker lå i en blodpøl på gulvet, Hardy havde gået sine sidste skridt og Carl fik slukket den brand i sig, der var absolut nødvendig for at være opdager i Københavns Politis drabsafdeling.

2

2002

SLADDERBLADENE ELSKEDE DEMOKRATERNES næstformand Merete Lynggaard for alt, hvad hun stod for. For hendes skarpe replikker på Folketingets talerstol og hendes mangel på respekt for statsministeren og hans nikkedukker. For hendes kvindelige attributter, drilske øjne og forførende smilehul. De elskede hende for hendes ungdom og succes, men over alt elskede de hende for den næring, hun gav til spekulationerne om, hvorfor en så begavet og smuk kvinde endnu aldrig havde vist sig offentligt med en mand.

Merete Lynggaard solgte helvedes mange blade. Lesbisk eller ej, hun var virkelig godt stof.

Alt det vidste Merete kun alt for godt.

"HVORFOR GÅR DU ikke ud med Tage Baggesen?" insisterede hendes sekretær, mens de trippede ned mod hendes lille, blå Audi gennem vandpytterne, der drev ned mod parkeringsbåsene i Christiansborgs Rigsdagsgård. "Jeg ved godt, at der er mange, der vil ha' dig med i byen, men han er jo helt syg med dig. Hvor mange gange har han efterhånden prøvet at invitere dig ud? Har du overhovedet tal på de sedler, han har lagt på dit bord? Ja, han har da lagt en så sent som i dag. Giv ham dog en chance, Merete."

"Hvorfor tager du ham ikke selv?" Merete kiggede ned og læssede en bunke mapper ind på bagsædet. "Hvad skal jeg med en trafikordfører fra Radikalt Centrum, kan du svare på det, Marianne? Er jeg måske en rundkørsel i Herning?"

Merete løftede blikket over mod Tøjhusmuseet, hvor en mand i hvid cottoncoat stod og fotograferede bygningen. Havde han også lige taget et billede af hende? Hun rystede på hovedet. Den der følelse af at være iagttaget irriterede hende efterhånden. Det var jo helt paranoidt. Nu måtte hun snart se at slappe af.

"Tage Baggesen er femogtredive år, ser pissegodt ud, ja, han kunne måske godt trænge til at tabe et par kilo, men til gengæld har han en lystgård i Vejby. Ja, og et par stykker i Jylland også, tror jeg. Hvad mere vil du ha'?"

Merete så på hende. Rystede skeptisk på hovedet. "Ja, han er femogtredive år og bor sammen med sin mor. Ved du hvad, Marianne, tag ham selv. Du er jo helt kulret for tiden. Tag ham. Han er din!"

Hun tog en stabel mapper ud af favnen på sin sekretær og langede dem ind på sædet til de andre. Uret over instrumentbrættet sagde 17.30. Hun var allerede for sent på den.

"Din stemme kommer til at mangle i Folketingssalen i aften, Merete."

"Mon dog," sagde hun og trak på skuldrene. Siden hun var gået ind i politik, havde det været en fast aftale imellem hende og Demokraternes gruppeformand, at efter klokken atten var tiden hendes egen, medmindre der var tale om tvingende nødvendige udvalgsarbejder eller afstemninger. "Ikke noget problem," havde han sagt dengang, vel vidende hvor mange stemmer hun trak. Så skulle det heller ikke være noget problem nu.

"Kom nu, Merete. Sig nu, hvad du skal nå." Hendes sekretær lagde hovedet på skrå. "Hvad hedder han?"

Merete smilede let til hende og smækkede døren i. Det var på tide at skifte Marianne Koch ud.

3

2007

DRABSCHEF MARCUS JACOBSEN var et rodehoved, og det generede ham ikke. Rodet var jo kun et udvortes fænomen. Indeni følte han sig yderst struktureret. Dér i hans drevne hjerne lå sagerne sirligt ordnet. Detaljerne slap aldrig taget i ham. Selv ti år efter var de knivskarpe.

Det var kun i situationer som lige før, hvor lokalet havde været stuvende fuldt af nære og stærkt observerende medarbejdere, der måtte kante sig omkring slidte rulleborde og dynger af sagsmateriale, at han betragtede sit kontors ragnarok med en vis ærgrelse.

Han løftede sin skårede Sherlock Holmes-kop og tog et dybt hug af den kolde kaffe, mens han for tiende gang den morgen tænkte på den halve pakke smøger i jakkelommen. Nu kunne man fandeme ikke engang tillade sig at tage en rygepause nede i den firkantede gård længere. Satans direktiver.

"Hør lige engang!" Marcus Jacobsen vendte blikket mod sin souschef Lars Bjørn, som han havde bedt blive på kontoret efter fællesbriefingen. "Sagen om cyklistmordet i Valbyparken tapper os, hvis vi ikke passer på," sagde han.

Lars Bjørn nikkede. "Så er det fandens, at Carl Mørck skulle komme tilbage til sit hold lige nu og lægge beslag på fire af vores allerbedste opdagere. Folk klager over ham, og til hvem mon?" Han pegede på sin brystkasse, som om han var den eneste, der måtte høre på folks lort.

"Han kommer meget for sent," fortsatte han. "Herser med sine folk, roder rundt i sagerne, svarer ikke på opkald, hans kontor er kaos, og for at det ikke skal være løgn, så har de ringet ovre fra Retsmedicinsk og brokket sig over en telefonsamtale med ham. Gutterne fra Retsmedicinsk, fangede du den? Der skal sgu noget til. Uanset hvad Carl har været ude for, så vi må se at få gjort noget ved det, Marcus. Ellers ved jeg ikke, hvordan afdelingen skal komme til at fungere."

Marcus løftede øjenbrynene. Han så Carl for sig. Egentlig kunne han godt lide ham, men de evigt skeptiske øjne og bidske bemærkninger kunne pisse enhver af, det vidste han da godt. "Næh, du har ret. Det var nok kun Hardy og Anker, der kunne holde ud at arbejde med ham. Men de var også lidt sære i det."

"Marcus. Folkene siger det ikke direkte, men manden er en rendyrket pestilens, og det har han i øvrigt altid været. Han egner sig ikke til at arbejde herinde, vi er for afhængige af hinanden. Carl var håbløs som kollega fra den første dag. Hvorfor tog du ham overhovedet ind fra Bellahøj?"

Han naglede sit blik fast i Bjørns øjne. "Han var og er en fantastisk opdager, Lars. Derfor."

"Ja ja. Jeg ved, at vi ikke bare sådan kan smide ham på porten, og slet ikke i den her situation, men så må vi finde på noget andet, Marcus."

"Han har kun været her godt en uge efter sin sygeorlov, så vi må give ham en chance. Måske skal vi prøve at skåne ham lidt?"

"Er du sikker? I de sidste uger har vi fået langt flere sager ind, end vi kan klare. Og nogle af dem er oven i købet store sager, det ved du. Branden ude på Amerikavej, er det en mordbrand eller hvad? Røveriet på Tomsgårdsvej, hvor en bankkunde bliver dræbt. Voldtægten i Tårnby, hvor pigen døde, knivdrabet i drengebanden ude i Sydhavnen, cyklistmordet i Valbyparken. Behøver jeg at sige mere? Hertil kommer alle de gamle sager. Flere af dem har vi ikke engang fået hul på. Og så sidder der en holdleder som Mørck. Ugidelig, tvær, knotten, kværulerende, tarvelig over for sine kolleger, så holdet næsten er ved at gå i opløsning. Det er en torn i øjet på os alle sammen, Marcus. Send Carl ad helvede til, og lad os få noget nyt blod. Jeg ved, at det er råt, men det er altså min mening."

Drabschefen nikkede. Han havde lagt mærke til folkene under briefingen lige før. Tavse og sammenbidte og trætte. Selvfølgelig ville de ikke pisses på.

Souschefen stillede sig ved vinduet og så over på bygningerne overfor. "Jeg tror, jeg har et forslag til en løsning. Måske får vi bøvl med forbundet, men jeg tror det ikke."

"Lars, for helvede. Jeg orker ikke at gå i clinch med forbundet. Hvis du har tænkt dig at forringe hans forhold, så er de der med det samme."

"Vi sparker ham opad!"

"Jaså." Det var nu, Marcus skulle til at passe på. Hans souschef var en utrolig god opdager, tonsvis af erfaring og opklarede sager bag sig, men som personaleansvarlig havde han stadig meget at lære. Her i huset sparkede man ikke bare sådan uden videre folk nedad eller opad. "Du foreslår, at vi sparker ham opad, siger du? Hvordan? Og hvem havde du tænkt dig skulle vige pladsen for ham?"

"Jeg ved, at du har været oppe det meste af natten og har haft travlt hele morgenen med det fordømte mord ude i Valby, så du har sandsynligvis ikke fulgt med i nyhederne. Men har du ikke hørt, hvad der er sket på Christiansborg her til formiddag?"

Drabschefen rystede på hovedet. Det var rigtigt, at han havde haft for meget om ørerne, siden sagen om mordet på cyklisten i Valbyparken havde taget en ny drejning. Indtil i aftes havde de haft et godt vidne, et pålideligt vidne, og hun havde mere at fortælle, det var helt tydeligt. De var sikre på, at de var meget tæt på et gennembrud. Men så klappede vidnet pludselig i som en østers. Nogen var blevet truet i hendes omgangskreds, det var så oplagt en forklaring. De havde afhørt hende, til hun var helt mør, de havde talt med hendes døtre og hendes mor, men ingen havde noget at sige. De var ganske enkelt bange. Nej, Marcus havde ikke fået sovet så meget. Så bortset fra morgenavisernes hovedoverskrifter var han ikke inde i noget som helst.

"Er det Danmarkspartiet nu igen?" spurgte han.

"Præcis. Deres retspolitiske ordfører har været fremme med forslaget endnu en gang, i forlængelse af politiforliget, og denne gang bliver der flertal for det. Det bliver vedtaget, Marcus. Piv Vestergård får sin vilje."

16

"Det er løgn!"

"Hun stod og talte dunder på talerstolen i tyve minutter, og regeringspartierne støttede hende selvfølgelig, selv om Højre givetvis vred sig i tøjret."

"Og?"

"Ja, hvad tror du? Hun kom med fire eksempler på grimme henlagte sager, som offentligheden efter hendes mening ikke kan være tjent med er uopklarede. Og hun havde mange flere sager i godteposen, kan jeg fortælle dig."

"For satan altså! Tror hun, at kriminalpolitiet henlægger sagerne for sjov?"

"Hun antydede, at det kunne være tilfældet i visse typer sager."

"Sikke noget vås! Såsom hvilke?"

"Hun fremhævede blandt andet sager, hvor medlemmer af Danmarkspartiet og De Liberale har været ofre for en forbrydelse. Vi taler om landsdækkende sager."

"Kællingen er mentalt uligevægtig!"

Souschefen rystede på hovedet. "Nå, det tror du? Men det var bare en del af det. Bagefter nævnte hun selvfølgelig også sager, hvor børn var forsvundet, sager, hvor politiske organisationer var blevet udsat for terrorlignende overgreb, sager af særlig bestialsk karakter."

"Ja ja, hun fisker stemmer, gør hun."

"Ja, gu gør hun, ellers havde hun vel nok klaret det uden for Folketingssalen. Men de fisker alle sammen, for samtlige partier er nu i forhandlinger ovre i Justitsministeriet. Aktstykkerne ryger lynhurtigt over til Finansudvalget. Vi har en beslutning inden fjorten dage, hvis du spørger mig."

"Og hvad vil den så helt præcis gå ud på?"

"At der skal oprettes en ny afdeling i kriminalpolitiet. Hun foreslog selv, at den kom til at hedde Q efter Danmarkspartiet. Jeg ved ikke, om det var en spøg, men sådan bliver det." Han lo syrligt.

"Og formålet? Stadig det samme?"

"Ja, det eneste formål er kort og godt at behandle, hvad de kalder 'sager under særlig bevågenhed'."

"Behandle sager under særlig bevågenhed." Han nikkede. "Ja, det er et rigtig flot Piv Vestergård-udtryk, der lyder af noget. Og hvem skal så bedømme hvilke sager, der kan gøre sig fortjent til den betegnelse? Sagde hun også det?"

Souschefen trak på skulderen.

"Okay, hun beder os om at gøre, hvad vi alligevel gør i forvejen. Og hvad så? Hvad har det med os at gøre?"

"Afdelingen er en opgave for Rigspolitiet, men den skal efter alt at dømme rent administrativt lægges ind under Københavns Politis drabsafdeling."

Her tabte drabschefen underkæben. "Det er da løgn! Hvad mener du med administrativt?"

"Vi lægger budgetter og aflægger regnskab. Vi lægger kontorpersonale til. Ja, og lokaler."

"Jeg forstår ikke. Skal en Københavner-afdeling nu også til at klare ældgamle sager i Hjørring politikreds? Det går kredsene da aldrig med til. De vil forlange repræsentanter i afdelingen."

"Det er der ikke lagt op til. Man vil præsentere det som en aflastning over for kredsene. Ikke en ekstra-opgave."

"Så det vil sige, at der under det her tag nu også skal være et rejsehold for håbløse tilfælde? Med mine medarbejdere som backupper. Nej, fandeme nej, det skal blive løgn, skal det."

"Marcus, prøv at høre her. Der er kun tale om et par timer hist og her for nogle ganske få medarbejdere. Det er ingenting."

"Det lyder ikke som ingenting."

"Okay, så siger jeg det ligeud, som jeg ser det, er du med?"

Drabschefen gned sig i panden. Havde han noget valg?

"Marcus, der følger penge med." Han holdt en pause og så intenst på sin chef. "Ikke mange, men nok til at holde en mand beskæftiget og samtidig pumpe et par millioner ind i vores egen afdeling. Det er en ekstrabevilling, der ikke må fortrænge noget andet."

"Okay! Et par millioner?" Han nikkede opmærksomt. "Okay, okay!"

"Genialt ikke? Vi opretter afdelingen hurtigere end lynet, Marcus. De regner med, at vi stiller os på bagbenene, men det gør vi ikke. Vi giver dem et imødekommende forslag og et budget, hvor vi undgår en specifik øremærkning til opgaverne. Og så sætter vi Carl Mørck til at lede den nye afdeling, men der bliver ikke så meget at lede, for han bliver alene om det. Og det bliver på sikker afstand af alle andre, det kan jeg love dig."

"Carl Mørck som leder for Afdeling Q!" Drabschefen kunne se det for sig. En afdeling som den kunne snildt klare sig for et budget på under en million om året. Rejser og laboratorieundersøgelser og det hele indbefattet. Forlangte afdelingen fem millioner årligt for tjenesten, så havde han til et par efterforskningshold mere i drabsafdelingen. De kunne så fortrinsvis arbejde med ældre sager. Måske ikke Afdeling Q-sager, men noget i den stil. Udflydende grænser, det var nøglen til det hele. Genialt, ja. Intet mindre.

4

2007

HARDY HENNINGSEN VAR den højeste medarbejder, der nogensinde havde arbejdet på Politigården. Soldaterpapirerne sagde to meter og syv, men det kunne ikke gøre det. Når de foretog en anholdelse, var det altid Hardy, der førte ordet, så folk måtte lægge nakken tilbage, mens rettighederne blev læst op. Sådan noget gjorde et varigt indtryk på de fleste.

Lige nu var Hardys højde ikke nogen fordel. Så vidt Carl kunne vurdere, så blev de lange, lamme ben aldrig rigtig strakt ud. Carl havde foreslået sygeplejersken, at de skar bengærdet af, men så langt rakte hendes kompetence åbenbart ikke.

Hardy sagde ikke noget til noget. Hans fjernsyn kørte i døgndrift, og folk fór ud og ind ad lokalet, men han reagerede ikke. Han lå bare der i Hornbæk på Klinik for Rygmarvsskader og forsøgte at leve. At tygge maden, rykke lidt på skulderen, som var det eneste syd for halsen, han havde kontrol over, og så i øvrigt lade sygehjælperne bakse rundt med hans lammede, uhåndterlige krop. Han så bare op i loftet, når de vaskede ham i skridtet, stak kanylerne i ham, tømte hans afføringspose. Nej, Hardy sagde ikke så meget mere.

"Jeg er begyndt på Gården igen, Hardy," sagde Carl og rettede på hans dyne. "De arbejder med sagen på fuld tryk. Selv om de ikke har fundet noget endnu, så skal de nok finde dem, der skød os."

Hardys tunge øjenlåg rokkede sig ikke det mindste. Han værdigede ikke Carl eller TV 2 News' overgearede tomgangsreportage fra Ungdomshusets rømning et blik. Han var øjensynlig ligeglad med alting. Ikke engang vreden var tilbage. Carl forstod ham bedre end nogen. Selv om han ikke viste Hardy det, så var han også pisseligeglad med det hele. Hvem der skød dem, var hamrende ligegyldigt. Hvad skulle det også hjælpe? Var det ikke den ene, så var det nok den anden. Der var nok af den slags affald ude blandt folk.

Han nikkede kort til sygeplejersken, der kom ind med et frisk drop. Sidste gang han havde været der, havde hun bedt ham om at gå udenfor, mens hun gjorde Hardy i stand. Det havde hun ikke fået så meget ud af, og det var tydeligt, at hun ikke havde glemt det.

"Nå, er De her?" sagde hun surt og så på uret.

"Det passer mig bedre, før jeg går på arbejde. Noget problem i det?"

Hun så igen på uret. Ja, gu mødte han senere end de fleste.

Sygeplejersken trak Hardys arm frem og vurderede dropkanylen i håndryggen. Så åbnedes døren til korridoren, og den første fysioterapeut kom ind. Hårdt arbejde ventede hende.

Han klappede på lagenet, hvor konturen af Hardys højre arm tegnede sig. "Gimperne her vil gerne have dig lidt for sig selv, så jeg smutter nu, Hardy. Jeg kommer lidt tidligere i morgen, så snakker vi sammen. Kan du holde dig munter."

Han trak emmen af medicin med sig ud i korridoren og stillede sig op ad væggen. Skjorten klæbede til ryggen, og plamagerne under armene pløjede sig videre ned gennem stoffet. Efter skudepisoden skulle der ingenting til.

HARDY OG CARL og Anker var sædvanen tro nået frem til drabsstedet på Amager før nogen af de andre og stod allerede med de hvide engangs-heldragter, mundmasker, handsker og hårnet, som procedurerne foreskrev. Det var kun en halv times tid siden, at den gamle mand var fundet med sømmet i hovedet. Turen fra Politigården var ikke noget at snakke om.

Den dag havde de god tid før ligsynet. Så vidt de vidste, var drabschefen til et eller andet reformstrukturmøde med politidirektøren, men der var ingen tvivl om, at han hurtigst muligt ville dukke op sammen med embedslægen. Intet kontornusseri kunne holde Marcus Jacobsen fra et gerningssted.

"Her rundt om huset er der ikke meget for polititeknikerne at hente," sagde Anker og stak foden ned i jorden, som var blød og smattet efter nattens regn.

Carl så sig om. Bortset fra naboens træsko var der ikke ret mange fodaftryk rundt om barakken, en af den slags militæret havde solgt ud af i tresserne. Dengang var barakkerne sikkert fine, men nu var det her hus i hvert fald færdigt med at se godt ud. Tagspærene var sunket, tagpappet gennemtrawlet af sprækker, der var ikke to hele facadebrædder, og fugten havde gjort sit. Selv navneskiltet, hvor der var skrevet Georg Madsen med en sort spritpen, var halvt rådnet bort. Og så var der stanken fra den døde, der sivede ud gennem alle sprækker. Alt i alt et rigtigt lortehus.

"Jeg taler med naboen," sagde Anker og vendte sig om mod manden, der havde stået og ventet i en halv time. Der var højst fem meter over til verandaen foran hans lille husmandssted. Når barakken var banket omkuld, ville hans udsigt med garanti blive væsentlig forbedret.

Hardy var god til at klare stanken fra lig. Måske fordi han var højere og ragede op over det værste, måske fordi hans lugtesans var udtalt dårligere end de flestes. Denne gang var det ekstra slemt.

"For helvede for en stinker," gryntede Carl, da de stod i korridoren og trak de blå plastikslippers på.

"Jeg åbner et vindue," sagde Hardy og trådte ind i rummet ved siden af den klaustrofobiske entre.

Carl gik frem i døråbningen til den lille dagligstue. Der slap ikke meget lys gennem det nedtrukne rullegardin, men der var nok til at se skikkelsen, som sad ovre i hjørnet med grågrøn hud og dybe revner i blærerne, der dækkede det meste af ansigtet. Fra næsen sivede der tynd, rødlig væske, skjorteknapperne var under pres fra den opsvulmede overkrop. Hans øjne var som stearin.

"Sømmet i hans hoved er banket i med en Paslode-gas-sømpistol," sagde Hardy bagfra, mens han trak sine bomuldshandsker på. "Den ligger på bordet inde ved siden af. Der er også en akuskruemaskine, og der er stadig strøm på. Husk lige, at vi får tjekket, hvor længe den kan ligge uden at blive genopladet."

De havde kun stået og set sig omkring i ganske kort tid, da Anker kom ind til dem.

"Naboen har boet herude siden den 16. januar," sagde han. "Altså ti dage nu, og han har ikke set den døde uden for en dør i den periode." Han pegede på liget og så sig om i lokalet. "Han havde sat sig ude på verandaen og sad og nød de globale klimaforandringer, det var derfor, han observerede stanken. Han er ret rystet lige nu, den stakkels fyr. Måske skulle vi lade embedslægen kaste et blik på ham efter ligsynet."

Hvad der derefter skete, kunne Carl senere kun beskrive meget svævende, og det slog man sig til tåls med. Efter de flestes mening havde han jo heller ikke været ved bevidsthed. Men sådan var det ikke. Han huskede kun alt for godt. Han havde bare ikke lyst til at gå i detaljer.

Han havde hørt nogen komme ind ad køkkendøren, men han havde ikke reageret. Måske var det stanken, måske havde han troet, at det var teknikerne, der var ankommet.

Få sekunder efter registrerede han ud ad øjenkrogen en skikkelse i rødternet skjorte, der kastede sig frem i lokalet. Han tænkte, at han skulle trække sin pistol, men han gjorde det ikke. Reflekserne udeblev. Til gengæld mærkede han chokbølgerne, da det første skud ramte Hardy i ryggen, så han faldt og rev Carl omkuld og låste ham fast under sig. Det enorme tryk fra Hardys gennemborede krop vred Carls rygsøjle kraftigt til siden og fik hans ene knæ til at knase.

Så kom skuddene, der ramte Anker i brystkassen og Carl i tindingen. Han huskede fuldstændig klart, hvordan han lå med en febrilsk hyperventilerende Hardy over sig, og hvordan Hardys blod sivede ud gennem dragten og blandede sig med hans eget på gulvet under dem. Og mens gerningsmændenes ben bevægede sig forbi ham, tænkte han hele tiden på, at han skulle se at få fat i sin pistol.

Bag ham lå Anker på gulvet og prøvede at vride kroppen rundt, mens forbryderne snakkede sammen i det lille lokale bag entreen. Der gik kun nogle få sekunder, så var de inde i stuen igen. Carl hørte, at Anker kommanderede dem til at stoppe. Senere fik han at vide, at Anker havde trukket sin pistol.

23

Svaret på Ankers kommando blev endnu et skud, der fik gulvet til at ryste og ramte Anker rent i hjertet.

Længere var den ikke. Forbryderne var sluppet ud ad køkkendøren, og Carl rørte sig ikke. Han lå helt stille. Ikke engang da embedslægen ankom, gav han livstegn fra sig. Senere sagde både embedslægen og drabschefen, at de først troede, at Carl var død.

Carl lå længe som besvimet med hovedet fuldt af desperate tanker. De tog hans puls og kørte væk med dem alle tre. Først på hospitalet slog han øjnene op. Hans blik var dødt, sagde man.

Man troede, at det var chokket, men det var af skam.

"KAN JEG HJÆLPE med noget?" spurgte en kittelklædt fyr midt i trediverne.

Carl trak sig væk fra væggen. "Jeg har lige været inde hos Hardy Henningsen."

"Hardy, ja. Er du en af hans pårørende?"

"Nej, jeg er hans kollega. Jeg var Hardys holdleder i drabsafdelingen."

"Jaså!"

"Hvad er Hardys prognose? Kommer han til at gå igen?"

Den unge læge trak sig lidt væk. Svaret var givet. Det ragede ikke Carl, hvordan det gik hans patient. "Jeg kan desværre ikke give oplysninger til andre end nære pårørende. Det forstår du sikkert godt."

Carl greb fat i lægens ærme. "Jeg var med ham, da det skete, forstår du det? Jeg blev også skudt. En af vores kolleger blev dræbt. Vi var i det sammen, så derfor vil jeg gerne vide det. Kommer han til at gå igen? Kan du sige mig det?"

"Beklager." Han strøg Carls hænder af sig. "Du vil sikkert gennem dit arbejde kunne orientere dig om Hardy Henningsens tilstand, men jeg kan ikke oplyse dig om det. Vi må hver især passe vores arbejde, som vi nu skal."

Den lille klang af tillært lægeautoritet, den afmålte brug af fortungevokaler, de let hævede øjenbryn var vel forventelige, men føltes alligevel som benzin på Carls selvantændelsesproces. Han kunne have varpet fyren en på hovedet, men foretrak i stedet at gribe ham i kraven og trække ham helt op til sit ansigt. "Passe vores arbejde," snerrede han. "Tag lige og pak det klamme forstadsfjæs sammen, før du puster dig op, min ven, er du med?" Han knugede kraven, så lægen begyndte at blive febrilsk. "Når din datter ikke kommer hjem klokken toogtyve, som hun skulle, så er det os, der render ud for at lede efter hende, og når din kone bliver voldtaget eller din beigefarvede lorte-BMW ikke står på parkeringspladsen, så er det også os. Vi er der hver gang, også når du skal trøstes, er du med, din pissemyre? Jeg spørger en gang til, kommer Hardy til at gå igen?"

Lægen trak vejret i stød, da Carl slap kraven. "Jeg kører Mercedes, og jeg er ikke gift." Det lyste ud af kittelmanden. Han havde luret det plan, han mente Carl befandt sig på. Formodentlig noget han havde lært på et psykologikursus, der havde kantet sig ind imellem anatomiforelæsningerne. En klat humor plejer at afvæbne, havde han vist lært, men den virkede ikke på Carl.

"Skrid ind til sundhedsministeren og lær, hvad arrogance er, din lille lort," sagde Carl og skubbede lægen væk fra sig. "Du er endnu ikke udlært."

DE VENTEDE PÅ ham på hans kontor, både drabschefen og lille Lars Bjørn. Et foruroligende tegn på, at lægens nødskrig allerede havde forplantet sig uden for klinikkens tykke mure. Han mønstrede dem et øjeblik. Nej, det så snarere ud, som om en eller anden tumpet indskydelse havde invaderet deres kancellihjerner. Han lurede på deres indbyrdes blikke. Eller lugtede det mere af krisehjælp? Skulle han endnu en gang tvangsindlægges til at snakke med en psykolog om, hvordan posttraumer skal forstås og bekæmpes? Kunne han forvente endnu en mand med dybe øjne, der ville trænge ind i Carls mørke krinkelkroge, så han kunne afdække, hvad der var fortalt og ufortalt? De kunne godt spare sig, for Carl vidste bedre. Det problem, han havde, kunne man ikke snakke sig fra. Det havde været længe undervejs, men episoden ude på Amager havde puffet ham ud over kanten.

De kunne alle sammen rende ham.

"Ja, Carl," sagde drabschefen og nikkede over mod hans tomme stol.

"Lars og jeg har drøftet din situation, og på mange måder synes vi, at vi er kommet til en skillevej med dig."

Nu lød det som en fyring. Carl begyndte at tromme med neglene på bordkanten og så hen over hovedet på sin chef. Ville han fyre ham? Det skulle ikke blive let for ham.

Carl så op og ud over Tivoli, hvor skyerne trak sammen og truede byen. Hvis de fyrede ham, ville han forlade stedet, før det begyndte at pisse ned. Ikke noget med at rende rundt efter tillidsmanden. Han ville gå direkte ned på forbundet på H.C. Andersens Boulevard. Fyre en god kollega, bare en uge efter at han var vendt tilbage fra sygeorlov, og bare to måneder efter at han var blevet skudt og havde mistet to gode holdkammerater, den gik ikke med ham. Verdens ældste politiforbund havde bare at vise sig sin alder værdig.

"Jeg ved godt, at det kommer lidt pludseligt for dig, Carl. Men vi har besluttet, at vi vil give dig lidt luftforandring og det på en måde, så vi bedre kan udnytte dine fremragende evner som opdager. Vi vil simpelthen forfremme dig til afdelingschef for en ny afdeling, Afdeling Q. Og formålet med den er at efterforske henlagte sager af særlig interesse for almenvellet. Sager under særlig bevågenhed, kan man sige."

'Det var satans,' tænkte Carl og trak sig bagover på stolen.

"Ja, du kommer til at køre afdelingen alene, men hvem vil være bedre til det end dig?"

"Hvem som helst!" svarede han og kiggede ind i væggen.

"Prøv at høre her, Carl. Du har haft en tough periode, og det her job er som skabt til dig," sagde souschefen.

'Hvad helvede ved du om det, stodder?' tænkte Carl.

"Du kommer til at køre helt selvstændigt. Vi udvælger en række sager efter samråd med politidirektørerne i kredsene, og så prioriterer du selv rækkefølgen og arbejdsgangen. Du har en rejsekonto, vi skal bare have en månedlig rapport," tilføjede hans chef.

Carl rynkede brynene. "Politidirektørerne? Sagde du det?"

"Ja, det er landsdækkende. Derfor kan du heller ikke sidde sammen med dine gamle kolleger længere. Vi har oprettet en ny afdeling her på Gården, men adskilt fra os. Dit kontor er ved at blive indrettet lige nu."

'Smart træk, så slipper de for at høre på mere brok,' tænkte Carl. "Jaså, og hvor ligger så det kontor, om jeg må spørge? Jeg får måske dit?" var, hvad han sagde.

Her blev chefens smil lidt forlegent. "Hvor dit kontor ligger? Ja, p.t. ligger det i kælderen, men det kan måske blive anderledes senere. Nu må vi først se, hvordan det kører. Bliver opklaringsprocenten bare nogenlunde, så ved man ikke, hvor det kan føre hen."

Carl så ud på skyerne endnu engang. I kælderen sagde de. Så var planen altså, at han skulle køres mør. De ville give ham økuller, fryse ham ud, isolere ham og gøre ham deprimeret. Som om det gjorde nogen forskel, om det foregik heroppe eller dernede. Han gjorde alligevel, hvad der passede ham, og det var så vidt muligt absolut ingenting.

"Hvordan har Hardy det i øvrigt?" spurgte hans chef efter en tilpas lang pause.

Carl rettede blikket mod sin chef. Det var første gang, han havde spurgt ham i al den tid.

5

2002

OM AFTENEN VAR Merete Lynggaard sin egen. For hver midterstribe, der susede ind under bilen på vejen hjem, efterlod hun elementer af sig selv, som ikke passede til livet bag takstræerne i Magleby. I samme øjeblik hun drejede ind mod Stevns' slumrende vidder og kørte hen over broen over Tryggevælde Å, følte hun sig transformeret.

UFFE SAD SOM sædvanlig med den kolde te på kanten af sofabordet, badet i lyset fra fjernsynet og med lyden på fuld styrke. Når hun havde parkeret bilen i garagen og gik om til bagdøren, så hun ham tydeligt gennem ruderne ude fra gårdspladsen. Altid den samme Uffe. Stille og ubevægelig.

Hun sparkede de højhælede af i bryggerset, dumpede mappen oppe på fyret, hængte frakken i entreen og lagde papirerne inde på sit kontor. Så tog hun buksedragten fra Filippa K. af, lagde den på stolen ved vaskemaskinen, hev slåbrokken ned fra knagen og smuttede i hjemmetøflerne. Det var lige sådan, det skulle være. Hun var ikke den, der behøvede at vaske dagen af sig i brusebadet, lige så snart hun trådte ind ad døren.

Så gennemrodede hun plastikposen og fandt Hopjes-bolsjerne nede på bunden. Først når bolsjet lå på tungen og kogte blodsukkeret op, var hun parat til at vende blikket mod stuen.

Det var altid først da, at hun råbte: "Hej, Uffe, jeg er hjemme nu." Altid det samme ritual. Hun vidste, at Uffe havde set lyset fra bilen, i samme øjeblik hun kørte op over bakken, men ingen af de to havde behov for kontakt, før tiden var til det.

Hun satte sig foran ham og prøvede at fange hans blik. "Halløj, fister, sidder du der og ser TV Avisen og bager på Trine Sick?" Han kneb ansigtet sammen, så smilerynkerne nåede hårranden, men øjnene veg ikke fra skærmen. "Ja, du er en værre en." Så tog hun hans hånd. Den var varm og blød som altid. "Men du kan bedre lide Lotte Mejlhede, tror du ikke, jeg ved det?" Nu så hun hans læber brede sig langsomt i et grin. Kontakten var etableret. Jo, Uffe var der stadigvæk indeni. Og Uffe vidste udmærket, hvad han begærede her i livet.

Hun vendte sig mod skærmen og fulgte med i TV Avisens to sidste indslag. Det ene handlede om Ernæringsrådets opfordring til at indføre forbud mod industrielt fremstillede transfedtsyrer, og det andet om en håbløs markedsføringskampagne, som Dansk Slagtefjerkræ havde ført med statsstøtte. Hun kendte sagerne bedre end godt. De havde nu resulteret i to arbejdskrævende nætter.

Hun vendte sig mod Uffe og ruskede ham i håret, så det lange ar i hovedbunden blev synligt. "Kom så, din dovne unge, skal vi så se at få noget mad." Hun greb en af sofapuderne med sin frie hånd og bankede den ind i nakken på ham, til han begyndte at hvine af fryd og fægte med arme og ben. Så slap hun taget i hans hår og hoppede som en bjergged op over sofaen og gennem stuen og ud mod trappeopgangen. Det slog aldrig fejl. Hujende og kaglende af livslyst og indestængt energi fulgte han hendes bane på klos hold. Som et par togvogne med fjederstål imellem sig drønede de op på førstesalen, ned igen, ud foran garagen, tilbage til stuen og så ud i køkkenet. Om lidt ville de spise den mad, som hjemmehjælperen havde tilberedt, foran fjernsynet. I går havde de set Mr. Bean. I forgårs Chaplin. Nu skulle de se Mr. Bean igen. Uffes og Meretes videosamling rettede sig udelukkende mod, hvad Uffe elskede at kigge på. En halv time holdt han som regel til, før han faldt i søvn. Så ville hun lægge et tæppe over ham og lade ham sove i sofaen, til han engang i løbet af natten selv fandt op i soveværelset. Der ville han tage hendes hånd og grynte lidt, før han igen faldt i søvn i dobbeltsengen ved siden af hende. Når han så endelig sov fast med små hvislelyde, ville hun tænde lyset og begynde at forberede sig til den næste dag.

Det var sådan, aftenen og natten ville gå. For sådan elskede Uffe det – hendes søde, uskyldige lillebror. Søde, tavse Uffe.

6

2007

DER SAD GANSKE vist et messingskilt på døren, hvor der stod Afdeling Q, men døren var hægtet af hængslerne og stod nu lænet op ad bundtet af varmerør, der strakte sig gennem de lange kældergange. Ti halvfulde spande maling stod stadig og dunstede på gulvet inde i det, der skulle forestille at være hans kontor. I loftet hang der fire lysstofrør af den slags, der efter et vist stykke tid afsatte en dundrende hovedpine. Men væggene var fine – bortset fra farven. Sammenligninger med hospitaler i Østeuropa var svære at undgå.

"Viva Marcus Jacobsen," brummede Carl og prøvede at få overblik over situationen.

De sidste hundrede meter nede i kældergangen havde han ikke set et øje. I hans ende af kælderen var der hverken mennesker, dagslys, luft eller noget som helst andet, der kunne distrahere associationen om Gulag Øhavet. Intet var mere nærliggende end at sammenligne dette sted med røven af fjerde division.

Han så ned på sine to spritnye computere og bundtet af ledninger, de havde presset ind i dem. Tilsyneladende havde de spaltet informationsvejene, så intranettet var koblet til den ene computer og resten af verden til den anden. Han klappede computer nummer to. Her kunne han altså sidde i timevis og surfe rundt på nettet, som han ville. Ingen forstyrrende regler om sikker surfing og beskyttelse af de centrale servere, det var da altid noget. Han så sig om efter et eller andet, han kunne bruge som askebæger, og bankede en Grøn Cecil ud af pakken. 'Rygning er yderst skadelig for dig og dine omgivelser', stod der på pakken. Han kiggede sig omkring. De få bænkebidere, der kunne trives hernede, kunne vel nok klare mosten. Han tændte den og tog et dybt hvæs. Så var der noget ved at være chef for sin egen afdeling.

"Vi sender sagerne ned til dig," havde Marcus Jacobsen sagt, men der lå ikke så meget som et A5-ark på bordet eller de gabende tomme hylder. Man havde vel forestillet sig, at han skulle indrette sig lidt i lokalet, før det kom så vidt. Men Carl var ligeglad, han skulle ikke ordne noget som helst, før ånden kom over ham.

Han skød kontorstolen sidelæns ind mod skrivebordet og langede benene op på hjørnet af bordpladen. Sådan havde han siddet under det meste af sin sygeorlov derhjemme. De første uger havde han bare stirret ud i luften. Røget sine smøger og forsøgt at lade være med at tænke på vægten af Hardys tunge, lammede krop og Ankers rallen i sekunderne, før han døde. Siden havde han kørt rundt på internettet. Formålsløst, planløst og bedøvende. Det agtede han også at gøre nu. Han så på uret. Han havde lige fem timer at udradere, før han kunne tage hjem.

CARL BOEDE I Allerød, og det havde været hans kones valg. De var flyttet derop et par år før, hun skred fra ham og flyttede ind i et kolonihavehus i Islev. Hun havde set på et kort over Sjælland og hurtigt regnet ud, at hvis man ville have det hele, så skulle man have pengepungen i orden, eller også skulle man flytte til Allerød. Fin lille by, S-tog, marker hele vejen udenom, skov i såkaldt gå-afstand, mange hyggelige forretninger, biograf, teater, foreningsliv, og så var der oven i købet Rønneholtparken. Hans kone havde været ekstatisk. Her kunne de for en rimelig pris købe et rækkehus i opstablet beton med god plads til dem begge samt hendes søn og i tilgift få brugsret til tennisbaner, svømmehal og fælleshus samt nærhed til kornmarker og mose og så en helvedes masse gode naboer. For i Rønneholtparken kom alle hinanden ved, havde hun læst. Dengang havde det ikke været et plusparameter for Carl, for hvem fanden tror på sådan noget øregejl, men det var det i mellemtiden blevet. Uden vennerne i Rønneholtparken var Carl gået på røven. Både i overført betydning og bogstavelig forstand. Først skred konen. Så ville hun alligevel

32

ikke skilles, men blev i kolonihavehuset. Så fik hun sig en stribe meget yngre elskere, som hun havde en dårlig vane med at fortælle ham om i telefonen. Så nægtede hendes søn at bo længere i kolonihaven sammen med hende og flyttede tilbage til Carl i den allerhedeste pubertetsperiode. Og endelig var der skyderiet ude på Amager, som stoppede alt, hvad Carl ellers havde klynget sig til: fast livsindhold og et par gode kolleger, der sked på, hvilket ben han havde fået ud af sengen. Nej, havde det ikke været for Rønneholtparken og alle folkene derude, så havde han oprigtig talt været aldeles på skideren.

DA CARL NÅEDE hjem, satte han sin cykel op ad skuret uden for køkkenet og konstaterede, at husets øvrige to beboere også var hjemme. Sædvanen tro havde hans lejer, Morten Holland, skruet helt op for operaen nede i kælderen, mens papsønnens downloadede skærebrænderrock brølede ud af vinduet på førstesalen. Ingen mere uskøn lydcollage kunne findes på denne jord.

Han trængte ind i infernoet, stampede et par gange i gulvet, og Rigolettoen nede i kælderen blev omgående pakket ind i vat. Sværere var det med drengen ovenpå. Han tog trinene op ad trappen i tre hug og gjorde sig ingen ulejlighed med at banke på døren.

"Jesper, for hede hule ...! Lydbølgerne har smadret to vinduer nede på Pinjevangen. Du får selv lov at betale," skreg han, så højt han kunne.

Den havde drengen hørt før, så hans krumbøjede ryg over tastaturet rettede sig ikke en millimeter.

"Hej," råbte Carl ham direkte ind i øret. "Skru ned, eller jeg kapper ledningen til ADSLen."

Det hjalp lidt.

Nede i køkkenet havde Morten Holland allerede sat tallerkenerne på bordet. En i blokken havde kaldt ham for surrogathusmoren i nummer 73, men han tog fejl. Morten var ikke surrogat, han var den bedste og mest rigtige husmor, der nogensinde havde været i nærheden af Carl. Indkøb, tøjvask, madlavning og rengøring, mens operaarierne trillede hen over hans følsomme læber. Og så betalte han husleje.

"Har du været på universitetet i dag, Morten?" spurgte han og kendte svaret. Treogtredive år var han blevet, og de sidste tretten år havde han læst flittigt på alle mulige andre emner end dem, der lige netop vedrørte de tre studier, han i mellemtiden havde været indskrevet på. Og resultatet var blevet en øredøvende viden om alt andet end det, som han havde fået SU for, og som det var tiltænkt, at han i fremtiden også ville ernære sig ved.

Morten vendte sin tunge, fedladne ryg mod ham og nidstirrede den boblende masse i gryden. "Jeg har besluttet, at jeg vil læse statskundskab."

Han havde talt om det før, det var bare et spørgsmål om tid. "For helvede, Morten, skulle du ikke lige blive færdig med polit-studiet først?" spurgte Carl alligevel.

Morten kylede lidt salt i gryden og rørte rundt. "De fleste inde på polit stemmer på regeringspartierne, det er ikke lige mig."

"Hvad fanden ved du om det? Du er der jo aldrig, Morten."

"Jeg var der i går. Jeg fortalte mine holdkammerater en vits om Karina Jensen."

"En vits om en politiker, der starter på den yderste venstrefløj og havner hos De Liberale. Det skulle vel ikke være så svært."

"Hun er et eksempel på, at der kan ligge en fladpande gemt bag en høj pande, sagde jeg. Og de grinede ikke."

Morten var speciel. En forvokset, studentikos og androgyn jomfru, for hvem sociale relationer fortrinsvis bestod i bemærkninger til tilfældige Kvickly-kunder om deres indkøb. En lille passiar hen over frysedisken om, hvorvidt spinaten skulle være med eller uden flødestuvning.

"De grinede ikke, Morten, men det kan der være flere grunde til. Jeg grinede heller ikke, og jeg stemmer ikke på regeringspartierne, hvis du skulle spørge fra nogen." Han rystede på hovedet. Det nyttede alligevel ikke. Så længe Morten tjente gode penge oppe i videoudlejningsbutikken, kunne det også være lige meget, hvad fanden han læste eller ikke læste. "Statskundskab, siger du. Lyder som dødens pølse."

Morten trak på skuldrene og snittede et par gulerødder ned til det andet i gryden. Han var tavs et øjeblik, ganske usædvanligt for ham. Så vidste Carl, hvad der kom.

"Vigga har ringet," sagde Morten så endelig med en vis bekymring i stemmen og trak sig til siden. I den situation fulgte han det som regel op med et: "Don't shoot me, I'm only the piano player." Det gjorde han ikke denne gang.

Carl kommenterede det ikke. Hvis Vigga ville ham noget, så kunne hun vente med at ringe, til han var kommet hjem.

"Jeg tror, at hun fryser ude i havehuset," dristede Morten sig til at sige, mens han skovlede skeen rundt i gryden.

Carl vendte sig om mod ham. Det duftede forbandet godt, det i gryderne. Det var længe siden, at han havde haft sådan en appetit. "Fryser hun? Så skulle hun tage at proppe et par af sine kornfede elskere i kakkelovnen."

"Hvad snakker I om?" kom det ovre fra døren. Bag Jesper havde kakofonien, der igen blæste ud fra hans værelse, fået væggene i korridoren til at dirre.

Det var et mirakel, at de overhovedet kunne høre hinanden.

DA CARL HAVDE siddet i tre dage og stirret skiftevis på Google og på væggen i kælderen og kendte afstanden ned til det interimistiske toilet til hudløshed og i øvrigt følte sig mere udsovet end nogensinde, tog han de fire hundrede tooghalvtreds skridt op til drabsafdelingen på anden sal, hvor hans gamle kolleger huserede. Han ville forlange, at håndværkerarbejdet nede i kælderrummet nu blev færdiggjort, og at døren blev hægtet på, så han i det mindste kunne smække med den, hvis det kom over ham. Og så ville han forsigtigt minde dem om, at han endnu ikke havde fået sine sagsmapper. Ikke fordi det hastede, men han skulle jo nødig miste sit arbejde, før han rigtig havde fået det.

Måske havde han ventet, at de gamle kolleger ville glo nysgerrigt på ham, da han entrede drabsafdelingen. Var han på sammenbruddets rand? Var han blevet helt sandfarvet efter opholdet i det evige mørke? Han havde ventet nysgerrige og også hånlige blikke, men ikke at samtlige gled ind på deres kontorer med en så velkoordineret klapren af døre, som det var tilfældet.

"Hvad sker der her?" spurgte han en fyr, han aldrig havde set før, og som stod og pakkede flyttekasser ud i det første kontor.

Fyren rakte hånden frem. "Peter Vestervig, jeg kommer fra Station City. Jeg skal være på Viggos hold."

"På Viggos hold? Viggo Brink?" spurgte han. Holdleder? Viggo? Så var han da blevet udnævnt i går.

"Ja. Og du er?" Fyren greb selv Carls hånd.

Carl klemte den kort og så sig om i lokalet uden at svare. Der var to ansigter mere, han ikke kendte. "Også på Viggos hold?"

"Ikke ham ovre ved vinduet."

"Nye møbler, ser jeg."

"Ja, de er lige båret herop. Er du ikke Carl Mørck?"

"Det var jeg engang," sagde han og tog så de sidste skridt hen til Marcus Jacobsens kontor.

Døren stod åben, men en lukket dør skulle nu ikke have forhindret ham i at brase ind. "Bliver I flere i afdelingen, Marcus?" spurgte han uden videre og afbrød et møde.

Drabschefen så opgivende på sin souschef og en af pigerne i sekretariatet. "Okay, Carl Mørck er steget op fra dybet. Vi fortsætter om en halv time," sagde han og trak papirerne sammen i en bunke.

Carl gav souschefen et surt smil, da han gik ud af døren, og det, han fik tilbage, var heller ikke så ringe. Vicekriminalinspektør Lars Bjørn havde altid forstået at holde de kolde følelser imellem dem varme.

"Hvordan går det dernede, Carl? Er du ved at få styr på prioriteringen af sagerne?"

"Det kan man vel godt sige. I hvert fald med dem, jeg har fået indtil nu. Han pegede bagud. Hvad sker der derude?"

"Ja, det må du nok spørge om." Han løftede øjenbrynene og rettede på Det Skæve Tårn i Pisa, som bunken af nyindkomne sager på hans skrivebord blev kaldt blandt folkene. "De mange sager har nødvendiggjort, at vi samler to efterforskningshold mere."

"Til erstatning for mit?" Han smilede skævt.

"Ja, og så altså to hold ud over det."

Carl rynkede brynene. "Tre hold. Hvordan i hede hule helvede har I fået finansieret det?"

"Særbevilling. Justering i forhold til reformen, du ved."

"Ved jeg det? Det var satans."

"Ville du noget bestemt, Carl?"

"Ja, men det kan vente, kommer jeg i tanke om. Jeg skal lige have undersøgt noget først. Jeg kommer senere."

MAN VIDSTE JO godt, at der i partiet Højre sad mange folk fra erhvervslivet og hyggede sig med hinanden og gjorde, hvad erhvervsorganisationerne bad dem om. Men dette landets mest velpolerede parti havde også altid tiltrukket politifolk og militærpersonligheder, guderne måtte vide hvorfor. Lige nu vidste han, at der sad i hvert fald to af slagsen i Højre inde på Christiansborg. Den ene var en lumpen fyr, som kun kørte igennem politisystemet for i en rasende fart at kunne finde en vej ud af det, men den anden var en rar gammel vicekriminalkommissær, som Carl kendte fra sin tid i Randers. Han var ikke særlig konservativ af sind, men kredsen var hans fødeegn, og arbejdet garanteret temmelig godt betalt. Så Kurt Hansen fra Randers blev folketingsmedlem for Højre og medlem af Retsudvalget og Carls bedste kilde til oplysninger af politisk karakter. Kurt sagde ikke alt, men han var let at tænde, hvis sagen var interessant. Det vidste Carl nu ikke, om denne her var.

"Hr. vicekommissær Kurt Hansen, formoder jeg," sagde han, da stemmen hørtes i telefonen.

Der lød en dyb og mild latter. "Jamen dog, det er længe siden, Carl. Herligt at høre din stemme. Du blev skudt, forlyder det."

"Det var ikke noget videre. Jeg er okay, Kurt."

"Det gik hårdt ud over to af dine kolleger. Er man kommet længere i sagen?"

"Det går fremad."

"Det glæder mig virkelig. Vi arbejder på et lovforslag lige nu, der skal forøge straframmen for overgreb mod tjenestemand i funktion med halvtreds procent. Det skal nok hjælpe. Vi må jo støtte jer derude på barrikaderne."

"Fint nok, Kurt. I har også støttet drabsafdelingen i København med en særbevilling, hører jeg."

"Nej, det tror jeg nu ikke, at vi har."

"Så ikke til drabsafdelingen, men til noget andet herinde på Politigården, det er da vel ikke nogen hemmelighed?"

"Har vi hemmeligheder herinde i bevillingsspørgsmål?" spurgte Kurt og lo så hjerteligt, som kun en mand med fuldfed pension kan.

"Så hvad har I givet bevilling til, om jeg må spørge? Er det under Rigspolitiet?"

"Ja, afdelingen hører vel egentlig til Nationalt Efterforskningscenters sagsområde, men for at det ikke skal blive de samme folk, der efterforsker de samme sager én gang til, så har man valgt, at det skal være en selvstændig afdeling administreret af drabsafdelingen. Den skal tage sig af sager under såkaldt særlig bevågenhed, men det ved du vel."

"Afdeling Q, mener du?"

"Kalder I den det? Jamen det er da et udmærket navn."

"Hvor meget er bevillingen på?"

"Hæng mig ikke op på det nøjagtige tal, men det er et sted mellem seks og otte millioner om året i de næste ti år."

Carl så sig rundt omkring i det lysegrønne kælderrum. Okay, så forstod han, hvorfor Marcus Jacobsen og Bjørn absolut ville deportere ham herned i ingenmandsland. Mellem seks og otte millioner, sagde han. Lige ned i foret på drabsafdelingen.

Fandeme, om det ikke skulle komme til at koste dem.

DRABSCHEFEN SÅ PÅ ham en gang mere, før han tog sine halvbriller af. Præcis det ansigtsudtryk havde han på, når han stod og betragtede et gerningssted, hvor sporene var utydelige. "Du vil have din egen tjenestebil, siger du? Behøver jeg at minde dig om, at vi ikke har personlige køretøjer i Københavns Politi? Du må henvende dig til vognkontoret og få til-

38

delt en vogn, når du skal bruge den. Ligesom alle andre, Carl, sådan er det."

"Jeg arbejder ikke i Københavns Politi. I administrerer mig bare."

"Carl, du ved da godt, at folkene heroppe vil brokke sig gevaldigt over den form for særbehandling, ikke? Og seks mand i din afdeling, siger du. Sig mig, er du blevet sindssyg?"

"Jeg prøver bare at opbygge Afdeling Q, så den kommer til at fungere efter hensigten, er det måske ikke det, jeg skal? Det er et stort revir at skulle tage hele Danmark ind under sine vinger, kan du nok forstå. Du vil altså ikke give mig seks mand?"

"Nej, for pokker."

"Fire? Tre?"

Drabschefen rystede på hovedet.

"Altså er det mig, der skal lave alle opgaverne."

Han nikkede.

"Så kan du godt se, at jeg ikke kan ikke undvære en permanent adgang til en tjenestevogn. Hvad når jeg skal til Aalborg eller Næstved? Og jeg er en presset mand. Jeg ved ikke engang, hvor mange sager der kommer til at ligge på mit bord, vel?" Han satte sig over for sin chef og skænkede kaffe i den kop, som souschefen havde efterladt. "Men lige meget hvad, så bliver jeg nødt til at have en altmuligmand dernede. En, som har kørekort, og som kan ordne ting for mig. Sende faxer og den slags. Gøre rent. Jeg har for meget at gøre, Marcus. Vi skal jo også have resultater. Folketinget skal jo helst have valuta for pengene, ikke? Var det otte millioner? Det er virkelig mange penge."

7

2002

INGEN KALENDER VAR stor nok til næstformanden for Demokraternes folketingsgruppe. I tidsrummet fra klokken syv morgen til sytten eftermiddag havde Merete Lynggaard fjorten møder med interesseorganisationer. Mindst fyrre nye ansigter ville blive præsenteret for hende i hendes egenskab af sundhedsordfører, og langt de fleste ville forvente, at hun kendte til deres baggrund og virke, fremtidsforhåbninger og videnskabelige bagland. Havde hun stadig haft Marianne til at bakke sig op, så ville hun have haft en rimelig chance, men den nye sekretær, Søs Norup, var ikke så kvik. Til gengæld var hun diskret. Ikke en eneste gang i løbet af den måned, sekretæren havde været på Meretes kontor, havde hun været inde på noget som helst af privat karakter. Hun var den fødte robot, selv om det kneb med ram-hukommelsen.

Organisationen, der sad foran Merete, havde været på rundtur. Først hos regeringspartierne, og derefter var det det største oppositionspartis og dermed Merete Lynggaards tur. De virkede rimelig desperate og med rette, for ikke mange i regeringen bekymrede sig om andet end skandalen i Farum og borgmesterens udfald mod flere ministre.

Delegationen gjorde alt for at sætte Merete grundigt ind i nanopartiklers mulige negative helbredseffekter, magnetisk styring af transport af partikler i kroppen, immunforsvar, genkendelsesmolekyler og moderkageundersøgelser. Specielt det sidste var deres mærkesag.

"Vi er helt bevidst om de etiske spørgsmål, der må rejse sig," sagde ordføreren. "Derfor ved vi også, at specielt regeringspartierne repræsenterer befolkningsgrupper, der vil modsætte sig en generel indsamling af moderkager, men alligevel bliver vi nødt til at få sagen taget op." Talsmanden var en elegant mand i fyrrerne, der for længst havde tjent millioner hjem på området. Han var stifter af den meget omtalte medicinalvirksomhed BasicGen, der først og fremmest leverede grundforskning til andre og større medicinalfabrikker. Hver gang han fik en ny idé, stod han oppe på sundhedsordførernes kontorer. Resten af flokken kendte hun ikke, men bag talsmanden stod en yngre mand og stirrede på hende, det bemærkede hun. Han supplerede talsmanden for gruppen med ganske få fakta, måske var han kun med for at observere.

"Ja, det er Daniel Hale, vores bedste samarbejdspartner på laboratoriefronten. Det lyder engelsk, men Daniel er pæredansk," præsenterede talsmanden ham bagefter, da hun hilste på hver enkelt.

Hun rakte ham hånden og mærkede omgående, hvor glødende varm den var.

"Daniel Hale, var det sådan?" spurgte hun.

Han smilede. Et øjeblik flakkede hendes blik. Hvor pinligt.

Hun så over på sin sekretær, et af kontorets neutrale holdepunkter. Havde det været Marianne, så havde hun skjult sit skæve smil bag de papirer, hun altid stod med. Denne her sekretær smilede ikke.

"Du arbejder på et laboratorium?" spurgte hun.

Her brød talsmanden ind. Han måtte værne om sine dyrebare sekunder. Allerede nu ventede den næste organisation uden for Merete Lynggaards dør. Hvornår næste chance kom, kunne ingen vide. Det handlede om penge og dyrt investeret tid.

"Daniel ejer det fineste lille laboratorium i Skandinavien. Ja, lille er det vel egentlig ikke mere, efter du har fået de nye bygninger," sagde han henvendt til fyren, der rystede på hovedet med et smil. Det var et lækkert smil. "Vi vil gerne have lov til at aflevere denne rapport," fortsatte talsmanden. "Måske vil sundhedsordføreren læse den nøje, når tiden er til det. Det er umådelig vigtigt for vore efterkommere, at problemstillingen bliver taget dybt alvorligt lige nu."

HUN HAVDE IKKE regnet med at se Daniel Hale nede i Snapstinget, og at han tilsyneladende ventede på hende. Alle andre ugedage spiste hun oppe på sit kontor, men hver fredag det sidste års tid havde hun sat sig sammen med sundhedsordførerne fra Socialisterne og Radikalt Centrum. De var alle tre gæve kvinder, som kunne få folkene fra Danmarkspartiet til at se rødt. Alene det, at de dyrkede deres kaffeklub i fuld åbenhed, var en torn i øjet på mange.

Han sad der alene halvt skjult af en af søjlerne og yderst på Kasper Salto-stolen med en kop kaffe foran sig. De fangede hinandens blikke i samme øjeblik, hun gik ind ad glasdøren, og hun tænkte ikke på andet, så længe hun var der.

Da kvinderne rejste sig efter snakken, kom han hen til hende.

Hun så hoveder blive stukket sammen, mens hun følte sig indfanget af hans blik.

8

2007

CARL VAR RIMELIG tilfreds. Håndværkerne havde haft travlt hele morgenen inde i kælderrummet. Han selv havde stået ude i gangen og brygget kaffe på et af rullebordene, og talrige smøger havde forladt deres indpakning. Nu var gulvet inde på det såkaldte kontor i Afdeling Q dækket med et tæppe, malerbøtterne og alt det andet var forsvundet ned i kæmpemæssige plastiksække, døren var hægtet på plads, der var sat en tv-fladskærm, et whiteboard og en opslagstavle op, og bogreolen var fyldt med hans gamle lovstof, som andre ellers havde troet, de kunne tage i besiddelse. I hans bukselomme lå nøglen til en mørkeblå Peugeot 607, som netop var blevet udskiftet af Politiets Efterretningstjeneste, der ikke ville lade deres livvagter køre efter dronningens Krone-køretøjer med ridser i lakken. Den havde kun kørt femogfyrre tusinde kilometer og hørte ene og alene til Afdeling Q. Hvilken pryd for parkeringspladsen på Magnolievangen ville den ikke blive? Bare tyve meter fra hans soveværelsesvindue.

Om et par dage ville han få sin medhjælper, havde de lovet ham, og Carl fik dem til at rømme et lille rum lige overfor på den anden side af kældergangen. Et rum, der havde været brugt til opmagasinering af beredskabsafdelingens udtjente visirer og skjolde efter balladen om Ungdomshuset, men som nu blev indrettet med bord og stol og kosteskab og alle de lysstofrør, som Carl havde fået smidt ud af sit eget kontor. Marcus Jacobsen havde taget Carl på ordet og ansat en mand som rengøringsassistent og altmuligmand, men forlangte til gengæld, at han også gjorde rent i resten af kældersektionen. Det skulle Carl nu nok få ændret ved en senere lejlighed, og det regnede Marcus Jacobsen med garanti også med. Det var alt sammen bare et spil om at bestemme og få fastlagt, hvad der kunne handles med og specielt hvornår. Trods alt var det ham, der sad nede i mørket i kælderen, og de andre, der sad ovenpå med udsigt til Tivoli. Noget for noget, og så var der balance.

KLOKKEN TRETTEN DEN dag kom to af sekretærerne fra administrationen så endelig med sagsakterne. De sagde, at det var de overordnede akter, og hvis han ville have et mere udførligt baggrundsmateriale, så måtte han rekvirere det igennem dem. Så havde han i det mindste nogen, han kunne holde dialogen til sin gamle afdeling i gang med. I hvert fald den ene af dem, Lis, en varm, lyshåret kvinde med æggende, let krydsede fortænder, ville han meget gerne udveksle meget mere end ideer med.

Han bad dem om at lægge en bunke på hver sin side af skrivebordet. "Ser jeg et tilfældigt koket glimt i dit øje, eller ser du altid så bragende godt ud, Lis?" sagde han til den lyshårede.

Den mørkhårede sendte sin kollega et blik, der kunne få Einstein til at føle sig dum. Det var sikkert længe siden sidst, at hun havde været målet for sådan en bemærkning.

"Carl, min ven," sagde den lyshårede Lis som altid. "Mine glimt er forbeholdt min mand og mine børn. Hvornår lærer du det?"

"Jeg lærer det den dag, lyset forsvinder, og det evige mørke opsluger mig og hele verden," svarede han. Så var der ikke sagt for lidt.

Den mørkhårede stak allerede sit hoved hen til sin kollega og messede sin forargelse, før de fik drejet op mod trappen.

HAN SÅ IKKE på sagerne de første par timer. Derimod tog han sig sammen til at tælle mapperne, det var også en slags arbejde. Mindst fyrre var der, men han åbnede ikke nogen. 'Der er tid nok, mindst tyve år til pensionen,' tænkte han og lagde et par Edderkoppe-kabaler til. Når den næste gik op, ville han overveje at se lidt på bunken til højre for ham.

Da mindst tyve kabaler var banket igennem, ringede mobilen. Han så på displayet og genkendte ikke nummeret. 3545-et-eller-andet. Det var et københavnernummer.

"Ja," sagde han og ventede at høre Viggas eksalterede stemme. Hun kunne altid finde en behjertet sjæl, som ville låne hende en telefon. "Få dig dog en mobil, mor!" sagde Jesper altid. "Pisseirriterende, at man skal ringe til din nabo for at få fat på dig."

"Ja, goddag," lød stemmen, og det var på ingen måde Vigga. "De taler med Birte Martinsen, jeg er psykolog på Klinik for Rygmarvsskader. Hardy Henningsen har her til morgen forsøgt at suge et glas vand, som en af sygehjælperne gav ham, direkte ned i lungerne. Han er okay, men langt nede og har spurgt efter Dem. De vil måske kunne komme herop? Jeg tror, at det vil hjælpe ham."

HAN FIK LOV til at være alene med Hardy, selv om psykologen tydeligvis meget gerne ville lytte med.

"Blev du træt af det hele, gamle dreng?" sagde han og tog Hardys hånd. Der var en smule liv i den. Det havde Carl mærket før. Lige nu bøjede de yderste af leddene i hans langefinger og pegefinger sig, som om de ville trække Carl til sig.

"Ja, Hardy?" sagde han og lagde sit hoved ned til hans.

"Slå mig ihjel, Carl," hviskede han.

Carl trak sit hoved op og så ham direkte i øjnene. Den lange mand havde de mest blå øjne i verden, og nu var de fulde af sorg og tvivl og indtrængende bøn.

"For helvede, Hardy," hviskede han. "Det kan jeg da ikke. Du skal op igen. Du skal op igen og stå. Du har en dreng, der gerne vil have sin far hjem igen, ikke Hardy?"

"Han er tyve år, han klarer sig," hviskede Hardy.

Han lignede sig selv. Han var helt klar i hovedet. Han mente det.

"Jeg kan ikke, Hardy, du må holde ud. Du bliver rask igen."

"Jeg er lam, og det bliver jeg ved med at være. De har afsagt dommen i dag. Ingen chance for helbredelse, fanden tage det."

"JEG KAN FORESTILLE mig, at Hardy Henningsen bad Dem om at hjælpe sig med at tage livet af sig," sagde psykologen og indbød til fortrolighed.

Hendes professionelle blik krævede ikke noget svar. Hun var sikker i sin sag, hun havde oplevet det før.

"Nej! Det gjorde han ikke."

"Jaså! Det ville jeg ellers have troet."

"Hardy!? Nej, det var noget andet."

"Jeg ville være glad, hvis De kunne fortælle mig, hvad han sagde til Dem."

"Det kunne jeg godt." Han spidsede sine læber og så ud på Havnevejen. Der var ikke et øje. Fandeme mærkeligt.

"Men De vil ikke?"

"De ville rødme, hvis De hørte det. Jeg kan ikke sige sådan noget til en dame."

"De kunne jo prøve."

"Det tror jeg næppe."

9

2002

MERETE HAVDE OFTE hørt om den lille café med de mærkelige udstoppede dyr nede i Nansensgade, men før den aften havde hun aldrig selv været der.

Der i Bankeråts summen blev hun modtaget af varme øjne og et glas iskold hvidvin, og aftenen lovede godt.

Hun havde lige nået at fortælle, at hun skulle til Berlin den næste weekend med sin bror. At de tog den weekendtur sammen en gang om året, og at de skulle bo tæt på Zoologisk Have.

Så ringede mobilen. Uffe var dårlig, sagde hjemmehjælperen.

Et øjeblik måtte hun sidde med lukkede øjne for at sluge den bitre pille. Det var ikke ret tit, hun tog sig den frihed at gå ud på en date. Hvorfor skulle han nu også ødelægge det?

TRODS SMATTEDE VEJE var hun hjemme på under en time.

Uffe havde haft rystelser og grædt det meste af aftenen. Sådan var det en sjælden gang imellem, når Merete ikke kom hjem, som hun plejede. Uffe kommunikerede ikke med ord, så det kunne være vanskeligt at aflæse ham; ja, somme tider troede man ikke, at han overhovedet var derinde. Men sådan var det jo slet ikke. Uffe var der i allerhøjeste grad.

Desværre var hjemmehjælperen blevet oprevet, det var tydeligt. Så hende kunne Merete sikkert ikke regne med en anden gang.

Først da hun fik ham med op i soveværelset og gav ham hans elskede baseball-kasket på, holdt Uffe op med at græde, men uroen var der stadigvæk. Øjnene virkede utrygge. Hun prøvede at dysse ham yderligere til ro ved at beskrive restaurantens mange gæster og de underlige udstoppede væsener. Hun opsummerede sine oplevelser og tanker og så, hvordan hendes ord beroligede ham. Sådan havde hun gjort i lignende situationer, siden han var ti-elleve år gammel. Når Uffe græd, så kom det dybt nede fra det ubevidste i ham. I de øjeblikke blev fortid og nutid hægtet sammen i Uffe. Som om han erindrede, hvad der var sket i hans liv før ulykken. Dengang han havde været en ganske normal dreng. Nej, ikke det. Ikke normal. Dengang han havde været en helt unik dreng med et lysende hoved fyldt med fabelagtige ideer og gode løfter for fremtiden. Han havde været en fantastisk dreng, og så kom ulykken.

DE NÆSTE DAGE havde Merete lynende travlt. Og selv om hendes tanker havde det med at gå sine egne veje en stor del af tiden, så var der jo ikke andre, der lavede arbejdet for hende. Ind på kontoret klokken seks om morgenen og efter en hård dag hurtigt af sted på motorvejen, så hun kunne være hjemme klokken atten. Ikke meget tid til at få det hele til at falde på plads.

Derfor hjalp det ikke på hendes koncentration, da der en dag stod en stor buket blomster på hendes bord.

Sekretæren var synligt irriteret. Hun kom fra DJØF, og dér var der åbenbart bedre tjek på adskillelsen mellem privatliv og arbejdsliv. Havde det været Marianne, var hun faldet i svime og havde pylret om blomsterne, som var de kronjuveler.

Nej, der var ikke meget støtte at hente fra den nye sekretær i private anliggender, men måske var det meget godt.

TRE DAGE EFTER modtog hun et valentins-telegram fra TelegramsOnline. Det var første gang i sit liv, hun havde modtaget et valentins-kort, men det føltes ikke rigtig godt her næsten to uger efter den 14. februar. På forsiden var der trykt to læber og teksten 'Love & Kisses for Merete', og hendes sekretær så forbitret ud, da hun overbragte det.

I telegrammet stod der: "Må tale med dig!"

Hun sad et stykke tid og rystede på hovedet, mens hun så på de to læber.

Så gled hendes tanker tilbage til aftenen på Bankeråt. Selv om det gav hende en dejlig følelse, så var det alligevel noget rod. Det var bare med at få det hele til at stoppe, før et eller andet udviklede sig.

Hun formulerede nogle gange for sig selv, hvad hun ville sige, tastede så nummeret på sin telefon og ventede, til mobilsvareren gik i gang.

"Hej, det er Merete," sagde Merete blidt. "Jeg har tænkt meget over det, men det nytter ikke. Mit arbejde og min bror kræver alt for meget af mig. Det bliver nok aldrig anderledes. Jeg er virkelig meget ked af det. Undskyld!"

Så tog hun sin mødekalender fra skrivebordet og stregede telefonnummeret ud omme i telefontavlen.

Hendes sekretær kom ind i det samme og standsede brat op foran skrivebordet.

Da Merete løftede hovedet mod hende, smilede hun på en måde, som Merete ikke havde set før.

HAN STOD UDE på trappen i Rigsdagsgården, uden overtøj på, og ventede. Det var bittert koldt, og hans ansigtskulør var ikke god. Trods drivhuseffekten bød februar ikke på opholdsvejr. Han så bønligt på hende og ænsede ikke pressefotografen, der netop var kommet ind ad porten fra Slotspladsen.

Hun forsøgte at trække ham tilbage mod indgangsdøren, men han var for stor og desperat.

"Merete," sagde han stille og lagde sine hænder på hendes skuldre. "Lad ikke det her ske. Jeg er helt desperat."

"Jeg er ked af det," sagde hun og rystede på hovedet. Hun så skiftet i hans blik. Pludselig lå det der igen, dette dybe, underforståede i hans øjne, som foruroligede hende.

Bag ham trak pressefotografen sit kamera op til kinden, fandens også. Hvis noget ikke var ønskeligt lige nu, så var det, at en sladderbladsfotograf skulle fotografere dem.

49

"Jeg kan desværre ikke hjælpe dig," råbte hun og løb ned mod sin vogn. "Det går bare ikke."

UFFE HAVDE SET på hende med undren, da hun begyndte at græde, mens de spiste, men det påvirkede ham ikke. Han løftede sin ske lige så langsomt som altid, smilede, hver gang han sank en skefuld, fokuserede sit blik på hendes læber og var langt væk.

"Fandens også," hulkede hun, slog næven i bordet og så på Uffe med forbitrelse og frustration langt ind i sjælen. Det kom desværre over hende oftere og oftere.

HUN VÅGNEDE MED drømmen smeltet ind i bevidstheden. Så levende, så dyrebar, og så frygtelig.

Det havde været en vidunderlig morgen dengang. Lidt frost og ganske lidt sne, nok til at fortætte højtidsstemningen. De var alle så fulde af liv. Merete seksten år, Uffe tretten. Hendes far og mor havde haft en nat, der fik dem til at smile drømmende til hinanden fra det øjeblik, de læssede vognen fuld af pakker, til det øjeblik, det hele sluttede. Juleaftensdagsmorgen, hvilket forunderligt sammensat og frydefuldt ord. Det var så fuldt af løfter. Uffe havde talt om at få en compact disc-afspiller, hvilket blev sidste gang i hans liv, han fik givet udtryk for et ønske.

Så var de kørt. De var glade, og Uffe og hun lo. Dér, hvor de skulle hen, var de ventet.

Uffe havde puffet til hende på bagsædet. Tyve kilo lettere end hende, men asende som en lille vild hundehvalp, der dykkede ind i flokken for at patte. Og Merete puffede igen, tog sin peruhue af og daskede ham i hovedet. Det var der, det blev for voldsomt.

I et sving gennem skoven slog Uffe igen, og Merete greb om ham og tvang ham ned i sædet. Han sparkede og hylede og skreg af latter, og Merete trykkede ham længere ned. I det øjeblik hendes far med et grin slog armen bagud, så både Merete og Uffe op. De var midt i en overhaling. Ford Sierraen skråt ud for dem var rød og grå af salt på sidedørene. Et par i fyrrerne sad på forsædet og så stift fremad. På bagsædet sad der en dreng og en pige, ganske som dem selv, og Uffe og Merete grinede mod dem. Drengen var vel et par år yngre end Merete og havde kort hår. Han fangede hendes sprælske blik, da hun slog til sin fars arm, og hun lo igen til ham og mærkede først, at hendes far havde mistet herredømmet, da drengens ansigtsudtryk pludselig forandrede sig i det pulserende lys fra grantræerne. I et sekund naglede hans rædselsslagne blå øjne sig fast i hendes, og så var de væk.

Lyden af metal, der kværnede mod metal, faldt præcis sammen med, at sidevinduerne i den anden vogn blev knust. Børnene på bagsædet i den anden bil væltede om på siden, og samtidig ramlede Uffe ind i hende. Bag hende knustes glas, og foran hende dækkedes forruden af bylter, der bankede mod hinanden. Om det var deres bil eller de andres, der fik træerne i vejkanten til at kvase, registrerede hun ikke, men Uffes krop var på det tidspunkt vredet rundt og ved at blive kvalt af sikkerhedsselen. Så lød der et øredøvende brag, først fra den anden bil og så fra deres egen. Blodet på indtrækket og forruderne blev blandet med jord og sne fra skovbunden, og Merete fik den første gren gennem læggen. En flækket træstamme bankede ind i bunden på vognen og kastede den et øjeblik op i luften. Braget, da de landede med snuden på vejbanen, blandede sig med den skærende lyd fra Ford Sierraen, der flåede et træ omkuld. Så vendte deres bil sig om i et ryk og rutsjede videre på den side, hvor Uffe var, over i tykningen overfor. Hans arm stak op i vejret, og benene var presset ind over hendes mors stol, der nu var vredet op af bunden. Hun så ikke sin mor og far på noget tidspunkt. Hun så kun Uffe.

Hun vågnede ved, at hjertet hamrede så hårdt i brystet på hende, at det gjorde ondt. Hun var iskold og klam af sved.

"Stop, Merete," sagde hun højt til sig selv og trak vejret så dybt, hun overhovedet kunne. Hun tog sig til brystet og forsøgte at stryge synet af sig. Kun når hun drømte, så hun detaljerne så forfærdende klart. Dengang det skete, opfattede hun dem ikke – kun helheden. Lys, skrig, blod og mørke og så lys igen.

Hun trak vejret dybt endnu en gang og vendte blikket nedad. I sengen

10

2007

"GODDAG, MIT NAVN er Assad," sagde han og langede Carl en behåret næve, der havde prøvet lidt af hvert.

Carl var ikke lige med det samme klar over, hvor han var, og hvem der talte til ham. Det havde heller ikke været nogen sindsoprivende morgen. Faktisk var han faldet godt og grundigt hen med benene på bordkanten, Sudoku-hæftet på maven og hagen halvt nede i skjorten. De ellers så skarpe pressefolder lignede en graf over hjerterytmer. Han trak de halvt paralyserede ben ned fra bordet og stirrede på den korte, mørke fyr, der stod foran ham. Han var med garanti ældre end Carl. Og med garanti ikke rekrutteret fra det bondeland, Carl selv kom fra.

"Assad, okay," svarede Carl sløvt. Hvad ragede det ham?

"Du er Carl Mørck, som der står ude på døren. Jeg skal gerne hjælpe dig, siger de. Er det rigtigt?"

Carl kneb øjnene lidt i og overvejede sætningernes facetter. Hjælpe ham?

"Ja, det håber jeg sgu," sagde Carl så.

HAN HAVDE SELV været ude om det, og var nu fanget af sine egne uigennemtænkte krav. Det var jo desværre sådan, at tilstedeværelsen af det lille væsen i kontoret over for ham forpligtede, det var først lige gået op for ham. Dels måtte manden beskæftiges, og dels måtte han i en vis rimelig udstrækning også beskæftige sig selv. Nej, det var ikke gennemtænkt. Carl ville ikke kunne drive den af dagen igennem, som han plejede, så længe den fyr sad og gloede på ham. Han havde ellers tænkt, at det ville

53

blive yderst enkelt med en medhjælp. At fyren ville få nok at gøre, mens han selv havde travlt med at tælle timerne på indersiden af sine øjenlåg. Der skulle jo vaskes gulv, og der skulle laves kaffe og lægges på plads og sættes i mapper. 'Der vil være rigeligt med opgaver,' havde han ment nogle få timer før. Men nu sad fyren der et par timer efter med store øjne og så over på ham, og alt var færdigt og klappet og klart. Selv bogreolen bag Carl var nu opfyldt af alfabetisk ordnet faglitteratur, og alle mapper var forsynet med rygnumre og klar til brug. Efter to en halv time havde manden udført sit arbejde, og det var så det.

Som Carl så det, måtte han egentlig gerne gå hjem nu.

"Du har kørekort?" spurgte han ham og håbede, at Marcus Jacobsen havde glemt at tage det med i betragtning, så hele ansættelsesforholdet kunne tages op til ny diskussion.

"Jeg kører både taxa og personvognen og lastvognen og en T-55 og også en T-62-tank og pansrede køretøjer og motorcyklerne med og uden kasse på."

Det var på det tidspunkt, at Carl foreslog ham, at han de næste par timer satte sig roligt på sin stol og læste i et par af bøgerne, der stod bag Carl. Han greb den nærmeste bog bag sig. Kriminalteknisk Håndbog af politiinspektør A. Haslund, ja, hvorfor ikke? "Læg godt mærke til sætningsopbygningerne, når du læser, Assad. Det kan man lære meget af. Har du læst meget på dansk?"

"Jeg har læst alle aviserne og også grundlovene og alt det andet."

"Alt det andet?" sagde Carl. Det ville ikke blive let, det her.

"Du kan måske også lide at løse Sudoku?" spurgte han og rakte ham sit hæfte.

DEN EFTERMIDDAG FIK han ondt i ryggen af at sidde ret op og ned. Assads kaffe var en rystende stærk oplevelse, og søvnbehovet var gennemboret af koffein og en irriterende fornemmelse af blod, der ræsede rundt i årerne. Det var derfor, han var begyndt at bladre i mapperne.

Et par af sagerne kendte han i forvejen til hudløshed, men langt de fleste var fra andre politikredse og et par af dem fra før hans tid i kriminalpolitiet. Fælles for dem alle var, at de havde været mandskabskrævende, havde fået stor opmærksomhed i medierne, at flere af sagerne havde involveret borgere, der var kendt i offentligheden, og at de var havnet på det niveau af opklaringsarbejdet, hvor alle spor endte blindt.

Skulle han sortere dem groft, så faldt de i tre kategorier.

Den første og største kategori var regulære mordsager af alle typer, hvor man nok kunne pege på plausible motiver, men ikke på en gerningsmand.

Den næste type sager var også mordsager, men af mere kompleks karakter. Motivet kunne indimellem være svært at finde. Der kunne være flere ofre involveret. Der kunne være domfældelse af medvirkende, men ikke af hovedmændene, og der kunne være en vis tilfældighed forbundet med selve mordet, og somme tider kunne motivet søges i en eller anden affekthandling. I denne type sager kunne en opklaring ofte være hjulpet godt på vej af heldige sammentræf. Vidner, der tilfældigvis kom forbi, køretøjer, der blev anvendt til anden kriminalitet, angiverier på grund af tredje omstændigheder og sådan noget. Sager, der ville gøre det vanskeligt for efterforskerne, hvis de ikke samtidig blev ledsaget af en vis portion held.

Og så var der den tredje kategori, som var et sammensurium af drabssager eller formodede drabssager i forbindelse med kidnapning, voldtægt, mordbrand, røveriske overfald med døden til følge, elementer af økonomisk kriminalitet og en del med politiske undertoner. Det var sager, hvor politiet var kommet til kort, og i visse sammenhænge tilmed sager, hvor retsbevistheden havde fået et alvorligt knæk. Et barn, der forsvandt fra sin barnevogn, en plejehjemsbeboer i De Gamles By, der blev fundet stranguleret i sin lejlighed. En fabriksejer, der blev fundet myrdet på en kirkegård i Karup, eller sagen om diplomatkvinden i Zoologisk Have. Hvor nødigt Carl end ville indrømme det, så havde Piv Vestergårds valgflæsk-emsighed en vis mening. For ingen af disse sager kunne lade en vaskeægte politimand kold.

Han tog sig endnu en smøg og så over på Assad skråt overfor. 'En rolig mand,' tænkte han. Hvis han kunne passe sig selv, som han gjorde nu, så ville det alligevel nok kunne blive ret så udmærket.

Han lagde de tre bunker foran sig på skrivebordet og så på uret. Lige en halv time med armene over kors og lukkede øjne. Så kunne de tage hjem.

"HVAD ER DET for nogle sager så, du har der?"

Carl så op på Assads mørke øjenbryn gennem to sprækker, der nægtede at blive større. Den tætte mand stod bøjet over skrivebordet med Kriminalteknisk Håndbog i den ene hånd. En finger mellem siderne antydede, at han var kommet godt ind i den. Måske så han bare på billeder, det var der mange, der gjorde.

"Du, Assad, du afbrød mig lige i en tankekæde." Han undertvang et gab. "Nå, men nu det er gjort, så er det altså de sager, som vi skal arbejde på. Gamle sager, som andre har opgivet at komme videre med, er du med?"

Assad hævede sine øjenbryn. "Det er meget interessant," sagde han og løftede den øverste mappe op. "Ingen ved noget om, hvem der har gjort hvad og sådan?"

Carl strakte nakken og så på uret. Den var ikke engang tre. Så tog han mappen og så på den. "Jeg kender ikke sagen her. Det er noget med udgravningerne på Sprogø, da de lavede Storebæltsbroen. De fandt et lig, og meget længere kom de ikke. Det var politiet i Slagelse, der tog sig af den sag. Snøvlehoveder."

"Snøvlehoveder?" Assad nikkede. "Og den kommer først for dig?"

Carl så uforstående på ham. "Om det er den første sag, vi går i gang med, mener du?"

"Ja, er det det så?"

Carl rynkede brynene. Det var alt for mange spørgsmål på en gang. "Jeg skal lige først kigge dem alle sammen grundigt igennem, så beslutter jeg mig senere."

"Er det meget hemmeligt så?" Assad lagde forsigtigt mappen tilbage i bunken.

"Sagsakterne her? Ja, der kan godt stå ting i dem, som ikke er beregnet for andre."

Den mørke mand stod et øjeblik tavs som en dreng, der havde fået nej

56

til en is, men godt vidste, at hvis han stod længe nok, så kom der en chance mere. De så på hinanden længe nok til, at Carl blev forvirret.

"Ja?" spurgte han. "Ville du noget bestemt?"

"Når jeg nu er hernede og lover, at jeg er tavs som segl og lås og aldrig siger noget om ting, som jeg har set, kan jeg så også se i mapperne så?"

"Det er jo ikke dit arbejde, Assad."

"Nej, men hvad er så mit arbejde lige nu? Jeg er kommet lige til side femogfyrre i bogen, og nu vil mit hoved noget andet."

"Jaså." Han så sig om for at finde udfordringer til om end ikke Assads hoved, så hans velproportionerede overarme. Der var ikke meget at gøre for Assad, det kunne han godt se. "Jamen hvis du lover ved alt helligt, at du ikke på nogen måde taler med andre end mig om, hvad du læser, så værsgo." Han skubbede den yderste bunke et par millimeter over mod ham. "Der er tre bunker, og du må ikke rode rundt i dem. Der er et meget fint system, jeg har lavet, det har taget mig lang tid. Og husk så: Ikke tale med andre end mig om sagerne, Assad." Han vendte sig om mod sin computer. "Og en ting mere, Assad. Det er mine sager, og jeg har travlt, du ser selv, hvor mange der er. Så du skal ikke bare regne med, at jeg diskuterer sagerne med dig. Du er ansat til at holde rent og lave kaffe og køre for mig. Har du ikke noget at lave, så er det okay for mig, at du læser. Men det har ikke noget med dit arbejde at gøre. Okay?"

"Okay, ja." Han stod et øjeblik og så på den midterste af bunkerne. "Det er nogen særlige sager, som ligger for sig selv, kan jeg godt forstå det. Jeg tager de tre øverste. Jeg roder ikke rundt med dem alle sammen. Jeg holder dem i mapperne for sig selv inde hos mig. Når du skal bruge dem, så bare råb, så kommer jeg med dem igen."

Carl fulgte ham med øjnene. Tre mapper under armen og Kriminalteknisk Håndbog i beredskab. Det var stærkt bekymrende.

DER GIK IKKE mere end en time, før Assad igen stod inde hos ham. I mellemtiden havde Carl tænkt på Hardy. Stakkels Hardy, der ville have, at Carl slog ham ihjel. Hvordan kunne han det? Det var ikke tanker, der bragte ret meget konstruktivt med sig.

Assad lagde den ene af mapperne foran ham. "Her er den eneste sag, som jeg husker for mig selv. Det skete lige præcis, mens jeg gik på danskkursus, så vi læste om den i aviserne. Den var så meget interessant, synes jeg dengang. Også nu."

Han rakte akten til Carl, der så et øjeblik på den. "Så kom du til Danmark i 2002?"

"Nej i '98. Men jeg gik til danskkursus i 2002. Var du med i den sag så?"

"Nej, det var en sag for Rejseholdet før omstruktureringerne."

"Og Rejseholdet gjorde det, fordi det skete ude på vandet?"

"Nej, det var ...." Han betragtede Assads opmærksomme ansigt og de dansende øjenbryn. "Ja, det er rigtigt," korrigerede han så. Hvorfor belemre Assads i forvejen helt blanke baggrundsviden med politiets procedurer.

"Hun var en flot pige, Merete Lynggaard, synes jeg." Assad smilede skævt.

"Flot?" Han så den smukke, vitale kvinde for sig. "Ja, det var hun bestemt."

11

2002

DER GIK NOGLE dage, hvor beskederne hobede sig op. Meretes sekretær prøvede at skjule sin irritation over det og spillede venlig. Flere gange sad hun længe og så på Merete, når hun troede sig ubemærket. Spurgte en enkelt gang, om Merete havde lyst til at spille squash med hende i weekenden, men Merete afviste hende. Der skulle ikke være noget kammerateri imellem hende og de ansatte.

Så faldt sekretæren tilbage til sit sædvanlige mutte og afmålte jeg.

Merete tog de sidste beskeder, som sekretæren havde samlet på hendes skrivebord, med hjem om fredagen, og dumpede dem efter flere gennemlæsninger i skraldeposen. Så snørede hun posen sammen og gik ud med den i skraldespanden. Det skulle gøres helt færdigt.

Og hun følte sig elendig og tarvelig.

HJEMMEHJÆLPEREN HAVDE SAT en gratin på bordet. Den var stadig lunken, da hun og Uffe var færdige med at ræse rundt i huset. Ved siden af det ildfaste fad lå der en lille seddel oven på en kuvert.

'Åh nej, nu siger hun op,' tænkte Merete og læste sedlen.

'Der var en mand her med kuverten. Det var vist noget med ministeriet.'

Merete tog kuverten og flåede den op.

'God tur til Berlin,' stod der bare.

Ved siden af hende sad Uffe med sin tomme tallerken og smilede forventningsfuldt, mens hans næsebor vibrerede for den liflige duft. Hun pressede læberne sammen og øsede op til ham, mens hun prøvede at lade være med at græde.

SUSET FRA ØSTENVINDEN var taget til og rejste bølgerne, så skumsprøjtet slog halvt op på skibets sider. Uffe elskede at stå ude på soldækket og betragte kølvandsstriben forme sig langs skibet og mågerne, der hvilede på vingerne over dem. Og Merete elskede, når Uffe var glad. Hun glædede sig nu. Det var godt, at de alligevel var taget af sted. Berlin var jo sådan en vidunderlig by.

Længere oppe på dækket stod et ældre par og så på dem, og bag dem sad en familie ved et af bordene tæt på skorstenen med termokander og medbragte sandwicher. Børnene var allerede færdige, og Merete smilede til dem. Faderen så på sit ur og sagde noget til konen. Så begyndte de at pakke sammen.

Hun huskede sådanne udflugter med forældrene. Det var meget længe siden. Hun drejede sig rundt. Nu var folk allerede ved at gå ned på vogndækket. De var snart i havn i Puttgarden, bare ti minutter endnu, men det var ikke alle, der havde travlt. Nede ved panoramaruderne over stævnen stod i hvert fald et par fyre med halstørklæder godt oppe omkring hagen og så roligt ud over havet. Den ene virkede meget mager og afkræftet. Merete vurderede, at der var et par meter imellem dem, så de var nok ikke sammen.

En pludselig indskydelse fik hende til at tage brevet op af lommen og se på de fire ord en gang til. Så lagde hun brevet tilbage i kuverten og rakte den op i luften, lod den et øjeblik blafre for vinden og slap. Den slog et slag opad og dykkede så ind mod en åbning i skibssiden under soldækket. Et øjeblik troede hun, at de skulle ned og samle den op, men så dansede den pludselig ud igen og frem over bølgerne, tog et par drejninger og forsvandt så i det hvide skum. Uffe lo. Han havde fulgt kuverten med øjnene hele vejen. Så hvinede han og tog han sin baseball-kasket af og kastede den ud efter brevet.

"Stop," var alt, hun nåede at råbe, før kasketten dykkede i havet.

Han havde fået den til jul og elskede den. I samme øjeblik den var væk, fortrød han. Det var tydeligt, at han overvejede at springe efter den i et forsøg på at få den tilbage.

"Nej, Uffe," råbte hun. "Det går ikke, den er væk!" Men Uffe havde allerede sat den ene fod på rælingens metalbarriere og stod og brølede ud over trærækværket med kroppens tyngdepunkt alt for højt oppe.

"Stop dog, Uffe, det går ikke," råbte hun igen, men Uffe var stærk, meget stærkere end hende, og Uffe var langt væk. For ham lå bevidstheden nede i bølgerne hos en baseball-kasket, han havde fået til jul. En relikvie i hans enkle, gudløse liv.

Så slog hun ham hårdt i ansigtet. Hun havde aldrig gjort det før og trak omgående og forskrækket hånden til sig. Uffe forstod det slet ikke. Han glemte sin kasket og tog sig til kinden. Han var i chok. I mange år havde han aldrig følt smerte som den. Han forstod den ikke. Så på hende og slog så igen. Slog hende som aldrig før.

12
2007

HELLER IKKE DEN nat havde drabschef Marcus Jacobsen fået sovet ret meget.

Vidnet fra sagen om cyklistmordet i Valbyparken havde prøvet at tage en overdosis sovepiller. Hvad helvede der kunne drive hende derud, forstod han ikke. Hun havde trods alt børn og en mor, der elskede hende. Hvem kunne true en kvinde så langt ud? De havde tilbudt hende vidnebeskyttelse og alt, hvad der skulle til. Hun var overvåget dag og nat. Hvor havde hun overhovedet fået de piller fra?

"Du skulle ta' hjem og få lidt søvn," sagde hans souschef, da Marcus kom tilbage fra sit sædvanlige fredagsmorgenmøde med chefinspektøren i politidirektørens parolesal.

Han nikkede. "Ja, måske bare et par timer. Så må du tage ud på Rigshospitalet sammen med Bak og se, om du kan få noget ud af kvinden. Og sørg for, at hendes mor og børn kommer med, så hun kan se dem. Vi må prøve at få hende tilbage til virkeligheden."

"Ja, eller væk fra den," sagde Lars Bjørn.

Telefonen var blevet omstillet, men alligevel ringede den. "Kun Dronningen og Prins Henrik må komme igennem", havde han sagt til sekretæren. Så var det nok hans kone. "Ja," sagde han og følte sig pludselig endnu mere træt, da han hørte stemmen.

"Det er politidirektøren," hviskede Lars Bjørn med hånden over røret. Han rakte Marcus røret og listede så ud af lokalet.

"Ja, Marcus," lød politidirektørens karakteristiske stemme. "Jeg ringer for at fortælle, at justitsministeren og udvalgene har arbejdet hurtigt. Så nu er ekstrabevillingen gået igennem."

"Det er dejligt at høre," svarede Marcus og prøvede at forestille sig, hvordan budgettet kunne splittes op.

"Ja, du kender jo kommandovejen. I dag har Piv Vestergård og retsudvalget i Danmarkspartiet været til møde i Justitsministeriet, og så går hele møllen i gang. Chefen for Politikontoret har bedt Rigspolitichefen om at bede mig spørge dig, om I har styr på den nye afdeling?" sagde hun.

"Jo, det skulle jeg da mene," sagde han med rynkede bryn, mens han så Carls trætte ansigt for sig.

"Det er godt, det vil jeg lade gå videre. Og hvilken sag er så den første, I tager fat på?"

Det var ikke ligefrem et spørgsmål, der pustede til energien.

***

CARL HAVDE NETOP belavet sig på at skulle hjem. Uret på væggen sagde 16.36, men hans indre ur var adskillige timer længere henne på dagen. Derfor var det unægtelig en streg i regningen, da Marcus Jacobsen ringede til ham og sagde, at han lige ville komme ned og aflægge ham et besøg. "Jeg må kunne give videre, hvad du arbejder med."

Carl så opgivende på den tomme opslagstavle og rækken af brugte kaffekopper, der stod på hans lille konferencebord. "Jeg skal have tyve minutter, Marcus, så kan du komme. Vi har rivende travlt lige nu."

Han lagde røret på og fyldte kinderne med luft. Så pustede han langsomt ud, mens han rejste sig og gik over gangen. Inde i rummet havde Assad indrettet sig.

På hans usædvanlig lille skrivebord stod der to indrammede fotos med et utal af mennesker på. Oppe over skrivebordet hang en plakat på væggen med arabiske bogstaver og et nydeligt billede af en eksotisk bygning, som Carl ikke på stående fod kunne genkende. På knagen på døren hang der en brun kittel af den slags, der var forsvundet ud af sortimentet sammen med benvarmerne. Han havde sat sine redskaber sirligt på ræk-

63

ke langs endevæggen: spand, moppe, støvsuger og et hav af flasker med krasse rengøringsmidler. På reolens hylder lå gummihandsker, en lille transistorradio med kassettebåndoptager, der utrolig dæmpet udsendte lyde, som hensatte en til bazaren i Sousse, og lige ved siden af lå der blok, papir, blyant, Koranen og et lille udvalg af tidsskrifter med arabisk skrift. Foran reolen lå et spraglet bedetæppe, som næppe kunne være stort nok til at ramme hans knælende krop ind. Det var alt i alt ganske malerisk.

"Assad," sagde han. "Vi har lidt travlt. Drabschefen kommer herned om tyve minutter, og vi skal lige have gjort nogle ting parat. Når han kommer, vil jeg sætte pris på, at du vasker gulvet i den anden ende af gangen. Der bliver nok en smule overarbejde, men det håber jeg går."

"DET MÅ JEG sige, Carl," sagde Marcus Jacobsen og nikkede over mod hans opslagstavle med trætte øjne. "Du har sandelig fået systematiseret stedet her. Du er ved at komme ovenpå igen?"

"Ovenpå? Joh, jeg gør jo, hvad jeg kan. Men du skal regne med, at der er et stykke vej endnu, før jeg er oppe på fuld kraft."

"Du må endelig sige til, hvis du skal have en snak med krisepsykologen igen. Man skal ikke underkende de traumer, som de oplevelser, du har været ude for, kan give."

"Det tror jeg nu ikke bliver nødvendigt."

"Det er godt, Carl, men husk nu at sige til." Han vendte sig om mod endevæggen. "Du har fået sat din fladskærm op," sagde han og stirrede på et fyrretommers billede af TV 2 News.

"Ja, vi må jo følge med i verdens gang." Han sendte en venlig tanke til Assad. Manden havde koblet skidtet til i løbet af fem minutter. Det kunne han altså også.

"De har i øvrigt lige sagt, at vidnet i sagen om cyklistmordet har forsøgt at begå selvmord," fortsatte Carl.

"Hvad! Fandens også, er det allerede ude?" udbrød drabschefen og så endnu mere udbombet ud.

Carl trak på skuldrene. Efter ti år som drabschef måtte manden da efterhånden have vænnet sig til mosten. "Jeg har opdelt sagerne i tre kategorier," sagde han og pegede på bunkerne. "Det er store og heftige sager. Jeg har brugt dage til at sætte mig ind i dem. Det her kommer til at tage en masse tid, Marcus."

Drabschefen vendte blikket væk fra skærmen. "Det må tage den tid, det tager, Carl. Bare vi kommer med resultater indimellem. Du må endelig sige til, hvis vi kan assistere dig deroppe." Han forsøgte at smile.

"Hvilken sag er du så indstillet på skal være den første?" fortsatte han.

"Joeh, jeg har flere i gang på et mere basalt plan. Men Merete Lynggaard-sagen bliver nok den første."

Drabschefen livede op. "Ja, det var en mærkværdig sag. Sådan at forsvinde på Rødby-Puttgarden-færgen i løbet af et par minutter. Uden vidner."

"Der er mange mærkelige omstændigheder i den sag," sagde Carl og prøvede at huske bare én.

"Hendes bror blev anklaget for at have skubbet hende i havet, husker jeg, men sigtelsen blev senere frafaldet. Er det et spor, du vil tage op?"

"Måske. Jeg ved ikke, hvor han er nu, så jeg skal lige have sporet ham op. Men der er også andre tråde, der springer i øjnene."

"Jeg mener da, at der står i akterne, at han er blevet anbragt på en institution i Nordsjælland," sagde drabschefen.

"Javel, ja. Men måske er han der ikke mere." Carl forsøgte at se eftertænksom ud. 'Gå nu op igen på dit kontor, hr. drabschef,' tænkte han. Alle de spørgsmål, og så havde han kun nået at læse i rapporten i fem minutter.

"Han er på noget, der hedder Egely. I Frederikssund by." Stemmen kom ovre fra døråbningen, hvor Assad stod og lænede sig op ad sin kost. Han så ud som en fra en anden planet med sit elfenbenssmil og sine grønne gummihandsker og en kittel, der nåede ham til anklerne.

Drabschefen så forvirret på det eksotiske væsen.

"Hafez el-Assad," sagde han og rakte en gummihandske frem.

"Marcus Jacobsen," sagde drabschefen og rystede hans hånd. Så vendte han sig spørgende om mod Carl.

"Det er vores nye hjælper hernede i afdelingen. Assad har hørt mig tale om sagen," sagde Carl og sendte Assad et blik, som Assad lod prelle af.

"Jaså," sagde drabschefen.

"Ja, min vicepolitikommissær Mørck har virkelig arbejdet hårdt så. Jeg har bare hjulpet lidt her og så der, og hvor man nu kan." Han smilede bredt. "Hvad jeg ikke forstår er så, at Merete Lynggaard aldrig blev fundet i vandet. I Syrien, hvor jeg kommer fra, er der massevis af hajer i vandet, som æder de døde lig. Men hvis der ikke er så mange hajer i havet ved Danmark, så skulle man da nok finde dem på et tidspunkt. De lig bliver jo som balloner med alt det rådne indeni, som udvider sig."

Drabschefen forsøgte at smile. "Javel. Men havene omkring Danmark er dybe og store. Det sker ikke så sjældent, at vi ikke finder folk, der drukner. Det er faktisk sket flere gange, at folk er faldet over bord fra passagerskibe i farvandet dernede og aldrig er blevet fundet."

"Assad," Carl så på uret. "Du kan godt gå hjem nu. Vi ses i morgen."

Han nikkede kort og tog så gulvspanden op. Efter en anelse skramlen ovre fra den anden side dukkede hans ansigt op i døråbningen og sagde farvel.

"Noget af en type, ham Hafez el-Assad," sagde drabschefen, da lyden af trinene var forstummet.

13

2007

EFTER WEEKENDEN LÅ der et memo fra souschefen på Carls computer: 'Jeg har informeret Bak om, at du er gået i gang med Merete Lynggaard-sagen. Bak var på sagen med Rejseholdet i afslutningsfasen af efterforskningen, så han ved noget. Lige nu knokler han med cyklistmordet, men er indstillet på, helst snarest muligt, at skulle tale med dig.' Underskrevet Lars Bjørn.

Carl fnøs. 'Helst snarest muligt'. Hvad bildte Bak sig ind, den hellige Frederik? Selvretfærdig, selvhøjtidelig, selvhævdende. Bureaukrat og duksedreng i ét. Konen skulle sikkert udfylde skemaer i tre gennemslag, før hun kunne gøre krav på eksotiske kærtegn under bæltestedet.

Men Bak havde altså efterforsket en sag, som *ikke* var blevet løst. Lækkert. Man følte sig næsten motiveret til at prøve at løse knuderne op selv.

Han tog sagsmappen fra bordet og bad Assad om at lave sig en kop kaffe. "Ikke så stærk som i går, Assad," bad han og tænkte på afstanden ned til toiletterne.

LYNGGAARD-SAGEN VAR NOK den mest sammensatte og alsidige sagsmappe, Carl endnu havde set. Kopier af alt fra rapporter om broren Uffes tilstand til udskrifter af afhøringer, udklip fra ugepressen og sladderspalterne, et par videobånd med interviews med Merete Lynggaard og detaljerede udskrifter af vidneudsagn fra kolleger og fra passagerer på båden, som havde set søskendeparret sammen på soldækket. Der var fotos af samme soldæk og af rælingen og afstanden ned til vandet. Der var fingeraftryksanalyser taget dér, hvor hun var forsvundet. Der var adresser på

67

utallige passagerer, som havde taget billeder om bord på Scandlines-færgen, ja, der var sågar en kopi af bådens log, hvoraf det fremgik, hvordan kaptajnen reagerede på hele sagen. Der var bare ikke noget, der kunne bringe Carl videre.

'Jeg må se de videobånd,' tænkte han efter nogen gennemlæsning og så opgivende over på sin dvd-afspiller.

"Jeg har en opgave til dig, Assad," sagde han, da fyren kom tilbage med den dampende kaffe. "Du skal gå op til drabsafdelingen på anden sal og ind gennem de grønne døre og videre ad de røde gange, til du når en udposning, hvor der ..."

Assad rakte ham kaffekruset, der allerede på lang afstand duftede af svære maveproblemer. "Udposning?" sagde han med rynkede bryn.

"Ja, du ved. Dér, hvor den røde gang bliver lidt bredere. Så skal du gå hen til en lyshåret kvinde. Hun hedder Lis. Hun er god nok. Til hende skal du sige, at du skal have en videomaskine med ned til Carl Mørck. Vi er fine venner, hun og jeg." Han blinkede til Assad, der blinkede igen.

"Men hvis det kun er den mørkhårede, der er der, så skal du bare komme ned igen."

Assad nikkede.

"Og husk at tage et scartstik med," råbte han, da Assad sjokkede op ad den neonbelyste kældergang.

"DET VAR DEN mørkhårede, som lige var deroppe," sagde han, da han kom tilbage. "Hun gav mig to videomaskiner og sagde, at de ikke skulle have dem igen." Han smilede bredt. "Hun var også smuk."

Carl rystede på hovedet. Så måtte der have været personaleudskiftning.

Den første video stammede fra en TV Avis den 20. december 2001, hvor Merete Lynggaard kommenterede en uformel sundheds- og klimakonference i London, som hun havde deltaget i. Interviewet handlede først og fremmest om hendes drøftelser med en senator Bruce Jansen om amerikanernes holdning til WHOs arbejde og Kyoto-protokollen, hvilket efter hendes mening skabte stor optimisme for fremtiden. 'Er hun mon let at fuppe?' tænkte han. Men bortset fra denne sikkert aldersbetingede naivitet fremtrådte Merete Lynggaard i øvrigt nøgtern og saglig og præcis og overstrålede i den grad den nyudnævnte indenrigs- og sundhedsminister, der stod ved siden af hende og lignede en parodi på en gymnasielærer i en tresserfilm.

"En rigtig flot og køn dame," kommenterede Assad fra døren.

Den anden video var fra den 21. februar 2002, hvor Merete Lynggaard på sit partis miljøordførers vegne kommenterede den selvsmagende miljøskeptiker Bjarke Ørnfelts anmeldelse til Udvalgene Vedrørende Videnskabelig Uredelighed.

'Sikke et navn at give et udvalg,' tænkte Carl. At noget i Danmark kunne lyde så kafka'sk.

Denne gang var det en helt anden type Merete Lynggaard, der trådte frem på skærmen. Mere nærværende, mindre politiker.

"Hun er virkelig, virkelig så smuk der," sagde Assad.

Carl så på ham. Betydningen af en kvindes udseende var åbenbart et særlig værdifuldt parameter i den lille mands tilværelse. Men Carl gav Assad ret. Der lå en ganske særlig aura omkring hende under det interview. Bunker af den der usandsynlig stærke appeal, som næsten alle kvinder er i stand til at bølge ud til omgivelserne, når de har det allerbedst. Meget sigende, men også forvirrende.

"Var hun gravid så?" spurgte Assad. Af antallet af familiemedlemmer på hans fotos at dømme var det en kvindelig tilstand, han havde rimelig meget erfaring med.

Carl tog en smøg og bladrede i mappen en gang til. Af gode grunde kunne en obduktionsrapport ikke hjælpe ham til besvarelse af det spørgsmål, eftersom liget aldrig var blevet fundet. Og når han skimmede sladderspalteartiklerne, blev det også mere end antydet, at hun ikke var til mænd, selv om det selvfølgelig i sig selv ikke kunne forhindre, at hun blev gravid. Ja, når han så nærmere efter, så var hun faktisk aldrig blevet set i nærkontakt med nogen som helst, heller ikke en kvinde.

"Hun var nok bare lige forelsket," konkluderede Assad, mens han ba-

69

skede cigaretrøgen væk og nu var så tæt på, at han nærmest var kravlet ind i skærmen. "Den lille klat rødt på kinden der. Se selv!"

Carl rystede på hovedet. "Jeg vil tro, at det kun var to grader varmt den dag. Udendørs interviews har det med at få politikere til at se sundere ud, Assad, hvorfor skulle de ellers finde sig i det?"

Men Assad havde ret. Forskellen på det foregående interview og det her var markant. Der var sket et eller andet i mellemtiden. Sagen om Bjarke Ørnfelt, en tumpet levebrødslobbyist med speciale i at spalte fakta om naturkatastrofer ned til uigenkendelige atomer, kunne da for katten ikke få hende til at gløde så delikat.

Han stirrede tomt ud i luften et øjeblik. Der kom altid et tidspunkt i en efterforskning, hvor man inderlig ønskede, at man havde truffet ofret i live. Denne gang kom det tidligere end normalt.

"Assad. Ring til den der institution, Egely, hvor Merete Lynggaards bror er anbragt, og træf så en aftale på vicekriminalkommissær Mørcks vegne."

"Vicekriminalkommissær Mørck, hvem er det?"

Carl prikkede sig i tindingen. Var han dum eller hvad? "Hvem mon?"

Assad rystede på hovedet. "Ja, inde i mit hoved troede jeg, du var vice-politikommissær så. Hedder det ikke det nu efter den nye politireform?"

Carl trak vejret dybt. Dødssyge politireform. Den ville han da skide på.

FORSTANDEREN PÅ EGELY ringede tilbage efter ti minutter og prøvede ikke at skjule sin undren over, hvad det hele gik ud på. Så havde Assad nok improviseret lidt over opgaven, men hvad fanden kunne man forvente af en assistent med doktorgrad i gummihandsker og plastikspand? Alle skulle jo krybe, før de kunne gå.

Han så over på sin hjælper og gav ham et opmuntrende nik, da han kiggede op fra sin sudoku.

I løbet af et halvt minut satte Carl forstanderen ind i sagen, og svaret blev kort og klart. Uffe Lynggaard talte overhovedet ikke, så derfor havde vicekriminalkommissæren heller ikke noget at tale med ham om. Desuden var det sådan, at selv om Uffe Lynggaard var stum og svær at nå, så var han altså ikke umyndiggjort. Og da Uffe Lynggaard ikke havde givet sin accept til, at folk på institutionen kunne udtale sig på hans vegne, så kunne *de* altså heller ikke sige noget. Det var det rene renden i ring efter hundens hale.

"Jeg kender procedurerne. Selvfølgelig er jeg ikke ude på at krænke nogens tavshedspligt. Men jeg efterforsker jo hans søsters forsvinden, så jeg tror, at Uffe kan have meget stor glæde af at tale med mig."

"Han taler ikke, det sagde jeg vist lige før."

"Det er der faktisk ikke ret mange af dem, vi udspørger, der gør, men vi klarer os alligevel. Vi er gode til at opfange uudtalte signaler herinde i Afdeling Q."

"Afdeling Q?"

"Ja, vi er eliteefterforskningsholdet her på Gården. Hvornår kan jeg komme?"

Der lød et suk. Manden var klog nok. Han genkendte en bulldog, når han mødte en.

"Jeg skal se, hvad jeg kan gøre. De får besked," sagde han så.

"Hvad sagde du egentlig til manden, da du ringede ham op, Assad?" råbte han, da han havde lagt røret.

"Til ham manden? Jeg sagde, at jeg ville tale kun med chefen, og ikke kun en forstander."

"Forstanderen *er* chefen, Assad."

Carl trak vejret dybt, rejste sig og gik over og så ham dybt i øjnene. "Kender du ikke ordet formand? En forstander er en slags formand." De nikkede til hinanden, så var det slået fast. "Assad, i morgen henter du mig ude i Allerød, hvor jeg bor. Vi skal ud at køre, er du med på den?"

Han trak på skulderen.

"Og der bliver ikke noget problem med det dér, når vi skal ud at køre sammen, vel?" Han pegede på bedetæppet.

"Det dér kan rulles sammen."

"Jaså. Og hvordan ved du så, om det vender mod Mekka?"

Assad pegede på sit hoved, som om der var indopereret en GPS-anord-

71

ning i tindingelappen. "Og hvis man er lidt sådan, at man alligevel ved ikke hvor, så er der dén her." Han løftede et af tidsskrifterne på reolen og åbenbarede et kompas.

"Okay?" Carl stirrede op på de massive bundter af metalrør, der strøg hen over lofterne. "Det kompas kan du ikke bruge hernede."

Assad pegede igen på sit hoved.

"Jaså, så har du det på fornemmelsen. Det behøver altså ikke at være så nøjagtigt?"

"Allah er stor. Han har så brede skuldre."

Carl skød læben frem. Selvfølgelig havde Allah det. Hvad tænkte han dog på?

FIRE SÆT ØJNE over blåsorte rande vendte sig mod Carl på holdleder Baks kontor. Ingen kunne være i tvivl om, at holdet var hårdt presset. På væggen hang et stort kort over Valbyparken, der kortlagde væsentlige elementer i den aktuelle sag: mordstedet, findestedet af mordvåbnet, som var en gammeldags ragekniv, stedet hvor vidnet så den myrdede og den formodede gerningsmand sammen, og endelig vidnets rute gennem hele parken. Alt var udmålt og gennemanalyseret, og ingenting passede sammen.

"Vores snak må vente til senere, Carl," sagde Bak og rykkede i ærmet på sin sorte læderjakke, som han havde arvet efter den gamle drabschef. Den jakke var hans klenodie, hans bevis på, at han var særlig fantastisk, og den kom sjældent af ham. Radiatorerne buldrede ganske vist mindst fyrre grader varm luft rundt i lokalet, men alligevel. Han regnede vel snart med at skulle ud af døren.

Carl så på de fotos, der var pinnet op på opslagstavlen bag dem, og det var ikke et opmuntrende syn. Tilsyneladende var liget blevet skamferet efter døden. Dybe flænger i brystet, et halvt øre skåret af. På hans hvide skjorte var der tegnet et kryds med ofrets eget blod. Carl gik ud fra, at det halve øre havde været pennen. Det frosne græs omkring cyklen var trådt fladt, og der var trampet på hans cykel, så egerne i forhjulet var mast helt sammen. Hans taske lå åben, og bøgerne fra handelsskolen var spredt ud på græsset.

"Snakken må vente til senere, siger du? Okay. Men kan du ikke inden da lige negligere din hjernedød et øjeblik og fortælle mig, hvad dit kronvidne siger om den person, hun så tale med ofret lige før mordet?" spurgte han.

De fire mænd kiggede på ham, som om han havde krænket en gravfred.

Baks øjne så dødt på ham. "Det er ikke din sag, Carl. Vi taler sammen senere. Tro det eller lad være, men vi har travlt heroppe."

Han nikkede. "Jamen, det lyser jo ud af jeres kornfede ansigter. Selvfølgelig har I travlt. I har vel også folk ude at ransage vidnets bopæl, efter at hun blev indlagt, kan jeg tænke mig."

De kiggede på hinanden. Irriteret, men også spørgende.

Det havde de altså ikke. Fedt nok.

MARCUS JACOBSEN HAVDE sat sig ind på sit kontor, umiddelbart før Carl kom. Som sædvanlig så han godt ud. Skilningen i håret var knivskarp, blikket årvågent og nærværende.

"Marcus, har I ransaget vidnets bopæl efter selvmordsforsøget?" spurgte Carl og pegede på sagsmappen, der lå midt på drabschefens bord.

"Hvad mener du?"

"I har ikke fundet ofrets halve øre, vel?"

"Nej, ikke endnu. Og du antyder, at det kunne ligge på vidnets bopæl."

"Jeg ville lede efter det, hvis jeg var jer, chef."

"Hvis hun har modtaget det, så er jeg sikker på, at hun også har skaffet sig af med det."

"Så led i skraldespandene nede i gården. Og se godt efter i toilettet."

"Så er det jo nok skyllet ud, Carl."

"Kender du den historie med lorten, der havde det med at dukke op, uanset hvor mange gange man trak?"

"Ja ja, Carl. Lad os nu se."

"Afdelingens stolthed, hr. duksedreng Bak, vil ikke snakke med mig."

"Så må du jo vente, Carl. Dine sager løber jo ikke ligefrem nogen vegne."

"Det er bare, så du ved det. Det sætter mig jo tilbage i mit arbejde."

"Så kigger du på en af de andre sager imens, vil jeg foreslå." Han tog sin kuglepen op og trommede et par takter på bordkanten. "Og hvad med ham starutten dernede? Du går vel ikke og involverer ham i efterforskningen, vel?"

"Åh, ved du hvad, i den store afdeling, jeg har, så er der såmænd ikke store chancer for, at han kan nå at opfatte ret meget af, hvad der foregår."

Drabschefen smed kuglepennen hen på en af bunkerne. "Carl, du har tavshedspligt, og manden er ikke politimand. Bare du husker det."

Carl nikkede. Han skulle nok selv bestemme, hvad der skulle siges og hvor. "Hvor har I overhovedet fundet Assad? På Arbejdsformidlingen?"

"Aner det ikke, spørg Lars Bjørn. Eller spørg manden selv."

Carl rakte en finger i vejret. "I øvrigt så vil jeg gerne have en plantegning over kælderen, målfast og med verdenshjørner."

Marcus Jacobsen så en anelse træt ud igen. Det var ikke ret mange, der vovede at sætte ham på så besynderlige opgaver. "Du kan skrive oversigtsplanen ud fra intranettet, Carl. Pærelet!"

"HER," SAGDE CARL og prikkede på plantegningen, der lå foran Assad. "Her ser du den væg der, og dér ligger dit bedetæppe. Og her ser du pilen mod nord. Nu kan du placere dit bedetæppe helt nøjagtigt."

Det var øjne fulde af respekt, der blev rettet op mod ham. De skulle nok blive et godt team.

"Der er to, der har ringet med telefonen til dig. Jeg har fortalt dem begge to, at du så gerne ville ringe tilbage engang."

"Ja?"

"Ham dér forstanderen i Frederikssund og så en dame, der snakkede som en maskine, der skærer i metal."

Han sukkede dybt. "Vigga, det er min kone." Så havde hun hans nye lokalnummer. Freden var forbi.

"Kone? Du har en kone?"

"Åh, Assad. Det er for svært at forklare. Lad os lige lære hinanden at kende først."

Assad pressede læberne sammen og nikkede. En snert af medliden-hed gled hen over hans alvorstunge ansigt.

"Assad, hvordan fik du egentlig stillingen her?"

"Jeg kender Lars Bjørn."

"Kender du ham?"

Han smilede. "Ja, du ved. Jeg har været på hans kontor hver eneste dag i en hel måned for at få job."

"Du har plaget Lars Bjørn om et job?"

"Ja, jeg elsker politi."

HAN RINGEDE FØRST til Vigga, da han stod i dagligstuen i Rønneholtpar-ken og indsnusede det biks, som Morten under følelsesladede ariepartier havde rodet sammen af det, der engang havde været en vaskeægte Par-maskinke fra SuperBest.

Vigga var god nok, bare man selv kunne dosere hende. Igennem åre-ne havde det været svært, men nu, hvor hun havde droppet ham, gjaldt der visse spilleregler.

"Vigga, for pokker," sagde han. "Jeg er ikke glad for, at du ringer på mit arbejde. Du ved, vi har fandens travlt."

"Carl, søde. Har Morten ikke fortalt dig, at jeg fryser?"

"Det tror da pokker. Det er jo et havehus, Vigga. Det er flikket sam-men af lortematerialer. Gamle brædder og kasser, der allerede var til-overs og ubrugelige i 1945. Du kan da bare flytte."

"Jeg flytter ikke hjem til dig, Carl."

Han trak vejret dybt. "Det håber jeg sandelig heller ikke. Det vil blive svært at presse dig og dine samlebåndskonfirmander ind i saunaen nede hos Morten. Der findes da vel for pokker også andre huse og lejligheder MED varme."

"Jeg har en rigtig god løsning på det hele."

Lige meget hvad, så lød det dyrt. "En rigtig god løsning hedder skils-misse, Vigga." En eller anden dag kom det jo. Så ville hun forlange halv-delen af husets værdi, og det var desværre de sidste par år blevet til en hel del med de sindssyge stigninger, som boligmarkedet trods bølgegange

75

havde fået presset det hele op i. Han skulle have forlangt skilsmisse, dengang husene kostede det halve, simpelthen. Men nu var det for sent, og flytte ville han fandeme ikke.

Han rettede blikket op mod rystelserne i loftet under Jespers værelse. 'Selv om jeg skulle tage lån til skilsmissen, så kan det sgu da umuligt koste mig mere end nu,' tænkte han og forestillede sig, at hun i så fald måtte påtage sig ansvaret for sin søn. Ingen elregning var større end deres på denne side af byen, det var helt sikkert. Jesper var DONGs elitekunde nummer et.

"Skilsmisse? Nej, jeg skal ikke skilles, Carl. Det har jeg prøvet før, det var ikke godt, det ved du da."

Han rystede på hovedet. Hvad fanden kaldte hun så ellers den situation, de allerede havde befundet sig i i et par år nu?

"Jeg vil have et galleri, Carl. Mit helt eget galleri."

Okay, så kom det. Han så Viggas meterhøje plamager af lyserøde og guldbronzeforstyrrede skilderier for sig. Et galleri? God idé, hvis hun ville have mere plads i havehytten.

"Et galleri, siger du? Og der skal være en kæmpestor varmeovn, kan jeg tænke mig. Så kan du sidde der hele dagen og lune dig med alle millionerne, der ryger ind." Jo, han kunne godt se fidusen.

"Ja, spydig, det har du altid været." Hun lo. Det var den latter, der altid fik ham ned med nakken. Den satans skønne latter. "Men det er fantastisk, Carl. Mulighederne er store, hvis man har sit eget galleri. Kan du ikke se det for dig? Og Jesper får måske en berømt mor, kunne det ikke være morsomt?"

'Berygtet, Vigga, det er det, det hedder,' tænkte han. "Og du har allerede fundet et lokale, kan jeg tænke mig?" var, hvad han sagde.

"Carl, det er bedårende. Og Hugin har allerede talt med ejeren."

"Hugin?"

"Ja, Hugin. Han er en meget talentfuld maler."

"Det er vist mere på lagnerne end på lærrederne, kan jeg tænke mig."

"Åhh, Carl." Hun lo igen. "Nu er du ikke sød."

14

2002

MERETE HAVDE STÅET på restaurationsdækket og ventet. Hun havde sagt til Uffe, at han skulle skynde sig, lige før døren til herretoilettet smækkede bag ham. I cafeteriaet i den anden ende var kun tjenerne tilbage, og alle passagererne var gået ned til bilerne. 'Uffe har bare at være hurtig, selv om Audien står bagest i rækken dernede,' havde hun tænkt.

Og det var det sidste, hun nåede at tænke i sit gamle liv.

Angrebet kom bagfra og så overraskende, at hun ikke nåede at skrige. Derimod nåede hun klart at opfatte kluden og hånden, der trykkede sig stenhårdt fast til hendes mund og næse, og så i svagere grad, hvordan nogen bankede på den sorte knap, der åbnede døren til trappen ned til vogndækket. Til sidst var der kun et par fjerne lyde og synet af alle metalvæggene i trappegangen, der hvirvlede rundt, og så blev alting sort.

BETONGULVET, HUN VÅGNEDE op på, var koldt, koldt. Hun løftede hovedet og mærkede en dybtgående banken i hovedet. Hendes ben føltes tunge, og skuldrene kunne dårligt slippe taget i gulvet. Hun pressede sig op i siddende stilling og forsøgte at orientere sig i det buldrende mørke. Overvejede så at råbe, men turde ikke, og trak i stedet vejret lydløst og dybt. Så strakte hun forsigtigt hænderne frem for sig for at mærke, om der stod noget i nærheden. Men der var ingenting.

Hun sad længe, før hun vovede at rejse sig, langsomt og årvågent. Enhver lille lyd, der kunne tænkes at komme, ville hun slå ud efter. Hun ville slå så hårdt, hun kunne. Slå og sparke. Hun fornemmede, at hun var alene, men måske tog hun fejl.

Efter et stykke tid følte hun sig mere klar i hovedet, og så kom angsten snigende som en infektion. Huden blev varm, hjertet bankede hårdere og hurtigere. Hendes døde blik flakkede rundt i det sorte. Man havde jo læst og set så meget forfærdeligt.

Om kvinder, der forsvandt.

Så tog hun et famlende skridt med hænderne strakt foran sig. Der kunne være et hul i gulvet, en afgrund, der kun ventede på at knuse hende. Der kunne være skarpe redskaber og glas. Men foden fandt gulvet, og stadig var der intet foran hende. Så standsede hun med ét op og stod stille.

'Uffe,' tænkte hun og mærkede underkæben vibrere. 'Han var om bord på skibet, da det skete.'

DER GIK MÅSKE et par timer, før hun havde fået ridset en plantegning over rummet op for sit indre blik. Det måtte være rektangulært. Måske syv-otte meter langt og mindst fem meter bredt. Hun havde befamlet de kolde vægge, og i hovedhøjde på den ene havde hun fundet et par glasruder, der føltes som to enorme koøjer. Hun havde banket hårdt på dem med sin sko og trukket sig tilbage, da slagene faldt. Men glasset gav ikke efter. Så havde hun følt kanter af noget, der kunne minde om en slags buet dør, der var fældet ind i væggen, men måske alligevel ikke var det, for der var ikke noget håndtag. Så var hun gledet hele vejen rundt langs væggen i håb om at finde et håndtag eller måske en lyskontakt et eller andet sted. Men væggen var bare glat og kold.

Derefter gennemtrawlede hun systematisk lokalet. Fra den ene endevæg trippede hun i en lige linje hen til den anden, vendte sig om, trådte et skridt til siden og trippede så tilbage, hvorpå hun gentog øvelsen. Da hun var færdig, konstaterede hun, at det tilsyneladende kun var hende og den tørre luft, der befandt sig i rummet.

'Jeg må vente ovre ved det, der minder om en dør,' tænkte hun. Hun ville sidde ved foden af den, så man ikke kunne se hende fra glasruderne. Når der kom nogen ind, ville hun tage fat i benene og trække til. Hun ville forsøge at sparke hårdt i hovedet, mange gange.

78

Og musklerne spændtes, og huden blev fugtig. Måske fik hun kun den ene chance.

Da hun havde siddet der så lang tid, at kroppen var stivnet og sanserne sløvede, rejste hun sig og trådte over i det modsatte hjørne for at sætte sig på hug og tisse. Hun måtte huske, at det var det hjørne, hun havde brugt. Ét hjørne som toilet. Ét, hvor hun sad og ventede ved døren, og ét hjørne, hvor hun ville sove. Lugten af urin blev stærk i det golde bur, men hun havde heller ikke fået noget at drikke, siden hun havde siddet i cafeteriaet, og det kunne sagtens være mange, mange timer siden nu. Selvfølgelig kunne det være, at hun kun havde været bevidstløs i et par timer, men det kunne også være et døgn eller mere. Hun anede det ikke. Hun vidste bare, at hun ikke var sulten, kun tørstig.

Hun rejste sig og trak bukserne op og prøvede at huske.

Uffe og hun havde været de sidste oppe ved toiletterne. De havde vistnok også været de sidste ude på soldækket. Mændene nede ved panoramavinduet var i hvert fald væk, da de gik den vej rundt. Hun havde nikket til en servitrice, der kom ud fra cafeteriaet, og hun havde set et par børn daske til døråbneren, før de forsvandt nedenunder. Ikke andet. Hun havde ikke mærket, at nogen var kommet så tæt på hende. Hun havde kun tænkt på, at Uffe skulle skynde sig at blive færdig på wc.

Åh gud, Uffe! Hvad var der sket med ham? Han havde været så ulykkelig, efter at han havde slået hende. Og han havde været så ked af, at hans baseball-kasket var væk. Der havde stadigvæk været røde pletter på hans kinder, da han gik ud på toilettet. Hvordan havde han det så ikke nu?

Over hende lød der et klik, og hun fór sammen. Så famlede hun sig hurtigt frem til hjørnet ved den buede dør. Hun måtte være klar, hvis der kom nogen ind. Så lød der et klik mere, og hendes hjerte var ved at hamre itu. Først da blæseren over hende gik i gang, forstod hun, at hun kunne slappe af. Så var klikket kommet fra et relæ eller sådan noget.

Hun strakte sig mod den lune luft, den var livgivende. Hvad andet var der at klynge sig til?

Og sådan stod hun, til blæseren atter gik i stå og efterlod hende med følelsen af, at denne luft måske var hendes eneste kontakt med omverdenen. Hun maste øjnene fast i og prøvede at tænke, så gråden, der pressede sig på, blev holdt på afstand.

Tanken var frygtelig. Måske var det sådan. Måske var hun efterladt her for tid og evighed. Gemt hen for at dø. Og ingen vidste, hvor hun var, hun vidste det ikke engang selv. Hun kunne være hvor som helst. Flere timers kørsel fra færgen. I Danmark eller Tyskland, hvor som helst. Måske var hun endnu længere væk.

Og med døden som en langsomt voksende sandsynlig udgang på det hele forestillede hun sig det våben, som tørsten og sulten ville rette mod hende. Den langsomme død, hvor kroppen lader sig kortslutte punkt for punkt, hvor selvopholdelsens relæer slukker ét for ét. Den apatiske, ultimative søvn, der ville udfri hende til sidst.

'Der er ikke mange, der vil savne mig,' tænkte hun. Uffe, jo. Han ville nok savne hende. Stakkels, stakkels Uffe. Men hun havde aldrig ladet andre end ham komme tæt på sig. Hun havde lukket alle andre ude og buret sig selv inde.

Hun forsøgte intenst at holde tårerne tilbage, uden at det lykkedes. Var det her virkelig, hvad livet havde haft til hende? Skulle det slutte nu? Uden børn, uden lykke, uden at hun havde fået virkeliggjort ret meget af det, hun havde drømt om i de år, hvor hun var alene med Uffe? Uden at kunne leve op til den forpligtelse, hun havde følt, lige siden forældrene døde?

Følelsen var bitter og trist og uendelig ensom. Derfor hørte hun nu sig selv hulke stille.

I lang tid sad hun med denne bevidsthed og forestillingen om Uffe, der var alene i verden, som det forfærdeligste, der kunne overgå hende. I lang tid fyldte det hende helt. Hun skulle dø alene, som et dyr. Uregistreret og lydløst, og Uffe og alle andre måtte leve videre uden viden. Og da hun ikke længere orkede at græde over det, gik det op for hende, at det hele måske ikke var forbi. At det kunne blive meget værre. At døden kunne blive grusom. At hun måske var udset til en skæbne så forfærdelig, at døden ville komme som en befrielse. At der først kunne komme

uendelig smerte og bestialitet. Man havde hørt det før. Udnyttelse, vold-
tægt og tortur. Måske var der øjne, der hvilede på hende lige nu. Kame-
raer med infrarøde sensorer, der fulgte hende gennem glasset. Øjne, der
ville hende ondt. Ører, der lyttede.

Hun så over mod glasruderne og forsøgte at se rolig ud.

"Please, hav medlidenhed med mig," hviskede hun stille ud i mørket.

15

2007

EN PEUGEOT 607 går for at være et rimelig lydløst køretøj, men det var det langtfra under Assads febrilske parkering på vejen lige uden for Carls soveværelsesvindue.

"Heftigt," brummede Jesper, mens han stirrede ud ad vinduet. Carl kunne ikke huske, hvornår hans papsøn sidst havde sagt så langt et ord så tidligt om morgenen. Men det var fandeme rammende.

"Jeg har lagt en seddel til dig fra Vigga," var det sidste, Morten Holland sagde, før Carl gik ud af døren. Han skulle ikke læse nogen seddel fra Vigga. Udsigten til en invitation til gallerieftersyn i selskab med en givetvis smalhoftet klatmaler ved navn Hugin var ikke lige det, han havde mest lyst til lige nu.

"Hallo," hilste Assad, mens han lænede sig op ad fordøren. På hovedet havde han en kameluldshue af ukendt oprindelse, og han lignede alt andet end en privatchauffør i kriminalpolitiet, hvis en sådan titel havde eksisteret. Carl så op i himlen. Den var klar og lyseblå, og temperaturen absolut tålelig.

"Jeg ved så lige nøjagtigt, hvor Egely ligger henne," sagde Assad og pegede på GPSen, da Carl satte sig ind på passagersædet. Carl så træt på skærmbilledet. Krydset var afsat på en vej, der lå i så behagelig afstand fra Roskilde Fjord, at plejehjemsbeboerne ikke uden videre faldt i den, men tæt nok til, at forstanderen ville kunne skue ud over de fleste af Nordsjællands herligheder, hvis bare han gad løfte blikket. Sådan lå institutioner med mentalt forstyrrede patienter ofte. Gad vide for hvis skyld?

Assad startede vognen, satte den så i bakgear, ræsede baglæns ud af

Magnolievangen og standsede først, da bilens bagparti stod halvt oppe på græsrabatten på den modsatte side af Rønneholt Parkvej. Før Carl kunne nå at tvinge en reaktion ud af kroppen, havde Assad banket igennem gearene og lå nu oppe på helvfems kilometer i timen, hvor man kun måtte køre halvtreds.

"Stop, for hulen da," skreg Carl, lige før de entrede bakken i rundkørslen ved vejens udmunding. Men Assad så bare listigt på ham som en taxichauffør i Beirut, trak rattet hårdt til højre, og så var de allerede på vej mod motorvejen.

"Hurtig vogn," råbte Assad og pressede den ned ad tilkørselsrampen.

Måske ville det lægge en dæmper på ham, hvis Carl trak huen ned over hans henrykte fjæs.

EGELY VAR EN hvidkalket bygning, der udmærket udtrykte dens formål. Her var ingen trådt frivilligt ind, og her kom ingen sådan uden videre ud igen. Det sås tydeligt, at her var der ikke plads til fingermaling og guitarmusik. Det var folk med penge og anstand, der anbragte deres svage individer på dette sted.

Privatforsorg, lige i regeringens ånd.

Forstanderens kontor svarede til det øvrige indtryk, og forstanderen selv, en usmilende, knoglet og gusten person, var som arkitekttegnet til interiøret.

"Uffe Lynggaards ophold her udredes af afkastet fra midlerne, der er anbragt i Lynggaard-fonden," svarede forstanderen på Carls spørgsmål.

Carl så over på hans reol. Der var temmelig mange mapper, hvorpå der stod noget med fond. "Javel. Og den fond er opstået hvordan?"

"Arv fra forældrene, der begge blev dræbt i den bilulykke, som også invaliderede Uffe Lynggaard. Og arven fra hans søster, naturligvis."

"Hun var folketingspolitiker, så det var vel næppe de helt store midler?"

"Nej, men salget af huset indbragte to millioner, da der gudskelov blev afsagt dødsformodningsdom for ikke så lang tid siden. Der står nu alt i alt cirka toogtyve millioner kroner i fonden, men det ved De vel?"

Han fløjtede svagt. Det vidste han ikke. "Toogtyve millioner, fem procent i rente. Det skulle nok kunne betale Uffes ophold."

"Jo, det passer sådan nogenlunde, når skatten er trukket."

Carl så skævt på ham. "Og Uffe har ingenting sagt om sin søsters forsvinden, siden han kom hertil?"

"Nej, han har intet sagt overhovedet siden bilulykken, så vidt jeg er orienteret."

"Gør man noget for at hjælpe ham lidt på gled?"

Her tog forstanderen sine briller af og så på ham under buskede øjenbryn. Symbolet på seriøsitet var blevet hejst til vejrs. "Lynggaard er blevet undersøgt på kryds og tværs. Han har arvæv fra blødninger i hjernens talecenter, i og for sig forklaring nok på hans stumhed, men derudover er der også dybe traumer fra ulykken. Forældrenes død, kvæstelserne. Han var meget medtaget, ved De måske?"

"Jeg har læst rapporten, ja." Det passede ikke, men det havde Assad, og hans mund havde ikke stået stille gennem cruiset på de nordsjællandske landeveje. "Han lå fem måneder på hospitalet og havde store indre blødninger i lever, milt og lungevæv og også synsforstyrrelser."

Forstanderen nikkede let. "Det er korrekt. Der står i journalen, at Uffe Lynggaard ikke kunne se i flere uger. Blødningerne i hans nethinder var massive."

"Og nu? Fungerer han, som han skal, i fysiologisk henseende?"

"Det tyder alt på. Han er en stærk ung mand."

"Fireogtredive år gammel. Den tilstand har han altså befundet sig i i enogtyve år."

Den blege mand nikkede igen. "Så derfor kan De nok forstå, at De ikke kommer videre ad den vej."

"Og jeg må ikke tale til ham?"

"Det ser jeg ikke noget formål i."

"Han er den sidste, der har set Merete Lynggaard i live. Jeg vil gerne se ham."

Forstanderen rettede sig op. Nu så han ud over fjorden, som Carl havde forudset. "Det synes jeg ikke, De skal."

84

Fyre som han fortjente at blive ramt af en dunk slettelak. "De stoler ikke på, at jeg kan nære mig, men det synes jeg, at De skal."

"Hvorfor det?"

"Kender De politiet?"

Han vendte sig om mod Carl, ansigtet var askegråt, panden rynket. Mange år bag et skrivebord havde pint ham ud, men hovedet fejlede ikke noget. Han vidste ikke, hvad Carl ville med det spørgsmål, kun at tavshed næppe ville gavne ham.

"Hvor vil De hen med det spørgsmål?"

"Vi er nysgerrige, vi politifolk. Somme tider sidder vi med et spørgsmål brændende inde i hovedet, som bare må besvares. Denne gang springer det i øjnene."

"Og det er?"

"Hvad får jeres patienter for pengene? Fem procent af toogtyve millioner, minus skat ganske vist, er dog en sjat. Får patienterne fuld valuta, eller er prisen for høj, når statstilskuddet kommer oven i? Og er prisen lige for alle?" Han nikkede for sig selv og sugede lyset over fjorden til sig. "Der melder sig altid nye spørgsmål, når man ikke kan få svar på det, man kommer efter. Sådan er politifolk. Vi kan bare ikke lade være. Måske er det en sygdom, men hvem pokker skal man gå til for at få den kureret?"

Måske var der en anelse farve i mandens ansigt nu. "Jeg synes ikke, at vi nærmer os hinanden lige nu."

"Så lad mig se Uffe Lynggaard. Helt ærligt, hvad kan der ske ved det? De har da vel for helvede ikke sat ham i bur, eller hva'?"

BILLEDERNE I MERETE Lynggaard-sagsmappen ydede ikke Uffe Lynggaard fuld retfærdighed. Politiets fotos, tegningerne fra grundlovsforhøret og et par af pressebillederne havde vist en bøjet, ung mand. En bleg fyr, som lignede det, han givetvis var: et følelsesmæssig retarderet, passivt og tungtopfattende menneske. Men virkeligheden viste noget andet.

Han sad i et nydeligt værelse med billeder på væggen og en udsigt, der var mindst lige så god som forstanderens. Sengen var nyredt, skoene nypudsede, hans tøj rent og bar ikke det mindste præg af institution. Han havde stærke arme med lange, lyse hår, han var bredskuldret, formodentlig også ret høj. Mange ville sige, at han var smuk. Der var intet savlende og ynkeligt over Uffe Lynggaard.

Forstanderen og en oversygeplejerske betragtede Carl fra døren, da han gik rundt i værelset, men ingen skulle have lov at udsætte noget på hans opførsel. Han ville komme tilbage snart, selv om han dårligt orkede. Bedre rustet, og så ville han tale til Uffe. Men det kunne vente lidt endnu. Imens var der andet at koncentrere sig om i værelset. Billedet af hans søster, der smilede til dem. Forældrene, der holdt om hinanden, mens de lo til fotografen. Tegningerne på væggen, der langtfra mindede om de børnetegninger, man ellers så på sådanne vægge. Glade tegninger. Ikke tegninger, der kunne sige noget om det forfærdelige, der havde frataget ham talens brug.

"Er der flere tegninger? Ligger der nogen i skuffen?" spurgte han og pegede på skabet og kommoden.

"Nej," svarede oversygeplejersken. "Nej, Uffe har ikke tegnet noget, siden han blev indlagt her. Disse tegninger stammer fra hans hjem."

"Hvad laver Uffe så i løbet af dagen?"

Hun smilede. "Mange ting. Går ture med personalet, løber rundt ude i parken. Ser tv. Det elsker han." Hun virkede mild. Det var altså hende, han skulle bruge næste gang.

"Hvad ser han så?"

"Hvad der nu er."

"Reagerer han på det?"

"Somme tider. Han kan le." Hun rystede fornøjet på hovedet, og smilet blev bredere.

"Ler han?"

"Ja, som et spædbarn ler. Ureflekteret."

Carl så på forstanderen, der stod som en isblok, og derefter på Uffe. Meretes brors øjne havde hvilet på Carl, siden han kom ind. Man mærkede sådan noget. Han var observerende, men så man nærmere efter, så virkede det ganske rigtigt ureflekteret. Blikket var ikke dødt, men hvad

Uffe så, trængte tilsyneladende ikke så langt ind. Carl kunne have lyst til at forskrække ham for at se, hvad der så skete, men også det kunne vente.

Han stillede sig ovre ved vinduet og forsøgte at fiksere Uffes let flakkende blik. Det var øjne, der opfattede, men som tilsyneladende ikke forstod, det var let at se. Der var noget, og alligevel ikke.

"Ryk over på det andet sæde, Assad," sagde han til sin hjælper, der havde siddet og ventet ved rattet.

"På det andet sæde? Du vil da så ikke have mig til at køre?" spurgte han.

"Jeg vil meget gerne beholde bilen lidt endnu, Assad. Den har ABS-bremser og servostyring, og det skulle den gerne blive ved med."

"Og hvad betyder det så, som du siger?"

"At du nu skal sidde og holde rigtig godt øje med, hvordan jeg vil have, at du skal køre. HVIS jeg nogensinde lader dig gøre det igen."

Han tastede deres næste mål ind på GPSen og tog sig ikke af den arabiske ordflom, der slap over Assads læber, mens han luskede om på den anden side af bilen.

"Har du nogensinde kørt bil her i Danmark?" spurgte han, da de var godt på vej ned mod Stevns.

Tavsheden var svar nok.

DE FANDT HUSET i Magleby på en sidevej, som lå helt ud til markerne. Ikke et husmandssted eller en restaureret gård som de fleste, men et rigtigt gedigent murstenshus fra den tid, hvor facaden afspejlede husets sjæl. Takstræerne var tætte, men huset knejsede over dem. Var det hus blevet solgt for to millioner, så var der nogen, der havde gjort en god handel. Og nogen, der var blevet snydt.

Der stod Antikvitetshandlere og Peter & Erling Møller-Hansen på messingskiltet, men den af husets ejere, der åbnede døren, lignede snarere en von Rosenstjært. Tynd hud, dybe, blå øjne og velduftende cremer fordelt rundhåndet på kroppen.

Manden var imødekommende og svarede gerne. Han tog venligt imod Assads hue og bød dem begge indenfor i en entre fyldt med empiremøbler og andet nips.

Nej, de havde ikke kendt Merete Lynggaard og hendes bror. Det vil sige personligt altså, for de fleste af deres ting fulgte med ved salget af huset, de var alligevel ikke noget værd.

Han bød dem grøn te i papirtynde porcelænskopper og satte sig med knæene samlet og benene på skrå på kanten af sofaen, beredt på at yde samfundet sit, så godt han nu evnede.

"Det var forfærdeligt, at hun druknede på den måde. En skrækkelig død, tror jeg. Min mand var ved at gå til bunds i et vandfald i Jugoslavien engang, og det var en horribel oplevelse, kan jeg godt sige jer."

Carl fangede Assads forvirrede ansigtsudtryk, da manden sagde "min mand", men et enkelt blik var nok til at viske det ud. Assad havde åbenbart stadig noget at lære om de danske samlivsformers mangfoldighed.

"Politiet samlede Lynggaard-søskendeparrets papirer sammen," sagde Carl. "Men har I siden fundet dagbøger, breve eller måske faxer eller bare telefonbeskeder, som måske kan belyse sagen fra en ny side, tror De?"

Han rystede på hovedet. "Alt var væk." Han foretog en fejende bevægelse rundt i stuen. "Der var møbler, ikke noget særligt, og heller ikke meget i skufferne ud over kontorartikler og nogle ganske få minder. Glansbilledalbummer, lidt fotos og den slags. De var ret almindelige mennesker, tror jeg."

"Hvad med naboerne, kendte de Lynggaard'erne?"

"Uha, vi kommer ikke meget sammen med naboerne, men de har såmænd heller ikke boet her så længe. Noget med at de er kommet hjem fra udlandet. Men nej, jeg tror ikke, at Lynggaard'erne kom sammen med andre fra byen. Mange anede overhovedet ikke, at hun havde en bror."

"Så De er ikke stødt på nogen her fra egnen, der kendte dem?"

"Jo da. Helle Andersen. Hun passede broren."

"Det var hjemmehjælperen," sagde Assad. "Politiet afhørte hende, og hun vidste ikke noget. Men der kom et brev. Til Merete Lynggaard altså. Dagen før hun druknede. Det tog hjemmehjælperen imod."

Carl hævede øjenbrynene. Han måtte selv se at få læst de forbandede sagsakter ordentligt igennem.

"Fandt politiet brevet, Assad?"

Han rystede på hovedet.

Carl vendte sig mod husets vært. "Bor denne Helle Andersen i byen?"

"Nej, i Holtug på den anden side af Gjorslev. Men hun kommer her om ti minutter."

"Her?"

"Ja, min mand er syg." Han så ned i gulvet. "Meget syg. Så hun kommer her for at hjælpe til."

'Heldet følger de tossede', tænkte Carl og bad så om at få en rundvisning.

Huset var en odyssé i finurlige møbler og malerier i massive guldrammer. Obligatorisk sammenskrab fra et liv i auktionshuse. Ud over det var køkkenet nyt, alle væggene malet, gulvene afhøvlede. Var der noget tilbage fra Merete Lynggaards tid, så kunne det kun være sølvkræene, der pilede rundt ude på badeværelsets mørke gulv.

"UHJA, UFFE, HAN var så sød." Et firskårent ansigt med sørgerande under øjnene og rødmossede, trinde kinder var Helle Andersens varemærke. Resten af hende var dækket af en lyseblå kittel i en størrelse, man næppe fandt i den lokale tøjbutik. "Det var da helt tåbeligt at tro, at han kunne gøre sin søster noget, det sagde jeg også til politiet. At de var *helt* galt på den."

"Men vidner så, at han slog sin søster," sagde Carl.

"Han kunne godt blive lidt vild. Men det var da ikke noget."

"Han er jo stor og stærk, så han kunne måske være kommet til at skubbe hende i vandet ved et uheld."

Helle Andersen himlede med øjnene "Overhovedet ikke. Uffe var godheden selv. Han kunne blive ked af det, så man kunne blive helt ked af det selv, men det var da ikke ret tit."

"Du lavede mad til ham?"

"Jeg gjorde alt muligt. Så det var klart, når Merete kom hjem."

"Og hende traf du ikke så ofte?"

"Det skete da."

"Men ikke i dagene op til hendes død?"

"Jo, en enkelt aften passede jeg Uffe. Og så blev han ked af det, som jeg sagde før, og så ringede jeg til Merete, at hun skulle komme hjem, og det gjorde hun så. Det var godt nok også slemt den dag."

"Skete der da noget usædvanligt den aften?"

"Kun at Merete ikke kom hjem klokken seks, som hun plejede, det ku' Uffe ikke lide. Han kunne jo ikke forstå, at det var noget, vi havde aftalt."

"Hun var folketingspolitiker! Det må da være sket tit?"

"Nej da. Bare en gang imellem, hvis hun var ude at rejse. Og så var det kun en enkelt nat eller to."

"Så hun havde været ude at rejse den aften?"

Her rystede Assad på hovedet. Fandens irriterende, så meget han vidste.

"Nej, hun havde da været ude at spise."

"Jaså. Og med hvem, ved du det?"

"Nej, det ved man ikke."

"Det står måske også i rapporten, Assad?"

Han nikkede. "Søs Norup, den nye sekretær, havde set hende skrive navnet på restauranten i sin kalenderbog. Og nogen huskede inde i restauranten, at hun havde været der. Bare ikke med hvem."

Der var åbenbart meget, som Carl lige skulle se at få styr på i den rapport.

"Hvad hed restauranten, Assad?"

"Den hed vist Café Bankeråt. Kan det passe?"

Carl vendte sig mod hjemmehjælperen. "Var det en date, ved du det? Var det en kæreste?"

Der afsløredes et tommedybt smilehul i hendes ene kind. "Det kunne det da godt være. Det sagde hun bare ikke noget om."

"Og hun sagde ikke noget, da hun kom hjem? Efter at du havde ringet, mener jeg."

"Nej, jeg gik. Uffe han var jo så ked af det."

Der lød en klirren, og husets nuværende ejer steg ind i rummet med en patos, som om tebakken, han holdt frem med strakte fingre, bar alle gastronomiens hemmeligheder på en gang. "Hjemmelavede," var hans eneste replik, mens han placerede nogle små, buddingeagtige kager i sølvbakker foran dem.

Det skabte minder fra en svunden barndom. Ikke gode, men dog minder.

Værten fordelte kagerne imellem dem, og Assad viste omgående, at han satte pris på serveringen.

"Helle, der står i rapporten, at du modtog et brev, dagen før Merete Lynggaard forsvandt. Kan du beskrive det lidt nærmere?" Det stod med garanti i forhørsrapporten, men så måtte hun sige det en gang til.

"Det var en gul kuvert og sådan lidt pergamentagtigt."

"Hvor stor?"

Hun viste det med hænderne. A5 altså.

"Stod der noget udenpå? Et stempel, et navn?"

"Det gjorde der ikke."

"Og hvem kom med det? Kendte du vedkommende?"

"Nej, overhovedet ikke. Det ringede bare på døren, og udenfor stod der en mand, og han gav mig det."

"Lidt underligt, ikke? Normalt kommer brevene vel med posten?"

Hun puffede let og fortroligt til ham. "Vi har da et postbud, ja. Men det her var senere på dagen. Det her var vel lige midt i Radioavisen."

"Klokken tolv?"

Hun nikkede. "Han gav mig det bare, og så gik han."

"Sagde han ikke noget?"

"Jo, han sagde, at det var til Merete Lynggaard, ikke andet."

"Hvorfor puttede han det ikke i postkassen?"

"Jeg tror, det hastede. Måske var han bange for, at hun ikke så det med det samme, hun kom hjem."

"Jamen, Merete Lynggaard vidste vel, hvem der var kommet med det. Hvad sagde hun om det?"

"Det ved jeg ikke. Jeg var jo gået, da hun kom hjem."

Her nikkede Assad igen. Det stod altså også i rapporten.

Carl gav ham sit professionelle blik. 'Procedure at spørge om den slags flere gange,' sagde det. Så kunne han tygge på det.

"Jeg troede ikke, at Uffe kunne være alene hjemme," skød han så ind.

"Joda," svarede hun med glade øjne. "Bare ikke sent om aftenen."

Det var på det tidspunkt, at Carl ønskede sig tilbage på sin skrivebordsstol nede i kælderen. I årevis havde han skullet hive alting ud af folk, og nu var armene blevet trætte. Et par spørgsmål mere, og så måtte de se at komme videre. Lynggaard-sagen var givetvis død fra begyndelsen. Hun var skvattet over bord. Det sker jo.

"Og det kunne også nemt være blevet for sent, hvis jeg ikke havde lagt det til hende," sagde konen.

Han så, hvordan hendes blik et øjeblik veg til siden. Ikke mod de små buddingekager. Væk. "Hvad mener du?"

"Ja, hun døde jo dagen efter, ikke?"

"Det var jo ikke det, du tænkte på lige nu, var det?"

"Joda."

Ved siden af ham havde Assad sat sin kage på bordet. Han havde også set hendes undvigemanøvre, utrolig nok.

"Du tænkte på noget andet, jeg kan se det på dig. Hvad mente du med, at det kunne være for sent?"

"Bare hvad jeg sagde, at hun jo døde dagen efter."

Han så op på den kageglade husejer. "Må vi lige tale med Helle Andersen i enrum?"

Manden så ikke glad ud, og det gjorde Helle Andersen heller ikke. Hun glattede sin kittel, men skaden var sket.

"Sig det så, Helle." Han lænede sig frem mod hende, da antikvitetshandleren var trippet ud af lokalet. "Hvis du ved noget som helst, som du har holdt for dig selv, så er det nu, du skal fortælle det, er du med?"

"Der var ikke andet."

"Har du børn?"

Hun krængede mundvigene nedad. Hvad havde det med sagen at gøre?

"Okay. Du åbnede brevet, gjorde du ikke?"

Hun trak hovedet forskrækket bagover. "Det gjorde jeg da ikke."

"Det er jo mened, det her, Helle Andersen. Dine børn kommer til at undvære dig et stykke tid."

Af en tung pige fra landet at være reagerede hun usædvanlig hurtigt. Hænderne røg op til munden, benene røg ind under sofaen, hele hendes mellemgulv blev suget ind, så afstanden til dette farlige politidyr blev markeret. "Jeg åbnede det ikke," røg det ud af hende. "Jeg holdt det bare op foran lyset."

"Hvad stod der i det?"

Hendes øjenbryn krydsedes næsten. "Jamen der stod bare: 'God tur til Berlin'."

"Ved du, hvad hun skulle i Berlin?"

"Bare en hyggetur sammen med Uffe. Det havde de gjort et par gange før."

"Hvorfor var det så så vigtigt at ønske hende god tur?"

"Det ved jeg ikke."

"Hvem kunne vide noget om den tur, Helle? Merete levede jo et meget lukket liv med Uffe, kan jeg forstå."

Hun trak på skuldrene. "Måske nogen inde på Christiansborg, jeg ved det ikke."

"Ville man så ikke bare skrive en e-mail?"

"Jeg ved det altså ikke." Hun følte sig tydeligvis presset. Måske løj hun. Måske var hun bare let at presse. "Måske var det nogen fra kommunen," prøvede hun. Så var det spor lukket.

"'God tur til Berlin', stod der. Og hvad mere?"

"Ikke mere. Bare det, helt ærligt."

"Ingen underskrift?"

"Nej. Bare det."

"Og budbringeren, hvordan så han ud?"

Hun skjulte ansigtet halvt i hænderne. "Han var bare i en lækker frakke," kom det dæmpet.

"Du så ikke andet? Det kan da ikke passe."

"Jo, altså. Han var højere end mig, selv om han stod nede på trinet. Og så havde han et halstørklæde på, der var grønt. Hagen var ikke helt dækket, men det var det meste af munden. Det regnede også, så det var nok derfor. Han var også lidt forkølet, eller han lød i hvert fald sådan."

"Nøs han?"

"Nej, han lød bare forkølet. Snøvlede lidt, så'n."

"Øjnene? Blå eller brune?"

"De var vistnok blå. Vistnok altså. Måske var de grå. Jeg ville kunne kende dem, hvis jeg så dem."

"Hvor gammel var han?"

"På min alder, tror jeg."

Som om den oplysning skulle hjælpe.

"Hvor gammel er du så?"

Hun så lidt indigneret på ham. "Knap femogtredive," svarede hun og så ned i gulvet.

"Og hvilken bil kom han i?"

"Ikke nogen, så vidt jeg ved. Der stod ikke nogen på gårdspladsen i hvert fald."

"Han kan da ikke være *gået* helt herud?"

"Nej, det tænkte jeg også."

"Men du så ikke efter?"

"Nej. Altså, Uffe skulle jo have noget at spise. Det fik han altid, mens jeg hørte Radioavisen."

DE TALTE OM brevet, mens de kørte. Assad vidste ikke mere om det. Politiets efterforskning var gået i stå på det punkt.

"Men hvorfor helvede var så ligegyldig en meddelelse så vigtig at få afleveret? Hvad var budskabet? Man kunne forstå det, hvis det var fra en veninde, og brevet var parfumeret og i en lille kuvert med blomster på. Men i sådan en anonym kuvert og uden underskrift?"

"Jeg tror, at hende Helle ikke ved ret meget," fortsatte Assad, mens de styrede ind på Bjælkerupvej, hvor sundhedsafdelingen i Stevns kommune befandt sig.

Carl så over på bygningerne. Det ville have været rart med en retskendelse i baglommen før det besøg.

"Bliv her," sagde han til Assad, hvis ansigt ikke ligefrem lyste af tilfredshed.

Han fandt lederens kontor efter et par forespørgsler.

"Jo, Uffe Lynggaard er visiteret af Hjemmeplejen," sagde hun, mens Carl stak sit politiskilt i lommen. "Men vi er lidt ude af balance med arkiveringen af de gamle sager lige nu. Kommunalreformen, De ved."

Kvinden over for ham var altså ikke inde i sagen. Så var det om at finde en anden. Nogen måtte da for pokker kende til Uffe Lynggaard og hans søster. Bare en lille oplysning kunne være guld værd. Måske havde de været på hjemmebesøg mange gange og set et og andet, der kunne bringe ham videre.

"Kan jeg komme til at tale med den person, der var ansvarlig for visiteringen i sin tid?"

"Desværre, hun er gået på pension."

"Kan jeg få hendes navn?"

"Nej, desværre. Kun vi her på rådhuset kan udtale os om gamle sager."

"Men ingen af de ansatte ved noget om Uffe Lynggaard, vel?"

"Jo, der er sikkert nogen. Men vi kan jo ikke udtale os."

"Jeg ved godt, at der er tavshedspligt, og jeg ved, at Uffe Lynggaard ikke er umyndiggjort. Men jeg kører altså ikke helt herned uden at få noget med hjem igen. Kan jeg ikke få lov til at se hans journal?"

"Det ved De godt, at De ikke kan. Hvis De gerne vil tale med vores jurist, så er De velkommen. Desuden er mapperne ikke tilgængelige lige nu. Uffe Lynggaard bor ikke i kommunen mere."

"Så akterne er overført til Frederikssund?"

"Det kan jeg ikke udtale mig om."

Nedladende kælling.

Han gik ud af kontoret og stod et øjeblik på gangen og så sig om. "Undskyld mig," sagde han til en kvinde, der gik imod ham og så tilstrækkelig træt ud til ikke at orke at stille sig på bagbenene. Han trak sit politiskilt frem og præsenterede sig. "Kunne du tilfældigvis hjælpe mig med navnet på den person, der visiterede sager i Magleby for ti år siden?"

"Spørg derinde," sagde kvinden og pegede på kontoret, han lige var kommet fra.

Altså var det retskendelse, papirer, telefonsamtaler, ventetid og nye telefonsamtaler. Han orkede det bare ikke.

"Det svar skal jeg huske, når du skal bruge mig," sagde han og bukkede let.

SIDSTE STOP PÅ turen blev Klinik for Rygmarvsskader i Hornbæk. "Jeg tager bilen derop, Assad. Kan du tage toget hjem? Jeg sætter dig af i Køge. Det går lige ind til Hovedbanen uden skift." Assad nikkede uden jubel i blikket. Carl vidste jo heller ikke, hvor han boede. Det måtte han spørge om en eller anden gang.

Han så på sin aparte makker. "Vi går i gang med en anden sag i morgen, Assad, den her er dødfødt." Heller ikke det satte fyrværkeriet i gang i Assads ansigt.

OPPE PÅ KLINIKKEN var Hardy flyttet til en anden stue, og han så ikke godt ud. Huden var fin, men inde bag de blå øjne lurede mørket.

Han lagde hånden på Hardys skulder. "Jeg har tænkt over, hvad du sagde forleden, Hardy. Men det går ikke, jeg er frygtelig ked af det. Jeg kan simpelthen bare ikke, forstår du det?"

Hardy sagde ingenting. Selvfølgelig forstod han, og selvfølgelig gjorde han alligevel ikke.

"Hvad nu, hvis du hjælper mig med mine sager, Hardy? Jeg sætter dig ind i dem, og du tænker dem godt igennem. Jeg har brug for ekstra energi, Hardy, forstår du? Det hele rager mig en høstblomst, men hvis du er med, så har vi da noget, vi kan grine ad sammen."

"Du vil have mig til at grine, Carl?" sagde han og vendte hovedet bort.

I det hele taget en rigtig lortedag.

16

2002

I MØRKET FORSVANDT tidsfornemmelsen, og med tidsfornemmelsen kroppens rytme. Dag og nat smeltede sammen som siamesiske tvillinger. Der var kun ét fast holdepunkt i døgnet for Merete, og det var klikket fra den indfældede, buede dør.

FØRSTE GANG HUN hørte den forvrængede stemme i højttaleren, var chokket så eksplosivt, at hun stadig sitrede, da hun lagde sig til at sove.

Men var stemmen ikke kommet, havde hun været død af tørst og sult, det vidste hun. Spørgsmålet var så, om det ikke havde været bedre.

Hun havde mærket tørsten og tørheden i munden forsvinde. Hun havde mærket trætheden dæmpe sulten. Hun havde følt angsten blive erstattet af sorgen og sorgen af en næsten tryg erkendelse af, at døden var på vej. Og derfor lå hun i ro og ventede på, at kroppen skulle give op, da en skrattende stemme afslørede, at hun ikke var alene, og at hun endegyldigt måtte overgive sig til andres vilje.

"Merete," sagde kvindestemmen uden varsel. "Nu sender vi en plastikboks ind til dig. Du hører et klik om lidt, så åbner der en sluse ovre i hjørnet. Vi har set, at du allerede har fundet den."

Måske havde hun forestillet sig, at lyset blev tændt, for hun kneb øjnene hårdt sammen og prøvede at få kontrol over chokbølgen, der lynede i nervespidserne. Men lyset blev ikke tændt.

"Hører du mig?" råbte stemmen.

Hun nikkede og åndede hårdt ud. Nu mærkede hun, hvor meget hun frøs. Hvordan manglen på næring havde suget fedtdepoterne tomme, hvor sårbar hun var.

"Svar!"

"Ja. Ja, jeg hører. Hvem er du?" Hun så ud i mørket.

"Når du hører klikket, så går du med det samme over til slusen. Du skal ikke prøve at kravle ind i den, det vil ikke lykkes. Når du har taget den første boks, så kommer der en til. Den ene er en lokumsspand, dér forretter du din nødtørft, og i den anden er der vand og mad. Hver dag vil vi åbne slusen, og så bytter vi de gamle bokse ud med to nye, har du forstået?"

"Hvad går det her ud på?" Hun lyttede til sit eget ekko. "Er jeg kidnappet? Vil I have penge?"

"Nu kommer den første."

Det skramlede fra hjørnet, og det piftede svagt. Så trak hun sig derhen og mærkede det nederste af den forsænkede, buede dør åbne sig og aflevere en hård boks på størrelse med en papirkurv. Da hun trak den til sig og satte den på gulvet, lukkede slusen for ti sekunder efter igen at åbnes, denne gang med en lidt højere spand, der formodentlig skulle udgøre et tørkloset.

Hjertet pumpede. Kunne spandene blive skiftet så hurtigt, så måtte der stå en lige omme på den anden side af slusen. Et andet menneske så tæt på.

"Vil I ikke godt sige, hvor jeg er?" Hun kravlede fremad på sine knæ, til hun sad lige under det sted, hvor hun mente, højttaleren var. "Hvor længe har jeg siddet her?" Hun hævede stemmen en anelse. "Hvad vil I mig?"

"Der ligger toiletpapir i madboksen. Du får én ny rulle om ugen. Når du skal vaske dig, så tag vand fra den dunk, der står i lokumsspanden. Så husk lige at tage den op først. Der er ikke noget afløb inde i rummet, så sørg for at vaske dig over spanden."

Senerne på hendes hals spændtes. En skygge af vrede kæmpede med gråden, og læberne vibrerede. Der flød væske fra hendes næse. "Skal jeg sidde her i mørke ... hele tiden?" hulkede hun. "Kan I ikke tænde lyset? Bare et øjeblik. Please!"

Igen lød der et klik og et lille pift, og så var slusen lukket.

SÅ FULGTE DER mange, mange døgn, hvor hun ikke hørte mere ud over blæseren med den ugentlige luftfornyelse og den daglige skramlen og piften fra slusedøren. Nogle gange forekom intervallerne uendelige, andre gange var det, som om hun lige havde lagt sig efter måltidet, da den næste portion spande kom. Maden var hendes eneste fysiske lyspunkt, skønt den var ensformig og næsten ikke smagte af noget. Lidt kartofler og udkogte grønsager og en anelse kød. Det samme hver dag. Som om der var en uudtømmelig gryde af miskmask, der altid stod og simrede derude i lyset i verden på den anden side af den uigennemtrængelige væg.

Hun havde troet, at hun på et tidspunkt ville vænne sig så meget til mørket, at detaljerne i rummet ville træde frem, men sådan blev det ikke. Der var uigenkaldeligt mørke, som om hun var blind. Kun tankerne kunne sende lys ind i hendes tilværelse, og det var heller ikke let.

I lang tid var hun virkelig bange for at blive skør. Bange for den dag, kontrollen gled hende af hænde. Og hun digtede billeder af verden og lyset og livet derude. Hun søgte ind i afkroge af hjernen, som menneskers stræbsomme og trivielle liv ellers sander til. Og erindringerne om engang kom langsomt. Små øjeblikke med hænder, der holdt om hende. Ord, der kærtegnede og trøstede. Men også erindringer om ensomhed og savn og utrættelig stræben.

Så faldt hun ind i en rytme, hvor døgnet bestod af lange søvnperioder, spisning, meditation og løb på stedet. Hun kunne løbe, til smældene i gulvet begyndte at gøre ondt i ørerne, eller til hun faldt om af træthed.

Hver femte dag fik hun nyt undertøj og smed det brugte i tørklosettet. Tanken om, at fremmede skulle røre ved det, var frastødende. Men alt det andet tøj, hun havde på, erstattede de ikke. Så hun passede på det. Passede på, når hun satte sig på spanden. Lagde sig forsigtigt på gulvet, når hun skulle sove. Strøg det forsigtigt glat, når hun skiftede undertøj, og rensede de områder med rent vand, som hun kunne føle var blevet fedtede. Hun var glad for, at hun havde haft godt med tøj på, den dag de tog hende. En dunjakke, tørklæde, bluse, undertrøje, bukser og tykke sokker. Men som dagene gik, hang bukserne mere og mere på hende, og skosålerne føltes efterhånden tynde. 'Jeg må løbe på bare fødder,' tænkte hun og råbte ud i mørket. "Kan I ikke skrue lidt op for varmen, vil I ikke nok?" Men ventilatoren i loftet havde ikke givet lyd fra sig i lang tid nu.

LYSET I RUMMET blev tændt, da spandene var blevet skiftet hundrede og nitten gange. En eksplosion af hvide sole smeltede hende i møde og fik hende til at vakle bagover med sammenknebne øjne og tårerne piblende ud af øjenkrogene. Det var, som om lyset bombede hendes nethinder og sendte bølger af smerteimpulser op i hjernen. Hun kunne ikke andet end at synke på hug og holde sig for øjnene.

I timerne, der fulgte, slap hun langsomt taget om sit ansigt og åbnede øjnene en anelse på klem. Stadig var lyset alt for overvældende. Angsten for allerede at have mistet synet, eller omvendt at skulle miste det, såfremt hun gik for hurtigt frem, holdt hende tilbage. Og sådan sad hun, til højttaleren med kvindens stemme for anden gang bankede chokbølger gennem hende. Som et måleinstrument, der slår alt for kraftigt ud, reagerede hun på lyden. For hvert ord gik der et stød gennem hende. Og ordene var frygtelige.

"Til lykke med fødselsdagen, Merete Lynggaard. Til lykke med de toogtredive år. Ja, det er den 6. juli i dag. Du har nu siddet her hundrede og seksogtyve dage, og vores fødselsdagsgave til dig er, at vi nu ikke slukker lyset i et år."

"Åh gud, nej, det kan I ikke gøre mod mig," stønnede hun. "Hvorfor gør I det her mod mig?" Hun rejste sig med hænderne for øjnene. "Hvis I vil pine mig ihjel, så gør det nu," skreg hun.

Kvindestemmen var iskold, lidt dybere end sidste gang. "Rolig, Merete. Vi vil ikke pine dig. Vi vil derimod give dig en chance for at undgå, at det skal blive værre for dig. Du skal bare selv besvare dit meget relevante spørgsmål: Hvorfor skal du gennemgå det her? Hvorfor har vi sat dig i bur som et dyr? Svar du selv på det, Merete."

Hun lagde nakken tilbage. Det var så forfærdeligt. Måske skulle hun bare være tavs. Sætte sig hen i en krog og lade dem tale, som de ville.

"Svar på det, Merete, ellers gør du det værre for dig selv."

100

"Jeg ved ikke, hvad I vil ha', at jeg skal svare! Er det noget politisk? Eller presser I nogen for penge? Jeg ved det ikke. Sig det."

Stemmen bag den svage skratten blev kold. "Du klarede det ikke, Merete. Så må du tage straffen. Den er ikke så hård, du klarer det nemt."

"Åh gud, det kan ikke passe," hulkede Merete og sank i knæ.

Så hørte hun den velkendte piften fra slusen blive til en hvislen. Hun mærkede omgående den lune luft fra omverdenen strømme ind til hende. Den lugtede af korn og agerjord og grønt græs. Skulle det være en straf?

"Vi pumper lufttrykket i dit kammer op til to atmosfærer. Så må vi se, om du kan svare næste år. Vi ved ikke, hvor højt tryk den menneskelige organisme kan tage, men det finder vi vel ud af, som tiden går."

"Kære Gud," hviskede Merete, mens hun mærkede et pres for sine ører. "Lad det ikke ske. Lad det ikke ske."

17

2007

LYDEN AF MUNTRE stemmer og klirrende flasker, der hørtes tydeligt fra parkeringspladsen, havde advaret Carl. Der var gang i den derhjemme i rækkehuset.

Grillslænget var en lille gruppe fanatikere, der boede lige omkring dem, og som syntes, at oksekød smagte så meget bedre, hvis det først havde ligget og ruget på en koksbelagt rist, til det hverken smagte af okse eller bøf. De mødtes hele året rundt, når lejligheden var der, og meget gerne på Carls terrasse. Han kunne godt lide dem. De var muntre på en behersket måde og tog altid deres tomme flasker med hjem igen.

Han fik et kram af den faste grillpasser Kenn, modtog en iskold dåseøl, lagde en af de brankede kødbriketter på tallerkenen og gik ind i stuen, mens han mærkede deres velmenende øjne i nakken. De spurgte aldrig til noget, hvis han var tavs, det var blandt andet det, han så godt kunne lide ved dem. Når der rumsterede en sag i hans hjerne, så ville det være lettere at opstøve en kompetent lokalpolitiker end at få kontakt med ham, det vidste de alle sammen. Denne gang var det bare ikke nogen sag, der rumsterede i Carls hoved. Der rumsterede kun Hardy.

For Carl var virkelig i syv sind.

Måske skulle han overveje situationen en gang til. Han ville jo sagtens kunne finde en måde at slå Hardy ihjel på, uden at nogen ville kunne gø over det bagefter. En luftboble i hans drop, en fast hånd over hans mund. Det ville gå hurtigt, for Hardy ville ikke stritte imod.

Men kunne han? Ville han? Det var et fandens dilemma. Hjælpe eller ikke hjælpe? Og hvad var den rigtige hjælp? Måske ville det være til større hjælp for Hardy, hvis Carl spændte ballerne sammen og gik op til Marcus og forlangte at få sin gamle sag tilbage. Når alt kom til alt, så var han bedøvende ligeglad med, hvem han blev sat til at arbejde sammen med, og lige så skideligeglad med, hvad DE sagde til det. Hvis det kunne hjælpe Hardy, at de neglede de sataner, der havde skudt på dem ude på Amager, så skulle han nok være mand for det. Personligt var han led ved den sag. Hvis han fandt de svin, så ville han jo bare pløkke dem ned, og hvem ville det gavne? Ikke ham selv i hvert fald.

"Carl, har du ikke en hund, jeg må få?" Det var hans papsøn Jesper, der maste sig ind i hans tankerække. Han stod tydeligvis allerede med det ene ben ude af døren. Kammeraterne i Lynge vidste, at inviterede de Jesper, så var der gode muligheder for, at der fulgte nogle bajere med i kølvandet. Jesper havde venner i kvarteret, der solgte kassevis af øller til dem, der ikke var fyldt seksten. De kostede et par kroner mere, men hvad gjorde det, hvis man kunne få sin papfar til at betale gildet?

"Er det ikke tredje gang i denne uge, Jesper?" spurgte han og trak en seddel op af pungen. "Du skal i skole i morgen lige meget hvad, okay?"

"Okay," svarede han.

"Og du har lavet dine lektier?"

"Ja ja."

Det havde han altså ikke. Carl rynkede brynene.

"Så Carl, rolig nu. Jeg gider ikke gå i tiende på Engholm. Jeg skal nok komme over på AG."

En sølle trøst. Så skulle han også til at holde øje med, om knægten fulgte med i gymnasiet.

"Hold dig munter," messede drengen på vej ud til cykelskuret.

Det var lettere sagt end gjort.

"ER DET LYNGGAARD-SAGEN, der trykker dig, Carl?" Morten samlede de sidste flasker sammen. Han gik aldrig nedenunder, før der skinnede i køkkenet. Han kendte sine begrænsninger. Næste morgen ville hans hoved være stort og sart som statsministerens ego. Det var her og nu, hvis der skulle ordnes noget som helst.

"Jeg tænker mest på Hardy, ikke så meget på Lynggaard-sagen. Sporene er blevet kolde, og der er ingen, der interesserer sig en skid for den. Mig selv inkluderet."

"Jamen Lynggaard-sagen er vel også opklaret, ikke?" snøvlede Morten. "Hun druknede vel, er der mere at sige om det?"

"Hmm, det mener du? Men hvorfor druknede hun? spørger jeg mig selv. Der var ikke storm, der var ingen bølger, hun var tilsyneladende rask. Hendes økonomi var god, hun så godt ud, hun var på vej til at gøre en stor karriere. Måske var hun lidt ensom, men på et eller andet tidspunkt ville hun også få den side af sagen ordnet."

Han rystede på hovedet. Hvem bildte han noget ind? Selvfølgelig interesserede sagen ham. Det gjorde alle sager, hvor spørgsmålene tårnede sig op på den måde.

Han tændte en smøg og greb en dåsebajer, som en af gæsterne havde fået knappet op, men aldrig hældt i halsen. Den var en anelse lunken og doven.

"Det, der irriterer mig mest, er, at hun var så intelligent. Det er altid svært med ofre, der er så intelligente som hende. Hun havde jo ingen rigtig grund til at begå selvmord, som jeg ser det. Ingen oplagte fjender, hendes bror elskede hende. Så hvorfor forsvandt hun? Ville du måske hoppe i bølgerne på den baggrund, Morten Holland?"

Han så på Carl med rødrandede øjne. "Det var et uheld, Carl. Er du måske aldrig blevet svimmel, når du hang over rælingen og så ned på bølgerne? Og var det alligevel et mord, så var det enten hendes bror, eller også var det noget politisk, hvis du spørger mig. Skulle en kommende leder for Demokraterne, der så så hammergodt ud, ikke ha' fjender?"

Han nikkede tungt og kunne næsten ikke få hovedet op igen. "Alle hadede hende, ka' du ikke se det? Dem, hun overhalede i sit eget parti. Og regeringspartierne. Tror du, at statsministeren og hans starutter var vilde med at se den labre trunte stå og føre sig frem på tv? Du siger det jo selv, hun var lynskarp i bolden." Han vred karkluden op og sjaskede den rundt om vandhanen.

"Alle vidste, at det ville blive hende, der kom til at tegne oppositionens koalition ved næste valg. Hun trak jo stemmer til, for dælen." Han spyttede i håndvasken. "Altså næste gang drikker jeg ikke Syssers Retsina. Hvor hulen køber hun det sprøjt? Man bliver så sindssygt tør i halsen af det."

UDE I DEN runde gård mødte Carl flere kolleger, som var på vej hjem. Henne ved bagvæggen bag kolonnaden stod Bak og konfererede alvorligt med en af sine folk. De så på ham, som om han havde spyttet på dem og vanæret dem.

"Klaptorskekongres," lod han det runge i søjlegangen, mens han vendte dem ryggen.

Forklaringen fik han af Bente Hansen, en fra hans gamle hold, som han mødte i forhallen. "Du havde ret, Carl. De fandt det halve øre i wc-vandlåsen i vidnets lejlighed. Respekt for det, gamle jas."

Fint. Så skete der altså noget i sagen om cyklistmordet.

"Bak og hans folk har lige været inde på Rigshospitalet for at få vidnet til at hoste op med det hele," fortsatte hun. "Men de er ikke kommet videre. Hun er rædselsslagen."

"Så er det nok ikke hende, de skal snakke med."

"Sikkert ikke. Men hvem så?"

"Hvornår ville du først og fremmest kunne begå selvmord? Hvis du var sindssygt presset, eller hvis det var det eneste, der kunne redde dine børn? På en eller anden måde handler det om børnene, siger jeg."

"Børnene ved ikke noget."

"Nej, sikkert ikke. Men det gør kvindens mor måske."

Han så op på bronzelamperne i loftet. Måske skulle han bede om lov til at bytte sag med Bak. Det kunne nok få et og andet til at dirre i den kolossale bygning.

"ALTSÅ, HELE TIDEN har jeg gået rundt og tænkt tanker, Carl. Jeg synes, vi skal gå videre med sagen så." Assad havde allerede sat den dampende kaffekop frem. Ved siden af sagsakterne lå et par søde kager på indpakningspapir. Øjensynlig var han i gang med en charmeoffensiv. I hvert fald havde han ryddet op inde på Carls kontor, og flere aktstykker i sagen var lagt på rad og række på hans skrivebord, nærmest som om man skulle læse dem i en bestemt rækkefølge. Han måtte have været der siden klokken seks.

"Hvad er det, du har lagt til mig?" Han pegede på papirerne.

"Jo, her er der et kontoudtog fra banken, som fortæller lige, hvad Merete Lynggaard hævede de sidste uger. Men der står ikke noget overhovedet med mad på nogen restaurant."

"Andre har betalt for hende, Assad. Det er ikke unormalt, at smukke kvinder slipper billigt fra den slags."

"Ja, netop, Carl. Smart. Så hun har fået nogen til at betale. Jeg tror en politiker eller en fyr."

"Sikkert, men det bliver ikke let at finde ud af hvem."

"Ja, jeg ved det godt, Carl. Det er fem år siden." Han duppede på det andet stykke papir. "Her er oversigten over ting, som politiet tog med fra hendes hjem. Jeg ser ikke nogen kalender, som hende den nye sekretær har fortalt om, nej. Men måske ligger der en kalender på Christiansborg, hvor man kan se, hvem hun skulle spise med så."

"Hun havde sikkert sin kalender i håndtasken, Assad. Og tasken forsvandt sammen med hende, gjorde den ikke?"

Han nikkede lidt ærgerligt.

"Jamen, Carl. Så kunne vi måske spørge hendes sekretær så. Der er en udskriftning af hendes erklæring. Hun sagde ikke noget dengang om nogen, som Merete spiste med. Så jeg tror, vi skal spørge hende igen."

"Udskrift, hedder det! Det er stadig fem år siden, Assad. Hvis hun ikke engang kunne huske noget væsentligt, dengang hun blev spurgt, så kan hun garanteret slet ikke nu."

"Okay! Men så står der, at hun kunne huske, at Merete Lynggaard fik et telegram i forbindelse med valentinsdag, men at det var et stykke tid efter så. Sådan noget kan man da godt gå efter, kan man ikke?"

"Telegrammet eksisterer ikke mere, og vi har ikke den eksakte dato. Så bliver det svært, når man ikke engang kender firmaet, der leverede det."

"Det gjorde TelegramsOnline så."

Carl så på ham. Var der guldkorn i fyren? Det var svært at kapere, så længe han havde grønne gummihandsker på. "Hvor ved du det fra, Assad?"

"Se der." Han pegede på erklæringsudskriften. "Sekretæren kunne huske, at der var trykt 'Love & Kisses for Merete' på telegrammet, og så var der to læber også. To røde læber."

"Og?"

"Ja, så er det en TelegramsOnline-telegram. De trykker navnet på telegrammet. Og de har de to røde læber."

"Vis mig det."

Han trykkede på mellemrumstasten på Carls computer, og billedet af TelegramsOnlines hjemmeside tonede frem på skærmen. Ja, dér var det, telegrammet. Helt som Assad havde sagt.

"Okay. Og du er sikker på, at kun det firma laver sådan nogle telegrammer?"

"Ret så sikker så."

"Men du har stadigvæk ikke datoen, Assad. Er det før eller efter valentinsdag? Og hvem har bestilt det?"

"Vi kan da spørge selskabet, om de har registreret, hvornår der er blevet leveret telegrammer til Christiansborg-slottet."

"Alt det er gjort i den første efterforskning, er det ikke?"

"Det står der ikke noget om i sagen, nej. Men du har måske læst noget andet?" Fyren smilede syrligt bag morgenskægstubbene. Lige frækt nok.

"Okay, Assad, fint nok. Du kan tjekke med firmaet. Det er lige en opgave for dig. Jeg har lidt travlt lige nu, så måske kan du ringe inde fra dit eget kontor."

Han gav ham et klap på skulderen og bugserede ham ud. Så lukkede han døren, tændte en smøg, tog Lynggaard-mappen og satte sig i stolen med benene oppe på bordet.

Så måtte han vel til det.

DET VAR EN dum sag. Alt for inkonsistent. Søgen i øst og vest uden klar prioritering. Man havde kort sagt ingen bæredygtige teorier. Motivet stod åbent. Hvis det var selvmord, hvorfor så? Det eneste, man vidste, var, at hendes bil stod bagest på bildækket, og at Merete Lynggaard var væk.

Så gik det op for efterforskerne, at hun ikke havde været alene. Af et par vidneudsagn fremgik det, at der havde været en ung mand, som hun havde skændtes med på soldækket. Et foto, som et ældre ægtepar på en privat arrangeret indkøbsbustur til Heiligenhafen havde taget oppe på soldækket ved en tilfældighed, dokumenterede dette. Og billedet blev offentliggjort, og så kom der henvendelse fra rådhuset i Store Heddinge om, at det var Merete Lynggaards bror.

Carl huskede det faktisk godt. Der var blevet uddelt næser til politifolkene, der havde overset denne brors eksistens.

Og nye spørgsmål meldte sig: Hvis det var broren, hvorfor så? Og hvor var broren overhovedet?

Først troede man, at også Uffe var faldet over bord, men så fandt man ham et par dage senere, stærkt forkommen og forvirret, et godt stykke nede på Femerns flade sletter. Det var et årvågent tysk politi fra Oldenburg, der fik ham identificeret. Hvordan han var kommet så langt, fandt man aldrig ud af. Han havde ikke selv noget at føje til sagen.

Vidste han noget, så gemte han det for sig selv.

Den efterfølgende barske håndtering af Uffe Lynggaard afslørede, hvor meget på skideren hans kolleger havde været.

Carl satte et par af båndene fra afhøringerne på og konstaterede, at Uffe havde været tavs som graven. De havde forsøgt at spille 'good guys' og 'bad guys', og intet havde virket. To psykiatere havde været indkaldt. Senere en psykolog fra Farum med speciale i den slags, ja, selv Karen Mortensen, en socialrådgiver fra Stevns kommune, havde været inde i billedet for at udfritte Uffe.

Dårlig sag.

Både de tyske og danske myndigheder havde gennemtrawlet farvandet. Frømandskorpset havde forlagt deres øvelser til området. En strandvasker blev lagt på is og siden obduceret. Fiskere fik at vide, at de skulle være særlig opmærksomme på objekter, der flød i vandet. Tøjstykker, tasker, hvad som helst. Men ingen fandt noget, der kunne spores tilbage til Merete Lynggaard, og medierne gik yderligere amok. Merete Lynggaard var forsidestof i næsten en måned. Gamle billeder fra en gymnasietur, hvor hun poserede i kropsnær badedragt, kom frem af gemmerne. Hendes topkarakterer på universitetet blev offentliggjort og gjort til genstand for analyse af såkaldte livsstilseksperter. Nye gisninger om hendes seksualitet fik ellers ordentlige journalister til at gå i kølvandet på sladdersprøjterne. Og først og fremmest Uffes eksistens gav bladsmørerne noget at skrive om.

Flere af hendes nærmeste kolleger vrøvlede løs om, at de godt nok havde forestillet sig noget i den retning. At hun havde noget, hun ville skjule i sit privatliv. Man kunne selvfølgelig ikke vide, at det var en handicappet bror, men noget i den retning.

Gamle billeder af bilulykken, der slog hendes forældre ihjel, og som handicappede Uffe, var på forsiden af formiddagsbladene, da sagen så småt var ved at ebbe ud. Alt skulle med. Hun var godt stof i live, og det var hun fandeme også som død. Morgenkanalernes værter havde svært ved ikke at vise deres henrykkelse. Krig i Bosnien, en prinsgemal, der blev sur, forstadskommuneborgmesterens overdrevne rødvinsforbrug, en druknet folketingspolitiker. Same shit! Bare der var gode billeder i det.

Man bragte store fotos af dobbeltsengen i Merete Lynggaards hus. Hvor de havde dem fra, var ikke godt at vide, men overskrifterne var barske. Havde de to søskende haft et forhold? Var det årsag til hendes død? Hvorfor var der kun den ene seng i det store hus? Alle i landet skulle synes, at det var underligt.

Da der ikke kunne tærskes mere langhalm på den historie, kastede de sig over gisninger om løsladelsen af Uffe. Var der blevet brugt hårdhændede politimetoder? Var det justitsmord? Eller var fyren sluppet for billigt? Handlede det snarere om retssystemets naivitet og en utilstrækkelig sagsbehandling? Senere var der pip i medierne om Uffes anbringelse på Egely, og så døde sagen endelig ud. Agurketiden i sommeren 2002 kom til at handle om regn og varme og prinsefødsel og VM i fodbold.

Jo, dansk presse kendte den menige læsers virkelige interesser. Merete Lynggaard var gammelt stof.

Og efter seks måneder blev efterforskningen reelt indstillet. Der var masser af andre opgaver.

CARL TOG TO ark papir og skrev med kuglepen på det ene:

MISTÆNKTE:

1) Uffe

2) Ukendt postbud. Brevet om Berlin

3) Manden/kvinden fra restaurant Café Bankeråt

4) 'Kolleger' på Christiansborg

5) Rovmord efter røverisk overfald. Hvor mange penge i tasken?

6) Seksuelt overfald

På det andet stykke papir skrev han:

TJEKKE:

Sagsbehandler på Stevns

Telegrammet

Sekretærerne på Christiansborg

Vidner på færgen Schleswig-Holstein

Efter at have set lidt på sedlerne skrev han nederst på ark to:

Plejefamilien efter ulykken/gamle studiekammerater på universitetet. Var hun deprimeret af natur? Var hun gravid? Forelsket?

Da han lukkede sagsmappen i, ringede de oppefra med en besked fra Marcus Jacobsen om, at han skulle stille i konferencelokalet.

Han nikkede til Assad, mens han gik forbi hans lille rum. Fyren sad klistret til sin telefon og så dybt koncentreret og alvorlig ud. Ikke som han plejede, når han stod i døråbningen med sine grønne gummihandsker. Dér var han næsten som en anden mand.

110

DE VAR DER alle sammen, dem der havde med cyklistmordet at gøre. Marcus Jacobsen pegede på stolen, hvor Carl skulle sidde ved konferencebordet, og Bak lagde ud.

"Vores vidne, Annelise Kvist, har langt om længe bedt om vidnebeskyttelse. Vi ved nu, at hun er blevet truet med, at hendes børn ville blive flået levende, hvis hun ikke holdt tæt med, hvad hun så. Hun har hele tiden tilbageholdt oplysninger for os, men hun har dog været samarbejdsvillig på sin egen måde. Undervejs har hun givet os hints, så vi selv kunne regne os videre frem i sagen, men afgørende oplysninger har hun altså forholdt os. Siden er de alvorlige trusler kommet til, og efter det har hun lukket fuldstændig af.

Jeg opsummerer: Overskæringen af ofrets hals sker i Valbyparken cirka klokken toogtyve. Der er mørkt og koldt og mennesketomt i parken. Alligevel sker der det, at Annelise Kvist ser gerningsmanden stå og tale med ofret bare få minutter før drabet. Vi mener derfor, at det må have været et affektdrab. Havde mordet været planlagt, så ville Annelise Kvists ankomst formentlig have forpurret det."

"Hvorfor går Annelise Kvist igennem parken? Var hun ikke på cykel? Hvor kom hun fra?" Det var en af de nye, der spurgte. Han vidste ikke, at man først spurgte bagefter, når det var Bak, der stod ved roret.

Bak kvitterede med et surt blik. "Hun havde været ovre hos en veninde, og cyklen var punkteret. Derfor trak hun gennem parken. Vi ved, at det må have været gerningsmanden, hun så, fordi der kun var to sæt fodspor omkring gerningsstedet. Vi har lagt et stort arbejde i at undersøge forholdene omkring Annelise Kvist for at finde bløde punkter i hendes liv. Noget, der kunne forklare hendes adfærd, da vi begyndte at udspørge hende. Hun har engang været tilknyttet rockermiljøet, ved vi nu, men vi ved også ret sikkert, at det ikke er i det miljø, at vi skal finde gerningsmanden.

Ofret er bror til en af de mest aktive rockere i Valby-området, Carlo Brandt, og ofret var absolut i good-standing, selv om han handlede lidt med stoffer på egen hånd. Vi ved nu også fra denne Carlo Brandt, at ofret var en bekendt af Annelise Kvist, givetvis intimt på et eller andet

111

tidspunkt. Det forsker vi også i. Konklusionen er i hvert fald, at hun efter alt at dømme har kendt både morder og offer.

Hvad vidnets angst angår, så har hendes mor bekendt over for os, at Annelise før har været udsat for vold, af mildere karakter godt nok, slag og trusler og sådan noget, men at Annelise har været meget påvirket af det. Moren mener, at datteren har udsat sig selv for disse ting, fordi hun kommer meget i værtshusmiljøet og ikke ser så nøje på, hvem hun går hjem med, men så vidt vi kan vurdere, så er Annelise Kvists seksuelle og sociale vaner ikke så meget anderledes end de fleste andre unge kvinders.

Fundet af øret i Annelises toilet fortæller os, at morderen ved, hvem hun er, og at han kender hendes bopæl, men vi har som bekendt endnu ikke kunnet hive ud af hende, hvem manden er.

Børnene er bragt til noget familie syd for København, og det har blødt Annelise noget op. Der er ikke længere tvivl om, at hun har været påvirket af stoffer på det tidspunkt, hvor vi formodede, at hun forsøgte at begå selvmord. Analyserne siger nu, at man har fundet et hav af forskellige euforiserende stoffer i pilleform i hendes mavesæk."

Carl havde haft lukkede øjne under det meste af seancen. Bare synet af Bak, der stod og tæskede igennem sager på den kringlede og langsommelige måde, kunne få hans pis i kog, det gad han simpelthen ikke at se på. Men hvorfor skulle han også det? Han havde jo ikke noget med det at gøre. Han havde sin stol nede i kælderen, det var det, han skulle huske. Drabschefen havde bragt ham herop for at give ham et skulderklap, fordi han havde ført sagen et skridt videre. Mere var der ikke at sige til det. Yderligere synspunkter skulle han nok spare dem for.

"Vi har ikke fundet pilleglas, så meget tyder på, at det er piller, som nogen, formodentlig den samme gerningsmand, er kommet med i løs vægt og har tvunget i hende," sagde Bak.

Nå, dét kunne han regne sig frem til.

"Så der er altså efter alt at dømme tale om et mordforsøg, der er mislykkedes. Truslen om at dræbe børnene har fået hende til at tie stille," fortsatte Bak.

Her brød Marcus Jacobsen ind. Han så, hvordan de nye brændte med deres spørgsmål. Så hellere komme dem i møde.

"Annelise Kvist og hendes mor og børnene vil få den vidnebeskyttelse, som sagen kræver," sagde han. "I første omgang flytter vi dem, og så skal vi nok snart få hende til at tale. Imens må vi se at få narkoafdelingen med ind. Jeg kan forstå, at der var en del syntetisk THC i hende, sandsynligvis Marinol, der er den mest almindelige hash i pilleform. Det ser vi ikke så tit i pusherkredse, så lad os finde ud af, hvor man skaffer det i området. Jeg kan forstå, at man også fandt spor af Crystal og methylfenidat. En såre atypisk cocktail."

Carl rystede på hovedet. Ja, det var absolut en alsidig gerningsmand. Snitter halsen voldsomt over på det ene offer i en park og lemper forsigtigt piller ned i halsen på det andet. Hvorfor kunne hans kolleger ikke bare vente, til kællingen spyttede ud af sig selv? Han åbnede øjnene og så lige ind i øjnene på drabschefen.

"Du ryster på hovedet, Carl. Har du bedre forslag? Er der mere kreativt i dig, som kan bringe os videre?" Han smilede. Det var han den eneste i lokalet, der gjorde.

"Jeg ved bare, at hvis man æder THC, så brækker man sig, hvis der bliver proppet alt for meget andet underligt i hovedet på en. Så fyren, der tvang hende til at sluge pillerne, har jo nok været ret god til sit job, mon ikke? Hvorfor venter I ikke bare, til Annelise Kvist selv fortæller jer, hvad hun så? Et par dage fra eller til spiller vel ingen rolle. Vi har jo også andet at tage os til." Han så rundt på kollegerne. "Ja, jeg har i hvert fald."

SOM ALTID VAR der travlt hos sekretærerne. Lis sad bag sin computer med headset på og bankede i tasterne som en trommeslager i et rockorkester. Han spejdede efter en ny, mørkhåret sekretær, men ingen passede til Assads beskrivelse. Kun Lis' kollega, sekretariatets navnkundige pendant til 'Hunulven Ilse', blandt kolleger kaldt fru Sørensen, kunne med rimelighed hævdes at have den hårfarve. Carl kneb øjnene sammen. Måske så Assad noget i det sure fjæs, som ingen andre kunne.

"Vi må have en ordentlig fotokopieringsmaskine ned til os, Lis," sagde han, da hun med et bredt smil indstillede gennembankningen af tastaturet. "Kan du klare det i eftermiddag? Jeg ved, at de har en tilovers nede hos NEC-folkene. Den er ikke engang blevet pakket ud."

"Jeg skal se, hvad jeg kan gøre, Carl," sagde hun. Så var den ordnet.

"Jeg skulle tale med Marcus Jacobsen," lød en sprød stemme ved siden af ham. Han vendte sig og stod ansigt til ansigt med en kvinde, han aldrig havde set før. Brune øjne. De mest vanvittig lækre brune øjne, han nogensinde havde set. Carl mærkede et sug i mellemgulvet. Så vendte kvinden sig mod sekretærerne.

"Er du Mona Ibsen?" spurgte fru Sørensen.

"Ja."

"Så er du ventet."

De to kvinder smilede til hinanden, og Mona Ibsen trak sig lidt tilbage, mens fru Sørensen rejste sig for at vise vej. Carl pressede læberne sammen og så hende forsvinde videre op ad gangen. Hun havde pels på, ganske kort, lige akkurat så man kunne se det nederste af hendes røv. Forjættende, men ikke nogen ung kvinde efter formerne at dømme. Hvorfor helvede havde han ikke set andet af hendes ansigt end øjnene?

"Mona Ibsen, hvem var det?" spurgte han henkastet Lis. "Noget med cyklistmordet?"

"Nej, hun er vores nye krisepsykolog. Hun skal fremover være fast tilknyttet alle afdelinger her på Politigården."

"Skal hun det?" Han kunne godt selv høre, hvor fåret det lød.

Han undertrykte fornemmelsen i mellemgulvet og gik op til Jacobsens kontor og åbnede døren uden at banke på. Skulle han have en næse, så skulle det fandeme være for et godt formål.

"Undskyld, Marcus," sagde han. "Jeg vidste ikke, du havde besøg."

Hun sad med siden til med blød hud og furer ved mundvigen, som snarere udtrykte smil end livslede.

"Jeg kan komme tilbage senere, undskyld afbrydelsen."

Hun vendte ansigtet mod ham ved denne servile underdanighed. Hendes mund var markeret. Amorbuen fyldig. Hun var klart over halvtreds og smilede svagt til ham. Fandeme om der ikke blev banket gelé ned i hans knæskaller.

"Hvad ville du, Carl?" spurgte Marcus.

"Jeg ville bare sige, at jeg tror, at I skal spørge Annelise Kvist, om hun også har stået i forhold til morderen."

"Det er gjort, Carl. Det har hun ikke."

"Nej, vel? Men så synes jeg, at I skal spørge hende om, hvad morderen laver. Ikke hvem han er, men hvad han laver."

"Det har vi selvfølgelig gjort, men hun siger ikke noget. Du mener, at de kan have et arbejdsforhold?"

"Måske, måske ikke. I hvert fald at hun på en eller anden måde er afhængig af manden i kraft af hans arbejde."

Jacobsen nikkede. Det ville først ske, når de havde fået anbragt vidnet og hendes familie på et sikkert sted. Men så fik Carl da set denne Mona Ibsen.

Fandeme lækker af en krisepsykolog at være.

"Det var bare det," sagde han og smilede så bredt og afslappet og virilt som aldrig før, men ekkoet udeblev.

Han tog sig et øjeblik til brystet, hvor det pludselig gjorde ondt lige under brystbenet. For pokker en ubehagelig følelse. Næsten som om han havde slugt luft.

"Er du okay, Carl?" spurgte hans chef.

"Åh, det er ingenting. Bare lidt efterveer, du ved. Jeg er okay." Men det var ikke helt rigtigt. Følelsen i brystkassen var alt andet end god.

"Ja, undskyld, Mona. Må jeg præsentere dig for Carl Mørck. For et par måneder siden var han ude for en modbydelig skudepisode, hvor vi mistede en kollega."

Hun nikkede hen mod ham, mens han strammede sig gevaldigt an. Kneb øjnene lidt sammen. Professionel interesse naturligvis, men hellere det end ingenting.

"Det er Mona Ibsen, Carl. Hun er vores nye krisepsykolog. Måske kommer I til at lære hinanden at kende. Vi skulle jo gerne have en af vores allerbedste medarbejdere helt tilbage på banen."

Han gik et skridt frem og tog hendes hånd. Lære hinanden at kende. Det ku' han bande på, at de sku'.

FØLELSEN LÅ ENDNU i kroppen, da han stødte sammen med Assad på vej ned til kælderen.

"Så kom jeg igennem, Carl," sagde han.

Carl prøvede at presse synet af Mona Ibsen i baggrunden. Det var ikke let.

"Til hvad?" sagde han.

"Jeg har ringet til TelegramsOnline mindst de ti gange og kom først igennem for et kvarter siden," sagde Assad, mens Carl sundede sig. "Måske kan de så fortælle os, hvem der sendte telegrammet til Merete Lynggaard. De arbejder i hvert fald på sagen."

18

2003

DER GIK KUN ganske kort tid, så havde Merete vænnet sig til trykket. Lidt susen for ørerne nogle dage, og så var det væk. Nej, det var ikke trykket, der var det værste.

Det var lyset, der blinkede over hende.

Evigt lys var hundrede gange værre end evigt mørke. Lyset blottede hendes livs ynkelighed. Et isnende hvidt rum. Grålige vægge, skarpe hjørner. De grå spande, den farveløse mad. Lyset gav hende grimheden og kulden. Lyset gav hende erkendelsen af, at hun ikke kunne gennembryde dette panser af et rum. At livsnerven i den indfældede dør var en umulig flugtvej. At dette betonhelvede var hendes kiste og grav. Her kunne hun ikke bare lukke øjnene og glide bort, når det passede hende. Lyset trængte sig på, selv gennem lukkede øjne. Kun når trætheden overmandede hende fuldstændigt, kunne hun sove sig fra det.

Og tiden blev uendelig.

HVER DAG, NÅR hun var færdig med maden og sad og slikkede fingrene rene, stirrede hun lige ud i luften og memorerede dagen. "I dag er det den 27. juli 2002. Jeg er toogtredive år og enogtyve dage. Jeg har nu været her i hundrede og syvogfyrre dage. Mit navn er Merete Lynggaard, og jeg er okay. Min bror hedder Uffe, og han er født den 10. maj 1973," indledte hun. Somme tider nævnte hun også sine forældre, og somme tider også andre. Hver eneste dag huskede hun det. Det og så en masse andre ting. At tænke på den klare luft, lugten af andre mennesker, lyden af en hund,

117

der gøede. Tanker, der kunne føre til andre tanker, som fik hende til at glide ud af det kolde rum.

En eller anden dag ville hun blive sindssyg, det vidste hun. At det ville blive vejen væk fra tunge tanker, der gik i ring. Og hun kæmpede hårdt imod. Hun var på ingen måde parat.

Det var derfor, hun holdt sig væk fra de to meterhøje køøjer, som hun havde følt sig frem til i mørket den første tid. De sad i hovedhøjde og ikke noget udefra trængte igennem spejlglasset. Da hendes øjne efter nogle dage havde vænnet sig til lyset, havde hun rejst sig, ganske forsigtigt af frygt for at skulle blive overrumplet af sit eget spejlbillede. Og så havde hun, med blikket langsomt opadglidende, endelig stået ansigt til ansigt med sig selv, og synet havde gjort ondt dybt i hendes sjæl. Flere kulde-gysninger havde gennemrystet hende. Hun havde måttet lukke øjnene et øjeblik, så voldsomt et indtryk gjorde det. Det var ikke, fordi hun så virkelig dårlig ud, som hun havde frygtet, nej, det var ikke det. Håret var sammenfiltret og fedtet og huden bleg, men det var ikke det.

Det var det, at der over for hende stod et menneske, der var fortabt. Et menneske dømt til at dø. En fremmed – fuldstændig alene i verden.

"Du er Merete," havde hun sagt højt og set sig selv udtale ordene. "Det er mig, der står der," sagde hun så og ønskede, at det ikke var sandt. Hun havde følt sig adskilt fra sin krop, og dog var det hende, der stod der. Det havde været til at blive vanvittig af.

Så havde hun trukket sig tilbage fra køøjerne og sat sig på hug. Prøvet at synge lidt, men hørte sin stemme som noget, der kom fra et andet menneske. Så krøb hun sammen i fosterstilling og bad til Gud. Og da hun havde gjort det, bad hun igen. Hun bad, til hendes sjæl var løftet ud af denne sindssyge trance og ind i en ny. Og hun hvilede sig i drømme og minder og lovede sig selv, at hun aldrig ville stå foran dette spejl og betragte sig selv igen.

SOM TIDEN GIK, lærte hun at forstå kroppens signaler. Hvornår maven kunne fortælle, at maden kom for sent. Hvornår trykket svingede en lille smule, og hvornår hun sov bedst.

118

Intervallerne mellem udskiftningen af spandene var meget regelmæssige. Hun havde prøvet at tælle sekunderne fra det øjeblik, maven fortalte hende, at tiden var inde, til spandene kom. Der kunne højst være udsving i affodringen på en halv time. Altså havde hun en tidsangivelse at holde sig til under den forudsætning, at hun stadig fik mad én gang i døgnet.

Denne viden var både en trøst og en forbandelse. En trøst, fordi hun så kunne associere sig til omverdenens vaner og rytme. Og en forbandelse, netop fordi hun kunne det. Udenfor blev det sommer, efterår, vinter, og her var ingenting. Hun forestillede sig sommerregnen, der gennemvædede hende, strøg nedrigheden og lugten af hende. Hun så ind i Sankt Hans-bålenes gløder og på juletræet i al sin glans. Ingen dage uden sine bevægelser. Hun kendte datoerne og vidste, hvad de kunne betyde. Derude i verden.

Og hun sad alene på sit nøgne gulv og tvang sine tanker mod livet derude. Det kom ikke let. Ofte var det ved at smutte fra hende, men hun holdt fast. Hver dag fik sin betydning.

Den dag, Uffe blev niogtyve og et halvt år, lænede hun sig op ad den kolde væg og forestillede sig, at hun strøg ham over håret, mens hun ønskede ham til lykke. Hun ville bage en kage i tankerne og sende dem til ham. Alle ingredienserne skulle købes først. Hun ville tage overfrakke på og trodse efterårsstormene. Og hun handlede, hvor hun ville. I Magasins kulinariske underetage. Hun tog, hvad der passede hende. Intet var for godt til Uffe på den dag.

OG MERETE TALTE dagene, mens hun spekulerede på, hvad hendes bortførere havde for, og hvem de var. Somme tider var det, som om en svag skygge gled hen over den ene af spejlglasruderne, og hun skuttede sig. Dækkede sin krop, mens hun vaskede sig. Stod med ryggen til, når hun var helt nøgen. Trak toiletspanden hen mellem ruderne, så de ikke kunne se hende sætte sig.

For de var der. Det ville ikke give nogen mening, hvis de ikke var. I en periode snakkede hun til dem, men det gjorde hun ikke så ofte mere. De svarede alligevel ikke.

119

Hun havde bedt dem om hygiejnebind, men fik det ikke. Og når menstruationerne var værst, slog toiletpapiret ikke til, og hun måtte lade være med at skifte.

Hun havde også bedt om at måtte få en tandbørste, men det fik hun heller ikke, og det bekymrede hende. I stedet masserede hun sine gummer med pegefingeren og prøvede at rense mellemrummene mellem tænderne ved at presse luft ud imellem dem, men godt var det ikke. Og hun pustede i håndfladen og kunne lugte, hvordan hendes ånde blev mere og mere kras.

En dag trak hun en stiver ud af hætten på sin dunjakke. Det var en nylonpind, der ganske vist havde stivheden, men ikke tykkelsen til at kunne gøre det ud for en tandstikker. Så prøvede hun at brække et stykke af, og da det lykkedes, begyndte hun at file den korteste pind til med sine fortænder. 'Pas på, at der ikke er noget plastik, der sætter sig fast. Du får det aldrig ud,' formanede hun sig selv og lod tiden gå.

Da hun for første gang i et år fik gået alle mellemrummene mellem tænderne igennem, blev hun opfyldt af stor lettelse. Den pind var pludselig hendes kæreste eje. Den og resten af nylonpinden måtte hun passe på.

STEMMEN TALTE TIL hende, et stykke tid før hun havde regnet med. Hun var vågnet på sin treogtredive års fødselsdag med en fornemmelse i maven, der sagde hende, at det stadig kunne være nat. Og hun sad og stirrede op mod spejlglasruderne i måske timer, mens hun forsøgte at regne ud, hvad der nu skulle ske. Hun havde overvejet spørgsmål og svar i en uendelighed. Navne og handlinger og årsager havde kørt frem og tilbage, og stadig vidste hun ikke mere end året før. Det kunne være noget med penge. Måske var det noget med internettet. Måske var det et eksperiment. Et vanvittigt menneskes forsøg, der skulle vise, hvad den menneskelige organisme og psyke kan holde til.

Men hun havde ikke tænkt sig at bukke under for sådan et eksperiment. Det havde hun ikke.

Da stemmen kom, var hun ikke forberedt. Endnu havde mavesækken ikke varslet sult. Hun blev forskrækket, men denne gang var det snarere over anspændelsen, der udløstes, end over chokket ved stilheden, der pludselig blev brudt.

"Til lykke, Merete," sagde kvindestemmen. "Til lykke med de treogtredive år. Vi ser, at du har det godt. Du har været en god pige i år. Solen stråler."

Solen! Åh gud, det ville hun ikke vide.

"Har du tænkt over spørgsmålet? Hvorfor holder vi dig i bur som et dyr? Hvorfor skal du igennem det her? Er du kommet frem til en løsning, Merete, eller skal vi straffe dig igen? Hvad skal det være? En fødselsdagsgave eller en straf?"

"Giv mig et eller andet, jeg kan gå efter," råbte hun.

"Du har slet ikke forstået legen, Merete. Nej, du må selv. Nu sender vi spandene ind, så må du imens tænke over, hvorfor du er her. Vi har i øvrigt lagt en lille gave til dig, så håber vi, at du kan bruge den. Du har ikke meget tid til at svare."

Nu hørte hun for første gang tydeligt mennesket bag stemmen. Det var ikke nogen ung kvinde, slet ikke. Der lå en brydning i stemmen, som vidnede om god skoleuddannelse for meget lang tid siden. Et par a'er, der blev for dybe.

"Det er ikke nogen leg, det her," protesterede hun. "I har bortført mig og spærret mig inde. Hvad vil I? Er det pengene, I vil ha'? Jeg ved ikke, hvordan jeg kan hjælpe jer med at få pengene ud af fonden, når jeg sidder her. Kan I ikke forstå det?"

"Ved du hvad, min pige," sagde kvinden. "Handlede det her om penge, så var alt nok faldet anderledes ud, tror du ikke?"

Så lød der et pift fra slusen, og den første spand kom ind. Hun trak den til sig og vred imens hjernen for, hvad der kunne siges for at vinde mere tid.

"Jeg har intet ondt gjort i mit liv, jeg fortjener det ikke, forstår I det?"

Der lød igen en piften, og den anden spand kom frem i slusen.

"Du nærmer dig kernen, din dumme tøs. Jo, du fortjener det bestemt."

Hun ville protestere, men kvinden stoppede hende. "Sig ikke mere,

121

Merete, du har ikke gjort det godt for dig selv, som det er. Prøv i stedet at se i spanden. Mon ikke du bliver glad for din gave?"

Merete tog låget langsomt af, som om en kobraslange med udspilet nakkehud og giftkirtlen spændt til bristepunktet lå klar til at hugge. Men hvad hun så, var værre.

Det var en lommelygte.

"Godnat, Merete, og sov godt. Nu får du en atmosfæres tryk mere ind til dig. Så må vi se, om det hjælper på din hukommelse."

Først kom denne hvislen fra slusen og duften af omgivelserne. Parfume og mindelser om sol.

Og så vendte mørket tilbage.

19

2007

FOTOKOPIMASKINEN, DE FIK fra NEC, Nationalt Efterforskningscenter, som Rigspolitiets nye rejsehold hed, var splinterny og kun til låns. Et udmærket vidnesbyrd om, at de ikke kendte Carl, for han gav i hvert fald ikke noget fra sig, når det først var blevet transporteret ned i kælderen.

"Du fotokopierer alle sagens akter, Assad," sagde han og pegede på maskinen. "Jeg er ligeglad med, om det så tager hele dagen. Og når du engang er færdig, så kører du op til Klinik for Rygmarvsskader og sætter min gamle makker, Hardy Henningsen, ind i sagen. Han vil sikkert behandle dig som luft, men det skal du ikke tage dig af. Han har en hukommelse som en elefant og ører som en flagermus. Bare klø på."

Assad studerede alle symbolerne og tasterne på monstrummet dernede i kælderkorridoren. "Hvordan gør man lige med den så?" spurgte han.

"Du har ikke prøvet at tage en fotokopi før?"

"Ikke lige på sådan en med alle sådan nogen tegninger, nej."

Så havde man hørt det med. Og det var den samme mand, der satte hans tv-skærm op på ti minutter?

"Herregud, Assad. Se her, du lægger bare originalen her, og så trykker du på den her knap." Så langt virkede han da rimeligt med.

BAKS MOBILSVARER GAV den forventelige smøre om, at vicekriminalkommissær Bak desværre ikke kunne svare på grund af en mordsag.

Den dejlige sekretær med de krydsede fortænder supplerede med den oplysning, at han og en kollega var ude i Valby for at foretage en anholdelse.

"Du giver mig et praj, når idioten dukker op, ikke Lis?" bad han, og halvanden time efter var der bid.

Bak og hans makker var allerede godt i gang i forhørslokalet, da Carl brasede ind. Manden i håndjern var en helt almindelig fyr. Ung og træt og hamrende forkølet. "Tag dog lige og puds næsen på manden," sagde han og pegede på de seje snotklatter, der drev nedad mod hans mund. Hvis han var den fyr, så ville ikke syv vilde heste kunne tvinge ham til at åbne munden.

"Forstår du ikke dansk, Carl?" Bak var rød i ansigtet denne gang. Det skulle der alligevel noget til. "Du må vente. Og så forstyrrer du simpelthen ikke en kollega i en afhøring en anden gang, er det forstået?"

"Fem minutter, så får du fred, det lover jeg dig."

At det så tog Bak halvanden time at fortælle Carl, at han var kommet meget sent ind i Lynggaard-sagen og ikke vidste en skid, var klovnen da selv ude om. Hvorfor fanden alle de omsvøb?

Han fik da i det mindste telefonnummeret på Karen Mortensen, Uffes pensionerede sagsbehandler fra Stevns. Ja, og så nummeret til chefpolitiinspektør Claes Damsgaard, som var med til at lede Rejseholdets efterforskning dengang. Nu sad han i politikreds Midt- og Vestsjælland, sagde Bak. Hvorfor ikke bare sige, at gutten sad i Roskilde?

Den anden af cheferne på holdet, som havde ledet efterforskningen, var i øvrigt død. Bare to år holdt han efter pensioneringen. Det var virkeligheden omkring restlevetid for pensionerede politifolk i Danmark.

Lige til Guiness Rekordbog.

CHEFPOLITIINSPEKTØR CLAES DAMSGAARD var af en helt anden støbning end Bak. Venlig, imødekommende, interesseret. Jo, han havde hørt om Afdeling Q, og ja, han vidste skam godt, hvem Carl Mørck var. Var det ikke ham, der havde løst sagen om den druknede pige på Femøren og det der satans mord ude i Nordvest-kvarteret, hvor en gammel kone var blevet smidt ud af vinduet? Jo, han kendte skam godt Carl af omtale. Gode politifolks meritter var ikke sådan at overse. Han skulle bestemt være velkommen til at komme til Roskilde og få en briefing. Lynggaard-

sagen var en trist affære, så hvis han kunne hjælpe, så skulle Carl ende-
lig sige til.

'Fin fyr,' nåede han at tænke, inden manden fortalte, at Carl måtte
vente tre uger, for nu skulle han og konen en tur til Seychellerne med
datteren og svigersønnen, og det skulle helst være, inden øerne blev over-
svømmet af smeltevandet fra iskalotterne, som han tilføjede i en lattersal-
ve.

"HVORDAN GÅR DET?" spurgte Carl Assad og prøvede at kapere omfanget
af fotokopier, der lå i en nydelig række langs væggen hele vejen ned til
trappen. Var der virkelig så mange aktstykker i den sag?

"Ja, undskyld at det tager så lange timer, Carl, men de der ugeblade,
de er altså de værste."

Han så på bunkerne en gang til. "Kopierer du hele bladet?"

Assad lagde hovedet på skrå som en hundehvalp, der overvejede at
stikke af. Du almægtige, altså.

"Hør nu her. Du skal bare kopiere de sider, der er relateret til sagen,
Assad. Jeg tror, at Hardy er bedøvende ligeglad med, hvilken prins der
skød hvilken fasan ved jagten i Smørumbavelse, er du med?"

"Der skød hvem?"

"Glem det, Assad. Bare hold dig til sagen, og smid de sider væk, der
ikke er relevante. Du gør et godt stykke arbejde."

Han forlod Assad og den brummende maskine og ringede så til den
pensionerede sagsbehandler i Stevns kommune, som havde haft Uffe-
sagen. Måske hun havde observeret noget, der kunne bringe dem videre.

Karen Mortensen lød rar. Han kunne praktisk talt se hende sidde i
gyngestolen og hækle tevarmere. Lyden af hendes stemme ville passe
fortrinligt til et bornholmerurs tikken. Det var næsten som at ringe hjem
til familien i Brønderslev.

Men allerede ved næste sætning vidste han bedre. I ånden var hun
stadig offentligt ansat. En ulv i fåreklæder.

"Jeg kan ikke udtale mig om Uffe Lynggaard-sagen eller andre sager.
De må gå til sundhedsafdelingen i Store Heddinge."

"Der har jeg været. Hør engang her, Karen Mortensen, jeg forsøger bare at finde ud af, hvad der skete med Uffes søster."

"Uffe blev frikendt for alle anklager," snappede hun af.

"Ja ja, det ved jeg, og det var godt. Men Uffe ved måske noget, som ikke er kommet frem."

"Hans søster er død, så hvad skal det gavne? Uffe har aldrig sagt et ord, så han kan ikke bidrage med noget."

"Hvis jeg nu kom ned til Dem, tror De så ikke, at jeg kunne få lov at stille Dem nogle spørgsmål?"

"Ikke hvis det handler om Uffe."

"Jeg forstår det simpelthen ikke. Når jeg har talt med folk, der kendte Merete Lynggaard, så fik jeg at vide, at hun altid omtalte Dem så prisende. At hun og hendes bror havde været helt fortabt uden Deres omsorgsfulde sagsarbejde." Hun ville sige noget, men han gav hende ikke lov. "Hvorfor vil De så ikke være med til i det mindste at værne om Merete Lynggaards omdømme, nu da hun ikke selv kan? De ved jo, at det er den almindelige opfattelse, at hun begik selvmord. Men hvad nu, hvis det ikke var tilfældet?"

I den anden ende hørte man nu kun en dæmpet radio. Hun tyggede stadig på ordene "omtalte Dem så prisende". Noget af en mundfuld at skulle fordøje.

Det tog hende ti sekunder at synke helt. "Så vidt jeg ved, så fortalte Merete Lynggaard ikke noget til nogen om Uffe. Kun vi på socialforvaltningen kendte hans eksistens," kom det så. Men hun lød dejlig usikker.

"De har naturligvis ret, sådan skulle det i store træk helst være. Men der var familiemedlemmer, som stod i baggrunden. I Jylland ganske vist, men dem havde hun dog." Han holdt en lille kunstpause for at tænke over, hvilke familiemedlemmer han skulle opfinde til situationen, hvis hun borede i det. Men Karen Mortensen havde allerede bidt på, det mærkede han.

"Var det Dem personligt, der visiterede Uffe i sin tid?" spurgte han så.

"Nej, det var vores kurator. Men jeg havde sagen igennem årene."

"Var det så Deres indtryk, at Uffe blev dårligere, som tiden gik?"

Hun tøvede. Så var hun ved at glide bort igen. Det var bare med at holde fast.

"Ja, jeg spørger Dem, fordi jeg synes, at han virker mulig at nå i dag, men måske tager jeg fejl," fortsatte han.

Hun lød overrasket. "De har altså mødt Uffe."

"Ja, naturligvis. En meget charmerende ung mand. Man kan blive helt blændet af hans smil. Det er ikke til at forstå, at der skulle være noget i vejen med ham."

"Nej, det har mange tænkt før Dem. Men sådan er det jo ofte med disse hjerneskadede. Merete skal have stor ros for, at han ikke forsvandt helt ind i sig selv."

"Det mener De, at der var fare for?"

"Absolut, men det er rigtigt, han kan være meget levende i ansigtet, og nej, jeg synes ikke, at han blev dårligere med årene."

"Forstod han overhovedet, hvad der var sket med hans søster, tror De?"

"Nej, det tror jeg ikke."

"Er det ikke mærkeligt? Jeg mener, han kunne jo reagere, hvis hun ikke kom hjem til tiden. Græde, mener jeg."

"Hvis De spørger mig, så kan han ikke have set hende falde i vandet. Det tror jeg ikke. Han ville være blevet helt hysterisk, og efter min mening ville han være sprunget efter hende. Og hvad hans personlige reaktion angår, så strejfede han om i flere dage nede på Femern og har haft al den tid til at græde og lede og være forvirret, som han overhovedet kunne få. Da de fandt ham, var det kun de basale behov, der var tilbage. Jeg mener, han havde i hvert fald tabt tre-fire kilo og havde sandsynligvis hverken fået vådt eller tørt, siden han gik fra borde."

"Men måske var han kommet til at skubbe sin søster over bord og forstod, at han var kommet til at gøre noget galt."

"Ved De hvad, hr. Mørck! Jeg tænkte nok, at De ville havne dér." Han mærkede ulven i hende vise tænder, så det var med at passe på. "Men i stedet for at smække røret på, som jeg kunne have lyst til, så vil jeg fortælle Dem en lille historie, og så kan De jo tygge på den."

Han klamrede sig til røret.

"De ved, at Uffe så sin far og mor blive slået ihjel?" spurgte hun.

"Ja."

"Min mening er, at Uffe siden dengang har været frit svævende. Intet kunne erstatte hans bånd til forældrene. Merete forsøgte, men hun var ikke hans far og mor. Hun var storesøsteren, som han havde leget med engang, og derved blev det. Når han græd, fordi hun ikke var der, så var det ikke af utryghed, så var det snarere af skuffelse over at blive svigtet af en legekammerat. Dybt inde i ham er der stadig en dreng, som venter på, at hans far og mor skal dukke op. Hvad Merete angår, så kommer alle børn sig over tabet af en legekammerat på et eller andet tidspunkt. Og nu kommer historien."

"Jeg lytter."

"Jeg var ovre hos dem en dag. Kom uanmeldt forbi, hvilket ikke skete ellers, men jeg var lige i nærheden og ville bare hilse på. Så jeg gik op ad havegangen og konstaterede undervejs, at Meretes bil ikke var der. Hun kom imidlertid nogle minutter efter, hun havde bare været nede at handle ved købmanden i krydset. Det var dengang, den stadig eksisterede."

"Købmanden i Magleby?"

"Ja. Og da jeg så stod der i havegangen, så hørte jeg en stille pludren omme ved deres havestue. Det lød som et barn, men det var det ikke. Jeg opdagede først, at det var Uffe, da jeg stod lige foran ham. Han sad ved en bunke grus på terrassen og snakkede med sig selv. Jeg forstod ikke ordene, hvis det overhovedet var ord. Men jeg forstod, hvad det var, han var i færd med at lave."

"Han så Dem?"

"Ja, med det samme, men han nåede ikke at dække det til, han havde bygget op."

"Og det var?"

"Det var en lille fure, han havde trukket i gruset på terrassestenene, og på hver side af furen havde han lagt smågrene, og midt imellem dem havde han placeret en lille træklods på hovedet."

128

"Ja?"

"De forstår ikke, hvad det var, han gjorde?"

"Jeg prøver."

"Gruset og grenene var vejen og træerne. Klodsen var hans fars og mors bil. Uffe havde rekonstrueret ulykken."

Det var satans. "Okay? Og han ville ikke have, at De så ham?"

"Han ødelagde det hele med en enkelt håndbevægelse. Det var det, der overbeviste mig."

"Om hvad?"

"At Uffe husker."

Der var et øjebliks tavshed imellem dem. Radioen i baggrunden lød pludselig, som om nogen havde skruet helt op for den.

"Fortalte De det til Merete Lynggaard, da hun kom tilbage?" spurgte han.

"Ja, men hun mente, at det var en overfortolkning. At han så tit sad og legede for sig selv med ting, der tilfældigvis lå foran ham. At jeg havde forskrækket ham, og at det var derfor, han reagerede, som han gjorde."

"De fortalte hende, at Deres fornemmelse sagde, at han følte sig opdaget."

"Ja, men hun mente bare, at han var blevet forskrækket."

"Og det gør De altså ikke?"

"Det blev han også, men det var ikke det hele."

"Så Uffe forstår mere, end vi tror?"

"Jeg ved det ikke. Jeg ved bare, at han husker ulykken. Måske er det det eneste, han reelt husker. Det er slet ikke sikkert, at han husker noget fra dengang, hans søster forsvandt. Det er ikke engang sikkert, at han husker sin søster længere."

"Testede man det ikke i forbindelse med Meretes forsvinden?"

"Det er svært med Uffe. Jeg prøvede at hjælpe politiet lidt med at åbne Uffe op, da han sad varetægtsfængslet. Jeg ville have ham til at huske, hvad der var sket på færgen. Vi havde sat billeder af skibsdækket op på væggen og placeret et par bittesmå menneskefigurer og en lille model af færgen på bordet ved siden af en balje vand, så han måske kunne lege med det. Jeg sad og betragtede ham i det skjulte sammen med en af psykologerne, men han legede ikke med skibsmodellen."

"Han huskede det ikke, selv om det kun var et par dage efter?"

"Jeg ved det ikke."

"Det ville jo være interessant for mig, om man kunne finde en tunnel ind i Uffes hukommelse. Bare det mindste, der kan hjælpe mig til at forstå, hvad der skete på færgen, så jeg har noget at gå videre med."

"Ja, det forstår jeg."

"Fortalte De politiet om episoden med træklodsen?"

"Ja, jeg fortalte det til en af dem fra Rejseholdet. En Børge Bak."

Hed Bak virkelig Børge til fornavn? Det forklarede jo en del.

"Jeg kender ham udmærket. Jeg mener ikke at have set det i hans redegørelse. Har De en forklaring på det?"

"Jeg ved det ikke. Men senere kom vi ikke nærmere ind på det. Det står muligvis i den rapport, som psykologerne og psykiaterne udfærdigede, men den fik jeg ikke læst."

"Den befinder sig vel på Egely, hvor Uffe er anbragt, kan jeg tænke mig."

"Det gør den nok, men jeg tror ikke, at den føjer ret meget til billedet af Uffe. De fleste mente som mig, at det, der udløste historien med træklodsen, kunne være noget momentvist. At Uffe i bund og grund ikke huskede, og at vi ikke kom videre i Merete Lynggaard-sagen ved at køre mere på ham."

"Og så slap de ham fri af varetægten."

"Det gjorde de, ja."

20

2007

"JA, JEG VED sgu ikke, hvad vi gør nu, Marcus." Souschefen så på ham, som om han lige havde hørt, at hans hus var brændt.

"Og du er sikker på, at journalisterne ikke hellere vil tale med mig eller informationschefen?" spurgte drabschefen.

"De bad udtrykkeligt om at få lov til at interviewe Carl. De havde talt med Piv Vestergård, og hun henviste til ham."

"Hvorfor sagde du ikke, at han var syg eller på opgave eller ikke ville? Bare et eller andet? Vi kan da ikke sende ham ud på glatis. Journalisterne på DR bider sig fast i ham."

"Jeg ved det."

"Vi må have ham til at sige nej, Lars."

"Den opgave vil du nok være bedre til end mig."

DER GIK TI minutter, så stod Carl Mørck og skumlede i hans døråbning.

"Nå, Carl," sagde drabschefen. "Gør du fremskridt?"

Han trak på skuldrene. "Bak ved ikke en pind om Lynggaard-sagen, skal du vide."

"Jaså. Det lyder mærkeligt. Men det gør du?"

Carl trak sig ind i lokalet og væltede om i en stol. "Du skal ikke forvente dig underværker."

"Altså har du ikke så meget at fortælle om sagen."

"Ikke endnu."

"Kan jeg så sige til TV Avisen, at det er for tidligt at interviewe dig?"

"Jeg skal sgu ikke interviewes til TV Avisen."

Her mærkede Marcus en velkommen lettelse forplante sig helt ud i et måske lidt for ødselt smil. "Det forstår jeg, Carl. Når man er midt i efterforskningen, så er man helst fri. Vi andre med aktuelle sager må jo gøre det af hensyn til offentligheden, men så gamle sager som dine må man kunne efterforske i fred og ro. Jeg skal sige det videre, Carl. Det er helt okay."

"Vil du sørge for, at jeg får Assads ansættelsespapirer ned til mig i kopi?"

Skulle han nu også til at være sekretær for sine underordnede? "Selvfølgelig, Carl," sagde han. "Jeg skal bede Lars om det. Er du tilfreds med manden?"

"Det vil vise sig. Men indtil videre ja."

"Og du involverer ham ikke i efterforskningen, tør jeg gå ud fra?"

"Det tør du godt." Her kom et af Carls sjældne smil.

"Du bruger ham i efterforskningen, altså?"

"Åh, ved du hvad, lige i øjeblikket er Assad oppe i Hornbæk og sætte Hardy ind i nogle papirer, som han har fotokopieret. Det har du vel ikke noget imod? Du ved jo, hvordan Hardy en gang imellem kan tænke røven af os andre. Så har han også noget at beskæftige sig med."

"Ja, det kan vi jo ikke have noget imod." Håbede han da i hvert fald. "Og Hardy?"

Carl trak på skuldrene.

Ja, det var også, hvad Marcus havde forventet. Trist.

De nikkede til hinanden. Seancen var forbi.

"Åh jo," sagde Carl, da han stod i døren. "Når du nu lader dig interviewe til TV Avisen i stedet for mig, så lad være med at nævne, at vi kun er halvanden mand i afdelingen. Det ville bare gøre Assad ked af det, hvis han så det. Ja, og så også dem, der har bevilliget pengene, kan jeg forestille mig."

Han havde ret. Fandens til arrangement, de havde rodet sig ud i.

"Jo, der er for resten lige en ting til, Marcus."

Han granskede Carls rævemine med løftede øjenbryn. Hvad nu?

"Når du ser krisepsykologen igen, så sig til hende, at Carl Mørck har brug for hendes hjælp."

Marcus så på sit smertensbarn. Han virkede ikke som en, der var ved at bryde sammen. Smilet i hans ansigt passede ikke rigtig til emnets alvor.

"Ja, jeg plages af tanker omkring Ankers død. Måske er det, fordi jeg ser Hardy så tit. Hun skal fortælle mig, hvad jeg skal gøre."

21

2007

DEN NÆSTE DAG skvadrede alle til Carl om drabschef Marcus Jacobsens tv-optræden. Dem, han kørte i S-tog med, folk fra beredskabsafdelingen og alle dem på anden sal, der overhovedet gad nedlade sig til at snakke til ham. Alle havde set det. Den eneste, der ikke havde, var Carl.

"Til lykke," råbte en af sekretærerne hen over Polititorvet, mens andre gled uden om ham. Det var højst besynderligt.

Da han stak hovedet ind i Assads skotøjsæske af et kontor, blev han straks mødt af et ansigtskrakelerende smil. Så var Assad altså også godt orienteret.

"Er du så ret glad nu?" spurgte Assad og nikkede allerede på Carls vegne.

"Med hensyn til hvad?"

"Oj! Marcus Jacobsen snakkede så godt om vores afdeling og om dig. Helt flotteste ord lige fra start og til slut, det skal du bare vide. Vi kan være meget stolte, os begge to, sagde min kone så også." Han blinkede til ham. En dårlig vane. "Og så bliver du politikommissær."

"Hvad?"

"Spørg selv fru Sørensen. Hun har papirer til dig, skulle jeg lige huske at have sagt."

Den kraftanstrengelse kunne han godt have sparet sig, for furiens klaksende skridt hørtes allerede nede ad gangen.

"Til lykke," pressede hun sig selv til at sige, mens hun smilede sødt til Assad. "Her er de papirer, du skal udfylde. Kurset starter på mandag."

"Dejlig kvinde," sagde Assad, da hun igen bevægede sit målrettede legeme væk. "Hvilket kursus talte hun om, Carl?"

Han sukkede. "Man bliver ikke kommissær uden først at have siddet på skolebænken, Assad."

Han skød underlæben frem. "Du skal være væk herfra?"

Carl rystede på hovedet. "Jeg skal ikke en skid væk fra noget som helst."

"Det forstår jeg så ikke."

"Det kommer du til. Fortæl mig hellere, hvad der skete, da du var hos Hardy i går."

Hans øjne blev overraskende kuglerunde. "Det kunne jeg ikke godt lide. Den store mand under dynen, der lå stille. Kun ansigtet var ovenpå, så man kunne se det."

"Fik du talt med ham?"

Han nikkede. "Det var ikke så let, for han sagde, at jeg skulle gå. Og så kom der en sygeplejerske, der ville smide mig ud af døren. Men det var okay. Hun var faktisk rigtig meget pæn på sin måde." Han smilede. "Det tror jeg godt, hun mærkede på mig, så hun gik igen."

Carl så tomt på ham. Somme tider kunne drømme om at flygte til Timbuktu godt overmande ham.

"Hardy! Jeg spurgte om Hardy, Assad! Hvad sagde han? Læste du nogle af dine fotokopier op for ham?"

"Ja. I to og en halv time, men så faldt han helt i søvn."

"Og?"

"Ja, så sov han."

Carl sendte besked fra hjernen til hænderne om, at det stadigvæk ikke var legalt at tage kvælertag på ham.

Assad smilede. "Men jeg skal nok komme derover igen. Sygeplejersken sagde meget fint farvel til mig, da jeg gik."

Carl sank en ekstra gang. "Siden du har så godt tag på alle de gimper, så vil jeg bede dig om at gå op og smøre sekretærerne en gang til."

Assad livede helt op. Det var bedre end at gå rundt med grønne gummihandsker på, lyste det ud af ham.

Carl sad et øjeblik og så ud i luften. Hele tiden poppede hans telefonsamtale med Karen Mortensen, sagsbehandleren fra Stevns, op i baghovedet. Var der en tunnel ind i Uffes sind? Kunne man åbne den? Lå der forklaringer om Merete Lynggaards forsvinden og rugede et sted derinde, hvis bare man trykkede på den rigtige knap? Og kunne han bruge bilulykken til at finde knappen? Det blev bare mere og mere nødvendigt at vide.

Han stoppede sin assistent på vej ud ad døren. "Assad, lige en ting mere. Du skal skaffe mig alle oplysninger om den bilulykke, som var skyld i, at Merete og Uffes forældre blev dræbt. Alt. Rub og stub. Billeder, påkørselspatruljens rapport, avisudklip. Få sekretærerne til at hjælpe dig. Jeg vil gerne have det i en vis fart."

"Vis fart?"

"Det betyder hurtigt, Assad. Der er en fyr ved navn Uffe, som jeg meget godt kunne tænke mig at tale lidt med om den ulykke."

"Tale med?" mumlede Assad og så eftertænksom ud.

HAN HAVDE EN aftale i frokostpausen, som han gerne skrottede. Vigga havde plaget ham hele den foregående aften om at komme ud at se på hendes vidunder af et galleri. Det lå i Nansensgade, ikke det værste sted på jord, men til gengæld kostede det også det hvide ud af øjnene. Intet i verden kunne tvinge begejstringen frem i Carl over udsigten til at skulle krænge lommeforet ud, så en klatmaler ved navn Hugin kunne udstille side om side med Viggas hulemalerier.

På vej ud af Politigården mødte han Marcus Jacobsen i forhallen. Han gik med faste skridt direkte mod ham med blikket klæbet fast til det svastikamønstrede terrazzogulv. Han vidste udmærket, at Carl havde spottet ham. Ingen på Politigården registrerede så meget som Marcus Jacobsen; man kunne ikke se det på ham, men sådan var det. Det var ingen tilfældighed, at han var deres chef.

"Jeg hører, du har rost mig, Marcus. Hvor mange sager var det nu, du fortalte journalisten, at vi allerede havde været igennem i Afdeling Q? Og så står en af dem oven i købet over for et gennembrud, siger du.

Du ved ikke, hvor glad jeg er over at høre det. Det er rigtig gode nyheder!"

Drabschefen så ham lige i øjnene. Det var sådan et blik, der var med til at give respekt. Gu vidste han, at han havde smurt for tykt på. Og gu vidste han hvorfor. Lige nu gav han den viden videre med et enkelt blik. Korpset frem for alt. Pengene var midlet. Målet skulle drabschefen nok selv definere.

"Nå," sagde Carl. "Jeg må hellere skynde mig videre, hvis jeg skal nå at opklare et par sager mere før frokost."

Da han nåede udgangsdøren, vendte han sig om. "Marcus, hvor mange løntrin er det nu, jeg stiger?" råbte han, mens drabschefen fortonede sig bag bronzestolene langs væggen. "Og i øvrigt, Marcus. Fik du talt med hende krisepsykologen?"

Han trådte ud i lyset og stod et øjeblik og missede mod solen. Ingen skulle bestemme, hvor meget sildesalat der skulle klaskes på hans paradeuniform. Sådan som Carl kendte Vigga, så vidste hun allerede, at han ville avancere, og så var den lønforhøjelse slugt. Hvem fanden gad gå på kursus for det?

BUTIKSLOKALET, HUN HAVDE udset sig, var en gammel trikotageforretning, der i mellemtiden havde været forlag, satsbureau, kunstimport og cd-shop, og nu var kun opalglasloftet tilbage af den oprindelige indretning. Det var på højst femogtredive kvadratmeter, men charmen var der, det kunne han godt se. Stort vinduesparti mod passagen ned til Søerne, udsigt til pizzeria, baggårdsudsigt med grønne islæt og så næsten nabo til Bankeråt, hvor Merete Lynggaard havde været i byen et par dage før sin død. Det var ikke nogen ringe gade, denne Nansensgade med alle sine cafeer og hyggesteder. En rigtig pariseridyl.

Han vendte sig om og registrerede i samme øjeblik Vigga og fyren passere bagerens vindue. Hun indtog gaden lige så selvfølgeligt og farverigt som en matador i en tyrefægterarena. Hendes kunstnergevandter talte alle palettens farver. Festlig havde hun altid været, Vigga. Det kunne man derimod ikke sige om den sygeligt udseende mandsperson, der med

137

stramt sort tøj, kridhvid hud og mørke rande under øjnene bedst kunne finde sine artsfæller i blykisterne i en Dracula-film.

"Søøde," råbte hun, da hun krydsede Ahlefeldtsgade.

Det skulle nok blive dyrt.

DA DET MAGRE gespenst havde målt hele herligheden op, havde Vigga gjort Carl mør. Han skulle bare betale to tredjedele af huslejen, resten skulle hun nok selv komme med.

Hun slog ud med armene. "Vi kommer til at skovle penge ind, Carl."

'Ja, eller skovle ud,' tænkte han og regnede ud, at det for hans vedkommende handlede om to tusinde seks hundrede kroner om måneden. Så skulle han måske alligevel gå med på det skide politikommissærkursus.

De satte sig ind i Café Bankeråt for at se kontrakten igennem, og Carl så sig om. Her havde Merete Lynggaard været. Og mindre end fjorten dage efter var hun forsvundet fra jordens overflade.

"Hvem ejer stedet her?" spurgte han en af pigerne i baren.

"Det gør Jean-Yves, han sidder derovre." Hun pegede på en fyr, der så solid ud. Ikke noget fingerstrittende sart og fransk over ham.

Carl rejste sig og tog politiskiltet frem. "Må jeg spørge dig, hvor længe du har ejet den her fine restaurant?" spurgte han og viste skiltet. Af fyrens imødekommende smil at dømme havde det ikke været nødvendigt, men en gang imellem skulle skidtet op af mølposen.

"Jeg overtog forretningen i 2002."

"Kan du huske hvornår på året?"

"Hvad drejer det sig om?"

"Om en folketingspolitiker Merete Lynggaard. Du husker måske, at hun forsvandt?"

Han nikkede.

"Og hun var herinde. Ikke ret lang tid før, hun døde. Var du her dengang?"

Han rystede på hovedet. "Jeg overtog forretningen fra en af mine venner den 1. marts 2002, men jeg husker godt, at han var blevet spurgt, om nogen herinde kunne huske, hvem hun havde været sammen med. Det var der bare ikke nogen, der kunne." Han smilede. "Måske havde jeg kunnet, hvis jeg havde været her."

Carl smilede tilbage. Ja, måske. Han virkede vaks. "Du kom bare en måned for sent. Sådan går det indimellem," sagde Carl så og gav ham hånden.

Imens havde Vigga skrevet under på alt, hvad der lå foran hende. Hun havde altid været gavmild med sine underskrifter.

"Lad mig lige se det igennem," sagde han og trak det ud af hænderne på Hugin.

Han lagde demonstrativt standardkontrakten med et mylder af bittesmå ord på bordet foran sig, og øjnene gled omgående ud af fokus. 'Alle disse mennesker, der går rundt ude i verden uden at vide, hvad der kan overgå dem,' tænkte han. Her i dette lokale sad Merete Lynggaard og hyggede sig, mens hun så ud af vinduet en kold februaraften 2002.

Havde hun ventet sig andet af livet, eller kunne det virkelig tænkes, at hun allerede dengang anede, at hun få dage efter ville glide bort i Østersøens råkolde vand?

DA HAN KOM tilbage, var Assad endnu fuldt beskæftiget oppe hos sekretærerne, og det passede Carl fint. Sindsbevægelsen ved at møde Vigga og hendes omvandrende gespenst havde suget al kraft ud af ham. Kun en rask lille kur med benene oppe på bordet og tankerne godt begravet i drømmeland kunne få ham på fode igen.

Han havde vel kun siddet sådan i ti minutter, da den meditative tilstand blev afbrudt af den følelse, som alle kriminalbetjente kender inderlig godt, og som kvinder kalder intuition. Det var erfaringens uro, der boblede nede i underbevidstheden. Følelsen af, at en række konkrete handlinger uvilkårligt ville føre til et bestemt facit.

Han åbnede øjnene og så på de sedler, han havde sat op på sit whiteboard med en magnet.

Så rejste han sig og stregede 'Sagsbehandler på Stevns' ud på det ene ark papir, så der under 'Tjekke' nu stod: 'Telegrammet – Sekretærerne på Christiansborg – Vidner på færgen Schleswig-Holstein'.

På en eller anden måde hang telegrammet til Merete Lynggaard måske alligevel sammen med hendes sekretær. Hvem havde i det hele taget modtaget det valentins-telegram på Christiansborg? Hvorfor antog han så sikkert, at det kun kunne være Merete Lynggaard selv? På det tidspunkt var der vel næppe nogen anden folketingspolitiker, der havde så meget at lave som hende. Så logisk set ville det telegram på et eller andet tidspunkt have været igennem sekretærens hænder. Ikke fordi han mistænkte en sekretær for en næstformand i gruppen for at stikke sin næse i sin chefs private sager, men alligevel?

Det var dette alligevel, der havde forstyrret ham.

"Så fik vi svaret fra TelegramsOnline, Carl," sagde Assad ovre fra døren.

Carl så op.

"De kunne ikke sige, hvad der så stod i det, men de havde registreret, hvem det var fra. Det var et ret sjovt navn så." Han så på sedlen. "Tage Baggesen, hed han. Jeg fik det telefonnummer, som han bestilte telegrammet fra. De sagde, at det var inde fra Folketinget. Det var bare det, jeg ville sige så." Han gav Carl sedlen og var allerede på vej ud af døren. "Vi er ved at undersøge bilulykken. De venter mig deroppe."

Carl nikkede. Så tog han tog telefonen og tastede nummeret til Folketinget.

Stemmen, han fik fat i, tilhørte en sekretær i Radikalt Centrums sekretariat.

Hun var venlig, men måtte desværre meddele, at Tage Baggesen var bortrejst til Færøerne weekenden over. Om de skulle lægge en besked?

"Nej, det er okay," sagde Carl. "Jeg kontakter ham selv på mandag."

"Så må vi nok lige sige, at Baggesen har meget travlt på mandag. Bare så De ved det."

Så bad han om at blive stillet om til Demokraternes sekretariat.

DENNE GANG VAR det en helt anderledes træt sekretær, der tog telefonen, og hun havde ikke lige svaret på stående fod. Men mon ikke det var en Søs Norup, der havde været Merete Lynggaards sekretær i den sidste tid?

Det kunne han da bekræfte.

Ja, det var jo ikke, fordi nogen sådan rigtig kunne huske hende, hun havde kun været der ret kort tid, men en af de andre sekretærer i lokalet skød lige ind, at Søs Norup vistnok var kommet fra DJØF og så var skredet derover igen, da hun blev pålagt at skulle overtage Merete Lynggaards afløser. "Hun var en krampe," lød en pludselig kommentar i baggrunden, og det hjalp åbenbart på de flestes hukommelse.

Ja, tænkte Carl med tilfredshed. Det er gode, stabile røvhuller som os, der bliver husket bedst.

Så ringede han til DJØF, og jo, alle i sekretariatet kendte Søs Norup. Og nej, hun var ikke gået tilbage til dem. Hun havde fortonet sig i det uvisse.

Han lagde røret og rystede på hovedet. Lige pludselig havde hans job udviklet sig til 'Sporløs' i alle mulige retninger. Han blev ikke ligefrem ophidset ved tanken om at skulle støve rundt efter en sekretær, der måske kunne huske noget om et telegram, der måske kunne pege på en bestemt person, der måske havde sidde' nmen med Merete Lynggaard og måske kendte noget mere til, :n sindstilstand hun måske befandt sig i for fem år siden. Så hellere ₺ ɔp og pejle sig frem til, hvor langt Assad var nået med deres egne sekretærer og den satans bilulykke.

HAN FANDT DEM oppe i et af sidekontorerne med faxer og fotokopier og alle mulige lapper papir på bordet foran sig. Det var, som om Assad havde indrettet et valgkontor i en præsidentkampagne. Tre sekretærer, der sad sammen og pludrede, alt imens Assad skænkede te og nikkede flittigt, hver gang konversationen nåede et lille skridt videre. En imponerende indsats.

Carl bankede forsigtigt på dørkarmen.

"Nå, det lader til, at I har fundet en dejlig masse dokumentation frem til os." Han pegede på papirerne og følte sig som den usynlige mand. Kun fru Sørensen havde et blik tilovers for ham, og det havde han helst undværet.

Han trak sig tilbage til gangen og fyldtes for første gang siden sine skoledage af en følelse af jalousi.

22

2003 - 2005

DA DE SLUKKEDE lyset og øgede lufttrykket på hendes treogtredive års fødselsdag, sov Merete et helt døgn. Erkendelsen af, at alt blev styret for hende, og at hun tilsyneladende var på vej mod afgrunden, slog hende ud. Først dagen efter, da madspanden atter rumlede frem af slusen, åbnede hun øjnene og prøvede at orientere sig.

Hun så op mod køøjerne, hvorfra et næsten usynligt skær pressede sig på. Så var lyset i rummet udenfor tændt. Det gav lige så lidt lys som fra en tændstik, men det var der. Hun rejste sig på knæ og forsøgte at lokalisere kilden, men alt bag ruderne var diffust. Så drejede hun kroppen og så sig om i lokalet. Der var ingen tvivl om, at der nu var så meget lys i rummet, at hun i løbet af nogle dage kunne vænne sig til det og skelne rummets detaljer.

Et øjeblik glædede det hende, men så tog hun sig i følelsen. Hvor svagt lyset end var, så lod også det sig slukke.

Det var ikke hende, der bestemte over knappen.

Da hun ville rejse sig, ramlede hendes hånd mod det lille metalrør, som lå på gulvet ved siden af hende. Det var lommelygten, de havde givet hende. Hun tog hårdt om den, mens hun prøvede at få tingene til at hænge sammen inde i hovedet. Lommelygten betød, at de på et eller andet tidspunkt ville slukke den smule lys, der kom ind i rummet. Hvorfor ellers give hende en lommelygte?

Hun overvejede et øjeblik at tænde den, bare fordi det var muligt. Det at kunne bestemme over noget var ellers lagt bag hende for lang tid siden, så fristelsen var der. Men alligevel gjorde hun det ikke.

'Du har dine øjne, lad dem arbejde, Merete,' formanede hun sig selv og lagde lommelygten ved lokumstønden under ruderne. Tændte hun lygten, måtte hun finde sig i lang tids mørke, når hun slukkede den igen. Det ville være som at drikke saltvand for at slukke tørsten.

PÅ TRODS AF hendes forudsigelse forblev det svage lys, som det var. Hun kunne skelne rummets omrids og sine lemmers langsomme hentæren, og i dette, der kunne minde om vintersort tusmørke, gik der næsten femten måneder, før alt igen blev radikalt forandret.

Det var den dag, hun for første gang så skygger bag spejlglasruderne.

Hun havde ligget og tænkt på bøger. Det gjorde hun ofte for ikke at komme til at tænke på det liv, hun kunne have haft, hvis bare hun havde truffet nogle andre valg. Når hun tænkte på bøger, kunne hun bevæge sig ind i en helt anden verden. Bare følelsen af papirets tørhed og uforklarlige grovhed kunne antænde en længselsfuld brand i hende. Duften af fordampet cellulose og tryksværte. Og hun havde for tusinde gang sendt tanken ind i sit imaginære bibliotek og udpeget den eneste af alle bøger i verden, som hun med sikkerhed kunne genkalde sig uden at digte videre på den. Ikke den, hun ønskede at huske, ikke den, der havde gjort mest indtryk på hende. Men den eneste bog, der gennem fine minder om befriende latterudbrud var blevet siddende intakt i hendes martrede hukommelse.

Hendes mor havde læst den for hende, og Merete havde læst den for Uffe, og nu sad hun der i mørket og anstrengte sig for at læse den for sig selv. En lille, filosofisk bjørn, der hed Plys, var hendes redningsplanke, hendes værn mod vanvid. Han og alle dyrene i Hundredemeterskoven. Og hun var langt væk i honningland, da en mørk flade pludselig forplantede sig hen over spejlglasrudernes ubetydelige lys.

Hun spilede øjnene op og trak luften dybt ned i lungerne. Denne flimren var ingen indbildning. For første gang i meget lang tid mærkede hun, hvordan hendes hud blev klam. I skolegården, i smalle, aftenstille gyder i fjerne byer, i de første dage i Folketinget. Det var alle steder, hun havde mærket denne klamhed, som kun tilstedeværelsen af et andet menneske, der kunne gøre fortræd, og som stod og betragtede en i det skjulte, kunne sætte i gang.

'Den skygge vil mig ondt,' tænkte hun og slog armene om sig selv, mens hun stirrede på pletten, der langsomt blev større på den ene af ruderne og til sidst stod stille. Den lagde sig lige over kanten på glasset, som om den tilhørte en, der sad på en høj stol.

'Kan de se mig?' tænkte hun og stirrede på endevæggen bag sig. Jo, væggens hvide flade stod tydeligt for hende, så tydeligt, at den også kunne ses udefra, selv for dem, der var vant til at bevæge sig i lyset. Så kunne de også se hende.

Det var kun et par timer siden, hun havde fået madspanden ind. Hun kendte rytmerne fra sin krop. Alt foregik fuldstændig regelmæssigt, dag for dag. Der ville gå mange, mange timer, før de næste spande kom. Hvorfor var de så derude? Hvad ville de?

Hun rejste sig ganske langsomt og bevægede sig frem mod spejlglasset, men skyggen bagved rørte sig ikke det mindste.

Så lagde hun hånden på ruden på den mørke skygge og stod og ventede, mens hun betragtede sit udviskede spejlbillede. Og sådan stod hun, til hun følte sig forvisset om, at hendes dømmekraft ikke var til at stole på. Skygge eller ej. Det kunne være hvad som helst. Hvorfor skulle der stå nogen bag ruderne, det havde der jo aldrig gjort før?

"Til helvede med jer!" råbte hun og fik elektriske stød i kroppen over ekkoernes kraft.

Men så skete det. Omme bag glasset bevægede skyggen sig helt tydeligt. Lidt til siden og så lidt tilbage. Jo længere væk fra ruden, jo mindre og mere utydelig blev den.

"Jeg ved, at I er der!" råbte hun og mærkede sin fugtige hud blive kølet ned med lynets hast. Hendes læber og ansigtshud sitrede. "Hold jer væk," hvæsede hun mod ruden.

Men skyggen blev, hvor den var.

Så satte hun sig på gulvet og lagde ansigtet ned i favnen. Tøjet lugtede muggent og stærkt. Nu havde hun haft den samme bluse på i tre år.

DET GRÅ LYS var der hele tiden, dag og nat, men det var bedre end både totalt mørke eller lys uden ende. Her i dette grå ingenting lå der en valgmulighed. Man kunne se bort fra lyset, eller man kunne se bort fra mørket. Nu lukkede hun ikke længere øjnene i for at kunne koncentrere sig, men lod hjernen selv bestemme, hvilken sindstilstand den ville hvile i.

Og i dette grå lys lå alle nuancerne. Næsten som verden udenfor, hvor dagen kunne være vinterlys, februardunkel, oktobergrå, regnvejrsmættet, himmelklar og tusinde andre farver på paletten. Herinde bestod hendes palet bare af sort og hvid, og hun blandede dem, som humøret tillod. Så længe dette grå lys var hendes lærred, var hun ikke prisgivet.

Og Uffe, Peter Plys og Don Quixote, Kameliadamen og frøken Smilla stormede gennem hendes hoved og sandede timeglasset og skyggebillederne bag ruderne til. Det gjorde det så meget lettere at vente på flere udspil fra hendes vogtere. De ville alligevel komme. Uanset hvad.

Og skyggen bag spejlglasruderne blev til en daglig begivenhed. Et godt stykke tid efter at hun havde spist, tegnede pletten sig på en af spejlglasruderne. Det slog aldrig fejl. De første par uger lille og let utydelig, men snart skarpere og større. Den kom tættere på.

Udefra kunne man se hende ganske tydeligt, det vidste hun. En dag ville de rette projektører direkte mod hende og forlange, at hun gjorde sig til. Man kunne gætte på, hvad dyrene bag ruderne fik ud af det, men det interesserede hende ikke.

DA HENDES FEMOGTREDIVE ÅRS fødselsdag nærmede sig, rørte der sig pludselig en skygge mere på glasset. Den var lidt større og ikke så skarp og ragede en del højere op end den anden.

'Der står et andet menneske omme bag det første,' tænkte hun og mærkede angsten i en konkret og fornyet erkendelse af, at hun var i mindretal, og at overmagten derude nu havde manifesteret sig.

Det tog hende et par dage at vænne sig til denne nye situation, men da tiden var gået, besluttede hun sig for at udfordre sine vogtere.

Hun havde lagt sig under ruderne for at vente på skyggerne. Her kunne de ikke se hende. De kom for at betragte hende, men hun nægtede

146

at lad dem få deres vilje. Hvor længe de ville vente på, at hun kom frem af sit hi, vidste hun ikke. Det var deri, manøvren bestod.

Da trangen til at tisse for anden gang den dag meldte sig, rejste hun sig og så direkte ind i spejlglasset. Som altid glødede det en smule fra det dæmpede lys derude, men skyggerne var væk.

Denne seance gentog hun tre dage i træk. 'Hvis de vil se mig, kan de sige det ligeud," tænkte hun.

På fjerdedagen gjorde hun sig parat. Lagde sig under ruderne, tålmodigt memorerende sine bøger, mens hun holdt lommelygten krampagtigt i hånden. Hun havde afprøvet den natten før, og lyset var væltet ind i rummet og havde gjort hende ør. Hovedpinen kom omgående. Lysets magt var overvældende.

Da tiden var kommet, hvor skyggerne normalt viste sig, lænede hun hovedet en anelse ind i rummet for at kunne se op på ruderne. Som paddehatteskyer stod de pludselig der i det ene koøje, nu begge tættere på end nogensinde. De opdagede hende med det samme, for de bevægede sig en smule tilbage, og så efter et minut eller to atter frem igen.

I det øjeblik sprang hun op og tændte lommelygten og stak den helt tæt ind til ruden.

Reflekserne rikochetterede hen over langvæggen længst væk, men en lille del af lyset trængte gennem spejlglasset og lagde sig forræderisk som et svagt måneskær på silhuetterne lige bag, og pupillerne, der så direkte på hende, trak sig sammen og udvidede sig igen. Hun havde forberedt sig på det gib, det ville give i hende, hvis hun fik held i sit forehavende, men hun havde ikke forestillet sig, med hvilken styrke synet af de to slørede ansigter brændte sig ind i hendes bevidsthed.

23

2007

HAN FIK AFTALT to møder på Christiansborg og blev modtaget af en ranglet kvinde, der tilsyneladende havde trådt sine barnesko på de glatte gulve og kunne føre ham gennem virvaret ad gange op til Demokraternes næstformands kontor med en hjemmevanthed, som en snegl i sit hus måtte misunde hende.

Birger Larsen var en erfaren politiker, der afløste Merete Lynggaard på næstformandsposten tre dage efter hendes forsvinden og siden havde udmærket sig ved at være klisterkluden, der skulle holde de to stridende fløje i partiet i nogenlunde nærkontakt. Merete Lynggaards forsvinden havde i den grad efterladt et tomrum i partiet. Den gamle leder havde nærmest i blinde peget på sin nye arvtager, en storsmilende kvindelig varmluftsballon, der i første omgang blev politisk ordfører, og ingen ud over den udpegede var rigtig glad for hans valg. Der gik ikke to sekunder, før Carl anede, at Birger Larsen hellere ville skabe sig en karriere i selv den mindste virksomhed i provinsen end på et eller andet tidspunkt at skulle arbejde under dette selvfede statsministeremne.

Den tid kom nok, hvor han ikke selv fik lov at træffe beslutningen.

"Jeg kan den dag i dag stadig ikke få ind i mit hoved, at Merete skulle have begået selvmord," sagde han og skænkede Carl en kop lunken kaffe af den slags, hvor det var lige meget, om man havde tommeltotten nede i koppen.

"Jeg tror ikke, jeg har mødt nogen herinde, der virkede lige så vital og livsglad som hende." Han trak på skuldrene. "Men når alt kommer til alt, hvad ved vi så om vore medmennesker? Har vi måske ikke alle sammen haft en menneskelig tragedie inde på livet, som vi ikke så komme i tide?"

Carl nikkede. "Havde hun fjender her på Borgen?"

Det var en række højst uregelmæssige tænder, Birger Larsen forsøgte at blotte i et smil. "Hvem fanden har ikke det? Merete var den farligste kvinde herinde for regeringens fremtid, for Piv Vestergårds indflydelse, for Radikalt Centrums mulighed for at komme til statsministerposten, ja, for enhver, der så sig selv i den position, som Merete med garanti havde sat sig i, hvis hun bare havde fået et par år mere."

"Fik hun trusler fra nogen herinde, tror du?"

"Åh, Mørck. Den slags er vi folketingspolitikere sgu for kloge til."

"Måske fik hun personlige relationer, der kunne udmønte sig i jalousi eller had? Ved du noget om det?"

"Så vidt jeg ved, så interesserede Merete sig ikke for personlige relationer. Hun var arbejde, arbejde og atter arbejde. Selv jeg, der har kendt hende siden studiet på statsvidenskab, har aldrig fået lov til at bevæge mig tættere på hende, end hun selv ville."

"Og hun ville ikke?"

Dér kom tænderne frem igen. "Du mener, om hun var ombejlet? Ja, jeg kan godt komme i tanke om mindst fem-ti stykker herinde, der med glæde ville ofre deres koner derhjemme for ti minutter i enrum med Merete Lynggaard."

"Måske dig selv inklusive?" Carl tillod sig at smile.

"Tjah, hvem kunne vel ikke det?" Her forsvandt tænderne. "Men Merete og jeg var venner. Jeg kendte godt min begrænsning."

"Og det var der måske nogle, der ikke gjorde?"

"Det må du spørge Marianne Koch om."

"Hendes gamle sekretær?" De nikkede til hinanden. "Ved du, hvorfor hun blev skiftet ud?"

"Tjah, jeg ved faktisk ikke hvorfor. De havde jo arbejdet sammen et par år, men Marianne var muligvis lidt for kammeratligt anlagt for Meretes smag."

"Hvor finder jeg denne Marianne Koch i dag?"

Der kom et lunt blik frem i hans øjne. "Dér, hvor du sagde goddag til hende for ti minutter siden, går jeg ud fra."

"Hun er din sekretær nu?" Carl satte koppen fra sig og pegede mod døren. "Som sidder lige derude?"

MARIANNE KOCH VAR meget ulig den kvinde, der havde ført ham derop. Lille og med tæt, krøllet, sort hår, der duftede af fristelser helt om på den anden side af bordet.

"Hvorfor fortsatte du ikke som sekretær for Merete Lynggaard i tiden op til, hun forsvandt?" spurgte han efter de indledende fraser.

Eftertanken lagde sig i bølger oppe over hendes sprælske øjenbryn. "Det forstod jeg heller ikke. Ikke dengang i hvert tilfælde, jeg var faktisk ret sur på hende. Men så fandt man jo ud af, at hun havde en retarderet bror, som hun passede."

"Og?"

"Ja, jeg troede jo, hun havde en kæreste, siden hun altid var så hemmelighedsfuld og havde så travlt med at komme hjem hver dag."

Han smilede. "Og det sagde du til hende?"

"Ja, det var dumt, det kan jeg godt se nu. Men jeg troede, at vi var tættere på hinanden, end vi var. Sådan lærer man så meget." Hun smilede skævt, så smilehullerne stod i kø. Hvis Assad mødte hende, så kom han aldrig videre i livet.

"Var der nogen, der ville i lag med hende, herinde på Borgen?"

"Ok ja. Hun fik da sedler stukket ind til sig i ny og næ, men der var kun én, der gav sig seriøst til kende."

"Kan du løfte sløret for hvem?"

Hun smilede. Hun ville løfte sløret for hvad som helst, hvis det stak hende.

"Ja, det var Tage Baggesen."

"Okay, det navn har jeg hørt før."

"Det ville sandelig gøre ham glad. Han har haft ordførerposter for Radikalt Centrum i mindst tusinde år, tror jeg."

"Har du fortalt det her til nogen før?"

150

"Ja, til politiet, men det lagde de ikke noget særligt i."

"Gør du?"

Hun trak på skuldrene.

"Andre?"

"Mange andre, men ikke noget seriøst. Hun tog, hvad hun havde brug for, når hun var ude at rejse."

"Siger du, at hun var let på tråden?"

"Guuud, kunne det udlægges sådan?" Hun vendte siden til og prøvede at undertrykke sin latter. "Nej, det var hun i hvert fald ikke. Men hun var heller ikke nogen nonne. Jeg ved bare ikke, hvem hun gik i kloster med, det fortalte hun mig aldrig."

"Men hun var til mænd?"

"Hun grinede i hvert fald, når sladderbladene antydede noget andet."

"Kunne man forestille sig, at Merete Lynggaard kunne have grunde til at lægge fortiden bag sig og skaffe sig et nyt liv?"

"Du mener, om hun lige nu sidder i Mumbai og slikker sol?" Hun så indigneret ud.

"Et eller andet sted, hvor livet kunne være mindre problematisk, ja. Ku' man forestille sig det?"

"Det er helt absurd. Hun var ekstremt samvittighedsfuld. Jeg ved godt, at det netop er sådan nogle typer, der klasker sammen som et korthus og bare forsvinder en skønne dag, men ikke Merete." Hun stoppede op og så eftertænksom ud. "Men tanken er da skøn." Hun smilede. "At Merete stadig kunne være i live."

Han nikkede. Der var lavet masser af psykologiske profiler på Merete Lynggaard i tiden efter hendes forsvinden, og alle kom frem til samme konklusion. Merete Lynggaard var ikke bare stukket af fra sit gamle liv. Selv sladderbladene skubbede den mulighed til side.

"Har du hørt noget om et telegram, som hun modtog den sidste dag, hun var her på Borgen?" spurgte han. "Et valentins-telegram?"

Spørgsmålet så ud til at irritere hende. Åbenbart gik det hende meget på, at hun ikke havde været en del af Merete Lynggaards liv i den sidste

151

tid. "Nej. Politiet har før spurgt mig om det, og ligesom dengang må jeg henvise til Søs Norup, som overtog min plads."

Han så på hende med løftede øjenbryn. "Er du bitter over det?"

"Gu er jeg så, ville du ikke være det? Vi havde arbejdet sammen i to år uden problemer."

"Og du ved tilfældigvis ikke, hvor Søs Norup befinder sig i dag?"

Hun trak på skuldrene. Intet kunne interessere hende mindre.

"Og denne Tage Baggesen, hvor finder jeg ham?"

Hun tegnede en lille skitse af vejen op til hans kontor. Det så ikke let ud.

DET TOG HAM en drøj halv time at finde frem til Tage Baggesen og Radikalt Centrums domæne, og det havde ikke været nogen nydelsesrejse. Hvordan fanden man kunne arbejde derinde i det forløjede miljø, var ham en gåde. På Politigården vidste man i hvert fald, hvad man havde at regne med. Dér gav venner og fjender sig til kende uden blusel, og alligevel arbejdede man sammen mod et fælles mål. Herinde var det lige modsat. Alle gled op og ned ad hinanden som bedste venner, men hver og en tænkte kun på sig selv, når regnskabet skulle gøres op. Det handlede i høj grad om kroner og øre og magt, ikke så meget om resultater. En stor mand herinde var ham, der gjorde de andre små. Sådan havde det måske ikke altid været, men sådan var det blevet.

Tage Baggesen var helt givet ingen undtagelse. Han var sat til at varetage sin fjerne kreds' interesser og partiets trafikpolitik, men når man så ham, så vidste man bedre. Han havde allerede sikret sig sin fede pension, og hvad der kom ind i mellemtiden, gik til dyrt tøj og lukrative investeringer. Carl så op på væggene, hvor der side om side hang diplomer fra golfturneringer og skarpe luftfotos af hans lystejendomme rundt om i landet.

Han overvejede at spørge, om han havde misforstået, hvilket parti manden tilhørte, men Tage Baggesen afvæbnede ham med flinke klap på ryggen og bydende håndbevægelser.

"Jeg vil foreslå, at du lukker døren," sagde Carl og pegede ud i gangarealet.

Det fik Baggesen til at knibe øjnene jovialt sammen. Et lille trick, som sikkert gjorde sig udmærket i motorvejsforhandlinger i Holstebro, men som ikke bed på en vicekriminalkommissær med speciale i bullshit.

"Det behøver jeg ikke, jeg har ikke noget at skjule for mine partifæller," sagde han og slap grimassen.

"Vi har hørt, at du udviste stor interesse for Merete Lynggaard. Du sendte hende blandt andet et telegram. Oven i købet et valentins-telegram."

Her blev hans hud en anelse hvidere, men det selvsikre smil sad fast.

"Et valentins-telegram?" sagde han. "Det husker jeg ikke."

Carl nikkede. Løgnen lyste ud af ham. Selvfølgelig huskede han det. Så var der mulighed for at gå til biddet.

"Når jeg bad dig lukke døren, så er det, fordi jeg vil spørge ligeud, om det var dig, der myrdede Merete Lynggaard? Du var jo meget forelsket i hende. Afviste hun dig, og så tabte du selvkontrollen? Var det sådan?"

I et sekund overvejede hver en celle i Tage Baggesens ellers så selvsikre hjerneskal, om han skulle rejse sig og smække døren i, eller om han skulle gejle sig op til et apoplektisk anfald. Hans hudfarve tangerede med ét det røde hår. Han var dybt chokeret, fuldstændig klædt af. Det piblede ud af hver en pore i hans krop. Carl kendte sine pappenhejmere, men den her reaktion var godt nok anderledes. Havde manden noget med sagen at gøre, så kunne han efter den reaktion at dømme lige så godt skrive sin egen tilståelse, og havde han ikke, så var der i hvert fald noget andet, der trængte ham op i krogen. Kæbe og mund hang på ham. Hvis Carl ikke var forsigtig nu, så klappede manden helt i. Aldrig nogensinde i sit ellers så toptunede liv havde Tage Baggesen hørt noget lignende, det var da sikkert og vist.

Carl prøvede at smile til ham. På en eller anden måde virkede den voldsomme reaktion også forsonende. Som om der inde i den receptionsgødede krop stadig kunne befinde sig et almindeligt menneske.

"Prøv at høre her, Tage Baggesen. Du lagde sedler ind til Merete. Mange sedler. Meretes gamle sekretær, Marianne Koch, fulgte meget interesseret med i dine tilnærmelser, kan jeg sige dig."

"Herinde skriver alle sedler til alle." Baggesen prøvede at læne sig nonchalant tilbage, men afstanden til stoleryggen blev for lang.

"Sedlerne havde altså ikke privat karakter, siger du?"

Her rejste folketingsmanden sit korpus og lukkede døren stille i. "Det er korrekt, at jeg nærede stærke følelser for Merete Lynggaard," sagde han og så så oprigtig sørgmodig ud, at Carl næsten fik ondt af ham. "Det har været meget svært at komme sig over hendes død."

"Det forstår jeg, jeg skal nok forsøge at gøre det her kort." Han tog imod et taknemmeligt smil. Nu var manden helt nede på jorden.

"Vi ved med sikkerhed, at du sendte Merete Lynggaard et valentins-telegram i februar 2002. Det har vi fået oplysning om fra telegrambu-reauet i dag."

Nu så han ret fortabt ud. Fortiden gnavede virkelig hårdt i ham.

Han sukkede. "Jeg vidste jo godt, at hun ikke var interesseret i mig på den måde, desværre. Det havde jeg vidst i lang tid dengang."

"Og alligevel forsøgte du?"

Han nikkede stille.

"Hvad stod der i telegrammet? Prøv at holde dig til sandheden denne gang."

Han lod hovedet falde lidt til siden. "Bare det sædvanlige. At jeg gerne ville se hende. Jeg husker det ikke helt præcist. Det er virkelig rigtigt."

"Og så slog du hende ihjel, fordi hun ikke ville have dig?"

Her blev hans øjne smalle som streger. Munden var tæt lukket. I øje-blikket før tårerne begyndte at samle sig ved næseroden, var Carl tilbø-jelig til at lade ham anholde. Så løftede Baggesen hovedet og så på ham. Ikke som på bødlen, der havde lagt løkken om halsen på en, men som på skriftefaderen, man endelig kunne lette sit hjerte for.

"Hvem slår den ihjel, som gør livet værd at leve?" spurgte han.

De sad et øjeblik og så på hinanden. Så slap Carls blik taget i hans.

"Ved du, om Merete Lynggaard havde fjender herinde? Ikke politiske kombatanter. Rigtige fjender, mener jeg."

Tage Baggesen tørrede øjnene. "Vi har alle sammen fjender, men næppe det, du forstår ved rigtige fjender," lød svaret.

154

"Ingen, der kunne stræbe hende efter livet?"

Tage Baggesen rystede på sit velplejede hoved. "Det skulle undre mig meget. Hun var afholdt, selv af sine politiske modstandere."

"Jeg har ellers en anden fornemmelse. Du mener altså ikke, at hun beskæftigede sig med mærkesager, der kunne blive så problematiske for nogen, at man frem for alt i verden ville stoppe hende? Interesseorganisationer, der følte sig trængt eller truet?"

Tage Baggesen så overbærende på Carl. "Spørg folk i hendes eget parti. Hun og jeg var ikke på den måde politisk fortrolige. Langtfra, vil jeg endda sige. Har du da kendskab til noget specielt?"

"Politikere over hele jorden bliver stillet til ansvar for deres holdninger, ikke? Abortmodstandere, dyreværnsfanatikere, folk med anti-muslimske holdninger eller det modsatte, hvad som helst kan udløse en voldelig reaktion. Spørg bare i Sverige eller Holland eller USA." Han gjorde mine til at rejse sig og så, hvordan lettelsen allerede bredte sig i folketingsmanden over for ham, men det var ikke sikkert, at man skulle lægge så meget i det. Hvem ville ikke gerne ud af sådan en snak?

"Baggesen," fortsatte han. "Måske vil du kontakte mig, hvis du på nogen måde falder over noget, som jeg burde vide." Han rakte ham sit kort. "Om ikke for min skyld, så for din egen. Ikke ret mange herinde følte det samme for Merete Lynggaard som dig, tror jeg."

Det ramte manden. Tårerne skulle nok komme til at flyde igen, inden Carl lukkede døren bag sig.

IFØLGE CPR-REGISTRET VAR Søs Norups sidste opholdsadresse identisk med hendes forældres, lige midt i Frederiksbergs pipkvarter. Grosserer Vilhelm Norup og skuespiller Kaja Brandt Norup, stod der på messingskiltet.

Han ringede på og hørte bag den massive egetræsdør et gjaldende klokkeslag, som kort efter blev suppleret med et stille: "Ja ja, nu kommer jeg."

Manden, der åbnede døren, måtte givetvis have været pensioneret i et kvart århundrede. Efter vesten og silkekluden, der lå løst om hans hals, at dømme, var hans formue endnu ikke tæret op. Han så utilpas på Carl med sine sygdomshærgede øjne, som om Carl var manden med leen. "Hvem er De?" spurgte han uden omsvøb og gjorde sig klar til at knalde døren i.

Carl præsenterede sig, hev for anden gang den uge skiltet op af lommen, og bad så om at komme indenfor.

"Er der sket noget med Søs?" spurgte han inkvisitorisk.

"Det ved jeg ikke. Hvorfor skulle der være det? Er hun hjemme?"

"Hun bor ikke her mere, hvis det er hende, De vil have fat i."

"Hvem er det, Vilhelm?" kaldte en svag stemme bag fløjdørene til stuen.

"Bare en, der vil snakke med Søs, min skat."

"Så må han gå et andet sted hen," kom det.

Grossereren greb Carl i ærmet. "Hun bor i Valby. Fortæl hende, at vi gerne vil have, at hun kommer og henter sine ting, hvis hun har tænkt sig at leve videre på den måde."

"På hvilken måde?"

Han svarede ikke. Opgav bare adressen på Valhøjvej, og så var døren smækket i.

I DET LILLE byggeforeningshus stod der bare tre navne på dørtelefonen. Engang boede der med garanti seks familier med hver fire-fem børn. Det, der tidligere havde været slum, var nu mondænt. Her på kvisten havde Søs Norup fundet sin kærlighed, en kvinde midt i fyrrerne, hvis skepsis ved at se Carls politiskilt udmøntede sig i blege læber, der blev presset hårdt sammen.

Søs Norups læber var ikke meget friskere. Allerede ved første øjekast forstod han, hvorfor både DJØF og Demokraternes sekretariat på Christiansborg ikke brød sammen over hendes forsvinden. Magen til afvisende udstråling skulle man lede længe efter.

"Merete Lynggaard var en useriøs chef," var hendes kommentar.

"Passede hun ikke sit arbejde? Jeg har ellers hørt noget andet."

"Hun overlod alt til mig."

"Det skulle jeg mene var et plus." Han så på hende. Hun virkede som en kvinde, der altid var holdt i kort snor og hadede det. Grosserer Norup og hans sikkert engang så berømte kone havde nok lært hende, hvad kæft, trit og retning kunne være. Hård kost for et enebarn, der så sine forældre som Guds lys. Det var med garanti nået dertil, at hun afskyede og elskede dem på én og samme tid. Afskyede, hvad de stod for, og elskede dem for det samme. Det var derfor, hun var flyttet frem og tilbage i forhold til sit hjem igennem hele sit voksne liv, hvis man spurgte Carl.

Han så over på hendes veninde, der sad i løse gevandter med en osende smøg i mundvigen og sikrede sig, at han ikke forulempede nogen. Hun skulle nok give Søs Norup faste holdepunkter her i tilværelsen fremover. Det var sikkert og vist.

"Jeg har hørt, at Merete Lynggaard var meget tilfreds med dig."

"Nå."

"Jeg vil gerne spørge dig om Merete Lynggaards privatliv. Kunne man på nogen måde forestille sig, at Merete Lynggaard var gravid, da hun forsvandt?"

Søs Norup rynkede på næsen og trak hovedet tilbage.

"Gravid?" Hun sagde det, som om ordet var i samme kategori som betændelse, spedalskhed og byldepest.

"Nej, det var hun med garanti ikke." Hun kiggede over på sin sambo med himmelvendte øjne.

"Og hvordan kan man så vide det?"

"Ja, hvordan tror du? Hvis hun nu var så tjekket, som alle troede, så havde hun nok ikke behøvet at låne mine bind, hver gang hun fik menstruation."

"Du siger, at hun havde menstruation, lige før hun forsvandt?"

"Ja, ugen før. Vi havde det samtidig, så længe jeg var der."

Han nikkede. Hun måtte vel vide det. "Ved du så, om hun havde en kæreste?"

"Jeg er blevet spurgt om det samme hundrede gange før."

"Genopfrisk min hukommelse."

Søs Norup tog en smøg og bankede den fast mod bordet. "Alle mænd

157

gloede på hende, som om de ville smide hende op på bordet med det samme. Hvordan skal jeg kunne vide, om nogen af dem havde haft noget kørende med hende?"

"I rapporten står der, at hun modtog et valentins-telegram. Vidste du, at det var fra Tage Baggesen?"

Hun tændte smøgen og forsvandt ind i en blå tåge. "Overhovedet ikke."

"Og du ved ikke, om de havde noget kørende?"

"Om de havde noget kørende? Det er fem år siden, husker du nok." Hun pustede røgen lige i synet på ham, hvilket blev kvitteret med et skævt smil fra hendes sambo.

Han trak sig lidt tilbage. "Hør her. Jeg er skredet om fire minutter. Men inden da så lader vi, som om vi vil hjælpe hinanden, ikke?" Han så direkte på Søs Norup, der stadig forsøgte at skjule sin selvlede med fjendtlige øjne. "Jeg siger Søs nu, okay? Jeg er som regel på fornavn med dem, jeg deler smøger med."

Hun lagde hånden med smøgen i skødet.

"Så nu spørger jeg dig, Søs. Ved du noget om nogen episoder umiddelbart før Merete Lynggaards forsvinden, som vi bør komme ind på? Jeg nævner en masse nu, så kan du selv stoppe mig." Han nikkede til hende, men det blev ikke gengældt. "Telefonsamtaler, der havde privat karakter? Små, gule sedler, der blev lagt ind på hendes bord? Folk, der bevægede sig ind på hendes person på en ikke-professionel måde? Chokoladeæsker, blomster, nye fingerringe på hendes hånd? Fik hun blussende kinder, når hun så ud i luften? Skete der noget med hendes koncentration i de sidste dage?" Han så på zombien over for sig. Hendes farveløse læber havde ikke rørt sig en millimeter. Endnu en blindgyde. "Ændredes hendes adfærd, gik hun tidligere hjem, forsvandt hun ud af Folketingssalen for at ringe på sin mobil ude i gangene? Kom hun senere om morgenen?"

Han så igen på hende og gav hende et eftertrykkeligt nik, som om det kunne vække hende fra de døde.

Hun tog endnu et sug og kværnede så smøgen i askebægeret. "Er du færdig?" spurgte hun.

Han sukkede. Afvist! Hvad kunne han ellers forvente af den mokke.
"Ja, jeg er færdig."

"Godt." Hun rejste hovedet. En kvinde med en vis pondus, så man i et øjeblik. "Jeg fortalte politiet om telegrammet og om, at hun skulle møde nogen på Café Bankeråt. Jeg havde set hende skrive det i sin kalender. Jeg ved ikke, hvem hun skulle møde, men hun fik i hvert fald blussende kinder."

"Hvem kunne det være?"

Hun trak på skulderen.

"Tage Baggesen?" spurgte han.

"Ja, hvem som helst. Hun mødte mange inde på Christiansborg. Der var også en mand i en delegation, som virkede interesseret. Der var mange."

"I en delegation? Hvornår var det?"

"Ikke så lang tid før hun forsvandt?"

"Husker du, hvad han hed?"

"Efter fem år? Nej, det ved gud jeg ikke gør."

"Hvilken delegation var det?"

Hun så surt på ham. "Noget med forskning i immunforsvar. Men du afbrød mig før," sagde hun. "Jo, Merete Lynggaard fik også blomster. Der var ikke tvivl om, at hun havde en kontakt, som var ret personlig. Jeg ved ikke, hvad for noget der hang sammen med hvad, men alt det har jeg før sagt til politiet."

Carl kradsede sig på halsen. Hvor stod det?

"Til hvem har du sagt det, om jeg må spørge?"

"Det husker jeg ikke."

"Vel ikke til en Børge Bak fra Rejseholdet?"

Hun stak pegefingeren lige mod ham. Bingo, sagde den.

Den satans Bak. Mon han altid sorterede så groft i sine oplysninger, når han skrev rapport?

Han så op på Søs Norups selvvalgte cellekammerat. Smilene ødslede hun ikke med. Nu ventede hun bare på, at han forsvandt.

Carl nikkede til Søs Norup og rejste sig. Imellem karnapperne hang der diverse småbitte farve-portrætfotos samt et par store sort-hvide af hendes forældre taget i bedre tider. De havde sikkert været smukke engang, men sådan som hun havde ridset og streget i samtlige af fotografiernes ansigter, var det svært at se. Han lænede sig ned mod de små fotorammer og genkendte et af de mange pressebilleder af Merete Lynggaard på tøjet og kropsattituden. Også hun havde mistet det meste af ansigtet i et netværk af ridser. Søs Norup samlede altså på hadefigurer. Måske ville han også gøre sig fortjent til en plads, hvis han ellers gjorde sig lidt umage.

BØRGE BAK VAR for en gangs skyld alene på sit kontor. Hans læderjakke var ultrakrøllet nu. Et uomtvisteligt bevis på, at han arbejdede flittigt dag og nat.

"Har jeg ikke sagt, at du ikke bare skal komme brasende, Carl?" Han bankede sin papirblok i bordet og så vredt på ham.

"Du har nosset i det, Børge," sagde han.

Om det var fornavnet eller beskyldningen, så var reaktionen i hvert fald god nok. Samtlige panderynker i Baks pande stod lodret helt op til hentehåret.

"Merete Lynggaard fik blomster et par dage før sin død, det gjorde hun ellers aldrig, har jeg hørt."

"Og hvad så?" Baks øjne kunne næppe blive mere nedladende.

"Vi leder efter en, der kan have begået et drab, er det undgået din opmærksomhed? En elsker ville måske være et rimeligt bud."

"Alt det er efterforsket."

"Men ikke taget til rapport."

Han trak anstrengt på skuldrene. "Så slap dog af, Carl. Du skulle nødig sige noget om andres arbejde. Vi andre knokler røven af os, mens du sidder røven flad. Tror du ikke, jeg ved det! Jeg skriver det i rapporterne, som er vigtigt, og sådan er det," sagde han og smed blokken på bordet.

"Du undlod at notere, at en socialrådgiver ved navn Karin Mortensen observerede Uffe Lynggaard i en leg, som antydede, at han huskede bilulykken. Måske kan han så også huske noget fra den dag, Merete Lynggaard forsvandt, men det lader det til, at I ikke kom ret langt med."

"Karen Mortensen. Hun hed Karen, Carl. Prøv at høre dig selv. Du skal sgu ikke komme her og lære mig noget om grundighed."

"Så er du vel også klar over, hvad den oplysning fra Karen Mortensen ville kunne betyde?"

"Årh, hold da kæft. Vi tjekkede det, okay? Uffe huskede ikke en skid om noget. Han var blæst i bolden."

"Merete Lynggaard mødte en mand få dage før sin død. Han kom med en delegation, som forskede i immunforsvarsrelationer. Det har du heller ikke skrevet noget om."

"Nej, men det blev undersøgt."

"Du ved altså, at hun blev kontaktet af en mand, og at der var tydelig god kemi imellem dem. Det har sekretæren Søs Norup i hvert fald fortalt dig, siger hun."

"Ja, for helvede. Selvfølgelig ved jeg det."

"Hvorfor står det så ikke i rapporten?"

"Ja, det ved jeg ikke. Velsagtens fordi manden viste sig at være død."

"Død?"

"Ja, brændt ihjel i en bilulykke, dagen efter at Merete forsvandt. Han hed Daniel Hale." Han sagde det med eftertryk, så Carl kunne mærke sig hans gode hukommelse.

"Daniel Hale?" Det havde Søs Norup altså glemt i mellemtiden.

"Ja, en fyr der deltog i moderkageundersøgelserne, som delegationen kom for at få bevilliget midler til. Han havde et laboratorium i Slangerup." Bak sagde det med stor selvsikkerhed. Den del af sagen havde han altså fod på.

"Hvis han først døde dagen efter, så kan han jo godt have noget med hendes forsvinden at gøre."

"Det tror jeg ikke. Han kom hjem fra London den eftermiddag, hun druknede."

"Var han forelsket i hende? Søs Norup antydede, at det måske godt kunne være tilfældet."

"I så fald synd for ham. Hun hoppede jo ikke på."

"Er du sikker, Børge?" Det gjorde ondt på fyren at høre sit navn, det var tydeligt. Så var den sag afgjort: Han skulle komme til at høre det ustandselig. "Måske var det denne Daniel Hale, som hun spiste sammen med på Bankeråt?"

"Prøv at høre her, Carl. Der er en kvinde i sagen om cyklistmordet, som har snakket med os, og vi er på jagt. Jeg har pissetravlt lige nu. Kan det her ikke vente til en anden gang? Daniel Hale er død, basta. Han var ikke i landet, da Merete Lynggaard døde. Hun druknede, og Hale havde ikke en skid med det at gøre, okay?"

"Undersøgte I, om det var Hale, hun spiste med på Bankeråt et par dage før? Det står der heller ikke noget om i rapporten."

"Hør nu! Efterforskningen gik til sidst i den retning, at det drejede sig om en ulykke. Desuden var vi tyve mand på opgaven. Spørg nogle andre. Gå nu, Carl."

24

2007

LÆNEDE MAN SIG udelukkende op ad lugte- og høresansen, så var det svært at skelne Politigårdens kælder fra Cairos pulserende gyder den mandag morgen, Carl mødte på arbejde. Aldrig før havde den ærværdige bygning i den grad hørmet af mados og eksotiske krydderier, og aldrig havde disse mure nogensinde lagt ører til så skæve toner.

En fra det administrative personale, som lige havde været nede i arkiverne, stirrede vredt på Carl, da hun passerede ham med favnen fuld af sagsakter. Om ti minutter ville hele bygningen vide, at alting kørte af sporet nede i kælderen, sagde hendes øjne.

Forklaringen fandt han i Assads pygmækontor, hvor et hav af små indbagte sager og sølvpapirlapper med hakkede hvidløg, grønne tingester og gule ris prydede tallerkenerne på hans skrivebord. Intet under, at det kunne få nogen til at hæve øjenbrynene.

"Hvad foregår der, Assad?" råbte han og slukkede for halvtonerne på kassettebåndoptageren, men Assad smilede bare. Han havde åbenbart ikke så meget forståelse for kulturkløften, der netop var ved at gnave sig dybt ned under Politigårdens solide fundamenter.

Carl satte sig tungt på stolen over for sin hjælper. "Det lugter udmærket, Assad, men det her er Politigården. Ikke en libanesisk grill i Vanløse."

"Her, Carl, og til lykke, hr. kommissær, kan man måske sige," sagde han og rakte ham en butterdejslignende trekant. "Det er fra min kone. Mine døtre har klippet papiret."

Carl fulgte hans armbevægelse rundt i lokalet og opdagede så det farvestrålende silkepapir, som draperede reolerne og loftslamperne.

Slet ikke nogen let situation.

"Jeg tog så også noget med til Hardy i går. Det meste af sagen har jeg læst op for ham nu, Carl."

"Okay?" Han så sygeplejerskerne for sig, mens Hardy blev fodret med ægypter-ruller. "Du tog op og hilste på ham på din fridag?"

"Han tænker over sagen, Carl. En fin fyr er han."

Carl nikkede og tog en bid. Han ville tage derop i morgen.

"Jeg har lagt alle sammen papirerne om bilulykken ind på dit skrivebord, Carl. Hvis du vil, så skal jeg nok snakke lidt om, hvad jeg har læst så."

Carl nikkede igen. Det næste ville vel være, at fyren også skrev rapporten, før de var færdige med sagen.

ANDRE STEDER I landet var der juleaftensdag i 1986 op til seks plusgrader, men så heldige var de ikke på Sjælland, og det kostede ti menneskeliv i trafikken. Fem af dem på en mindre landevej gennem et skovstykke i Tibirke, og to af dem var Merete og Uffe Lynggaards forældre.

De havde overhalet en Ford Sierra på et vejstykke, hvor vinden havde lagt et tæppe af iskrystaller, og det gik galt. Ingen blev tilskrevet skylden, og ingen erstatningssager blev rejst. Det var en simpel ulykke, kun udfaldet var alt andet end simpelt.

Bilen, de overhalede, havnede i et træ og brændte stille, da brandvæsenet kom, mens Meretes forældres bil lå med bunden i vejret halvtreds meter længere fremme. Meretes mor var slynget ud gennem ruden og lå inde i tykningen med brækket hals. Så heldig havde hendes far ikke været. Det havde taget ham ti minutter at dø med halvdelen af motorblokken boret gennem underlivet og brystkassen spiddet af en knækket grangren. Uffe havde været ved bevidsthed hele tiden, antog man, for da de skar dem ud, fulgte han optrinet med store, bange øjne. Han slap aldrig sin søsters hånd, selv da de trak hende ud på vejbanen for at give hende førstehjælp. Aldrig et øjeblik.

Politirapporten var ganske enkel og kortfattet, men det blev avisskriverierne ikke, dertil var stoffet for godt.

I den anden bil dræbtes en lille pige og faderen omgående. Omstændighederne var tragiske, for kun den store dreng kom nogenlunde uskadt ud. Moren var højgravid, og de havde været på vej til sygehuset. Mens brandmændene prøvede at få branden under kølerhjelmen under kontrol, fødte hun tvillinger med hovedet hvilende på mandens døde krop og benene vredet ind i stolesædet. Trods ihærdige anstrengelser for at skære dem alle ud i tide døde den ene baby, og aviserne havde en sikker forsidetekst til anden juledag.

Assad viste ham både lokalsprøjterne og de landsdækkende aviser, og samtlige havde fattet nyhedsværdien. Billederne var frygtelige. Bilen i træet og den flåede kørebane, den nybagte mor på vej ind i ambulancen med en grædende, halvstor dreng ved sin side, Merete Lynggaard midt på vejbanen på båren med iltmasken over hovedet, og Uffe, der sad på det tynde snedække med bange øjne og fast forankret til sin bevidstløse søsters hånd.

"Her," sagde Assad og trak to sider fra sladderbladet Gossip op af mappen, som han havde hentet inde på Carls bord. "Lis fandt ud af, at flere af de her billeder også blev brugt af aviserne, da Merete Lynggaard kom i Folketinget," fortsatte Assad.

Så alt i alt havde den fotograf, der tilfældigvis opholdt sig i Tibirke Hegn den eftermiddag, sandelig fået valuta for sine få hundrededele sekunders eksponeringstid. Det var også ham, der havde foreviget Meretes forældres begravelse og denne gang i farver. Skarpe, velkomponerede pressefotos af teenageren Merete Lynggaard, der holdt sin forstenede bror i hånden, mens urnerne blev sat på Vestre Kirkegård. Den anden begravelse var billedløs. Den foregik i dybeste stilhed.

"Hvad helvede er det, der foregår hernede?" brød en stemme ind. "Er det jeres skyld, at der stinker som juleaften oppe hos os?"

Det var Sigurd Harms, en af politiassistenterne oppe fra førstesalen. Han stirrede med forbløffelse op på farveorgiet, der hang fra lamperne.

"Her, Sigurd fimsenæse," sagde Carl og rakte ham en af de mest krydrede butterdejs-ruller. "Så glæd dig til påske. Der tænder vi også røgelsespinde."

OPPEFRA KOM DER meddelelse om, at drabschefen gerne ville se Carl på sit kontor inden frokost, og han så mørk og koncentreret ud i sin læsning af akterne foran sig, da han bød Carl tage plads.

Carl skulle til at undskylde på Assads vegne. At friturekogeriet allerede havde fået en ende nede i kælderen, at han havde styr på situationen. Men så langt kom han ikke, før et par af de nye opdagere kom ind og satte sig ved væggen.

Han sendte dem et skævt smil. De var næppe kommet for at anholde ham for et par samosaers skyld, eller hvad de stærke butterdejstingester nu hed.

Da Lars Bjørn og vicekriminalkommissær Terje Ploug, der havde fået overdraget sømpistolsagen, entrede rummet, klappede drabschefen sagsmappen sammen og henvendte sig direkte til Carl. "Du skal vide, at jeg har kaldt dig herop, fordi der er sket endnu et par drab her til morgen. To unge fyre er blevet fundet myrdet i et autoværksted uden for Sorø."

'Sorø,' tænkte Carl. Hvad katten ragede det dem?

"De blev begge fundet med et halvfems millimeter søm fra en Paslodesømpistol i kraniet. Det siger dig sikkert noget?"

Carl vendte hovedet mod vinduet og fikserede et træk af fugle på vej ind over bygningerne overfor. Lige nu betragtede hans chef ham intenst, det mærkede han, men det skulle han ikke få noget ud af. Hvad der skete i Sorø i går, behøvede ikke nødvendigvis at have noget med sagen ude på Amager at gøre. Selv i tv-serier brugte man sømpistoler som mordvåben i dag.

"Vil du fortsætte, Terje?" hørte han Marcus Jacobsen sige langt væk.

"Ja, vi er ret så overbevist om, at det er de samme gerningsmænd, som dræbte Georg Madsen i barakken ude på Amager."

Carl drejede hovedet mod ham. "Og hvorfor er I så det?"

"Georg Madsen er onkel til en af de dræbte i Sorø. "

Carl så op på trækfuglene igen.

"Der er et signalement af en af personerne, som efter alt at dømme opholdt sig på gerningsstedet på tidspunktet for drabene. Derfor beder kriminalinspektør Stoltz og folkene i Sorø om, at du kører derned i dag, for at man kan sammenholde det signalement med dit."

"Jeg så ikke en skid dengang. Jeg var bevidstløs."

Terje Ploug sendte Carl et blik, som han ikke kunne lide. Han af alle måtte sgu da have læst rapporten på kryds og tværs, så hvorfor spørge så dumt? Havde Carl måske ikke stædigt holdt på, at han var bevidstløs fra det øjeblik, han blev ramt af skuddet i tindingen, og til de koblede droppet til ham på hospitalet? Troede de ham ikke? Hvilket belæg kunne de have for det?

"I rapporten står der, at du så en rødternet skjorte, inden skuddene faldt."

Skjorten, handlede det bare om den? "Det er altså en skjorte, jeg skal identificere?" svarede han. "For hvis det er det, så synes jeg, at de skal maile et foto af den."

"De har deres egen plan, Carl," indskød Marcus. "Det er i alles interesse, at du tager derned. Ikke mindst din egen."

"Det har jeg ikke så meget lyst til." Han så på uret. "Desuden er klokken allerede mange."

"Du har ikke så meget lyst. Sig mig lige, Carl, hvornår var det nu, du havde tid hos krisepsykologen?"

Carl spidsede læberne. Behøvede han virkelig at annoncere det for hele afdelingen?

"I morgen."

"Så synes jeg, at du skal køre til Sorø i dag og så tage din reaktion på oplevelsen med i frisk erindring til Mona Ibsen i morgen." Han smilede overfladisk og tog et chartek, der lå øverst i den højeste af stakkene på bordet. "Og så i øvrigt har du her en kopi af papirerne, vi fik fra Udlændingestyrelsen, vedrørende Hafez el-Assad. Vær så god!"

DET BLEV ASSAD, der kørte bilen. Han havde taget nogle af de stærke ruller og trekanter med som madpakke og høvlede så ned ad motorvej E20. Lige dér bag rattet var han en glad og tilfreds mand, hvilket tydeligt understregedes af det smilende ansigt, der bevægede sig fra side til side i takt til lige meget hvad, der kom ud af radioen.

"Jeg har fået dine papirer fra Udlændingestyrelsen, Assad, men har

167

ikke læst dem endnu," sagde han. "Kan du ikke fortælle mig, hvad der står i dem?"

Hans chauffør så et øjeblik opmærksomt på ham, mens de susede forbi et lastvognstog. "Min fødselsdag, hvor jeg kommer fra, og hvad jeg så lavede der? Mener du sådan noget, Carl?"

"Hvorfor har du fået permanent opholdstilladelse, Assad? Står der også det?"

Han nikkede. "Carl, jeg bliver slået ihjel, hvis jeg tager tilbage, sådan er det. Styret i Syrien var ikke rigtig så glade for mig, forstår du."

"Hvorfor?"

"Vi tænkte bare ikke det samme, det er nok."

"Nok til hvad?"

"Syrien er et stort land. Folk forsvinder bare."

"Okay, du er sikker på, at du bliver slået ihjel, hvis du kommer tilbage?"

"Sådan er det, Carl."

"Arbejdede du for amerikanerne?"

Han vendte brat hovedet. "Hvorfor siger du det?"

Carl vendte sig bort. "Aner det ikke, Assad. Jeg spørger bare."

SIDSTE GANG HAN besøgte den gamle Sorø politistation i Storgade, hørte den til kreds 16 under Ringsted Politi. Nu tilhørte den i stedet Sydsjællands og Lolland-Falsters politikreds, men murstenene var stadig røde, fjæsene bag skranken de samme og opgaverne ikke færre. Hvad de fik ud af at flytte folk fra den ene kasse og over i den anden, var et spørgsmål til Hvem vil være millionær.

Han havde regnet med, at en af kriminalfolkene på stationen ville bede om endnu en beskrivelse af den storternede skjorte. Men nej, så primitive var de ikke. De ventede fire mand høj på ham i et kontor på størrelse med Assads og med ansigtsudtryk, som om de hver især havde mistet et familiemedlem i forbindelse med nattens barske hændelse.

"Jørgensen," annoncerede en af dem og rakte ham hånden. Den var iskold. Samme Jørgensen havde med garanti for et par timer siden stået og gloet ind i øjnene på et par gutter, som havde fået blæst livet ud af sig med gaspistolsøm. I så fald havde han helt sikkert ikke sovet et sekund den nat.

"Vil du se gerningsstedet?" spurgte en af dem.

"Er det nødvendigt?"

"Det minder ikke helt om det på Amager. De blev slået ihjel i autoværkstedet. En i hallen og en inde på kontoret. Sømmene er affyret på helt klos hold, for de var trykket helt i bund. Man skulle se godt efter, før man opdagede dem."

En af de andre langede et par billeder i A4-størrelse over til ham. Det var rigtigt nok. Man så kun lige akkurat sømhovedet i hovedbunden, der var ikke engang blod af betydning.

"Du ser, at de begge var på arbejde. Beskidte hænder og kedeldragter."

"Manglede der noget?"

"Niksenbiksen!"

Det var år siden, Carl havde hørt det udtryk.

"Hvad havde de arbejdet på? Var det ikke sent om aftenen? Fuskede de eller hvad?"

Kriminalbetjentene så på hinanden. Det var åbenbart et problem, de stadig puslede med.

"Der var fodspor efter hundreder af sko. De gjorde aldrig rent derinde, tror jeg," indskød Jørgensen. Han havde det sandelig ikke let.

"Nu skal du se meget nøje på det her, Carl," fortsatte han og tog fat i fligen på en dug, som lå på bordet. "Og så skal du ikke sige noget, før du er helt sikker."

Så fjernede han dugen og åbenbarede fire skovmandsskjorter med stor røde tern, der lå side om side som skovhuggere, der tog sig en middagslur i skovbunden.

"Er der en af dem her, der ligner den, som du så på gerningsstedet på Amager?"

Det var den mærkeligste konfrontation, han nogensinde havde været med til. Hvem af skjorterne gjorde det? lød spørgsmålet. Det var nær mest en joke. Skjorter havde aldrig været hans speciale. Han kendte ikke engang sine egne.

"Jeg ved godt, at det er svært efter så lang tid, Carl," sagde Jørgensen træt. "Men det vil hjælpe gevaldigt, hvis du gør dig umage."

"Hvorfor fanden tror I, at gerningsmændene går i det samme tøj flere måneder efter? I skifter vel også kluns engang imellem herude på bøhlandet."

Han ignorerede det. "Vi prøver alt af."

"Og hvordan kan I være sikre på, at vidnet, der så de eventuelle gerningsmænd på afstand og oven i købet ved nattetide, kan huske en rødternet skjorte så utrolig nøjagtigt, at I kan bruge det som udgangspunkt? De ser jo da for pokker ud som fire dråber vand, de her skjorter! Forskellige ja, men der er sikkert tusinde andre skjorter, der ligner dem."

"Fyren, der så dem, arbejder i en tøjforretning. Vi tror på ham. Han var meget nøjagtig, da han tegnede skjorten."

"Tegnede han også manden inde i den? Var det måske ikke bedre?"

"Jo, det gjorde han faktisk. Ikke dårligt, men heller ikke så godt. Det er alligevel en anden sag at tegne et menneske end en skjorte, ikke?"

Carl så på tegningen af ansigtet, som de lagde oven på skjorterne. En helt almindelig fyr. Hvis man ikke vidste bedre, så kunne han være sælger af kopimaskiner i Slagelse. Runde briller, pænt glatbarberet, troskyldige øjne og et drenget udtryk om munden.

"Jeg genkender ham ikke. Hvor høj siger vidnet, at han var?"

"Mindst en femogfirs, måske mere."

Derefter løftede de tegningen væk og pegede på skjorterne. Han så grundigt på hver af dem. Lige umiddelbart var de bare forbandet ens.

Så lukkede han øjnene og prøvede at se skjorten for sig.

"HVAD SKETE DER så?" spurgte Assad på vej tilbage til København.

"Ikke noget. De så alle sammen ens ud i mine øjne. Jeg kan ikke huske den forbandede skjorte så nøjagtigt mere."

"Og så fik du måske så et billede af dem med hjem?"

Carl svarede ham ikke. I tankerne var han langt væk. Lige nu så han

170

Anker for sig liggende død på gulvet ved siden af ham, og Hardy gispende hen over sig. Fandens også, at han ikke havde skudt med det samme. Han skulle jo bare have vendt sig, da han hørte lyden af mændene på vej ind barakken, så var det ikke sket. Så ville Anker have siddet her ved siden af ham og styret bilen i stedet for dette mærkelige væsen til Assad. Og Hardy! Hardy skulle ikke være lænket til en seng resten af sit liv, for helvede da også.

"Kunne de så ikke bare have sendt dig billederne lige med det samme først, Carl?"

Han så på sin chauffør. Somme tider kunne der ligge et noget så djævelsk uskyldsrent udtryk under hans tommetykke øjenbryn.

"Jo, Assad. Selvfølgelig kunne de det."

Han så op på skiltene over motorvejen. Bare et par kilometer til Tåstrup.

"Drej af her," sagde han.

"Hvorfor det?" spurgte han, mens bilen krydsede de optrukne streger på to hjul.

"Fordi jeg gerne vil se det sted, hvor Daniel Hale blev slået ihjel."

"Hvem?"

"Fyren, som interesserede sig for Merete Lynggaard."

"Hvordan ved du noget om det, Carl?"

"Det fortalte Bak mig. Hale blev slået ihjel ved en bilulykke. Jeg har færdselspolitiets rapport her."

Assad fløjtede svagt, som om bilulykker var en dødsårsag, som kun var beskåret de virkelig, virkelig uheldige.

Carl noterede sig farten på speedometret. Måske skulle Assad prøve at lempe lidt på speederen, før de selv røg ind i statistikken.

SELV OM DET var fem år siden, at Daniel Hale mistede livet på Kappelev Landevej, så var det ikke svært at se sporene efter ulykken. Bygningen, som bilen var drønet ind i, var ganske vist repareret nødtørftigt og det meste af soden var skyllet af, men så vidt Carl kunne se, måtte de fleste af forsikringspengene være gledet ind i en anden sammenhæng.

Han så ned ad vejen. Det var et ganske langt åbent stykke. Hvilket forbandet uheld, at manden så lige røg ind i det grimme hus. Bare ti meter før eller efter, og hans vogn var røget ud over markerne.

"Ret så uheldigt. Hvad siger du, Carl?"

"Forbandet uheldigt."

Assad sparkede til den træstub, der stadig stod tilbage foran skrammerne på muren. "Han røg ind i træet, og træet knækkede som en pind, og så knaldede han ind i muren og bilen begyndte at brænde?"

Carl nikkede og vendte sig om. Længere nede lå der en stikvej, vidste han. Det var vist den vej, den anden bil var kommet fra, så vidt han huskede færdselsrapporten.

Han pegede mod nord. "Daniel Hale kom i sin Citröen deroppe fra Tåstrup, og ifølge den anden bilist og opmålingerne ramlede de sammen lige nøjagtig dér." Han pegede på en af midterstriberne. "Måske var Hale faldet i søvn. I hvert fald røg han over midterstriben og bankede ind i den anden bilist, hvorefter Hales vogn blev slynget tilbage og direkte ind i træ og hus. Det hele skete på en brøkdel af et sekund."

"Hvad skete der med ham manden, der kørte ind i ham?"

"Ja, han havnede derude," sagde han og pegede på et fladt stykke mark, som EU havde lagt brak for år tilbage.

Han fløjtede svagt. "Og ham skete der ikke noget med så?"

"Nej. Han kørte en eller anden sindssygt overdimensioneret firehjulstrækker. Du er på landet, Assad."

Hans makker virkede, som om han var helt med. "Der er også mange af firehjulstrækkerne i Syrien," kom det så.

Carl nikkede, men hørte ikke rigtigt efter. "Det er mærkeligt, ikke, Assad?" sagde han så.

"Hvad? At han kørte ind i huset?"

"At han skulle dø dagen efter, at Merete Lynggaard forsvandt. Den fyr, som Merete lige havde mødt, og som måske var forelsket i hende. Meget mærkeligt."

"Du tror, det var selvmord, måske? At han var så ked af, at hun var forsvundet ned i havet?" Assads ansigt ændrede sig en smule, mens han så på ham. "Han slog måske sig selv ihjel, fordi han havde myrdet Merete Lynggaard. Det har man da hørt om før, Carl."

"Selvmord? Nej, så ville han bare være ramlet ind i huset af egen vilje. Nej, selvmord var det bestemt ikke. Desuden kunne han ikke have dræbt hende. Han befandt sig i et fly, da Merete Lynggaard forsvandt."

"Okay." Assad følte igen på skrammerne på muren. "Så kunne det måske heller ikke være ham, der kom med det brev, hvor der stod: 'God tur til Berlin'?"

Carl nikkede og så mod solen, der lagde an til landing i vest. "Nej, det kunne det vel ikke."

"Hvad laver vi så her, Carl?"

"Hvad vi laver?" Han stirrede ned over markerne, hvor forårets første ukrudt allerede var ved at få fat. "Det skal jeg sige dig, Assad. Vi efterforsker. Det er det, vi gør."

25

2007

"MANGE TAK, FORDI du ville arrangere det for mig, og tak, fordi du ville se mig så hurtigt igen." Han stak Birger Larsen en bred hånd. "Det skal ikke tage så lang tid." Han så rundt på striben af kendte ansigter, der sad på Demokraternes næstformands kontor.

"Ja, Carl Mørck. Her har jeg så fået samlet alle dem, der arbejdede sammen med Merete Lynggaard, lige før hun forsvandt. Du kender måske et par af ansigterne i forvejen?"

Han nikkede til dem. Jo, han kendte nogle stykker. Her sad en del af de politikere, der måske kunne vippe regeringen af pinden ved næste valg. Man kunne da altid håbe. Den politiske ordfører i knækort neder- del, et par af de mere fremtrædende folketingsmedlemmer·og et par fra sekretariatet, sekretæren Marianne Koch inkluderet. Hun sendte ham et par inciterende øjne, hvilket mindede ham om, at der nu kun var tre ti- mer, til han skulle i krydsforhør hos Mona Ibsen.

"Som Birger Larsen sikkert har fortalt jer, så efterforsker jeg Merete Lynggaards forsvinden en ekstra gang, før vi lukker sagen. Og i den for- bindelse må jeg vide alt, hvad der vil kunne støtte mig i forståelsen af, hvordan Merete Lynggaards færden var i de sidste par dage, og i hvilken sindstilstand hun befandt sig. Det er mit indtryk, at politiet dengang på et ret tidligt tidspunkt af sin efterforskning nåede frem til, at hun faldt over bord ved et ulykkestilfælde, og de har sikkert ikke uret. Og hvis det er tilfældet, så vil vi aldrig komme til at vide det med sikkerhed. Efter fem år i havet er liget for længst gået til grunde."

De nikkede alle sammen. Alvorsfulde og på en vis måde også bedrøvede. Her sad de mennesker, som Merete Lynggaard havde kunnet regne blandt sine fæller. Den nye kronprinsesse måske undtaget.

"Der er i vores efterforskning mange ting, der taler for en ulykke, så man skal være lidt af en nørd, hvis man skal tro noget andet. Imidlertid er vi nogle skeptiske sataner, vi i Afdeling Q, det er sikkert derfor, at vi er valgt til opgaven." De smilede lidt. Så hørte de i det mindste efter.

"Derfor vil jeg stille jer en række spørgsmål, og I skal ikke tøve, hvis I har det mindste at sige."

De fleste nikkede igen.

"Husker nogen af jer," fortsatte han, "om Merete Lynggaard havde et møde med en gruppe, der agiterede for moderkageundersøgelser, kort før hun forsvandt?"

"Ja, det gør jeg." Det var en fra sekretariatet. "Det var en gruppe, som var samlet til lejligheden af Bille Antvorskov fra BasicGen."

"Bille Antvorskov? Altså den Bille Antvorskov? Ham med milliarderne?"

"Ja, ham. Han samlede gruppen og fik et møde med Merete Lynggaard. De var på rundtur."

"Rundtur? Med Merete Lynggaard?"

"Nej." Hun smilede. "Det kalder vi det, når en interesseorganisation tager alle partierne efter tur. Gruppen prøvede jo at samle flertal i Folketinget."

"Er der mon noget sted et referat fra det møde?"

"Ja, det må der være. Jeg ved ikke, om det er printet, men så kan vi måske lede på Merete Lynggaards gamle sekretærs computer."

"Eksisterer den endnu?" sagde han. Han troede dårligt, hvad han hørte.

Kvinden fra sekretariatet smilede. "Vi gemmer altid de gamle harddiske, når vi skifter styresystem. Da vi gik over til Windows XP, var der mindst ti harddiske, der blev udskiftet."

"I har ikke et netværk herinde?"

"Jo, det har vi også, men dengang var Meretes sekretær og nogle andre ikke koblet til det."

"Paranoia, måske?" Han smilede til hende.

"Ja, måske."

"Og du vil forsøge at finde det referat til mig?" Hun nikkede igen.

Han vendte sig mod resten af gruppen. "En af mødedeltagerne hed Daniel Hale. Merete og han skulle efter sigende have været interesseret i hinanden. Er der nogen her, der kan bekræfte eller uddybe det?"

Flere af tilhørerne kiggede på hinanden. Så var der bid igen. Spørgsmålet var så, hvem der ville svare.

"Jeg ved ikke, hvad han hed, men jeg så hende tale med en fremmed mand nede i Snapstinget." Det var den politiske ordfører, der tog ordet. En irriterende, men sej ung dame, som tog sig godt ud i tv, og som givetvis havde store ministerposter i vente, når tiden kom. "Hun så meget fornøjet ud over at se ham dernede og virkede noget ukoncentreret, mens hun sad og talte med sundhedsordførerne fra Socialisterne og Radikalt Centrum." Hun smilede. "Det tror jeg, at der var mange, der bed mærke i."

"For sådan opførte Merete sig normalt ikke, eller hvad?"

"Det er første gang, at nogen herinde har set Meretes blik flakke, tror jeg. Ja, det var højst usædvanligt."

"Kan det have været den Daniel Hale, jeg nævnte?"

"Jeg ved det ikke."

"Er der andre, der ved noget om det?"

De rystede på hovedet.

"Hvordan vil du beskrive manden?" spurgte han den politiske ordfører.

"Han sad lidt gemt bag en søjle, men han var slank og velklædt og solbrændt, så vidt jeg kan huske."

"Hvor gammel?"

Hun trak på skuldrene. "Måske lidt ældre end Merete, tror jeg."

Slank, velklædt, lidt ældre end Merete. Hvis det ikke havde været for det solbrændte, så ville det have passet på alle mændene herinde, ham selv inklusive, hvis man så stort på fem-ti år til den forkerte side.

"Der må have været en del papirer fra Merete Lynggaards tid, som man ikke bare sådan kunne lange videre til efterfølgeren, kan jeg fore-stille mig." Han nikkede over mod Birger Larsen. "Jeg tænker på kalen-dere, notesbøger, håndskrevne notater og sådan noget. Blev det bare smidt væk? Man kunne jo ikke vide, om Merete Lynggaard ville vende tilbage, vel?"

Igen var det kvinden fra sekretariatet, der reagerede. "Politiet tog no-get, og noget blev smidt væk. Jeg tror ikke, at der var ret meget tilbage til sidst."

"Hvad med hendes kalender, hvor havnede den?"

Hun trak på skulderen. "Den var i hvert fald ikke her."

Her brød Marianne Koch ind. "Merete tog altid sin kalender med hjem." Hendes skrå øjenbryn indbød ikke til indsigelser. "Altid," under-stregede hun.

"Hvordan så den ud?"

"Det var en ganske almindelig TimeSystem. I et slidt, rødbrunt læder-bind. Planner, mødebog, notabog og telefontavle i ét."

"Og den er ikke dukket op, ved jeg. Så vi må antage, at den er forsvun-det i havet sammen med hende."

"Det tror jeg ikke på," kom det med det samme fra sekretæren.

"Og hvorfor ikke det?"

"Fordi Merete altid gik med en lille håndtaske, og kalenderen kunne simpelthen ikke være der. Hun lagde den næsten altid i sin attachétaske, og den havde hun med garanti ikke med sig, da hun stod oppe på sol-dækket. Hun havde jo fri, så hvorfor skulle hun så tage den med? Den lå jo heller ikke i bilen, vel?"

Han rystede på hovedet. Ikke så vidt han kunne huske.

CARL HAVDE VENTET længe på krisepsykologen med den smukke røv, og nu var han efterhånden utilpas. Var hun kommet til tiden, havde han bare ladet den naturlige charme dirigere ham fremad, men nu, hvor han havde gentaget sine replikker og indøvet sine smil i mere end tyve mi-nutter, var gassen gået af ballonen.

Hun så ikke brødebetynget ud, da hun endelig meldte sin ankomst på

177

andensalen, men hun sagde undskyld. Det var den slags selvsikkerhed, der tændte Carl vildt. Det var også det, han faldt for, da han mødte Vigga i sin tid. Det og så hendes smittende latter.

Mona Ibsen satte sig over for ham og fik lyset ude fra Otto Mønsteds Gade lige i nakken, så der stod en stråleglans om hendes hoved. I det bløde lys tegnedes fine ansigtsrynker, læberne var sensuelle og dybt røde. Alt ved hende udtrykte klasse. Han låste blikket fast til hendes for ikke at komme til at dvæle ved hendes svulmende bryster. For intet i verden havde han lyst til at bryde ud af denne tilstand.

Hun spurgte til sagen ude på Amager. Ville vide tidspunkter og handlinger og konsekvenser. Hun spurgte om alt det, der ikke betød noget, og Carl gav den gas. Lidt mere blod end i virkeligheden. Lidt kraftigere skud, lidt dybere suk. Og hun kiggede intenst på ham og noterede fikspunkterne i beretningen. Da han var kommet dertil, hvor han skulle til at fortælle om, hvilket indtryk det havde gjort på ham at se sin døde og sårede ven, og hvor dårligt han havde sovet om natten lige siden, trak hun sin stol ud fra bordet, lagde sit visitkort foran ham og begyndte at pakke sammen.

"Hvad sker der?" spurgte han, mens hendes blok forsvandt ned i lædermappen.

"Det synes jeg, at du skal spørge dig selv om. Når du er klar til at fortælle mig sandheden, så beder du mig komme igen."

Han så på hende med rynkede øjenbryn. "Hvad skal det sige? Alt, hvad jeg har fortalt dig lige nu, er nøjagtig, hvad der skete."

Hun trak mappen ind til sit hvælvede maveskind under den stramme nederdel. "For det første så ser jeg på dig, at du sover ganske udmærket. For det andet så har du smurt tykt på i hele beretningen. Men du troede måske ikke, at jeg havde læst rapporten i forvejen?" Han skulle til at protestere, men hun rakte hånden op. "For det tredje så ser jeg det i dine øjne, når du nævner Hardy Henningsen og Anker Høyer. Jeg ved ikke hvorfor, men du har et udestående med den hændelse, og når du nævner dine to kolleger, der ikke var så heldige at slippe med liv og lemmer i behold, så minder det dig om det, så du er ved at gå op i limningen.

Når du er parat til at fortælle mig sandheden, så skal jeg gerne komme igen. Før kan jeg ikke hjælpe dig."

Han udstødte en lille lyd, som var ment som en protest, men som dræbte sig selv. I stedet så han på hende med den form for begær, som kvinder nok må ane, men aldrig vide med sikkerhed, at mænd næres ved.

"Lige et øjeblik," tvang han sig selv til at sige, før hun smækkede døren efter sig. "Du har nok ret, jeg var ikke klar over det."

Han overvejede febrilsk, hvad han kunne sige til hende, da hun vendte sig om og skulle til at gå.

"Måske kunne vi tale om det over en middag?" fløj det ud af ham.

Han så fejlskuddet ramme uendeligt langt forbi. Det var så dumt sagt, at hun ikke engang orkede at håne ham, men i stedet for sendte ham et blik, der udtrykte bekymring frem for alt andet.

BILLE ANTVORSKOV VAR netop fyldt halvtreds og var et jævnligt indslag i TV 2s Go'morgen Danmark og samtlige debatprogrammer. Han var en såkaldt kapacitet, og i den egenskab formodedes han at have forstand på alt mellem himmel og jord. Men sådan var det jo. Når danskerne tager folk alvorligt, så kan det ikke blive alvorligt nok. Men manden var også god på en skærm. Myndig og voksen, skrå, brune øjne, markant hage og en udstråling, der parrede gadedrengen med borgerskabets diskrete charme. Det, og så det umiskendelige faktum, at han på rekordtid havde skabt sig en formue, der snart kunne registreres som en af landets største, og oven i købet skabt på højrisikovillige medicinalprojekter i almenvellets interesse, kastede den danske seer i næsegrus beundring og respekt.

Personligt brød Carl sig ikke om ham.

Allerede i forkontoret blev han opmærksom på, at tiden var knap, og at Bille Antvorskov var en travl herre. Langs væggen sad der fire herrer, som hver især så ud til ikke at ville have noget med de andre at gøre. De sad med deres mapper mellem benene og laptoppen i skødet. Alle havde travlt ad helvede til, og alle gruede for, hvad der mødte dem bag døren.

Sekretæren smilede til Carl, men hun mente det ikke. Han havde

179

uden videre trængt sig ind i hendes mødekalender, og det håbede hun ikke, at han gjorde en anden gang.

Hendes chef modtog ham med et af sine karakteristiske skæve smil og spurgte ham høfligt, om han før havde været oppe i den del af kontorbyggeriet i Københavns havn. Så bredte han sine arme mod glasfacaderne, der strakte sig fra væg til væg og tegnede en glasmosaik af hele verdens mangfoldighed: skibe, havn, kraner, vand og himmel, der alle kæmpede med hinanden om øjets gunst i al deres storladenhed.

Så var udsigten i Carls kontor knap så god.

"Du ville tale med mig om mødet på Christiansborg den 20. februar 2002. Jeg har det her," sagde han og tastede på computeren. "Neej, det er jo rigtigt, det var et palindrom, hvor morsomt."

"Hvilket?"

"20.02 2002. Datoen! Ens forfra og bagfra. Jeg var hos min ekskone klokken 20.02, kan jeg se. Vi fejrede det med et glas champagne. 'Once in a lifetime'!" smilede han, og så var den del af underholdningen slut.

"Du ville vide, hvad mødet med Merete Lynggaard gik ud på?" fortsatte han.

"Meget gerne, men i første omgang vil jeg gerne vide lidt om Daniel Hale. Hvad var hans rolle i mødet?"

"Tja, det er morsomt, at du nævner det, men han havde faktisk ikke nogen rolle i det. Daniel Hale var en af vores vigtigste udviklere af laboratorieteknikker, og uden hans laboratorium og gode medarbejdere så var der en lang række af vores projekter, der ville have haltet bagefter."

"Så han var ikke med i udviklingen af projekterne?"

"Ikke den politiske og finansielle udvikling. Kun på den tekniske side."

"Hvorfor deltog han så i mødet?"

Han bed sig lidt i kinden, et forsonende træk. "Så vidt jeg husker, så ringede han og bad om at deltage. Begrundelsen har jeg ikke længere helt present, men det var vist hans mening fremover at satse mange penge på nyt udstyr, så han havde behov for at være helt ajour med den politiske arbejdsgang. Han var en meget flittig mand, det var måske derfor, vi arbejdede så godt sammen."

Carl fangede mandens selvros. Nogle forretningsmænd gjorde en dyd ud af at sætte deres lys under en skæppe. Bille Antvorskov var af en anden race.

"Hvordan var Hale som person efter din mening?"

"Som person?" Han rystede på hovedet. "Aner det ikke. Pålidelig og pligtopfyldende som underleverandør, men som person? Jeg aner det ikke."

"Du havde ikke noget at gøre med ham privat, altså?"

Her kom den kendte Bille Antvorskov'ske brummen, som skulle gøre det ud for latter. "Privat? Jeg havde aldrig set ham før det møde på Christiansborg. Det havde sgu hverken han eller jeg haft tid til. Daniel Hale var desuden aldrig hjemme. Han fløj fra Herodes til Pilatus i ét væk. Den ene dag i Connecticut, den næste i Aalborg. Frem og tilbage i ét væk. Det kan godt være, at jeg har skrabet nogle bonuspoint sammen, men Daniel Hale må have efterladt sig en stak, der kunne få en skoleklasse rundt om jorden et dusin gange."

"Du havde ikke mødt ham før det møde?"

"Nej, aldrig."

"Der må da have været møder og diskussioner og prisaftaler og den slags."

"Ved du hvad, den slags har jeg folk til. Jeg kendte Daniel Hales renommé, vi foretog et par telefonopringninger, og så var vi i gang. Resten af samarbejdet foregik imellem Hales og mine folk."

"Okay. Jeg kunne godt tænke mig at tale med nogen her i virksomheden, der arbejdede sammen med Hale, er det muligt?"

Bille Antvorskov trak vejret så dybt, at den hårdtpolstrede læderstol under ham knirkede. "Jeg ved ikke, hvem der er tilbage nu, det er fem år siden. Der er meget gennemtræk i vores branche. Alle søger nye udfordringer."

"Aha!" Sad idioten virkelig og indrømmede, at han ikke kunne holde på folk? Det gjorde han vel ikke. "Du skulle vel tilfældigvis så ikke kunne give mig adressen på hans virksomhed?"

Han trak mundvigene nedad. Den slags havde man også folk til.

Selv om bygningerne var seks år gamle, så de ud, som om de var opført ugen før. Interlab A/S, stod der meterhøjt på skiltet midt i springvands-landskabet foran parkeringsarealet. Så klarede butikken sig altså uden rorgængeren.

I receptionen så de på Carls politiskilt, som om det var noget, han havde købt i en spøg og skæmt-butik, men efter ti minutters ventetid kom der alligevel en sekretær ned til ham. Han sagde, at han havde spørgs-mål af privat karakter, og blev med det samme sluset ud af hallen og ind i et rum med læderstole og birketræsborde og flere glasskabe med drik-kevarer. Her havde udenlandske gæster givetvis deres første møde med Interlabs effektivitet. Overalt var der beviser på laboratoriets pondus. Pri-ser og diplomer fra hele verden prydede hele den ene væg, og billeder fra projekter og diagrammer over laboratoriegange to andre. Kun væg-gen ud mod den japansk inspirerede opkørsel til koncernen havde vin-duer, og solen bragede ind.

Tilsyneladende var det Daniel Hales far, der var stifteren af firmaet, men efter billederne på væggen at dømme var der sket meget siden. Da-niel havde løftet arven godt i den korte tid, han havde været chef, og givetvis gjort det af lyst. Ingen tvivl om, at han også havde været elsket og godt stimuleret i den rigtige retning. Et enkelt foto viste far og søn tryk-ket tæt ind til hinanden med glade smil. Faderen i vest og jakke og sym-bol på de gamle tider, der var på vej ud. Sønnen endnu ikke myndig, glat i huden og storsmilende. Helt parat til at gøre sit.

Der lød skridt bag ham.

"De ville vide hvad for noget, siger De?" Det var en trind kone i flade sko.

Kvinden præsenterede sig som informationschef, og på hendes id-brik, der sad clipset til hendes revers, stod der Aino Huurinainen. Finske navne var nu skægge.

"Jeg ville gerne tale med nogen, der havde et tæt samarbejde med Daniel Hale i hans sidste tid. En, der kendte ham virkelig godt privat. En, der vidste, hvad han tænkte og drømte om."

Hun så på ham, som om han havde voldtaget hende.

"Kan De sætte mig i kontakt med en sådan person?"

"Der er vel ingen, der kender ham bedre end salgsdirektør Niels Bach Nielsen, skulle jeg mene. Men jeg er bange for, at han ikke ønsker at tale med Dem om Daniel Hales privatliv."

"Og hvorfor skulle han ikke ville det? Har han da noget at skjule?"

Hun så atter på ham, som om han havde provokeret hende vildt. "Hverken Niels eller Daniel havde noget at skjule. Men Niels er aldrig kommet sig over Daniels død."

Han fangede godt undertonen. "De mener, at de to var et par?"

"Ja. Niels og Daniel fulgte hinanden i tykt og tyndt både privat og på arbejde."

Han så et øjeblik ind i hendes matblå øjne. Han ville ikke have undret sig over, hvis hun pludselig knækkede sammen i latterkrampe. Men det skete ikke. Det, hun lige havde fortalt, var ingen joke.

"Det vidste jeg ikke," sagde han så.

"Nå," svarede hun.

"De skulle tilfældigvis ikke have et foto af Daniel Hale, som De kan undvære?"

Hun strakte armen ti centimeter til højre og greb en brochure, der lå på glasdisken ved siden af en håndfuld Ramlösaer.

"Her," sagde hun. "Der skulle være de første ti stykker."

HAN FIK FØRST telefonisk fat på Bille Antvorskov efter nogen diskussion med hans vrisne sekretær.

"Jeg har scannet et billede ind, som jeg meget gerne vil maile dig. Er det i orden, hvis vi lige bruger to minutter på det?" sagde han, da han havde præsenteret sig.

Antvorskov indvilligede og opgav sin mail-adresse, og Carl trykkede på musetasten og så på skærmen, mens han overførte filen.

Det var et ganske udmærket billede af Daniel Hale, han havde scannet ind fra den brochure, som informationskvinden havde givet ham. En slank, lyshåret mand, sikkert ganske høj, solbrændt og velklædt, som man havde bemærket nede i Snapstinget. Slet ikke bøsset at se på, men han havde åbenbart også andre tilbøjeligheder. 'På vej til at springe ud af skabet som heteroseksuel,' tænkte han og så ham for sig, knust og brændt ihjel på Kappelev Landevej.

"Ja, mailen er der nu," sagde Bille Antvorskov i den anden ende. "Nu har jeg åbnet den vedhæftede billedfil." Der var en pause et alenlangt sekund. "Og hvad skal jeg så med det?"

"Kan du bekræfte, at det er et billede af Daniel Hale? Var det ham, som deltog i mødet på Christiansborg?"

"Ham dér? Jeg har aldrig nogensinde set ham før."

26

2005

DA HUN FYLDTE FEMOGTREDIVE, vendte lyshavet fra lysstofrørene i loftet tilbage, og med det forsvandt ansigterne bag spejlglasruderne. Det var ikke alle rørene i de glasarmerede kasser, der tændte denne gang. 'En dag må de komme ind og skifte, ellers ender det i evigt mørke,' tænkte hun. 'De står stadigvæk og lurer på mig, og det vil de ikke undvære. En dag kommer de ind og skifter rørene. De lukker trykket ud lige så stille, og så venter jeg på dem.'

Sidst, Merete havde fødselsdag, havde de sat trykket i rummet op igen, men det bekymrede hende ikke længere. Kunne hun tage fire atmosfærer, så kunne hun også tage de fem. Hun kendte ikke grænsen, men den var slet ikke nået endnu. Ligesom det foregående år havde hun et par dages hallucinationer. Det havde været, som om baggrunden i rummet drejede rundt, mens resten stod skarpt, og hun havde sunget og havde følt sig let om hjertet. Realiteterne var blevet betydningsløse. Det var først efter et par dage, at virkeligheden vendte tilbage, og det begyndte at hyle for hendes ører. Tonen var til at begynde med ganske svag, så hun gabte og trykudlignede, så godt hun kunne, men efter fjorten dage var lyden blevet permanent. En fuldstændig klar tone som fra fjernsynets prøvebillede. Højere i tonelejet, renere, men hundrede gange mere enerverende. 'Den forsvinder, Merete, du skal nok vænne dig til trykket. Bare vent, så er den væk en morgen, når du vågner. Så er den nok væk, så er den nok væk,' lovede hun sig selv. Men løfter aflagt på uvidenhedens grund skuffer altid, og da hyletonen havde været der i tre måneder, og hun var ved at blive vanvittig af mangel på søvn og den konstante erindring om, at hun levede i et dødskammer på bødlens nåde, begyndte hun at formulere over for sig selv, hvordan hun skulle tage sit liv.

Det ville alligevel ende med, at hun ville dø, det vidste hun nu. Kvindens ansigt havde udstrålet alt andet end grobund for håb. De spiddende øjne havde sendt signalet. De ville ikke lade hende slippe. Aldrig nogensinde. Så hellere dø for egen hånd. Selv bestemme, hvordan det skulle ske.

BORTSET FRA TOILETSPANDEN og madspanden, lommelygten og de to nylonstivere fra dunjakken, hvor den korte nu var blevet til en tandstikker, et par toiletruller og det tøj, hun havde på, så var rummet fuldstændig tomt. Væggene var glatte. Der var intet, hun kunne snurre jakkens ærme fast til, intet sted hvorfra hun kunne lade sin krop dingle, til den var udfriet. Hun havde kun den ene mulighed at sulte sig ihjel. Nægte at spise den ensformige kost, nægte at drikke de få sjatter vand, de undte hende. Måske var det det, de ventede på. Måske var hun part i et sygt væddemål. Mennesket havde alle dage forvandlet medmenneskers pinsler til underholdning. I hver en aflejring af menneskehedens historie afsløredes et uendelig tykt lag af mangel på medfølelse. Og sedimenter til nye lag lagde sig hele tiden på plads, det mærkede hun nu selv på sin egen krop. Derfor ville hun ikke mere.

Hun skubbede madspanden til side og stillede sig op foran det ene koøje og erklærede, at hun ikke mere ville spise noget. At hun nu havde fået nok. Og hun lagde sig på gulvet og svøbte sig i sit lasede tøj og drømmene. Hun havde regnet ud, at det måtte være den 6. oktober, og regnede med, at hun kunne holde en uge. Til den tid ville hun være femogtredive år og tre måneder og en uge gammel. Helt præcis tolv tusinde tre hundrede og tolv dage regnede hun sig frem til uden at være sikker. Hun ville ikke få nogen gravsten. Der ville ikke være nogen fødsels- og dødsdata at se nogen steder. Ikke nogen ting efter hendes død, der kunne koble hende til den tid i buret, hvor hun havde levet i det sidste lange stræk. Ud over hendes mordere var det kun hende selv, der ville kende hendes dødsdag. Og kun hende selv, der ville vide det på forhånd og nogenlunde nøjagtigt. Cirka den 13. oktober 2005 ville hun dø.

De råbte ind til hende på andendagen af hendes spisevægring, at hun skulle bytte spandene, men hun gjorde det ikke. 'Hvad ku' de gøre, hvis hun ikke parerede ordre? De kunne kun vælge imellem at lade spanden stå i slusen eller tage den tilbage igen.' Det ragede hende.

Og de lod spanden stå i slusen og gentog ritualet de næste par dage. Den gamle spand ud og en ny ind, som de lod stå. Skændte på hende. Truede hende med at sætte trykket op og bagefter at slippe al luften ud. Men hvordan kunne de true med død, når det var død, hun ønskede? Måske kom de ind, måske gjorde de ikke, hun var ligeglad. Hun lod hovedet løbe løbsk i tanker og billeder og minder, som kunne skubbe hyletonen til side, og på femtedagen fløjd alt sammen. Drømme om lykke, det politiske arbejde, Uffe, der stod alene på skibet, kærligheden, som blev skudt til side, børnene, hun aldrig fik, Mr. Bean og stille dage foran fjernsynet. Og hun mærkede, hvordan kroppen langsomt slap taget i sine udækkede behov. Efterhånden lå hun lettere på gulvet, en forunderlig stilstand tog over, og tiden gik, mens madspandens indhold ved siden af hende begyndte at rådne.

Alt var, som det skulle være, og så pludselig mærkede hun det dunke i kæben.

I hendes sløve tilstand føltes det først som en vibration udefra. Lige nok til at få hende til at åbne øjnene på klem, men heller ikke mere. 'Er de på vej ind til mig, hvad sker der?' tænkte hun et kort øjeblik og faldt så igen hen i en stille døs, til hun et par timer efter vågnede med en skærende smerte så klar som en kniv, der blev boret igennem hendes ansigt.

Hun anede ikke, hvad klokken var, hun anede ikke, om de var derude, og hun skreg, som hun aldrig havde skreget i det golde rum. Hele ansigtet føltes spaltet i to. Smerten fra tanden fik det til at banke som stempler i hendes mundhule, og hun havde intet at stå imod med. Åh gud, var det straffen for at tage livet i egne hænder? Bare fem dage, hvor hun ikke havde passet på sig selv, og så denne straf. Hun stak en finger forsigtigt ind og mærkede tandbylden hvælve sig over den bageste kindtand. Den tand havde altid været det svage punkt. Tandlægens sikre indtægt, hendes skidtlomme, som hendes hjemmelavede tandstikker havde måttet præparere hver dag. Hun trykkede forsigtigt på bulen og følte smerten eksplodere gennem marv og ben. Hun sank forover, åbnede munden vildt og snappede efter vejret. For ikke så lang tid siden havde kroppen lagt sig i dvale, men nu var den vågnet i et smertehelvede. Som dyret, der bed sin egen pote af for at slippe for rævesaksen. Var smerten et forsvar mod døden, så levede hun mere nu end nogensinde før.

"Åh," græd hun, for det gjorde så ondt. Hun greb efter sin tandstikker og førte den langsomt ind i munden. Prøvede forsigtigt efter, om der skulle sidde noget under tandkødet, som havde forårsaget betændelsen, men i samme sekund hun mærkede spidsen prikke i kødet, eksploderede tanden igen i frygtelige pinsler.

"Du må prikke hul på den, Merete, kom nu," græd hun og stak igen, så det ubetydelige maveindhold, hun havde i sig, var ved at komme op. Der skulle stikkes til, men hun kunne ikke. Hun kunne ganske enkelt ikke.

I stedet kravlede hun hen til slusen for at se, hvad de havde sendt ind til hende i spanden den dag. Måske var der noget, der kunne lindre hende. Eller måske en lille tår vand direkte på bylden kunne få den til at høre op med at dunke så forfærdeligt?

Og hun så ned i spanden og så fristelser, hun før ikke engang turde drømme om. To bananer, et æble, et stykke chokolade. Det var fuldstændig absurd. De ville altså tirre hendes sult. Tvinge hende til at spise, og så kunne hun ikke. Kunne ikke og ville ikke.

Hun blottede tænderne ved det næste jag, der var ved at smide hende omkuld. Så trak hun alle frugterne op, lagde dem på gulvet, stak hånden ned i spanden og greb om vanddunken. Og hun stak fingeren i vandet og førte den så op til bylden, men den isnende kulde havde ikke den ventede virkning. Der var smerten, og der var vandet, og de havde absolut intet med hinanden at gøre. Ikke engang tørsten kunne vandet gøre noget ved.

Så hun trak sig væk og lagde sig under spejlglasruderne i fosterstilling og bad i en stille bøn om Guds tilgivelse. På et tidspunkt ville kroppen give op, det vidste hun. Hun måtte leve sine sidste dage med smerten.

Også den ville høre op.

SOM I TRANCE kom stemmerne til hende. De kaldte hende ved navn. Appellerede til, at hun svarede dem. Hun åbnede øjnene og mærkede med det samme, at bylden lige nu var faldet til ro, og at hendes kraftesløse krop stadig lå ved siden af toiletspanden under spejlglasruderne. Hun stirrede op i loftet, hvor et af lysstofrørene var begyndt at blinke svagt i armeringsboksen højt oppe over hende. Der havde været stemmer, havde der ikke? Havde hun hørt noget virkeligt?

"Det er rigtigt, hun har taget af frugten," sagde i det samme en klar stemme, hun ikke havde hørt før.

'Den er virkelig,' tænkte hun og var alt for svag til at blive rystet.

Det var en mandsstemme. Ikke en ung mand, men heller ikke gammel.

Hun rejste omgående hovedet, men ikke så meget, at man ville kunne se hende udefra.

"Jeg kan se frugten herfra, hvor jeg står," sagde en kvindestemme. "Den ligger der på gulvet." Det var hende, som talte til hende én gang om året, den stemme tog hun ikke fejl af. De derude havde åbenbart kaldt på hende og så glemt at trykke samtaleanlægget fra igen.

"Hun er krøbet hen mellem ruderne. Jeg er sikker på det," fortsatte kvinden.

"Tror du, hun er død? Der er jo gået en uge nu?" spurgte mandsstemmen. Den kom så naturligt, men det var ikke naturligt. Det var hende, de talte om.

"Det kunne lige ligne hende, den lille so."

"Skal vi udligne trykket og gå ind og se efter?"

"Og hvad har du så tænkt dig at gøre med hende? Alle celler i hendes krop er tilpasset fem atmosfærers tryk. Det vil tage uger at drosle hendes krop ned. Åbner vi nu, så går hun ikke alene i dykkerchok, hun eksploderer lige på stedet. Du har jo set hendes afføring, og hvordan den udvider sig. Og urinen, der bobler og syder. Hun har levet i tre år i et trykkammer, husk det."

"Kan vi ikke bare pumpe det op igen, når vi har set, at hun stadig lever?"

Kvinden derude svarede ikke. Men det var tydeligt, at det under ingen omstændigheder kom på tale.

Merete trak vejret tungere og tungere. Stemmerne tilhørte djævle. De ville flå hende og sy hende sammen igen i en evighed, hvis de kunne. Hun var i helvedes indergård. Der, hvor pinslerne aldrig hørte op.

'Kom bare ind, I svin,' tænkte hun og trak forsigtigt lommelygten til sig, mens hyletonen i hendes øre tog til. Hun skulle plante den i øjet på den første, der kom hende nær. Blinde det infame væsen, der vovede at træde ind i hendes hellige kammer. Hun skulle nok nå det, før hun døde.

"Vi gør ikke noget, før Lasse er tilbage, er du med?" sagde kvinden med et tonefald, der ikke lod sig sige imod.

"Det er der jo en evighed til. Hun er død lang tid forinden," svarede manden. "Hvad fanden gør vi? Lasse bliver rasende."

Der fulgte en stilhed, som var kvalmende og trykkende, som om væggene var ved at trække rummet sammen og efterlade hende klemt som en lus mellem to negle.

Hun knugede lommelygten endnu mere krampagtigt og ventede. Og så kom smerten tilbage som et kølleslag. Hun spilede øjnene op og trak vejret helt ned i lungerne for at forløse smerten i et reflektorisk skrig, og alligevel kom det ikke. Hun fik det under kontrol. Kvælningsfornemmelserne var der, og opkastningsfornemmelsen fik hende til at gylpe, men hun sagde ingenting. Lagde bare nakken tilbage og lod tårerne flyde mod sine tørre læber.

'Jeg hører dem, men de må ikke høre mig,' messede hun lydløst igen og igen. Hun tog sig til halsen, strøg sig i luften ud for kindbylden, rokkede frem og tilbage og knyttede og åbnede sin frie hånd i ét væk. Hver en nervefiber i hendes krop vidste besked om dette smertehelvede.

Og så kom skriget. Det havde sit eget liv. Kroppen ville det. Et dybt og hult skrig som bare blev ved og ved og ved.

"Hun er der, hører du? Jeg vidste det." Så lød der et klik fra kontakten. "Kom frem, så vi kan se dig," sagde den modbydelige kvindestemme derude, og først dér opdagede de, at der var noget galt.

"Hør," sagde hun. "Knappen sidder fast."

Så hørte man, hvordan kvinden deromme begyndte at slå på kontakten, men det hjalp ikke.

"Har du ligget og luret på, hvad vi har talt om, kælling?" Hun lød som et dyr. Stemmen var rå og slebet af års hårdhed og følelseskulde.

"Lasse ordner det, når han kommer," sagde manden derude. "Han ordner det. Det er jo lige meget."

Nu føltes det, som om kæben ville revne. Merete ville ikke reagere på det, men hun kunne ikke andet. Hun måtte stå op. Alt for at bortlede kroppens dunkende alarmberedskab. Og hun støttede sig på knæene, mærkede kroppens afmægtighed, skubbede fra og kom op på hug, mærkede branden, der atter tændtes i hendes mund, fik det ene knæ i gulvet og rejste sig så halvt.

"Gud fader, hvor ser du ud, tøs," lød den gustne stemme derude, og så begyndte den at le. Som et haglvejr af kirurgiske knive ramte denne latter. "Du har jo tandpine," lo den. "I guder, møgsoen derinde har tandpine, se hende."

Hun vendte sig brat mod spejlglasruderne. Bare det at skille læberne føltes værre end døden. "Jeg skal nok få hævn en dag," hviskede hun og lagde ansigtet helt ind til den ene rude. "Jeg skal nok få hævn, bare vent."

"Hvis du ikke spiser, så kommer du snart til at brænde i helvede uden at få den tilfredsstillelse," hvæsede kvinden derude, men i stemmen lå der noget mere. Det var som kattens leg med musen, og katten var endnu ikke færdig med legen. Det var meningen, at deres fangst skulle leve. Leve lige præcis så længe, som de havde bestemt, og ikke længere.

"Jeg *kan* ikke spise," stønnede hun.

"Er det en tandbyld?" spurgte mandsstemmen.

Hun nikkede.

"Det må du selv klare," sagde han så koldt.

Hun så på sit spejlbillede i det ene koøje, og den stakkels kvinde foran hende havde hule kinder og øjne, der så ud, som om de kunne falde ud af hovedet. Overansigtet var skævt af bylden, randene under øjnene talte deres tydelige sprog. Hun så simpelthen dødssyg ud, og det var hun også.

Hun stemmede ryggen mod glasset og rutsjede langsomt ned på gulvet, hvor hun satte sig med vredestårer i øjnene og en nyfunden bevidsthed om, at kroppen kunne og ville leve. Hun skulle tage, hvad der var i spanden, og tvinge det i sig. Smerten ville slå hende ihjel, eller også ville den ikke, tiden måtte vise det. Hun ville i hvert fald ikke give op uden kamp, for hun havde netop givet den modbydelige kælling derude et løfte, og det agtede hun at holde. På et tidspunkt skulle det modbydelige menneske få igen med egen mønt.

Et øjeblik føltes hendes krop rolig som et sønderslået landskab i orkanens øje, og så kom smerten tilbage. Hun skreg denne gang så uhæmmet, hun kunne. Mærkede pudset fra tanden flyde ud over tungen, og hvordan tandpinedunkene forplantede sig helt op i tindingen.

Så lød der en hvislen fra slusen, og en ny spand kom til syne.

"Her! Vi har lidt førstehjælp til dig i spanden. Tag bare for dig," lo kvindestemmen derude.

Hun trak sig hurtigt på alle fire derover og trak spanden ud af hullet og stirrede ned i den.

Dernede, helt nede på bunden på et stykke stof, lige som et kirurgisk redskab, lå der en tang.

Det var en stor tang, var det. Stor og rusten.

27

2007

CARLS MORGEN HAVDE været trykkende. Lige dele dårlige drømme og Jespers brok hen over morgenmaden havde drænet ham for energi, allerede før han væltede ud i tjenestevognen og opdagede, at benzinmåleren stod på nul. Heller ikke de tre kvarter på en osende motorvej på det lille stykke mellem Nymøllevej og Værløse befordrede sider af ham, som burde vise sig som charme, imødekommenhed og tålmodighed.

Da han endelig sad på sin plads nede i kælderen under Politigården og stirrede på energifelterne, der dansede rundt i Assads morgenglade ansigt, overvejede han at gå op på Marcus Jacobsens kontor og smadre et par stole, så han kunne blive sendt hen et sted, hvor man passede godt på ham, og hvor alverdens ulykker kun var noget, man behøvede at beskæftige sig med, når der blev tændt for TV Avisen.

Han nikkede træt til sin assistent. Kunne man bare skrue ned for ham et øjeblik, så kunne det være, at de indre batterier kunne finde noget at lade op på imens. Han skævede til kaffemaskinens kolbe, der var helt tom, og tog så imod en lillebitte kop, som Assad stak ham.

"Jeg forstår det ikke lige helt, Carl," sagde Assad. "Daniel Hale er død, siger du, men det var ikke ham, der var med til mødet ude på Christiansborg. Hvem var det så?"

"Jeg aner det ikke, Assad. Men Hale har intet med Merete Lynggaard at gøre. Det har derimod ham fyren, som er trådt i Hales sted." Han tog en slurk af Assads myntete. Fire-fem skefulde sukker mindre, så kunne den drikkes.

"Men hvordan kunne fyren så vide, at ham der milliardæren, som var chef på mødet oppe på Christiansborg, ikke havde set ham Daniel Hale i virkeligheden så?"

"Ja, hvordan det? Måske kendte fyren og Hale hinanden på en eller anden måde." Han satte koppen på sit skrivebord og så op på opslagstavlen, hvor han havde pinnet brochuren fra Interlab A/S med Daniel Hales veltrimmede kontrafej fast.

"Så var det ikke Hale, der afleverede brevet, vel? Og det var heller ikke ham, Merete Lynggaard spiste sammen med på Bankeråt?"

"Ifølge Hales medarbejdere var han slet ikke i landet i den periode." Han vendte sig mod sin hjælper. "Hvad sagde politirapporten om Daniel Hales køretøj efter ulykken, husker du det? Var det hundrede procent i orden? Fandt man fejl, der kunne have forårsaget ulykken?"

"Du mener, om de der bremser var fine?"

"Bremserne. Styretøjet. Alt muligt. Var der tegn på sabotage?"

Han trak på skuldrene. "Det var svært at se noget, fordi bilen brændte, Carl. Men det var så vistnok en helt almindelig ulykke, som jeg kan forstå den rapport."

Ja, sådan huskede han det også. Intet mistænkeligt.

"Og der var jo ingen vidner, som kan sige noget andet noget."

De så på hinanden. "Jeg ved det godt, Assad. Jeg ved det."

"Kun ham manden, der kørte ind i ham."

"Ja, netop." Han tog tankeløst en slurk mere af mynteteen med en voldsom kulderystelse til følge. Det stads var ikke noget, han ville blive afhængig af.

Carl overvejede at tage en smøg eller en Läkerol i skuffen, men ikke engang det havde han energi til. Satans til udvikling. Nu var han lige ved at få lukket skidtet og så denne drejning i sagen, som pegede på uudforskede aspekter. Uendelige byrder af arbejde tårnede sig lige pludselig op over ham, og det var bare denne sag. På bordet foran ham lå der fyrrehalvtreds andre.

"Hvad så med ham vidnet i den anden bil, Carl? Skal vi ikke snakke med ham manden, som Daniel Hale kørte ind i?"

"Jeg har pudset Lis på at opspore ham."

Et øjeblik så han helt skuffet ud.

"Jeg har en anden opgave til dig, Assad."

Et sært lyksaligt stemningskift skilte hans mundvige fra hinanden.

"Du skal køre ned til Holtug på Stevns og snakke med hende hjemmehjælperen Helle Andersen en gang til. Spørg hende, om hun kan genkende Daniel Hale som ham, der personligt afleverede brevet dernede. Du tager et billede med af ham." Han pegede på opslagstavlen.

"Jamen det var jo ikke ham, det var ham den anden, som ...."

Han bremsede Assad med en håndbevægelse. "Nej, og det ved du og jeg. Men hvis hun nu svarer nej, som vi forventer, så skal du spørge hende, om Daniel Hale i øvrigt lignede fyren med brevet lidt. Vi må jo se at få kredset manden ind, ikke? Og så lige en ting mere: Du skal også spørge hende, om Uffe var der og fik et glimt af manden, der afleverede brevet. Og endelig skal du spørge hende, om hun kan huske, hvor Merete Lynggaard plejede at sætte sin attachétaske, når hun kom hjem. Sig til hende, at den er sort og har en stor flænge på den ene side. Det var faderens, og han havde den med i bilen, da ulykken skete, så den har sikkert betydet noget for hende." Han rakte hånden op igen, da Assad skulle til at sige noget. "Og så kører du bagefter over til antikvitetshandlerne, der købte Lynggaards hus i Magleby, og spørger dem, om de har set sådan en attachétaske noget sted. Så snakker vi sammen om det hele i morgen, ikke? Du kan bare tage bilen med hjem. Jeg kører i taxi i dag, og senere tager jeg toget hjem."

Nu fægtede Assad markant med armene.

"Ja, Assad?"

"Lige et øjeblik, ikke? Jeg skal bare finde en skriverblok. Vil du så ikke nok lige sige det hele en gang til?"

HARDY HAVDE SET værre ud. Hvor hans hoved før havde lignet noget, der var smeltet ind i puden, var det nu løftet så meget, at man kunne se de fine blodårer, der bankede i hans tindinger. Han lå med lukkede øjne og virkede mere fredfyldt end længe, og Carl stod et øjeblik og overvejede, om han skulle gå igen. Man havde fjernet en del af maskineriet på stuen, selv om respiratoren naturligvis stadig stod og pumpede. Måske var det gode tegn, alt i alt.

Så drejede han forsigtigt om på hælen og trådte et skridt mod døren, da Hardys stemme standsede ham.

"Hvorfor går du? Kan du ikke holde ud at se en mand på langs?"

Han vendte sig og så Hardy ligge præcis som før.

"Hvis du vil have, at folk skal blive hos dig, Hardy, så signalér lige, at du er vågen. For eksempel ved at åbne øjnene."

"Nej. Ikke i dag. I dag gider jeg ikke at åbne øjnene."

Den skulle Carl lige have en gang til.

"Hvis der skal være forskel på mine dage, så må jeg gøre sådan, okay?"

"Ja, okay."

"I morgen har jeg tænkt mig kun at kigge til højre."

"Okay," sagde han, men det gjorde ondt langt ind i sjælen at høre. "Du har talt med Assad et par gange, Hardy. Var det i orden, at jeg sendte ham herover?"

"Gu var det ej," sagde han og bevægede knap nok læberne.

"Nå, men det gjorde jeg altså. Og jeg har tænkt mig at sende ham herover lige så tit, det skal være. Har du nogen indvendinger?"

"Kun hvis han tager de der stærke grill-ting med."

"Det skal jeg nok sige til ham."

Noget, der kunne tolkes som latter, slap ud af Hardys krop. "Jeg kom til at skide af dem, som jeg aldrig før har skidt. Sygeplejerskerne var helt fortvivlede."

Carl prøvede at lukke synet ude. Det lød ikke rart.

"Jeg skal sige det til Assad, Hardy. Ikke helt så stærke grill-ting næste gang."

"Er der noget nyt i Lynggaard-sagen?" spurgte Hardy. Det var første gang siden lammelsen, at han havde udtrykt nysgerrighed over for noget. Carl mærkede, at han blev varm i kinderne. Om lidt kom der vel også en klump i halsen.

"Ja, der er sket en del." Og så fortalte han om den seneste udvikling med Daniel Hale.

196

"Ved du, hvad jeg tror, Carl?" sagde han bagefter.

"Du tror, at sagen har fået nye ben at gå på."

"Præcis. Det hele stinker langt væk." Han åbnede øjnene et kort øjeblik og så op i loftet, før han lukkede dem igen. "Har du eventuelle politiske spor at gå efter?"

"Ikke det fjerneste."

"Har du talt med pressefolkene?"

"Hvad mener du?"

"En af de politiske kommentatorer på Christiansborg. De har næsen langt fremme. Eller dem på sladderbladene? Pelle Hyttested på Gossip for eksempel. Den lille trilletønde har hygget sig med at grave slim ud af Christiansborgs fuger, siden de fyrede ham på Aktuelt, så han er gammel i gårde nu. Spørg ham, og du vil vide mere, end du gør nu." Han smilede et kort øjeblik, og så var det væk igen.

'Jeg fortæller ham det nu,' tænkte han og sagde det ganske langsomt, så det kunne sive rigtigt ind første gang. "Der er sket et mord nede i Sorø, Hardy. De samme folk som ude på Amager, tror jeg."

Han fortrak ikke en mine. "Og?" spurgte han.

"Ja, samme omstændigheder, samme våben, samme rødternede skjorte sandsynligvis, samme kreds af mennesker, samme ..."

"Jeg sagde og?"

"Ja, derfor svarer jeg dig."

"Og, sagde jeg. Og – hvad rager det egentlig mig?"

REDAKTIONEN PÅ GOSSIP befandt sig i den matte fase, hvor ugens deadline var nået, og næste nummer var ved at forme sig. Et par af sladderjournalisterne kiggede uden interesse på Carl, da han gik gennem det åbne landskab. Tilsyneladende blev han ikke genkendt, godt det samme.

Han fandt Pelle Hyttested stå og nusse sit røde, tætklippede, men tynde fuldskæg nede i hjørnet, hvor den evige hvile var faldet over seniorjournalisterne. Carl kendte Pelle Hyttested udmærket af omtale. En sjuft og en skiderik, som kun penge kunne stoppe. Ufatteligt mange danskere elskede at læse hans udvandede, overspændte bras, men det gjorde hans ofre ikke. Retssagerne stod i kø uden for Hyttesteds dør, men chefredaktøren holdt hånden over sin djævleyngel. Hyttested solgte blade, og chefredaktøren fik bonus, sådan hang det sammen. Så skidt være med, at chefredaktøren måtte indkassere et par dagbøder undervejs.

Fyren så et kort øjeblik på Carls politiskilt og vendte sig så igen om mod sine kolleger.

Carl lagde en hånd på hans skulder. "Jeg havde et par spørgsmål, sagde jeg."

Fyrens øjne så lige igennem ham, da han vendte sig. "Ser du ikke, at jeg er på job? Men du vil måske tage mig med ned på stationen?"

Det var her, Carl trak den eneste tusindlap, han havde besiddet i måneder, op af pungen og stak den op foran næsen på ham.

"Hvad drejer det sig om?" sagde manden og forsøgte at suge sedlen til sig med øjnene. Måske stod han dér og forsøgte at regne ud, hvor mange timer sedlen kunne holde ham gående i de sene nattetimer på Andys Bar.

"Jeg efterforsker Merete Lynggaards forsvinden. Min kollega Hardy Henningsen mener, at du måske kan fortælle mig, om Merete Lynggaard kunne have grund til at frygte nogen i det politiske miljø?"

"Frygte nogen? Det var da en pudsig formulering, " sagde han og strøg sig i ét væk i de næsten usynlige hårtotter i ansigtet. "Og hvorfor spørger du om det?" fortsatte han. "Er der da dukket noget nyt op i den sag?"

Nu gik krydsforhøret den forkerte vej.

"Noget nyt? Nej, det er der ikke, men sagen er kommet dertil, hvor visse spørgsmål helst skal kunne afklares endeligt."

Han nikkede uimponeret. "Fem år efter hendes forsvinden? Ved du hvad, den må du længere ud på landet med. Fortæl mig hellere, hvad du ved, så skal jeg fortælle dig, hvad jeg ved."

Carl rystede tussen en gang til, så mandens opmærksomhed blev rettet ind på det væsentlige.

"Du har ikke kendskab til nogen, der havde set sig specielt gal på Merete Lynggaard dengang, skal jeg forstå det sådan?"

"Alle hadede sgu da den bitch. Var det ikke for hendes fandens flotte patter, så var hun da for længst hældt ud."

Han tilhørte ikke Demokraternes vælgerskare, udledte Carl uden undren. "Okay, du ved altså ikke noget." Han vendte sig mod de andre. "Er der nogen af jer, der ved noget? Det kan være hvad som helst. Det behøver ikke at have noget med Christiansborg at gøre. Gerne løse rygter. Folk, der er observeret i nærheden af hende, mens jeres paparazzi-fotografer var på rov. Fornemmelser. Er der noget at hente her?" Han så rundt på Hyttesteds kolleger. Man kunne givetvis stille diagnosen hjernedød på halvdelen af dem. De var bare tomme i blikket og pisseligeglade.

Han vendte sig om i lokalet. Måske var der en af de yngre journalister, der stadig havde lidt liv i toppen, og som havde noget at sige. Om ikke på egne vegne, så måske på andres. Han var jo trods alt trådt ind i sladderland.

"Du siger, at Hardy Henningsen sendte dig herhen?" Det var Hyttested, der spurgte, mens han krøb nærmere mod sedlen. "Det var måske dig, der fuckede det op for ham? Jeg husker ret tydeligt noget med en Carl Mørck, var det ikke det, du hed? Du var da ham, der søgte dækning under en af kollegerne. Ham, der lå under Hardy Henningsen og legede død, var det måske ikke dig?"

Carl følte indlandsisen krybe op ad ryggen. Hvordan i alverden havde han kunnet nå frem til den konklusion? Alle interne høringer var lukket land for offentligheden. Ingen havde nogensinde antydet, hvad den satan dér stod og konkluderede.

"Siger du det, fordi du vil have, at jeg skal tage dig i kraven og trykke dig flad og smække dig ind under gulvtæppet, så du kan ha' noget at skrive om til næste uge?" Han trådte så tilpas tæt på, at Hyttested valgte at se på sedlen igen. "Hardy Henningsen var den bedste kollega, man kunne have. Jeg ville være gået i døden for ham, hvis jeg kunne. Er du med?"

Hyttested sendte et sejrsblik bagud til sine kolleger. Satans også. Så var overskriften til næste blad hjemme, og Carl var ofret. Nu manglede de bare en fotograf, der kunne forevige situationen. Han måtte hellere se at komme ud.

"Får jeg tussen, hvis jeg fortæller dig, hvilken fotograf der havde specialiseret sig i Merete Lynggaard?"

"Hvad skulle det hjælpe mig?"

"Det ved jeg ikke. Måske hjælper det. Er du måske ikke politimand? Har du råd til at ignorere et tip?"

"Hvem er det?"

"Du kunne jo prøve at tale med Jonas."

"Jonas hvem?" Der var nu kun få centimeter imellem tusindkronesedlen og Hyttesteds begærlige fingre.

"Jonas Hess."

"Jonas Hess, jaså, og hvor finder jeg ham? Er han her på redaktionen lige nu?"

"Vi ansætter sgu ikke sådan nogle som Jonas Hess. Du må kigge i telefonbogen."

Han noterede sig navnet og stak i et snuptag hånden med sedlen i lommen. Idioten ville skrive om ham i næste uges nummer lige meget hvad. Desuden havde han aldrig i hele sit liv betalt for sine oplysninger, og det skulle der i hvert fald en helt anden kaliber end Hyttesteds til at lave om på.

"Du ville være gået i døden for ham?" råbte Hyttested efter Carl, da han skred ned gennem rækkerne. "Hvorfor gjorde du det så ikke, Carl Mørck?"

HAN FIK JONAS HESS' adresse nede i receptionen, og taxien afleverede ham på Vejlands Allé ved et lillebitte, pudset hus, som årene havde sandet til med samfundets overflod: gamle cykler, sprængte akvarier og glasballoner fra tidligere tiders hjemmebrygning, mugne presenninger, der ikke længere kunne skjule rådne brædder, et væld af flasker og alskens andet bras. Husets indehaver ville være oplagt som den, der trængte til hjælp i et af de dér vildt mange boligprogrammer, der blev sendt på alle tv-kanalerne. Her kunne selv den ringeste havearkitekt være med.

En væltet cykel foran indgangsdøren og en stille murren fra en radio bag de møgbeskidte vinduer antydede, at der var bid, og Carl lænede sig op ad dørklokken, til det begyndte at dunke i fingeren.

"Hold lige kæft med det der," lød det så endelig derindefra.

En rødmosset mand med umiskendelige tegn på en ordentlig bagskid åbnede døren og forsøgte at fokusere på Carl i det skærende solskin.

"Hvad fanden er klokken?" spurgte han og slap håndtaget og gik ind igen. Det krævede næppe en dommerfuldmagt at følge efter ham.

Stuen var af den slags, man viser i katastrofefilm, efter at kometen har flækket jordkloden i to. Husets beboer slængede sig med et tilfreds suk i en sofa, der var sunket sammen på midten, og tog et ordentlig hiv af en whiskyflaske, mens han forsøgte at lokalisere Carl ud ad øjenkrogen.

Ikke noget ønskevidne, sagde Carls erfaring.

Han hilste fra Pelle Hyttested og håbede, at det ville tø stemningen lidt op.

"Han skylder mig penge," blev svaret.

Carl overvejede at vise ham sit politiskilt, men slap det igen nede i lommen. "Jeg kommer fra en særlig afdeling i politiet, som prøver at løse gåder om stakkels mennesker," sagde han. Det kunne for fanden da ikke skræmme nogen.

Hess lod flasken falde et øjeblik. Måske havde det alligevel været for mange ord til hans tilstand.

"Jeg kommer angående Merete Lynggaard," forsøgte Carl så. "Jeg ved, at du var en slags specialist i hende."

Han forsøgte at smile, men sure opstød forhindrede det. "Det er der sgu ikke mange, der ved," sagde han. "Og hvad så med hende?"

"Har du nogle billeder af hende, som du ikke har fået publiceret?"

Han knækkede forover i et halvkvalt grin. "Hold da kæft, hvor kan man spørge dumt. Jeg har mindst ti tusinde."

"Ti tusinde! Det lyder af meget."

"Hør her." Han stak klør fem i vejret. "To-tre ruller film hver anden dag i to-tre år, hvor mange fotos får du det til?"

"En hel del mere end ti tusinde, tror jeg."

DA DER VAR gået en time, var Jonas Hess vågnet så tilpas meget, godt hjulpet af de kalorier, som ufortyndet whisky trods alt indeholder, at han uden vaklen kunne vise Carl vejen ud til sit mørkekammer, der lå i en lille gasbetonbygning omme bag huset.

Her var virkeligheden en ganske anden end inde i huset. Carl havde været i mange mørkekamre, men ingen så sterile og velordnede som det her. Forskellen på manden i huset og manden i mørkekammeret var skræmmende uforståelig.

Han trak en metalskuffe ud og dykkede ned i den. "Her," sagde han og rakte ham en mappe, hvorpå der stod 'Merete Lynggaard: 13/11-2001 – 1/3 2002'. "Det er negativerne fra den sidste periode."

Carl åbnede mappen bagfra. Hver plastiklomme rummede negativerne til en hel film, men i den bageste lomme sad der kun fem skud. Datoen stod tydeligt med sirlige tal. '1/3-2002 ML', stod der.

"Du tog billeder af hende dagen før, hun forsvandt?"

"Ja. Ikke noget videre. Bare et par skud i Rigsdagsgården. Jeg stod tit nede i porten og ventede."

"Ventede på hende?"

"Ikke bare på hende. På alle folketingspolitikerne. Hvis du vidste, hvor mange sjove konstellationer jeg har set på den trappe. Man venter bare, og så en dag kommer den."

"Men det sjove kom åbenbart ikke den dag, kan jeg se." Han tog plastiklommen ud af mappen og lagde den på lysbordet. Billederne var altså taget den fredag, hvor Merete Lynggaard var på vej hjem. Dagen før hun forsvandt.

Han førte ansigtet tættere på negativerne.

Jo, det var tydeligt. Hun havde attachétasken under armen.

Carl rystede på hovedet. Utrolig. Det allerførste billede, og så var der bid. Her var beviset i negativ, hvidt på sort. Merete havde haft tasken med hjem. En gammel, slidt sag med skramme og det hele.

"Må jeg godt låne det her negativ?"

Fotografen tog et skvæt mere og tørrede sig om munden. "Jeg låner ikke negativer ud. Jeg sælger dem ikke engang. Men vi kan tage en kopi, jeg scanner den bare. Kvaliteten behøver vel ikke at være dronninge-klar." Han hev vejret indad og harkede en smule, mens han lo.

"Ja tak, jeg vil være meget glad for en kopi. Du kan sende regningen til min afdeling." Han rakte ham et kort.

Fyren så på negativerne. "Nej, det er rigtigt. Den dag var ikke noget særligt. Men det var der ikke ret meget, der var med Merete Lynggaard i det hele taget. Det var mest, hvis det var koldt om sommeren, og man kunne se hendes brystvorter under blusen. De billeder fik jeg ret godt betalt."

Dér kom den harkende latter igen, mens han søgte over mod et lille, rødt køleskab, der stod og vaklede på et par kemikaliedunke. Han tog en ølflaske ud og prøvede vist at byde, men indholdet var væk, før Carl nå-ede at reagere.

"Scoopet var jo, hvis man kunne få et skud af hende med en eller an-den elsker, ikke?" sagde han og søgte efter noget mere, han kunne kyle i sig. "Jeg troede, at jeg fik det nogle dage før."

Han smækkede køleskabet i og tog mappen og bladrede lidt tilbage i den. "Nå ja, så er der jo også lige de her af Merete i diskussion uden for Folketingssalen med et par af Danmarkspartiets medlemmer. De nega-tiver har jeg oven i købet lavet kontaktkopier af." Han grinede. "Ja, det var ikke på grund af diskussionen, jeg tog det, men på grund af hende, der står dér bagved." Han pegede på en person, der stod tæt op ad Me-rete. "Ja, man ser det måske ikke så godt i den størrelse, men så skal du se, hvordan det ser ud, når man blæser det op. Hun var jo helt forgabt i Merete Lynggaard, hende den nye sekretær."

Carl lænede sig ned mod det. Jo, det var helt sikkert Søs Norup. Helt anderledes i sin udstråling, end hun havde været i sit dragebo i Valby.

"Jeg ved sgu ikke, om der var noget imellem dem, eller om det bare var sekretæren, der var forkert på den. Men hvad fanden! Mon dog ikke det foto på et eller andet tidspunkt havde kastet noget af sig?" sagde han og bladrede om til næste side med negativer.

"Her er det!" sagde han og placerede en fugtig finger midt i plastik-chartekket. "Jeg vidste, at det var den 25. februar, for dér har min søster fødselsdag. Jeg tænkte, at jeg kunne købe hende en god gave, hvis det billede viste sig at være en guldgrube. Her er det."

Han tog plastiklommen ud og lagde den på lysbordet. "Se der, det var de skud, jeg tænkte på. Hun taler med en fyr ude på slotstrappen." Så pegede han på et foto lige ovenover. "Se så på det billede her. Hun ser berørt ud, synes jeg. Der er noget i hendes øjne, der røber, at hun er utilpas." Han stak Carl en lup.

Hvordan pokker kunne man se sådan noget på et negativ? Hendes øjne var jo bare to hvide klatter.

"Hun opdagede mig, da jeg stod og tog billederne, så jeg smuttede. Jeg tror aldrig, at hun rigtig fandt ud af, hvordan jeg så ud. Så bagefter prøvede jeg at fotografere fyren, men jeg fik ham ikke forfra, for han tog den anden vej ud af gården ned mod broen, men det var vist også bare en tilfældig fyr, der bare antastede hende, da han gik forbi. Det var der sgu mange, der gjorde, hvis de kunne slippe af sted med det."

"Har du også kontaktkopier af den her serie?"

Han sank et par sure opstød mere og virkede, som om hans hals var helt gloende indvendig. "Kontaktkopier? Det kan du også få, hvis du lige løber ned til kiosken efter et par bajere imens."

Carl nikkede. "Jeg har lige et spørgsmål til dig først. Hvis du var så opsat på at få det dér billede af Merete Lynggaard med en elsker, så må du også have fotograferet hende nede ved hendes hus på Stevns, ikke?"

Han så ikke op, men studerede de foregående billeder grundigt.

"Selvfølgelig. Jeg var dernede masser af gange."

"Så er der noget, jeg ikke forstår. Så må du da også have set hende sammen med hendes handicappede bror, Uffe, ikke?"

"Ok ja, masser af gange." Han satte et kryds på lommen ud for et af negativerne. "Her er et rigtig godt billede af hende og fyren. Jeg kan give dig en kopi. Måske ved du, hvem det er. Så kan du jo fortælle mig det bagefter, ikke?"

Han nikkede igen. "Men hvorfor tog du så ikke nogle rigtig gode billeder af hende og Uffe sammen, så hele verden kunne få at vide, hvorfor hun altid havde så travlt med at komme væk fra Christiansborg?"

"Det gjorde jeg ikke, fordi jeg selv har en handicappet i min familie. Min søster er multihandicappet."

"Men det er jo dit job af leve af de billeder."

Han så sløvt på ham. Hvis Carl ikke hentede de bajere nu, så fik han ikke sine kopier.

"Du, ved du hvad," svarede fyren og så stift ind i Carls øjne. "Selv om man er en lort, så har man sgu da lidt værdighed. Hvad siger du selv?"

FRA ALLERØD STATION gik han gennem gågaden og konstaterede med ærgrelse, at gadebilledet blev stadig mere usselt at se på. Betonkasserne, camoufleret som luksusboliger, lænede sig allerede ind over Kvickly, og snart ville de hyggelige gamle, lave huse på den anden side af vejen også være væk. Hvad der før var en magnet for øjet, blev nu en tunnel af pyntet beton. Han ville have forsvoret det for få år siden, men nu var det nået til hans by. Erhard Jakobsen i Bagsværd, Urban Hansen i København og gud ved hvem i Charlottenlund. Hyggelige, uvurderlige bybilleder var smadret. Borgmestre og byråd uden smag fandtes alle steder. Det var skamstøtter som det her tydelige beviser på.

Hjemme i Rønneholtparken var grillholdet atter i fuld vigør, men vejret var også stadig til det. Klokken var 18.24 den 22. marts 2007, så var det altså dér, at foråret for alvor begyndte.

Morten Holland havde i dagens anledning iført sig et par flagrende gevandter, som han havde tusket sig til på en tur til Marokko. I den uniform kunne han snildt starte en ny sekt på ti sekunder. "Lige til tiden, Carl," sagde han og dumpede et par revelsben på hans tallerken.

Hans nabo Sysser Petersen virkede allerede en smule sovset til, men hun bar det med værdighed. "Jeg gider snart ikke mere," sagde hun. "Jeg sælger skidtet og flytter." Hun tog en ordentlig slurk af rødvinsglasset. "Nede på forvaltningen bruger vi mere tid på at udfylde åndssvage blanketter end på at hjælpe byens borgere, vidste du det, Carl? De selvglade folk i regeringen, de skulle selv få lov. Hvis de skulle udfylde blanketter for at få fri middage og fri chauffør og fri husleje og diæter og frirejser og fri sekretærer og alt det skidt, så ville de hverken få tid til at æde eller sove eller rejse eller køre eller noget. Kan du se det for dig? At statsministeren skulle sidde og krydse af, hvad han ville snakke med sine ministre om, inden mødet gik i gang. I tre kopier printet på en computer, der kun virkede hver anden dag. Og at han først skulle sende det videre til godkendelse hos en eller anden embedsmand, før han kunne få lov at sige det videre. Manden ville jo gå helt død i det." Her væltede hendes nakke bagover af grin.

Carl nikkede. Snart ville diskussionen handle om kulturministerens ret til at lukke kæften på medierne, eller om der overhovedet var nogen, der kunne huske argumenterne for at smadre amterne, eller hospitalerne eller skattevæsenet for den sags skyld. Den snak ville ikke slutte, før den sidste sjat var drukket og det sidste ribben suttet rent.

Han gav Sysser et lille kram, tjattede Kenn på skulderen og tog tallerkenen med op på sit værelse. De var jo for så vidt helt enige alle sammen. Mere end halvdelen af landet ønskede statsministeren hen, hvor peberet groede, og det ville de også ønske i morgen og i overmorgen og lige til den dag, hvor alle ulykkerne, han havde væltet ned over landet og borgerne, var blevet udbedret. Det ville tage tiårer.

Carl havde bare andet i hovedet lige for tiden.

28

2007

KLOKKEN TRE SORT nat slog Carl øjnene op. I baghovedet lå der en vag erindring om rødternede skjorter og sømpistoler og en klar fornemmelse af, at en af skjorterne i Sorø havde det rigtige mønster. Pulsen var helt oppe at ringe og humøret nede, han havde det ikke godt. Det var en sag, han ikke orkede at tænke på, men hvem kunne bremse mareridtet, og at lagenerne blev klamme?

Og nu denne lavmålsjournalist til Pelle Hyttested, skulle han nu også til at ribbe op i det? Skulle en af overskrifterne i det næste Gossip virkelig handle om en kriminalbetjent, der havde noget i klemme?

Føj for satan. Bare tanken kunne få hans muskler i mellemgulvet til at trække sig sammen, så de resten af natten var som panser og plade.

"DU SER TRÆT ud," sagde drabschefen.

Carl affærdigede det med en håndbevægelse. "Har du sagt til Bak, at han skal komme?"

"Han kommer om fem minutter," sagde Marcus og lænede sig frem. "Jeg har bemærket, at du ikke har fået meldt dig til dit leder-kursus. Fristen udløber, ved du."

"Så må det jo blive næste gang, ikke?"

"Du ved, at vi har en plan med det hele, ikke Carl? Når din afdeling har vist resultater, så vil det også være naturligt, at du får hjælp af dine gamle kolleger. Men så nytter det jo ikke, at du står uden den myndighed i ryggen, som politikommissærtitlen giver dig, vel? Du har faktisk ikke noget valg, Carl, du *skal* på det kursus."

"Jeg bliver ikke en bedre efterforsker af at sidde og spidse blyanter på skolebænken."

"Du er chef for en ny afdeling herinde, og titlen går med i bagagen. Du tager kurset, eller også finder du dig et andet sted at efterforske."

Carl stirrede over på Det Gyldne Tårn i Tivoli, som et par håndværkere var ved at klargøre til den ny sæson. Fire, fem gange op og ned i den satan, og Marcus Jacobsen ville trygle ham om nåde.

"Jeg vil tænke over det, hr. kriminalinspektør."

Stemningen var lidt afkølet, da Børge Bak trådte ind med sin sorte læderfrakke pænt over skuldrene.

Carl ventede ikke på, at drabschefen skulle foretage de indledende manøvrer. "Nå, Bak! Det var noget lort, det I lavede med Lynggaard-sagen i sin tid. I har jo vadet rundt i indicier, der antydede, at ikke alt var, som det skulle være. Hele holdet havde måske fået sovesyge, eller hvad?"

Baks øjne var stål, da deres blikke nødtvungent fandt hinanden, men fandeme om han skulle slippe.

"Nu vil jeg gerne vide, om der er mere i den sag, som du går og brænder inde med," fortsatte han. "Er der nogen eller noget, der har bremset jeres enestående efterforskning undervejs, Børge?"

Her overvejede drabschefen tydeligvis at tage sine halvbriller på, så han kunne skjule sig bag dem, men Baks mørke ansigt krævede en indgriben.

"Hvis man lige ser bort fra et par af de sidste bemærkninger, som kun Carl kan aflevere dem," han gav Carl et par løftede øjenbryn, "så forstår man godt Carl, for han har netop konstateret, at den afdøde Daniel Hale ikke var ham, som Merete Lynggaard mødte på Christiansborg. Hvilket man nok burde have afdækket ved sidste efterforskning, det må man medgive ham."

Der samlede sig et par folder ved skuldrene på Baks læderjakke, men det var også kun dér, det afsløredes, hvor anspændt denne oplysning gjorde ham.

Carl bed sig fast i hans strube. "Det er ikke det hele, Børge. Vidste I for eksempel, at Daniel Hale var bøsse og desuden bortrejst i den periode, hvor han formodedes at have haft kontakt med Merete Lynggaard? I skulle nok have gjort jer den ulejlighed at vise et fotografi af Hale til Merete Lynggaards sekretær, Søs Norup, eller til lederen af delegationen, Bille Antvorskov, så ville I med det samme have vidst, at der var noget galt."

Her satte Bak sig langsomt ned. Det kørte tydeligvis rundt i hovedet på ham. Selvfølgelig var det læssevis af sager siden, og arbejdspresset i afdelingen havde altid været ad helvede til, men pokker tage det hele, om Bak ikke blev nødt til at krybe.

"Synes du nu, at vi stadig kan udelukke en forbrydelse fuldstændig?" Han vendte sig om mod sin chef. "Hvad siger du, Marcus?"

"Så går vi ud fra, at du efterforsker omstændighederne ved Daniel Hales død, Carl."

"Vi er allerede i fuld gang." Han vendte han sig igen mod Bak. "Oppe i Hornbæk på Klinik for Rygmarvsskader ligger der en vaks, gammel kollega, der kan tænke." Han smed billederne på bordet foran sin chef. "Havde det ikke været for Hardy, så var jeg ikke kommet i forbindelse med en fotograf, der hedder Jonas Hess, og dermed i besiddelse af et par billeder, som viser dels, at Merete Lynggaard tog sin mappe med hjem fra Christiansborg den sidste dag, dels en lesbisk sekretær, der udviser stor interesse for sin chef, og endelig en fyr, som Merete Lynggaard havde ordveksling med på trappen til Christiansborg et par dage før sin forsvinden. Et møde, der tilsyneladende opriver hende." Han pegede på fotoet af hendes ansigt og flakkende øjne. "Vi har ganske vist kun fyren bagfra, men sammenligner man hår og holdning og højde, så ligner han faktisk Daniel Hale en hel del, selv om det ikke er ham." Her lagde han et af fotografierne af Hale fra Interlabs brochure ved siden af de andre.

"Nu spørger jeg dig, Børge Bak: Synes du ikke, at det er temmelig underligt, at den attachétaske forsvinder på vejen fra Christiansborg til Stevns, for I fandt den jo aldrig, vel? Og synes du så ikke også, at det er underligt, at Daniel Hale dør dagen efter Lynggaards forsvinden?"

Bak trak på skuldrene. Selvfølgelig syntes han det, idioten ville bare ikke indrømme det.

"Mapper forsvinder," sagde han. "Hun kunne have glemt den på en tankstation på vejen, hvor som helst. Vi ledte i hendes hjem og i bilen, der stod på færgen. Vi gjorde, hvad vi kunne."

"Hej, nu vi er ved det. Glemt på en tankstation, siger du, men kunne den nu også være det? Så vidt jeg kan se af hendes kontoudtog, så gjorde hun ikke svinkeærinder på vej hjem den dag. I har jo ikke gjort jeres arbejde særlig grundigt, har I vel, Bak?"

Han virkede rimelig eksplosionsfarlig lige nu. "Der er ledt meget efter den mappe, siger jeg."

"Jeg tror, at både Bak og jeg er klar over, at der ligger et arbejde foran os," mæglede chefen.

Arbejde foran OS, sagde han. Var det nu lige pludselig alle, der skulle til at bore i den sag?

Carl trak blikket væk fra sin chef. Nej, Marcus Jacobsen mente selvfølgelig ikke noget med den formulering. For der VILLE slet ikke komme nogen hjælp ovenfra. Carl kendte udmærket godt forretningsgangene i den butik.

"Jeg spørger dig nu igen, Bak. Tror du, at vi nu har fået det hele med? Du fik ikke skrevet Hale ind i rapporten, og der stod heller ikke noget om sagsbehandler Karen Mortensens observationer angående Uffe Lynggaard. Mangler der mere, Bak, kan du sige mig det? Jeg har brug for støtte nu, er du med?"

Bak stirrede skråt ned i gulvet, mens han gnubbede sin næse. Om lidt ville den anden hånd komme op og stryge hentehåret fremefter. Han kunne være sprunget op og have skabt sig ad helvede til med alle de antydninger og beskyldninger, det ville man da kunne forstå, men når alt kom til alt, så var han efterforsker med stort E, og lige nu var han langt væk.

Deres chef gav Carl tag-det-roligt-blikket, og Carl holdt sin kæft. Han var enig med drabschefen. Bak skulle lige have lidt tid nu.

De sad sådan et minuts tid, før Bak førte hånden op til hentehåret. "Bremsesporene," sagde han. "Bremsesporene fra Daniel Hales ulykke, mener jeg."

"Ja, hvad med dem?"

Han så op. "Som der står i rapporten, så var der ingen spor på vejbanen hverken fra det ene eller andet køretøj. Jeg mener: ikke skyggen af spor. At Hale havde været uopmærksom og så bare var kørt over i den anden side af vejen. Kapoooowww!" Han klappede hænderne hårdt sammen. "Ingen nåede at reagere, før sammenstødet var en realitet, det var antagelsen."

"Ja, det står der i færdselspolitiets rapport. Hvorfor nævner du det?"

"Og så kørte jeg tilfældigvis forbi ulykkesstedet nogle uger efter og huskede, hvor det var sket, og så stoppede jeg."

"Ja."

"Der var som skrevet ingen bremsespor, men der var overhovedet ingen tvivl om, hvor det var sket. De havde ikke engang fjernet det knækkede og halvbrændte træ eller lappet muren på det tidspunkt, og man kunne stadigvæk se sporene efter den anden bil inde på marken."

"Men? Der kommer vel et men?"

Han nikkede. "Men så opdagede jeg alligevel nogle spor femogtyve meter længere henne ad vejen op mod Tåstrup. De var allerede ret udviskede, de var i det hele taget meget korte, bare en halv meter lange eller så. Og så tænkte jeg: "Hvad nu hvis de spor stammede fra samme ulykke?"

Carl prøvede at følge ham. Irriterende nok kom hans chef ham i forkøbet. "Undvigebremsespor?" spurgte han.

"Det kunne det godt have været, ja." Bak nikkede.

"Du mener, at Hale var ved at kollidere med noget, vi ikke ved, hvad var, men så bremsede han op og svingede udenom," fortsatte Marcus.

"Ja."

"Og så var den anden vognbane ikke fri?" Marcus Jacobsen nikkede. Det lød muligt.

Her stak Carl en finger i vejret. "Rapporten siger, at sammenstødet skete i den modkørendes vejbane. Nu synes jeg, at du antyder, at det ikke behøver at være tilfældet. Du mener, at det kan være sket midt på vejen, og lige netop dér havde den modkørende i hvert fald ikke noget at gøre, er det sådan?"

Bak trak vejret dybt. "Jeg tænkte det et øjeblik, men så kom jeg fra det. Men nu bagefter kan jeg godt se, at det kunne være en mulighed, ja. At der træder noget eller nogen ud på kørebanen, at Hale undviger, og at der er en modkørende, der for fuldt drøn banker ind i ham cirka på midterlinjen. Måske med overlæg endda. Ja, måske ville man have kunnet finde accelerationsspor længere nede i den modkørendes vejbane, hvis man var gået hundrede meter dernedad. Måske speedede den modkørende op for at ramme ham perfekt, idet Hale drejede ud i midterfeltet for at undgå at køre ind i nogen eller noget."

"Og hvis dét noget er et menneske, der træder ud på vejbanen, og hvis så også den person og ham, der kører ind i Hale, er i ledtog, så er det altså ikke længere en ulykke, men et mord. Og hvis det er tilfældet, så kunne der også opstå begrundet mistanke om, at Merete Lynggaards forsvinden dermed er et led i én og samme forbrydelse," konkluderede Marcus Jacobsen og noterede noget på sin blok.

"Ja, måske." Baks mundvige trak nedefter. Han havde det ikke godt nu.

Her rejste Carl sig. "Der var jo ingen vidner, så vi kan ikke få mere at vide. Lige nu leder vi efter chaufføren." Han vendte sig mod Bak, der nærmest var forsvundet ind i sit sorte læderhylster.

"Jeg havde en anelse om det, du lige har fortalt, Bak, så du skal bare vide, at det var en god hjælp trods alt. Du husker at gå til mig, hvis du kommer i tanke om mere, ikke?"

Bak nikkede. Han havde alvorlige øjne. Det her handlede ikke om hans personlige anseelse, det handlede om et professionelt stykke arbejde og at få det løst ordentligt. Så meget respekt skulle han da have.

Man kunne næsten få lyst til at give ham et forsigtigt klap på skulderen.

"JEG HAR DE gode og de dårlige nyheder efter turen til Stevns, Carl," sagde Assad.

Carl sukkede. "Jeg er sgu ligeglad med rækkefølgen, Assad. Bare fyr løs."

Assad satte sig på kanten af hans skrivebord. Så blev det næste vel, at han satte sig på hans skød.

"Okay, de dårlige først." Hvis det var normalt for ham at ledsage sine dårlige nyheder med et smil som det, så ville han da flække fuldstændig, når han kom til de gode.

"Ham, der kørte ind i Daniel Hale, er også død," sagde han så, tydelig spændt på Carls reaktion. "Lis ringede og fortalte det. Jeg har skrevet det lige ned her." Han pegede på en række arabiske tegn, som lige så godt kunne betyde, at det ville sne på Lofoten i overmorgen.

Carl orkede ikke at reagere. Det var så irriterende typisk, det her. Selvfølgelig var manden død, hvad havde han ellers forventet? At han var spillevende og med det samme ville bekende, at han havde udgivet sig for Hale, slået Lynggaard ihjel og så dræbt Hale bagefter? Nonsens!

"Lis sagde, at han var en rod ude på bøhlandet, Carl. Han havde siddet i fængslet for dum kørsel flere gange, sagde hun. Ved du, hvad hun mener med rod og bøhlandet?"

Carl nikkede træt.

"Godt," sagde han og læste op fra sine hieroglyffer. På et tidspunkt måtte man foreslå ham at skrive på dansk.

"Han boede i Skævinge oppe i Nordsjælland," fortsatte han. "De fandt ham død så i sin seng med rimelig meget bræk i luftrøret og med en alkohol på mindst en million promiller. Han havde også spist piller."

"Jaså. Hvornår skete det?"

"Ikke ret lang tid efter ulykken. I rapporten mener man, at det hele skidt med ham kom fra den ulykke."

"At han drak sig ihjel på grund af ulykken, mener du?"

"Ja. På grund af postdramatisk stress."

"Post-TRAU-matisk stress hedder det, Assad." Carl trommede på bordkanten og lukkede øjnene. Måske havde der været tre personer ude på vejen, da sammenstødet skete, og så var det sandsynligvis mord. Og hvis det var mord, så havde roden fra Skævinge i sandhed noget at drikke sig ihjel over. Men hvor var den tredje person så, ham eller hende der vade-

213

de ud foran Daniel Hales bil, hvis der overhovedet var nogen? Havde han eller hun også pimpet livet af sig selv?

"Hvad hed manden?"

"Dennis. Dennis Knudsen. Han var syvogtyve, da han døde."

"Har du adressen, hvor Dennis Knudsen boede? Er der pårørende? Familie?"

"Ja. Han boede hos sin far og sin mor." Assad smilede. "Det er der også mange på syvogtyve år, der gør i Damaskus."

Carl hævede sine øjenbryn. Længere kom Assads mellemøstlige erfaringer ikke i det forum. "Og du havde også en god nyhed, sagde du."

Her var hans ansigt som forudset ved at revne. Stolthed, kunne man tro.

"Her," sagde han og langede en sort plastiksæk, han havde sat ved siden af sig på gulvet, frem mod Carl.

"Javel. Og hvad har du så i den, Assad? Tyve kilo sesamfrø?"

Carl rejste sig og stak hånden i den og mærkede omgående håndtaget. Præcise anelser sendte kuldegysninger gennem ham, og så trak han til.

Ja, det var, som han troede, en slidt attachétaske. Som på Jonas Hess' foto med en stor ridse, og ikke bare på taskens låg, men også på bagsiden.

"Hvad fanden, Assad!" sagde han og satte sig langsomt ned. "Ligger kalenderen i den?" Det begyndte at summe i hans ene arm, da Assad nikkede. Det føltes, som om han sad med Den Hellige Gral.

Han stirrede på tasken. 'Tag det roligt, Carl,' sagde han til selv og slog låsene fra og vippede låget op. Dér lå det alt sammen. Hendes TimeSystem-kalender i brunt læderbind. Hendes skriveredskaber, hendes Siemens-mobiltelefon og en flad oplader til samme, håndskrevne notater på linjeret papir, et par kuglepenne og en pakke Kleenex. Det *var* Den Hellige Gral.

"Hvordan ...?" sagde han bare. Og overvejede, om politiets teknikere først burde have den ind til nærmere undersøgelse.

Assads stemme var langt borte. "Først var jeg hos Helle Andersen, og hun var godt nok ikke hjemme, men så ringede hendes mand til hende.

214

Han lå i sengen med ondt i ryggen og sagde lyde. Og da hun kom, viste jeg hende billedet af Daniel Hale, men ham kunne hun så ikke huske at have set før."

Carl stirrede på tasken og dens indhold. 'Tålmodighed,' tænkte han. Han kom vel frem til mappen på et tidspunkt.

"Var Uffe der, da manden med brevet kom? Huskede du at spørge om det?" hjalp han Assad på vej.

Assad nikkede. "Ja, hun siger, at han stod lige ved siden af hende hele tiden. Han var meget interesseret. Det var han så altid, når det ringede på døren."

"Syntes hun, at manden med brevet lignede Hale?"

Han vrængede lidt på næsen. Udmærket gengivelse. "Ikke så meget, men lidt. Fyren med brevet var måske ikke så gammel som ham, lidt mørkere hår og så lidt mere maskulin. Noget med en hage og øjnene og sådan, og andet havde hun ikke til at sige om det."

"Og så spurgte du til tasken, ikke?"

Her kom Assads smil fra før tilbage. "Ja. Hun vidste ikke, hvor den var. Hun kunne godt huske den, men hun vidste ikke, om Merete Lynggaard havde den med hjem den sidste aften så. Hun var der jo heller ikke, vel?"

"Assad, kom nu til sagen. Hvor fandt du den?"

"Ved oliefyret lige i deres bryggersrummet."

"Du var i huset i Magleby nede hos antikvitetshandleren?"

Han nikkede. "Helle Andersen sagde, at Merete Lynggaard gjorde alting hver dag på samme måde. Det havde hun selv lagt mærke til gennem årene. Altid på samme måde. Skoene smed hun i bryggerset, men først så hun altid ind ad vinduet. Til Uffe altså. Hun tog hver dag med det samme sit tøj af og lagde det ved vaskemaskinen. Ikke fordi det var beskidt, men fordi det var dér, det bare lå. Hun tog også altid sin slåbrok på. Og hende og hendes bror så altid på de samme videofilm så."

"Og tasken, hvad med den?"

"Ja, det vidste hjemmehjælperen faktisk ikke, Carl. Hun så aldrig, hvor Merete satte den, men hun mente så, at det var enten ude i entre-en eller bryggerset."

"Hvordan helvede kunne du finde den ved fyret i bryggerset, når hele banden fra Rejseholdet ikke kunne? Kunne man ikke se den? Hvorfor lå den der endnu? Jeg har da en rimelig god fornemmelse af, at antikvitetshandlerne er temmelig ivrige med rengøringen. Hvad gik du efter?"

"Jeg fik helt lov til at gå rundt for mig selv nede hos antikvitetshandleren, og så spillede jeg bare det hele igennem inde i hovedet." Han pokkede på det med knoerne. "Jeg sparkede skoene af og lagde frakken på knagen i bryggerset. Jeg lod bare som om, for knagen var der ikke mere. Men så forestillede jeg mig i hovedet, at hun måske havde noget i begge hænder. Papirer i den ene og mappen i den anden. Og så tænkte jeg, at hun ikke kunne tage frakken af uden først at lægge det fra sig, som hun havde i hænderne."

"Og fyret stod nærmest?"

"Ja, Carl, lige netop ved siden af."

"Hvorfor tog hun så ikke bagefter mappen med ind i stuen eller på sit kontor?"

"Det kommer jeg til, Carl, lige en minut. Jeg så op på fyret, men tasken var der jo så ikke. Det havde jeg altså heller ikke regnet med. Men ved du så, hvad jeg så, Carl?"

Carl stirrede bare på ham. Svaret kom han vel selv med.

"Jeg så, at der lige mellem fyret og loftet var i hvert fald en hel meter luft."

"Enestående," kvitterede han mat.

"Og så tænkte jeg, at hun ikke lægger den på det beskidte fyr, for det havde jo været hendes fars, så hun passede på den."

"Jeg er ikke helt med."

"Hun *lagde* den ikke, Carl, hun *satte* den oppe på fyret så. Som man stiller den på gulvet. Plads var der jo nok af."

"Så det havde hun altså gjort, og så var den væltet om bag fyret."

Assads smil var svar nok. "Ridsen på den anden side er helt ny, se selv."

Carl lukkede mappen og vendte den. Den så nu ikke så ny ud efter hans mening.

"Ja, jeg tørrede mappen af, for den var helt støvet, så måske er ridsen

216

lidt mørk nu så. Men den så helt frisk ud, da jeg fandt den. Det er rigtigt, Carl."

"For katten, Assad, du tørrede vel ikke mappen af? Så har du måske også rørt ved det, der lå indeni?"

Han nikkede stadig, men mindre ivrigt.

"Assad." Carl trak vejret dybt for ikke at komme til at sige det for hårdt. "Næste gang, du finder noget vigtigt i en sag, så holder du nallerne for dig selv, okay?"

"Nallerne?"

"Hænderne, for fanden, Assad. Du kan ødelægge vigtige spor, når du gør sådan noget, er du med?"

Han nikkede. Ikke ivrigt længere. "Jeg hev hånden ind i skjorteærmet, Carl."

"Okay. Godt tænkt, Assad. Så du mener, at den anden ridse er kommet på samme måde?" Han vendte mappen en gang til. De to ridser mindede unægtelig om hinanden. Så var den gamle ridse altså ikke kommet under bilulykken dengang i 1986.

"Ja. Det var ikke første gang, at den var væltet sig ned bag fyret, tror jeg. Jeg fandt den helt klemt tæt mellem rørene bag oliefyret. Jeg måtte flå og rive i den så, for at få den ud. Det har Merete også prøvet, er jeg bare sikker på."

"Og hvorfor væltede den så ikke mange flere gange end de to gange?"

"Det har den nok også, for der var rimelig træk af vind i bryggerset, når man åbnede døren, men så er den bare ikke faldet helt ned."

"Jeg vender lige tilbage til mit spørgsmål. Hvorfor tog hun den ikke med ind i huset?"

"Hun ville have sin fred, når hun var hjemme. Hun gad så ikke at høre på mobiltelefonen, Carl." Han løftede sine øjenbryn, så øjnene blev kuglerunde. "Tror du ikke?"

Carl så ned i tasken. Merete Lynggaard tog tasken med hjem, det var logisk nok. Her lå hendes kalender og måske også notater, der i visse situationer kunne gøre en vis nytte. Men som regel havde hun mange papirer med hjem til gennemlæsning, så der var altid rigeligt af arbejde.

Hun havde en fastnettelefon, og det nummer kunne få udvalgte bruge. Mobilen var for en bredere kreds, det var det nummer, der stod på hendes visitkort.

"Og du tror ikke, at man kunne høre mobilen inde i stuerne, hvis den lå i tasken i bryggerset?"

"No way."

Carl anede ikke, at han kunne engelsk.

"Nå, og her sidder I to mandfolk og hygger jer?" lød en lys stemme bag dem.

Ingen af dem havde hørt Lis oppe fra drabsafdelingen komme.

"Jeg har et par sager mere til jer. De er kommet fra kreds Syd-Østjylland." Hun sendte en duft ind i lokalet, der kunne matche Assads røgelsespinde, men med en helt anderledes virkning. "De beklager forsinkelsen meget, men der har været sygdom."

Hun rakte en overdådigt modtagelig Assad mapperne og sendte så Carl et blik, der kunne ramme enhver mand dybt i underlivet.

Han stirrede på Lis' fugtige læber og prøvede at huske, hvornår han sidst havde haft nærkontakt med det modsatte køn, og så tydeligt en fraskilt kvindes lyserøde toværelses for sig. Hun havde haft lavendler i en skål med vand og fyrfadslys og et blodrødt klæde hen over sengelampen, men kvindens ansigt huskede han ikke.

"Hvad har du sagt til Bak, Carl?" spurgte Lis.

Han dukkede ud af sit erotiske bagtæppe og så ind i de lyseblå øjne, der var blevet lidt mørkere nu.

"Bak? Går han rundt og klynker deroppe?"

"Næh, han er gået hjem. Men hans kolleger sagde, at han var helt hvid i hovedet, efter at I havde været inde hos chefen."

HAN SATTE MERETE Lynggaards mobil til opladeren og håbede, at batteriet ikke var helt dødt. Assads beredvillige fingre havde – skjorteærme eller ej – været overalt i tasken, så teknikergennemgangen blev opgivet. Skaden var givetvis sket.

Det var kun tre af kladdesiderne, der var skrevet på, resten var blanke.

Notaterne handlede fortrinsvis om den kommunale hjemmehjælpsordning og timeoplysninger. Meget skuffende og sikkert ret betegnende for den virkelighed, Merete Lynggaard forlod.

Så stak han hånden ned i bunden af en sidelomme med slatten elastik og trak tre-fire stykker krøllet papir op. Den første lap var en kvittering for en Jack & Jones-jakke den 3. april 2001, mens resten var sådan nogle harmonikafoldede, hvide A4-ark som dem, der lå på bunden af enhver frisk drengs skoletaske. Håndskrevne med blyant, temmelig ulæselige og naturligvis udaterede.

Han rettede arkitektlampen ind på det øverste og glattede det lidt. Bare otte ord. 'Kan vi tale efter mit udspil til skattereformen?' stod der underskrevet med initialerne TB. Mange muligheder, men mon ikke Tage Baggesen var et af de bedre bud? Det valgte han i hvert fald at tro.

Han smilede. Ha, den var god. Tage Baggesen ville gerne tale med Merete Lynggaard, ville han. Og det fik han så ikke så meget ud af.

Carl glattede det næste og læste det hurtigt igennem og fik en helt anden følelse i kroppen. Tonen var ganske anderledes personlig, Baggesen var trængt her. Der stod:

'Jeg ved ikke, hvad der sker, hvis du offentliggør det, Merete. Jeg beder dig, gør det ikke. TB.'

Så tog Carl det sidste stykke papir. Det var næsten helt udvisket, som om det var taget op af tasken igen og igen. Han vendte og drejede det og tog sætningerne et ord ad gangen.

'Jeg troede, at vi forstod hinanden, Merete. Hele sagen sårer mig dybt. Jeg bønfalder dig endnu engang: Lad det ikke komme videre. Jeg er ved at skille mig af med det hele.'

Denne gang var der ingen initialer som underskrift, men der var slet ingen tvivl, skriften var den samme.

Han greb telefonen og tastede nummeret til Kurt Hansen.

Det var en sekretær i Højres sekretariat, der svarede. Hun var imødekommende, men beklagede, at Kurt Hansen var optaget lige nu. Om han ville vente så længe? Så vidt hun kunne se, sluttede mødet om et par minutter.

Carl betragtede papirarkene, der lå foran ham, mens han holdt telefonrøret til øret. Her havde de ligget i tasken siden marts 2002 og sandsynligvis et helt år før det. Måske var det en bagatel, måske ikke. Måske havde Merete Lynggaard netop gemt dem, fordi de kunne få betydning på et eller andet tidspunkt, måske ikke.

Efter et par minutters småsnakken i baggrunden hørte han et klik og så Kurt Hansens karakteristiske stemme.

"Hvad kan jeg gøre for dig, Carl?" spurgte folketingsmanden uden yderligere præsentation.

"Hvordan finder jeg ud af, hvornår Tage Baggesen har fremsat lovforslag til en skattereform?"

"Hvad fanden vil du med den oplysning, Carl?" Han lo. "Intet kan være mere uinteressant, end hvad Radikalt Centrum mener om skat.

"Jeg har brug for en nærmere præcis tidsbestemmelse."

"Så bliver det svært. Tage Baggesen fremsætter lovforslag hvert andet sekund." Han lo. "Nej, spøg til side. Tage Baggesen har været trafikordfører i mindst fem år. Jeg ved ikke, hvorfor han trak sig fra skatteordførerposten, men lige et øjeblik." Han holdt for røret, mens der blev mumlet ud i lokalet.

"Vi tror, at det var i begyndelsen af 2001 under den gamle regering. Der havde han ligesom lidt bedre plads til den slags narrestreger. Vores bud er marts-april 2001."

Carl nikkede tilfreds. "Okay, Kurt. Det passer udmærket med, hvad jeg selv tror. Tak, gamle dreng. Du kan vel ikke stille mig om til Tage Baggesen, kan du?"

Det duttede et par gange i røret, før han fik fat i en sekretær, der kunne fortælle ham, at Tage Baggesen var i udlandet på studietur i Ungarn, Schweiz og Tyskland for at se på sporvejsnet. Han ville være hjemme om mandagen.

Studietur? Sporvejsnet? Den skulle de længere ud på landet med. Ferietur kaldte Carl det. Slet og ret.

"Jeg har brug for hans mobilnummer. Vil De være venlig at oplyse mig om det?"

220

"Det tror jeg ikke, jeg må."

"Hør nu her, De taler ikke med en bondemand fra Fyn. Jeg kan få det nummer oplyst i løbet af fire minutter, hvis det skal være. Men mon ikke Tage Baggesen bliver ked af at høre, at jeres sekretariat satte mig på den opgave?"

DET KNASEDE GODT på linjen, men man kunne da høre, at Tage Baggesens stemme lyste af alt andet end begejstring.

"Jeg har nogle gamle sedler, som jeg lige skal have en forklaring på," sagde Carl katteblidt. Han havde jo set, hvordan fyren kunne reagere.

"Ikke noget særligt, bare for en god ordens skyld."

"Og det er?" Den spidse stemme lagde god afstand til deres samtale for tre dage siden.

Carl læste sedlerne op en efter en. Da han kom til den sidste, var det som om, at Baggesen var holdt op med at trække vejret i den anden ende.

"Tage Baggesen?" spurgte han. "Er du der?"

Og så kom duttetonen.

'Bare han ikke styrter sig i floden nu,' tænkte Carl og prøvede at huske, hvilken flod der løb igennem Budapest, mens han hægtede sedlen med mistænkte ned fra whiteboardet og tilføjede Tage Baggesens initialer til punkt tre: 'Kolleger på Christiansborg'.

Han havde lige afbrudt forbindelsen, da telefonen på bordet ringede.

"Beate Lunderskov," præsenterede hun sig. Carl anede ikke, hvem hun var.

"Vi har nu undersøgt Merete Lynggaards gamle harddisk, og jeg må beklage at sige, at den er ganske effektivt slettet."

Nu dæmrede det. Det var en af pigerne fra Demokraternes sekretariat.

"Jeg troede, at I beholdt harddiskene, fordi I netop ønskede at gemme informationerne," sagde han.

"Sådan er det også, men det er der åbenbart ingen, der har informeret Meretes sekretær Søs Norup om."

"Hvad skal det sige?"

221

"Ja, det er hende, der fik slettet den. Det har hun nok så nydeligt skrevet på bagsiden af den. 'Formatteret den 20/3 2002, Søs Norup', står der her. Jeg står med den i hånden."

"Det er jo næsten tre uger efter, at hun forsvandt."

"Ja, det er det vel."

Satans Børge Bak og alle hans kumpaner. Var der da overhovedet noget i den efterforskning, der var gået lige efter bogen?

"Man kan vel sende den ind til nærmere analyse. Der er folk, der kan finde slettede data dybt nede."

"Nå ja, det er vist allerede gjort. Lige et øjeblik." Hun rodede lidt i baggrunden og vendte tilbage med tilfredshed i stemmen. "Jo, her er sedlen. De prøvede at gendanne data hos Down Under i Store Kongensgade i begyndelsen af april 2002. Der er en nærmere redegørelse for, hvorfor det ikke kunne lade sig gøre. Skal jeg læse den op?"

"Det behøver du ikke," svarede han. "Søs Norup har åbenbart vidst, hvordan man gjorde det ordentligt."

"Åbenbart," svarede hun. "Hun var en meget tilbundsgående type."

Han sagde tak og lagde på.

Han sad et øjeblik og stirrede på telefonen, før han tændte en smøg, tog Merete Lynggaards slidte kalender op fra bordet og åbnede den med en følelse, der mindede om andagt. Sådan havde han det, hver gang han fik mulighed for at stå med en navlestreng til en afdøds sidste tid.

Ligesom notaterne var hendes håndskrift i kalenderen ret ulæselig og bar præg af travlhed. Blokbogstaver med let hånd. N'er og G'er, der ikke blev afsluttet, ord, der kørte ind i hinanden. Han startede ved mødet med moderkagegruppen onsdag den 20. februar 2002. Bankeråt klokken 18.30, stod der lidt længere nede på siden. Ikke mere.

Dagene efter var der dårligt en linje, der ikke var udfyldt, en ret så hæsblæsende agenda, skulle han hilse og sige, men ingen bemærkninger, der kunne lede frem til noget af privat karakter.

Da han nærmede sig hendes sidste dag på arbejde, begyndte følelsen af desperation at nærme sig. Der var absolut intet, der kunne hjælpe ham videre. Så vendte han det sidste blad. Fredag den 1.3.2002, stod der.

To udvalgsmøder og et gruppemøde, det var det. Alt andet gemte fortiden på.

Han skubbede den fra sig på bordet og så ned i den tomme attachétaske. Havde den virkelig ligget i fem år bag fyret til ingen verdens nytte? Så tog han kalenderen op igen og kørte videre igennem hele systemet. Heller ikke Merete Lynggaard brugte andet end kalendersiderne og telefontavlen bagi.

Han tog telefonlisten fra en ende af. Han kunne være sprunget direkte til D eller H, men ville holde skuffelsen fra livet. Blandt bogstaverne A, B og C genkendte han halvfems procent af navnene. Der var ikke megen sammenligning med hans egen telefonbog, hvor navne som Jespers og Viggas og et hav af folk ude i Rønneholtparken dominerede. Det var let at udlede, at hun ikke havde ret mange private venner. Ja, sikkert ikke nogen overhovedet. En smuk kvinde med en hjerneskadet bror og så en helvedes masse arbejde, sådan var det. Han kom frem til D og vidste, at Daniel Hales telefonnummer ikke ville være der. Merete Lynggaard skrev ikke sine kontakter op efter fornavn, som Vigga gjorde, der var forskel på folk. Hvem fanden ville også lede efter Sveriges statsminister under G for Göran? Bortset fra Vigga, altså.

Og så kom det. I det øjeblik han bladrede om på H, vidste han, at hele sagen havde vendt. Man havde talt om et ulykkestilfælde, man havde talt om selvmord, og til sidst var man endt på bar bund. Undervejs havde der været indicier, der antydede, at Lynggaard-sagen ikke var helt ligetil, men denne side nærmest skreg på det. Hele vejen kalenderen igennem havde der været hurtigt nedkradsede notater. Bogstaver og tal, som hans papsøn kunne skrive pænere, og det sagde ikke noget som helst. Hendes skrift var ikke noget kønt syn, slet ikke hvad man ellers ville tro om denne politiske komets ordenssans. Men intet sted havde Merete Lynggaard fortrudt, hvad hun havde skrevet. Intet sted var der korrektioner eller rettelser. Hun vidste, hvad hun skrev, hver gang hun gjorde det. Velovervejet, ufejlbarligt. Undtagen her i hendes telefontavle under H. Her var der noget, der var anderledes. Han kunne ikke med sikkerhed vide, at det havde noget med Daniel Hales navn at gøre, men dybt nede i ham, dér hvor politimanden henter sine sidste ressourcer, vidste han, at det var et pletskud. Hun havde streget et navn over med tykke kuglepennestrøg. Man kunne ikke se det, men derunder havde der engang stået Daniel Hale og så et telefonnummer. Det vidste han bare.

Han smilede. Så fik han alligevel brug for teknikerne. Og de havde bare at gøre deres arbejde ordentligt og i en vis fart.

"Assad," råbte han. "Kom lige herind."

Han hørte et øjebliks skramlen på gangen, før Assad stod i døråbningen med gulvspand og grønne gummihandsker.

"Jeg har en opgave til dig. Teknikerne skal prøve at få nummeret her frem." Han pegede på overstregningen. "Lis kan fortælle dig, hvordan proceduren er. Sig til dem, at de godt må skynde sig."

HAN BANKEDE FORSIGTIGT på Jespers værelse og fik naturligvis ikke respons. 'Som sædvanlig ikke hjemme,' tænkte han med tanke på de hundrede og tolv decibel, der ellers plejede at bombardere døren inde-fra. Men dér tog Carl fejl, hvilket viste sig, da han slog døren op.

Pigen, hvis bryster Jesper befamlede inde under blusen, udstødte et hyl, der gik gennem marv og ben, og Jespers lynende blik understregede situationens alvor.

"Undskyld," sagde Carl modvilligt, mens Jespers hænder fandt vej ud af problemstillingen, og pigens kinder blev røde som bundfarven på Che Guevara-plakaten, der sad på væggen bag dem. Carl kendte hende. Hun var højst fjorten, men lignede en på tyve og boede på Cedervangen. Hendes mor havde sikkert engang set ligesådan ud, men måtte nu med årene bitterligt erfare, at det ikke altid var en fordel at se ældre ud end sin alder.

"Hvad helvede laver du, Carl?" råbte Jesper, mens han sprang op fra sovesofaen.

Carl undskyldte endnu engang og henviste til sine obligatoriske bank på døren, mens generationskløften knagede gennem huset.

"Fortsæt bare, hvor I .... slap. Jeg har lige et kort spørgsmål til dig, Jesper. Ved du, hvor du har lagt dit gamle Playmobil-legetøj?"

Hans papsøn så ud, som om han var parat til at kaste med håndgranater. Det var også et elendig timet spørgsmål, Carl kunne godt se det.

Carl nikkede undskyldende til pigen. "Ja, jeg skal bare bruge det til min efterforskning, jeg ved godt, det lyder lidt underligt." Han vendte blikket mod Jesper og mærkede dolkene bore sig ind alle vegne. "Har du stadig plastikfigurerne, Jesper? Jeg vil godt købe dem af dig."

"Kom så ud for helvede, Carl. Gå ned til Morten. Måske kan du købe nogen af ham, men så skal du have den store pengepung frem."

Carl rynkede brynene. Hvad havde den store pengepung med det at gøre?

MÅSKE VAR DET halvandet år siden, Carl sidst havde banket på nede hos Morten Holland. Selv om hans logerende færdedes helt hjemmevant som en del af familien oppe i stueetagen, så havde hans liv i kælderen altid været ukrænkeligt. Han lagde trods alt en del af huslejen, der battede, og Carl havde ikke lyst til at vide noget om Morten og hans vaner, som kunne rokke ved fyrens status. Derfor holdt han sig væk.

Det var imidlertid overflødige bekymringer, for alt nede hos Morten var usædvanlig sobert, og så man bort fra et par meget bredskuldrede fyre og lige så storbarmede tøser på meterhøje plakater, så kunne det såmænd have været en hvilken som helst ældrebolig nede på Prins Valdemars Allé.

Adspurgt om Jespers Playmobil-legetøjs skæbne trak Morten ham hen til saunaen, som samtlige huse i Rønneholtparken var født med, og som nu for nioghalvfems procents vedkommende enten var revet ned eller fungerede som opmagasineringsrum for alskens skidt og bras.

"Vær så god at kigge," sagde han og smækkede stolt saunadøren op til et rum fyldt fra gulv til loft med hylder bugnende af den form for legetøj, som loppemarkederne ikke kunne komme af med for bare få år siden. Kinderæg-figurer, Star Wars-figurer, Ninja Turtles-figurer og Playmobil-figurer. Halvdelen af husets plastikindhold stod på de hylder.

"Se, her er to af de originale figurer fra serien på legetøjsmessen i Nürnberg 1974," sagde Morten og løftede stolt to små figurer med hjelm ned fra hylden.

"Nummer 3219 med hakke og 3220 med færdselsbetjentens slikkepind intakt," fortsatte han. "Er det ikke sindssygt?"

Carl nikkede. Han kunne ikke have fundet et bedre ord.

"Jeg mangler bare 3218, så har jeg håndværkersættene komplet. Jesper supplerede mig med kasse 3201 og 3203. Se her, er de ikke fantastiske? Skulle man tro, at Jesper nogensinde havde brugt dem?"

Carl rystede på hovedet. Det havde godt nok været spildte penge på Ballelars, eller hvad pokker det hed, det var ret åbenlyst.

"Og han solgte dem for bare et par tusser. Det var simpelthen så pænt af ham."

Carl stirrede på hylderne. Stod det til ham, så skulle både Morten og Jesper have et par velvalgte ord om dengang, han fik to kroner i timen for at sprede møg, og en ristet med to brød steg til en krone og firs.

"Har du et par, som jeg kan låne til i morgen? Gerne dem der," sagde han og pegede på en lille familie med hund og det hele.

Morten Holland så på ham, som om han havde spist søm. "Er du vanvittig, Carl? Det er boks 3965 fra år 2000. Jeg har hele kassen med hus og balkon og det hele." Han pegede på den øverste hylde.

Det var rigtigt nok. Der stod huset i al sin plastikglans.

"Har du så nogle andre, jeg kan låne? Bare til i morgen aften?"

Her blev Mortens ansigt så underligt fortabt.

Det havde sikkert ikke gjort megen forskel, hvis Carl havde spurgt ham, om han måtte sparke ham hårdt i skridtet.

29

2007

DET VILLE BLIVE en travl fredag. Assad havde en formiddagssamtale i Udlændingeservice, som regeringen havde omdøbt sin gamle udsorteringsmekanisme Udlændingestyrelsen til for at udglatte realiteterne, og imens havde Carl ærinder i alle mulige retninger.

Aftenen før havde han lusket den lille Playmobil-familie ud af Morten Hollands skatkammer, mens Morten var på vagt i video-centret, og lige nu, hvor han drejede ind i den nordsjællandske udørk, lå de på sædet ved siden af ham og stirrede koldt og bebrejdende.

Huset i Skævinge, hvor ulykkesbilisten Dennis Knudsen blev fundet kvalt i sit eget bræk, var ligesom de øvrige huse på vejen ingen skønhedsåbenbaring, men fremtrådte dog på sin egen håndværkersjuskede måde harmonisk med sine nedslidte terrasser, gasbetonsten og tageternitplader, der, hvad materialevalg og holdbarhed angik, udmærket matchede de kassable, matte vinduer.

Carl havde ventet, at døren blev åbnet af en solid jord- og betonarbejder eller et kvindeligt modstykke til samme, men i stedet stod der en kvinde i slutningen af trediverne med et så ubestemmeligt og delikat udseende, at det ikke uden videre var muligt at afgøre, om hun færdedes på direktionsgange eller som escort-service i dyre hotelbarer.

Jo, han måtte gerne komme ind, og nej, desværre var begge hendes forældre døde.

Hun præsenterede sig som Camilla og viste ham ind i en stue, hvor juleplatter, amagerhylder og ryatæpper udgjorde en væsentlig del af sceneriet.

227

"Hvor gamle var dine forældre, da de døde?" spurgte han og prøvede at ignorere resten af husets hæslighed.

Hun forstod, hvad han tænkte på. Alt inde i huset var fra en anden tid.

"Min mor arvede huset efter mormor, så det var mest hendes ting," sagde hun. Sådan så der med garanti ikke ud hjemme hos hende selv. "Jeg arvede det hele og er lige blevet skilt, så jeg skal til at gøre i stand, hvis jeg ellers kan finde nogle håndværkere. Så du var heldig, at du traf mig her."

Han tog en fotoramme ned fra stuens fineste møbel, et chatol i nøddefinér, og dér stod hele familien: Camilla, Dennis og forældrene. Mindst ti år gammelt måtte det være, og forældrene strålede som sole foran sølvbryllups-espalieret. 'Til lykke med de 25 år, Grete og Henning,' stod der. Camilla var i stramme jeans, der ikke overlod noget væsentligt til fantasien, og Dennis bar en sort lædervest og en baseball-cap, hvorpå der stod Castrol Oil. Så alt i alt var det flag og smil og glade dage i Skævinge.

Over kaminhylden ved pejseindsatsen stod der et par billeder mere. Han spurgte til personerne og anede ud fra hendes svar, at familien ikke havde haft den store omgangskreds.

"Dennis var vild med alt, der kunne køre stærkt," sagde Camilla og trak ham med ind på det, der engang havde været Dennis Knudsens værelse.

Et par lavalamper og et sæt massive højttalere var forventelige, men ud over det var rummet en kontrast til resten af huset. Her var møblerne lyse og matchede hinanden. Klædeskabet var nyt og fyldt med nydeligt tøj på bøjler. På væggene hang et hav af diplomer pænt indrammet, og over dem, på birketræshylder oppe under loftet, stod alle pokalerne, som Dennis havde vundet gennem årene. Carl talte dem løseligt. Hundrede eller flere måske, det var ret overvældende.

"Ja," sagde hun. "Dennis vandt alt, hvad han kom i nærheden af. Speedway på motorcykel, stockcar-race, traktor-træk, rally og alle klasser i motorvæddeløb. Han var et naturtalent. Dygtig til næsten alt, hvad der interesserede ham, også til at skrive og regne og alt muligt andet. Det var meget trist, at han døde." Hun nikkede med øjnene ude af fokus. "Hans

228

død tog livet af far og mor. Han var en rigtig god søn og lillebror, var han."

Carl gav hende et forstående blik, men han forstod ikke ret meget. Var det virkelig den samme Dennis Knudsen, som Lis havde fortalt Assad om?

"Jeg er glad for, at I har taget jer af sagen," sagde hun, "men jeg ville bare ønske, at I havde gjort det, mens far og mor levede."

Han så på hende og prøvede på at trænge ned i, hvad der lå bag. "Hvad mener du med sagen? Tænker du på bilulykken?"

Hun nikkede. "Ja, den og så Dennis' død kort efter. Dennis kunne godt drikke sig en ordentlig kæp i øret, men han havde aldrig taget stoffer før, det sagde vi også til politiet dengang. Det var helt utænkeligt faktisk. Han havde jo arbejdet med unge og netop advaret dem imod at tage stoffer, men det tog politiet sig ikke af. De så bare på hans straffeattest og på, hvor mange fartbøder han havde fået. Derfor havde de allerede dømt ham på forhånd, da de fandt de modbydelige ecstasy-piller i hans sportstaske." Her blev hendes øjne smalle. "Men det ku' jo ikke passe, for Dennis rørte ikke sådan noget. Så kunne han ikke reagere hurtigt nok, når han kørte. Han hadede det lort."

"Måske blev han lokket af hurtige penge og ville sælge det videre. Måske ville han lige prøve det selv. Hvis du vidste, hvad vi på Politigården må lægge øjne til!"

Her blev hendes linjer ved munden pludselig dybe. "Nogen lokkede det i ham, og jeg ved godt hvem. Det sagde jeg allerede dengang."

Han trak sin blok frem. "Jaså?" Carls indre sporhund rejste hovedet og snusede op mod vinden. Her sansedes der uventet fært. Han var fuldkommen til stede nu. "Og hvem var det så?"

Hun gik hen til en væg, hvor tapetet med garanti var det originale fra husets opførelse i begyndelsen af tresserne, og hægtede et fotografi ned af et søm. Et lignende foto havde Carls far taget, da Carl vandt en svømmepokal oppe i Brønderslev. En fars stolte dokumentation for, hvor stor og dygtig hans søn var blevet. Carl vurderede, at Dennis højst var ti-tolv år på billedet, flot i sit go-cart-tøj og stolt som bare fanden over det lille sølvskjold, han stod med i hånden.

"Ham dér," sagde Camilla og pegede på en lyshåret fyr, der stod bagved med armen på Dennis' skulder. "De kaldte ham Atomos, jeg ved ikke hvorfor. De mødte hinanden på en crossbane. Dennis var vild med Atomos, og Atomos var en lort."

"De to bevarede altså kontakten med hinanden siden barndommen?"

"Jeg ved det ikke helt. Jeg tror, at de kom fra hinanden, da Dennis var seksten-sytten år, men de sidste år ved jeg, at de så hinanden igen, for mor klagede altid over det."

"Og hvorfor tror du, at denne Atomos kunne have noget med din brors død at gøre?"

Hun så på billedet med sørgmodige øjne. "Han var bare en skidt fyr og grim langt ind i sjælen."

"Det var et mærkeligt udtryk, hvad mener du med det?"

"At han var ødelagt inde i hovedet. Dennis sagde, at det var noget pjat at sige, men det var han."

"Og hvorfor var din bror så ven med ham?"

"Fordi Atomos altid var ham, der opmuntrede Dennis til at køre. Og så var han et par år ældre. Dennis så op til ham."

"Din bror blev kvalt i sit eget opkast. Han havde ædt fem piller og havde en alkoholpromille på fire komma en. Jeg ved ikke, hvor meget han vejede, men han er gået virkelig heftigt til den under alle omstændigheder. Ved du, om han havde grund til at drikke? Var det noget, han lige var begyndt på? Var han særlig deprimeret efter ulykken?"

Hun sendte ham et par triste øjne. "Ja, mine forældre sagde, at ulykken påvirkede ham meget. Dennis var fantastisk bag et rat. Det var det første uheld, han nogensinde havde været involveret i, og så døde der en mand."

"Efter mine oplysninger havde Dennis siddet i fængsel to gange for uansvarlig kørsel, så helt fantastisk kan han ikke have været."

"Ha!" Hun kiggede hånligt på ham. "Han kørte aldrig uansvarligt. Når han kørte ræs på motorvejen, så vidste han, hvor langt foran ham banen var fri. Det sidste, han ville, var at sætte andres sikkerhed og liv på spil."

Hvor mange samfundsnedbrydere ville aldrig være udklækket, hvis familierne havde haft antennerne ude i tide? Hvor mange idioter fik ikke lov til at klamre sig til blodets bånd? Carl havde hørt det tusinde gange før? Min bror, min søn, min mand er uskyldig.

"Du har høje tanker om din bror, er det ikke lidt naivt?"

Hun tog fat om hans håndled og lagde sit ansigt så tæt til hans, at han kunne mærke hendes pandehår på næseroden.

"Er du lige så slap i din efterforskning, som du er i underlivet, så kan du godt gå nu," hvæsede hun.

Hendes protest var overraskende heftig og provokerende. Så var det nok alligevel ikke direktionsgangene, hun opholdt sig mest på, tænkte han og trak ansigtet væk.

"Min bror var okay, forstår du?" fortsatte hun. "Og hvis du vil videre i det, du går og pusler med, så råder jeg dig til at passe godt på den oplysning." Så tjattede hun ham i skridtet og trak sig tilbage. Det var en chokerende metamorfose. Igen var hun katteblid og tillidvækkende og åben. Satans til profession han var sunket ned i.

Han rynkede brynene og gik et skridt frem mod hende. "Næste gang du rører mit klokkeværk, så punkterer jeg dine silikonebomber og påstår, at det skete, fordi du modsatte dig anholdelse efter at have truet med at slå mig med en af din brors grimme pokaler. Når håndjernene klapper om dine håndled, og du sidder og venter på lægen, mens du stirrer ind i en temmelig hvid væg i arresten i Hillerød, så vil du drømme om at tage det dask tilbage. Skal vi gå videre, eller har du noget at tilføje om mine ædlere dele?"

Hun var cool. Smilede ikke engang. "Jeg siger bare, at min bror var okay, og det har du bare at tro på."

Carl resignerede. Hun var ikke sådan lige at ryste.

"Javel," sagde han. "Men hvordan finder jeg så denne Atomos?" spurgte han og trak sig et skridt tilbage fra kamæleonen. "Kan du virkelig ikke huske mere om ham?"

"Ved du hvad, han var fem år yngre end mig. Intet ku' interessere mig mindre dengang."

Han smilede skævt. Sådan kan interesser veksle med årene.

"Nogle særlige kendetegn? Ar, hår, tænder? Var der ikke andre her i byen, der kendte ham?"

"Det tror jeg ikke. Han kom fra et børnehjem oppe i Tisvildeleje."

Hun stod et øjeblik og tænkte med bortvendt blik. "Ved du hvad? Jeg tror, at stedet hed Godhavn." Hun tog fotorammen og rakte den frem mod ham. "Hvis du lover at komme tilbage med det her, så kan du jo prøve at vise det til dem oppe på børnehjemmet. Måske kan de svare på dine spørgsmål."

BILEN HOLDT VED en solknitrende korsvej, og Carl tænkte. Han kunne køre mod nord til Tisvildeleje og snakke med folk på et børnehjem, om der mon skulle være en eller anden, der kunne huske en dreng, som man kaldte Atomos, for tyve år siden. Eller han kunne køre mod syd ned til Egely og lege fortid med Uffe. Og endelig kunne han parkere kareten i vejkanten og sætte tankevirksomheden på cruise control og tage et par timer på øjet. Specielt det sidste var yderst fristende.

Omvendt forholdt det sig desværre også sådan, at hvis han ikke fik sat de Playmobil-dukker tilbage på Morten Hollands hylde i rette tid, så var risikoen for, at han ville miste sin lejer, og dermed en betydelig del af sit indkomstgrundlag, absolut til stede.

Derfor slap han håndbremsen og drejede til venstre mod syd.

NEDE PÅ EGELY var det frokosttid, og duften af timian og tomatsovs havde lagt sig over landskabet, da han parkerede vognen. Han fandt forstanderen siddende alene ved et langt teakbord på terrassen uden for sit kontor. Som sidst var han ulasteligheden selv. Solhat på hovedet og serviet i kravetøjet, forsigtigt nippende til lasagnen, der lå i et hjørne på tallerkenen. Han var ikke den, der levede for verdslige glæder. Helt det samme gjaldt ikke hans administrative medarbejdere og et par sygeplejersker, der sad ti meter derfra med bugnende tallerkener og snakken kørende.

De så ham dreje om hjørnet, og pludselig blev der stille. Nu hørte man tydeligt de forårskåde redebyggere flyve rundt i buskadserne og lyden af klirrende tallerkener inde fra spisesalen.

"Velbekomme," sagde han og satte sig ved forstanderens bord uden at vente på at blive inviteret. "Jeg er kommet for at spørge, om De har kendskab til, at Uffe Lynggaard gennem leg skulle have gennemlevet den ulykke, der handicappede ham. Karen Mortensen, en sagsbehandler på Stevns, observerede det kort før Merete Lynggaards død, vidste De det?"

Forstanderen nikkede langsomt og tog en bid mere. Carl så på tallerkenen. Åbenbart skulle de sidste bidder ned, før Egelys ubestridte konge nedværdigede sig til at rette sig mod en af folket.

"Står det i Uffes journal?" spurgte Carl videre.

Igen nikkede forstanderen, mens han tyggede ganske langsomt.

"Er det sket siden?"

Her trak han på skuldrene.

"Sket eller ikke sket?"

Så rystede han på hovedet.

"Jeg vil gerne være alene med Uffe i dag. Bare ti-femten minutter. Kan det lade sig gøre?"

Det svarede han ikke på.

Så ventede Carl, til forstanderen blev færdig, fik tørret munden med stofservietten og pudset tænderne af med tungen. En enkelt slurk af isvandet, og så rettedes blikket opad.

"Nej, De kan ikke være alene med Uffe," blev hans svar.

"Tør man spørge hvorfor?"

Han så nedladende på ham. "Er Deres profession ikke temmelig langt fra vores?" Han afventede ikke Carls svar. "Vi kan ikke risikere, at De sætter Uffe Lynggaard tilbage i udviklingen, sådan er det."

"Er han da i en udvikling? Det vidste jeg ikke."

Han mærkede skyggen falde ned over bordet og vendte sig om mod oversygeplejersken, som nikkede venligt til ham og straks vækkede erindring om bedre behandling end den, forstanderen var i stand til at give.

Hun så myndigt på sin chef. "Jeg skal nok tage mig af det. Uffe og jeg skal alligevel ud at gå en tur nu. Jeg kan følge hr. Mørck på vej."

DET VAR FØRSTE gang, han gik ved siden af Uffe Lynggaard, og Uffe var høj. Lange, ranglede lemmer og en kropsholdning, der tydede på, at han altid sad og hang over bordet.

Oversygeplejersken havde taget ham i hånden, men tilsyneladende var det ikke noget, han brød sig om. Da de nåede til tykningen foran fjorden, slap han hende og satte sig i græsset.

"Han kan godt li' at se på skarverne, ikke også Uffe?" sagde hun og pegede over på kolonien af fortidsfugle i klynger af halvt døde, overskidte træer.

"Jeg har noget med, som jeg godt kunne tænke mig at vise Uffe," sagde Carl.

Hun så årvågent på de fire Playmobil-figurer og den tilhørende bil, som han lempede frem af plastikposen. Hun var vaks, det så han allerede første gang, men måske ikke helt så medgørlig, som han havde håbet.

Hun førte hånden op til sygeplejerskeemblemet, formentlig for at give sine ord større vægt. "Jeg kender episoden, som Karen Mortensen har beskrevet. Jeg tror ikke, at det er nogen god idé at gentage det."

"Hvorfor?"

"De vil prøve at gengive ulykken, mens han ser på det, ikke? De håber, at det vil åbne noget op i ham?"

"Ja."

Hun nikkede. "Jeg tænkte det nok. Men helt ærligt, så ved jeg ikke rigtig." Hun gjorde mine til at ville rejse sig, men tøvede så alligevel.

Carl lagde forsigtigt sin hånd på Uffes skulder og satte sig på hug ved siden af ham. Uffes øjne lyste saligt i genskinnet fra bølgerne derude, og Carl forstod ham. Hvem ville ikke gerne forsvinde ind i den smukke martsdag, når den nu var så klar og blå som nogensinde.

Så satte han Playmobil-bilen på græsset foran Uffe og tog figurerne én efter én og placerede dem på sæderne. Far og mor på forsædet og datter og søn på bagsædet.

Sygeplejersken fulgte hver en bevægelse. Måske blev han nødt til at komme tilbage en anden dag og gentage eksperimentet. Men nu ville han i det mindste forsøge at overbevise hende om, at han godt vidste, at det ikke nyttede noget at misbruge hendes tillid. At han anså hende for en forbundsfælle.

"Brrrrr," sagde han forsigtigt og kørte bilen frem og tilbage foran Uffe på græsset til stor forstyrrelse for et par humlebier i blomsterdans.

Carl smilede til Uffe og glattede sporene efter bilen ud. Det var tydeligvis det, der interesserede Uffe mest. Det fladtrykte græs, der blev rettet op igen.

"Nu skal vi ud at køre med Merete og far og mor, Uffe. Uhh, se her, vi er der alle sammen. Se, hvor vi kører igennem skoven! Se, hvor dejligt det er."

Han rettede blikket op mod den hvidklædte kvinde. Hun var anspændt, og rynkerne ved hendes mund tegnede skygger af tvivl. Han måtte lade være med at lade det løbe af med sig. Kom han til at råbe, ville hun fare sammen. Hun var langt mere inde i legen end Uffe, der bare sad med sit solskinsglimt i øjnene og lod omgivelserne passe sig selv.

"Pas på, far," advarede Carl med lys kvindestemme. "Der er glat, du kan skride ud." Han rykkede lidt i bilen. "Pas på den anden bil, den skrider også. Hjælp, vi støder ind i den."

Han efterlignede bremser, der satte sig, og lyden af metal, der skrabede mod underlaget. Nu så Uffe på optrinet. Så lod Carl vognen vælte, og figurerne trimlede ud på jorden. "Pas på, Merete, pas på, Uffe!" råbte han med lys stemme, og oversygeplejersken bøjede sig mod ham og lagde en hånd på hans skulder.

"Jeg tror ikke ..." sagde hun og rystede på hovedet. Om et sekund ville hun tage fat i Uffe og trække ham op.

"Bang!" sagde Carl og lod vognen trimle hen ad græsset, men Uffe reagerede ikke.

"Han er ikke til stede, tror jeg," sagde Carl og forsikrede hende med en håndbevægelse, at forestillingen nu var slut.

"Jeg har et billede, som jeg gerne vil have, at Uffe skal kigge på, er det i orden?" fortsatte han. "Så skal jeg nok lade jer i fred for nu."

"Et foto?" spurgte hun, mens han trak alle billederne op af sin plastikpose. Så lagde han de billeder, han havde lånt af Dennis Knudsens

235

søster, til side på græsset og holdt så brochuren fra Daniel Hales virksomhed op foran Uffes ansigt.

Det var tydeligt, at Uffe var nysgerrig. Som en abe i bur, der efter tusindvis af vrængende ansigter endelig ser noget nyt.

"Kender du ham her, Uffe?" spurgte han og så opmærksomt på hans ansigt. Den mindste trækning ville måske være det eneste signal, han fik. Hvis der overhovedet var en forbindelsesvej ind i Uffes sløvede sind, så måtte Carl bare sørge for at se den.

"Var han nede hos jer i huset i Magleby, Uffe? Var den mand nede og aflevere et brev til dig og Helle? Husker du ham?" Han pegede på Daniel Hales krystaløjne og lyse hår. "Var det ham?"

Uffe stirrede tomt. Så flakkede hans blik lidt nedad, til det ramte billederne på græsplænen foran ham.

Carl fulgte hans blik og registrerede, hvordan Uffes pupiller pludselig trak sig sammen, mens han skilte læberne. Hvordan reaktionen havde slået ham til overmål. Lige så virkeligt og synligt, som hvis han havde tabt en donkraft på tæerne.

"Hvad så med ham her, har du set ham før, Uffe?" sagde han og trak hurtigt sølvbryllupsfotoet med Dennis Knudsen helt op til Uffes ansigt. "Har du?" Han mærkede, at sygeplejersken rejste sig bag ham, men han var ligeglad. Han ville se Uffes pupiller trække sig sammen en gang til. Det var som at stå med en nøgle og vide, at den passede et sted, bare ikke hvor.

Men Uffe så nu bare op og var helt rolig med øjnene ude af fokus.

"Jeg tror, vi skal stoppe," kom det fra oversygeplejersken, mens hun tog forsigtigt om Uffes skuldre. Måske skulle Carl bare have haft tyve sekunder mere. Måske kunne han have nået ham, hvis bare de have været alene.

"Så De ikke hans reaktion?" spurgte han.

Hun rystede på hovedet. Satans også.

Så lagde han fotorammen på jorden ved siden af det andet, han havde lånt i Skævinge.

I det øjeblik rykkede det i Uffe. Først i overkroppen, hvor brystkassen

236

sugedes ind, så i den højre arm, der blev trukket op i en ret vinkel foran mellemgulvet.

Sygeplejersken prøvede at berolige Uffe, men han ænsede hende ikke. Så begyndte han at trække vejret kort og overfladisk. Både sygeplejersken og Carl hørte det, og hun begyndte at protestere højlydt. Men Carl og Uffe var alene sammen i det øjeblik. Uffe i sin verden på vej ind i hans. Carl så hans øjne langsomt spiles op. Som lukkemekanismer i et gammelt kamera åbnedes de og trak alt omkring sig ind.

Uffe så igen nedad, og denne gang fulgte Carl blikket ned mod græsset. Uffe var virkelig til stede nu.

"Så kender du ham altså?" spurgte Carl og trak igen billedet af Dennis Knudsen på forældrenes sølvbryllupsbillede op foran Uffe, men Uffe fejede det til side som et utilfreds barn og begyndte at udstøde lyde, der ikke lød som et barns normale klynken, men snarere som en astmatiker, der ikke kunne få luft. Åndedrættet blev nærmest hvæsende, og sygeplejersken råbte, at Carl skulle gå.

Han fulgte Uffes blik endnu en gang, og denne gang var der ingen tvivl. Det var stift rettet mod det andet foto, han havde fået med. Billedet af Dennis Knudsen og hans ven Atomos, der stod bagved og lænede sig op ad Dennis' skuldre.

"Skal han se sådan ud i stedet for?" sagde han og pegede på den unge Dennis i go-cart-dragten.

Men Uffe så på drengen bag ved Dennis. Aldrig havde Carl set et menneskes øjne være så fastnaglet til noget. Det var, som om drengen på billedet havde bemægtiget sig Uffes allerinderste, som om disse øjne på et gammelt foto brændte Uffe som ild, samtidig med at de også gav ham liv.

Og så skreg Uffe pludselig. Han skreg, så sygeplejersken skubbede Carl om i græsset og trak Uffe til sig. Skreg, så de begyndte at råbe oppe ved Egelys bygninger.

Skreg, så skove af skarver lettede fra træerne og efterlod alt øde.

30

2005 - 2006

DET HAVDE TAGET Merete tre dage at rokke tanden løs, tre mareridts-
døgn i helvede. For hver gang hun lagde tangens kæber om det dunken-
de bæst og betændelsens trykbølger sugede al kraft ud af hende, måtte
hun overvinde sig selv til det yderste. Et lille rok til siden, og hele orga-
nismen gik i baglås. Så nogle sekunders hårdtpumpende hjerte i angst
for næste vrid, og sådan fortsatte det i en uendelighed. Flere gange prø-
vede hun at tage hårdt fat, men kræfterne og modet svigtede hende, i
samme øjeblik det rustne metal klikkede på tanden.

Da hun endelig kom dertil, hvor pusset flød fra tanden, og trykket for
en stund lettede, brød hun sammen i taknemmelighedstårer.

Hun vidste, at de betragtede hende derude. Ham, de kaldte Lasse, var
endnu ikke kommet, og trykknappen til samtaleanlægget sad stadig fast.
De sagde ikke noget derude, men hun hørte deres bevægelser og vejr-
trækning. Jo mere hun led, jo dybere blev deres åndedrag, nærmest som
om det pirrede dem seksuelt, og hadet til dem tiltog. Når hun havde fået
tanden løs, så ville hun se fremad. Hun skulle nok få sin hævn. Men først
skulle hun bare kunne tænke.

Så hun lagde atter de ildesmagende metalkæber om tanden og rokke-
de, aldrig i tvivl om at arbejdet måtte gøres til ende. Den tand havde
gjort nok skade, nu skulle det være slut.

Hun fik den løs en nat, hvor hun var alene. Sidste gang, hun havde
hørt livstegn udefra, havde været timer siden, så den lettelsens latter, hun
slap fri i det ekkoende lokale, var hendes og hendes alene. Smagen af

betændelse føltes vederkvægende. Dunkene, der lod blodet løbe frit i munden, var som kærtegn.

Hun spyttede sig i hånden hvert tyvende sekund og smurte den blodige masse først på den ene og så på den anden af spejlglasruderne, og da blodet ikke længere flød, var arbejdet færdigt. Et lille felt på tyve gange tyve centimeter i det højre koøje var alt, hvad der var tilbage. Nu havde hun stækket deres tilfredsstillelse over at se hende udstillet, når de havde lyst. Endelig bestemte hun selv, hvornår hun ville lade sig indfange i deres synsfelt.

Da de satte maden i slusen næste morgen, vågnede hun ved hun kvindens forbandelser.

"Den lille so har svinet ruderne til. Se der! Hun har smurt lort ud over det hele, den so."

Hun hørte manden sige, at det mere lignede blod, og kvinden hvæsede tilbage. "Er det takken for, at vi gav dig tangen? At du skulle smøre dit beskidte blod ud over det hele? Er det takken, så må du også bøde for det. Vi slukker for lyset, så må vi se, hvad du siger til det, kælling. Måske tørrer du så svineriet væk igen. Ja, du kan sulte, til du gør det."

Hun hørte, at de skulle til at køre madspanden i slusen tilbage, men hun sprang frem og pressede tangen ind i karrusellen. Den sidste portion skulle de ikke snyde hende for. Så trak hun madspanden ud i sidste øjeblik, før hydraulikken løsnede tangen. Med en piften snurrede mekanismen tilbage, og så var slusedøren igen lukket.

"Det nummer gik lige her og nu, men det går ikke i morgen," råbte kvinden derude. Raseriet i hendes stemme var en trøst. "Jeg giver dig fordærvet mad, til du har tørret ruderne rene igen, har du forstået?" fortsatte hun. Og så slukkede lysstofrørene over hende.

Merete sad et stykke tid og stirrede op på spejlglasrudernes svagt lysende brune plamager og på det lille utilsmurte felt, der lyste lidt kraftigere. Hun mærkede, at kvinden forsøgte at nå op til det for at kunne kigge ind, men Merete havde med fuldt overlæg placeret det for højt. Hvor længe var det ikke siden, hun sidst havde mærket sådan en frydefuld sejrsfornemmelse strømme gennem sig? Det ville kun vare kort, det vidste hun, men som tiden havde formet sig, var sådanne øjeblikke det eneste, hun havde at leve for.

Det og så forestillingerne om hævn, drømmene om et liv i frihed og om en dag at stå ansigt til ansigt med Uffe.

SAMME NAT TÆNDTE hun lommelygten for sidste gang. Hun gik hen til det lille tomme felt i den ene spejlglasrude og lyste sig ind i munden. Hullet i tandkødet var enormt, men det så godt ud, så vidt hun kunne se under de forhold. Tungespidsen sagde det samme. Helingen var allerede i gang.

Efter få minutter blev lommelygtens lys svagere, så hun lagde sig på knæ og undersøgte lukkemekanismen omkring slusen. Hun havde set det tusinder af gange før, men måske måtte hun huske det for alvor nu. Hvem kunne vide, om lyset i loftet nogensinde blev tændt igen?

Slusedøren var buet og formodentlig konisk, så den kunne lukke rummet helt tæt. Det nederste udsnit, selve lemmen til slusen, var vel knap femoghalvfjerds centimeter højt, og også her var sprækkerne næsten umulige at føle sig frem til. På fronten i bunden var der fastsvejset en metaltap, som fik sluseporten til at stoppe i helt åben position. Hun undersøgte den grundigt, indtil lyset fra lommelampen døde ud.

Bagefter sad hun i mørket og overvejede, hvad der var at gøre.

Tre ting ville hun selv være herre over. For det første, hvad omgivelserne skulle se af hende, og det problem havde hun allerede løst. For lang, lang tid siden, lige da de havde fanget hende, havde hun afsøgt alle flader og vægge minutiøst for det mindste, der kunne ligne et spionkamera, men der var ikke noget. Udyrene, der holdt hende fanget, havde sat deres lid til spejlglasruderne. Det skulle de ikke have gjort. Derfor kunne hun nu bevæge sig uset rundt.

Dernæst ville hun sørge for, at sindet aldrig gik til grunde. Der havde været dage og nætter, hvor hun var forsvundet for sig selv, og der havde været uger, hvor tankerne kørte i ring, men aldrig nogensinde havde hun bare ladet stå til. Når det gik op for hende, hvor det kunne bære hen, så tvang hun sig selv til at tænke på andre, der havde klaret det før hende. Dem, der havde siddet i isolation i årtier uden dom. Verdenshistorien og litteraturen havde eksempler. Papillon, Greven af Monte Cristo og mange andre. Når de kunne, så kunne hun også. Og hun havde med vold og magt tvunget tankerne ind i bøger og film og de allerbedste minder i livet, og hun var kommet ud af det igen.

For hun ville være sig selv, Merete Lynggaard, lige til den dag, hun skulle herfra. Det var et løfte, hun agtede at holde.

Og når dagen så endelig kom, så ville hun selv være herre over, hvordan hun skulle dø. Det var den tredje ting. Kvinden derude havde før sagt, at det var denne Lasse, der bestemte, men kom situationen, så ville hunulven sagtens kunne tage sagen i egen hånd. Hadet havde før taget kontrollen over hende, og det kunne ske igen. Ville hun åbne slusen for alvor og udligne trykket, krævede det blot et øjebliks vanvid. Det øjeblik skulle nok komme.

Igennem de snart fire år, Merete havde siddet i sit bur, var kvinden også blevet mærket af tiden. Måske lå øjnene dybere end før, måske var det noget med stemmen. Det var svært under de forhold at vurdere, hvor gammel kvinden var, men hun var gammel nok til ikke at frygte, hvad livet kunne bringe. Og det gjorde hende farlig.

Imidlertid virkede det ikke, som om de to derude havde særlig styr på det tekniske. De kunne ikke engang ordne en knap, der sad fast, så kunne de nok heller ikke udligne trykket på anden måde end ved at åbne slusekarrusellen, det håbede hun i hvert fald ikke. Så hvis hun nu sørgede for, at de ikke kunne åbne den sluse, medmindre hun ville have det, så ville hun kunne skaffe sig tid til at begå selvmord. Tangen var redskabet. Hun ville sikkert kunne få fat om sine pulsårer med spidsen og så rive dem over, hvis de to derude pludselig ville tage trykket af rummet. Hun vidste ikke meget om, hvad der ville ske, men kvindens advarsel om, at Merete ville blive sprængt indefra, var forfærdelig. Ingen død kunne være værre. Derfor ville hun selv bestemme hvornår og hvordan.

Skulle det så ske, at denne Lasse kom og ville noget andet, så gjorde hun sig ingen naive forestillinger. Naturligvis havde rummet andre trykudligningskanaler end den, der sad i karrusellen. Måske kunne luftfor-

nyelsesanlægget også bruges. Hun vidste jo ikke, hvad rummet oprinde-
lig var bygget til, men det havde ikke været billigt. Derfor antog hun, at
det, som rummet var blevet konstrueret til, også havde en vis værdi eller
betydning. Så selvfølgelig var der nødanordninger. Hun havde set antyd-
ning af små metaldyser oppe under lysarmaturerne, der hang i loftet.
Ikke meget større end lillefingre, men skulle det ikke også være nok? Må-
ske var det derfra, at den friske luft blev pumpet ind til hende, hun vid-
ste det ikke, det kunne også være anordninger til trykudligning. Men en
ting var sikkert: Ville denne Lasse skade hende, så vidste han med garan-
ti, hvor knapperne sad.

Indtil da prøvede hun bare at fokusere på at imødegå de trusler, der
syntes mest umiddelbare. Så hun skruede bunddækslet af den lille me-
tallommelygte, tog batterierne ud, og konstaterede tilfreds, hvor hårdt og
kraftigt og skarpt metallet i lommelygterøret var.

Afstanden fra slusens kant og ned til gulvet var bare et par centimeter,
så hvis hun fik gravet et hul meget præcist ud for den tap, der var svejset
fast for at stoppe slusedøren, når den åbnede helt, så ville hun kunne
anbringe lygten i hullet og på den måde forhindre døren i at åbnes.

Hun knugede den lille lygte. Her sad hun med et redskab, der indgød
hende følelse af at kunne styre noget i sit liv, og det føltes helt ubeskrive-
lig godt. Som dengang hun for første gang spiste en p-pille. Som dengang
hun trodsede deres plejefamilie og skred med Uffe slæbende efter sig.

ARBEJDET I BETONEN var meget, meget hårdere, end hun havde forestil-
let sig. De første par dage med mad og drikke gik hurtigt, men da span-
den med den gode mad var tom, svandt kræfterne i fingrene hurtigt ind.
Hun havde ikke meget at stå imod med, det vidste hun godt, men ma-
den i spandene, der var kommet ind til hende de sidste par dage, havde
været fuldstændig uspiselig. De havde virkelig hævnet sig på hende. Bare
stanken holdt hende fra spandene. Som selvdøde dyr, der lå og rådnede
på jorden, stank det. Hver nat havde hun siddet fem-seks timer og ladet
lommelygtens kanter gnave i gulvet under slusen, og det tappede. Sam-
tidig kunne det ikke nytte, at hun sjuskede, det var det, der var proble-

met. Hullet skulle ikke blive så stort, at lommelygten ikke kunne sidde fast, og eftersom lommelygten i sig selv var graveredskabet, måtte hun ligesom vride den ned i underlaget, for at hullets diameter skulle blive den rigtige, og derefter forsigtigt skrabe betonen af i papirtynde lag.

På femtedagen var hun nået mindre end to centimeter ned, og mavesyren brændte i mellemgulvet.

Heksen derude havde hver dag på nøjagtig samme tidspunkt gentaget sit krav. Hvis ikke Merete pudsede ruderne, så tændte den gamle kvinde ikke lyset, og så kom der ikke noget ordentlig mad ind til hende. Manden havde prøvet at mægle, men intet hjalp. Og nu stod de der igen og krævede deres ret. Mørket ville hun blæse på, men hendes tarme skreg. Spiste hun ikke, ville hun blive syg, og syg ville hun ikke være.

Hun så op på den rødlige film, der lyste svagt deroppe i feltet på ruden.

"Jeg har ikke noget at tørre ruderne rene med, hvis det er så vigtigt for jer," råbte hun så endelig.

"Så brug dit ærme og dit pis, så tænder vi lyset og sender maden ind," råbte kvinden tilbage.

"Så skal I også sende en ny jakke ind til mig."

Her begyndte kvinden at le den modbydelige, stikkende latter, der gik gennem marv og ben. Hun svarede ikke, lo bare, til hendes lunger var tomme, og så blev der igen stille.

"Jeg gør det ikke," sagde hun, men det gjorde hun.

Det tog ikke lang tid, men det føltes som år af nederlag.

SELV OM DE nu igen stod derude en gang imellem, så kunne de ikke se, hvad hun lavede. Dér, tæt på døren, sad hun i en blind vinkel, akkurat som når hun sad på gulvet imellem spejlglasruderne. Hvis de kom uanmeldt om natten, så ville de omgående høre hendes skraben, men det gjorde de ikke. Det var fordelen ved deres systematiserede omklamring af hende. Hun vidste, at natten var hendes egen.

Da hun var næsten fire centimeter nede i betonen, ændredes hendes ellers så forudsigelige tilværelse radikalt. Hun havde siddet under de blinkende lysstofrør og ventet på maden og regnet ud, at det snart ville være Uffes fødselsdag. De var i hvert fald allerede kommet til maj. Maj måned for femte gang, mens hun havde været indespærret. Maj 2006. Hun havde siddet ved siden af toiletspanden og renset sine tænder og tænkt på Uffe og tydeligt set for sig, hvordan solen derude dansede på en skyblå himmel. "Happy Birthday to you," sang hun med hæs stemme og så Uffes glade ansigt for sig. Et eller andet sted derude havde han det godt, det vidste hun. Selvfølgelig havde han det godt. Det havde hun så tit fortalt sig selv.

"Ja, det er den knap, Lasse," lød kvindens stemme pludselig. "Den vil ikke komme ud igen, så hun har kunnet høre alt, hvad vi siger."

Billedet af himlen forsvandt omgående, og hjertet begyndte at hamre. Det var første gang, hun hørte kvinden tiltale manden, de kaldte Lasse.

"Hvor længe?" svarede en dæmpet stemme, der fik hende til at holde vejret.

"Siden du tog af sted sidste gang. Fire-fem måneder."

"Har I snakket over jer?"

"Selvfølgelig har vi ikke det."

Et øjeblik var der stille. "Det er vel også snart ved at være lige meget. Lad hende bare høre, hvad vi siger. I hvert fald til jeg beslutter noget andet."

Hun følte sætningen som et øksehug. "Det er vel også snart ved at være lige meget." Hvad var ved at være lige meget? Hvad mente han? Hvad skulle der ske?

"Hun har været en kælling i den periode, du var væk. Hun har prøvet at sulte sig til døde, og hun har blokeret slusen en enkelt gang. Sidst smurte hun sit eget blod på ruderne, så vi ikke kunne se igennem."

"Brormand siger, at hun havde tandpine på et tidspunkt. Det ville jeg godt have set," sagde Lasse.

Kvinden derude lo en tør latter. De vidste jo, at hun sad derinde og hørte det hele. Hvordan var de blevet sådan? Hvad havde hun gjort dem?

"Hvad har jeg gjort jer, I udyr?" råbte hun så højt, hun kunne, mens

244

hun rejste sig. "Sluk lyset herinde, så jeg kan se jer! Sluk lyset, så jeg kan se jeres øjne, mens I taler!"

Igen hørte hun kvindens latter. "Du drømmer, tøs," råbte hun tilbage. "Vil du ha', at vi slukker?" Lasse lo et kort øjeblik. "Ja, hvorfor ikke?" sagde han. "Er det måske ikke nu, at det for alvor begynder? Får vi ikke på den måde en masse interessante dage frem for os mod enden?"

Det var forfærdelige ord. Kvinden prøvede at protestere, men manden bremsede hende med et par hårde ord. Så pludselig slukkedes de blinkende lamper over hende.

Hun stod et øjeblik med bankende puls og prøvede at vænne sig til det svage lys, der strømmede ind i rummet udefra. Først anede hun udyrene derude som skygger, men så langsomt tegnede de sig klarere. Kvinden næsten nede ved det ene koøjes underkant og manden meget højere oppe. Hun tænkte, at det var Lasse. Langsomt trådte han nærmere. Hans utydelige skikkelse fik karakter. Brede skuldre, velproportioneret. Ikke som den anden, lange tynde mand.

Hun havde lyst til både at forbande dem og kalde på deres medlidenhed. Alt, hvad der kunne tænkes at skulle til for at få dem til at sige, hvorfor de gjorde dette mod hende. Her var han kommet, ham der bestemte. Det var første gang, hun så ham, og det var på en foruroligende måde ophidsende. Kun han ville kunne afgøre, om hun skulle vide mere, det følte hun, og nu ville hun kræve sin ret. Men da han trådte et skridt nærmere, og hun så ham, sad ordene ubønhørligt fast.

Hun så chokeret på hans mund. Så det skæve smil sætte sig fast. Så hans hvide tænder blotte sig langsomt. Så alting samle sig i et hele og skyde elektriske ladninger gennem hendes krop.

Nu vidste hun, hvem Lasse var.

31

2007

PÅ GRÆSPLÆNEN VED Egely undskyldte Carl med det samme episoden med Uffe over for sygeplejersken, smed billeder og Playmobil-figurer i plastikposen og gik så med lange skridt op mod parkeringspladsen, mens Uffe skreg videre i baggrunden. Det var først, da han startede vognen, at han opdagede klyngen af plejepersonale, der oksede ned ad bakken i et temmelig kaotisk sceneri. Så var det slut med at drive mere efterforskning på Egelys jorder. Fair nok.

UFFE HAVDE REAGERET stærkt. Nu vidste Carl, at Uffe i en eller anden forstand var til stede i den samme verden som de. Uffe havde set ind i drengen Atomos' øjne på fotografiet, og det havde rystet ham, ingen tvivl om det. Det var et usædvanlig stort skridt fremad.

Han stoppede vognen ud for en markvej og tastede institutionen Godhavn ind på tjenestevognens internetopkobling. Nummeret viste sig omgående.

Præsentationen blev kort. Folkene deroppe var åbenbart vant til, at politiet rettede henvendelse til dem, så her var der ikke behov for omsvøb.

"Bare rolig," sagde han. "Der er ikke nogen af jeres beboere, der har gjort noget galt. Det drejer sig om en dreng, der boede hos jer i begyndelsen af firserne. Jeg kender ikke navnet, men han blev kaldt Atomos, vækker det navn nogen genklang?"

"I begyndelsen af firserne?" svarede den vagthavende. "Nej, så længe har jeg ikke været her. Men vi har sagsmapper over alle beboerne, men næppe på et navn som det. Du er sikker på, at du ikke har et andet navn, vi kan søge på?"

"Desværre." Han så ud over de gyllestinkende marker. "Er der slet ikke nogen oppe hos jer, der har været ansat så længe?"

"Pyha. Ikke blandt de faste medarbejdere, er jeg ret så sikker på. Men øhh ... jo, vi har faktisk en pensioneret medarbejder, John, der kommer her et par gange om ugen. Han kan ikke undvære drengene, og de kan ikke undvære ham. Han arbejdede her helt sikkert dengang."

"Og han skulle vel tilfældigvis ikke være der i dag?"

"John? Nej, han er på ferie. Gran Canaria til 1295 kroner, kan man stå for det? som han plejer at sige. Men han kommer hjem på mandag, så skal jeg se, om vi kan lokke ham herop. Han kommer jo nærmest for at hygge om drengene. De kan lide ham. Prøv at ringe igen på mandag, så ser vi på det."

"Måske kunne jeg få hans hjemmenummer?"

"Nej, desværre. Det er vores politik ikke at oplyse om medarbejdernes privatnumre. Man ved aldrig, hvem der ringer, vel?"

"Jeg hedder Carl Mørck, fortalte jeg ikke det lige før, jo, det tror jeg. Jeg er kriminalbetjent, husker du måske?"

Hun lo. "Du kan sikkert selv finde hans nummer, hvis du er så dygtig, men jeg vil foreslå, at du venter til mandag og så ringer til os igen. Okay?"

Han satte sig lidt bagud i sædet og så på uret. Klokken var godt og vel et. Så ville han stadig kunne nå ind på kontoret og tjekke Merete Lynggaards mobil, hvis batteriet ellers virkede efter fem år, det var nok tvivlsomt. I modsat fald måtte de se at få skaffet et nyt.

Ude på markerne bag bakkerne steg mågerne til vejrs i skrigende klynger. Et køretøj brummede under dem og piskede den støvede jord i vejret. Så dukkede toppen af førerhuset op. Det var en traktor, en massiv Landini med blåt førerhus, der rumlede sindigt hen ad pløjemarken. Sådan noget vidste man, når man var vokset op med lort på træskostøvlerne. Så blev der også gødet dér, tænkte han og startede vognen og skulle til at køre, før stanken blæste over mod ham og tog fat i hans airconditionanlæg.

I samme øjeblik fik han øje på landmanden derinde bag plexiglasruderne. Kasketten på hovedet, helt koncentreret om sit job og om udsigten til at sprænge alle rammer for høsten til sommer. Han var rødmosset, og skjorten var skovmandsternet. En rigtig skovmandsternet skovmandsskjorte, som man havde set det før.

'Satans,' tænkte han. Nu havde han glemt at ringe til kollegerne i Sorø og fortælle, hvilken type ternet skjorte han mente at kunne huske, at gerningsmanden ude på Amager havde haft på. Han sukkede ved tanken. Bare de dog havde rodet ham uden om alt det dér. Så blev det næste vel, at han skulle derned igen for at pege skjorten ud for anden gang.

Han tastede nummeret og fik fat i vagthavende og blev omgående stillet om til chefen for efterforskningen, ham de kaldte Jørgensen.

"Det er Carl Mørck fra København. Jeg tror, at jeg kan bekræfte nu, at en af de fremlagte skjorter var magen til den, som en af gerningsmændene ude på Amager havde på."

Jørgensen reagerede ikke. Hvorfor pokker rømmede han sig ikke eller sådan noget, så man vidste, at han ikke var kradset af i mellemtiden dér i den anden ende?

"Hmmm," rømmede Carl sig, det kunne jo være, det smittede, men manden sagde ikke noget. Måske havde han trykket talerøret fra.

"Jeg har drømt de sidste nætter, forstår du," fortsatte Carl. "Flere af scenerne fra skudepisoden er vendt tilbage til mig. Også glimtet af skjorten. Jeg kan se det hele ret tydeligt for mig nu."

"Jaså," sagde Jørgensen endelig efter endnu en sjat gjaldende tavshed i den anden ende. Måske burde han i stedet have jublet, bare en anelse i det mindste.

"Du vil ikke vide, hvor den skjorte, jeg tænker på, lå på bordet?"

"Og det mener du, at du kan huske?"

"Hvis jeg kan huske skjorten efter at have fået en kugle i hovedet og 150 kilo lammet dødvægt oven på mig, mens jeg oversprøjtes af halvanden liter blod fra mine bedste kammerater, mon så ikke jeg også kan huske rækkefølgen på de forbandede skjorter efter fire dage, tror du?"

"Det virker ikke helt normalt."

Carl talte til ti. Meget muligt, at det ikke var normalt på Storgade i Sorø. Det var jo så nok også derfor, at han selv var havnet i en afdeling med tyve gange så mange drabssager som Jørgensen, mon ikke?

"Jeg er også god til Memory," var, hvad han sagde.

Der kom en pause, den skulle lige trænge ind. "Nå, virkelig! Jamen så vil jeg gerne vide det," kom konklusionen.

Hold da kæft for en bonderøv.

"Skjorten var den, der lå yderst til venstre," sagde Carl så. "Altså den, der lå nærmest vinduet."

"Okay," svarede Jørgensen. "Det var også vidnets helt klare opfattelse."

"Godt, det glæder mig. Ja, det var så bare det. Jeg sender dig en mail, så du har det på skrift." Nu var traktoren ude på marken kommet betænkeligt tættere på. Skvættene af pis og lort bankede ud af slangerne, der fløg hen ad jorden, så det var en ren fryd.

Han rullede passagervinduet op og skulle til at lægge på.

"Lige et øjeblik, før du slutter af," føjede Jørgensen til. "Vi har pågrebet en mistænkt. Ja, blandt kolleger kan jeg sige, at vi endda er overordentlig sikre på, at vi har fanget en af gerningsmændene. Hvornår kan du komme herned til en konfrontation, tror du? I morgen engang?"

"Konfrontation? Nej, det kan jeg ikke."

"Hvad mener du?"

"I morgen er det lørdag og min fridag. Når jeg er færdig med at sove, så vil jeg stå op og brygge en kop kaffe og så gå i seng igen. Den slags kan gentage sig og tage hele dagen, man ved aldrig. Desuden fik jeg aldrig set nogen af gerningsmændene ude på Amager, hvilket jeg faktisk har sagt rimelig mange gange, hvis du ellers læser rapporterne. Og siden jeg nu ikke har fået mandens ansigt åbenbaret i et drømmesyn, så skal du nok regne med, at jeg stadig ikke har set manden siden sidst. Derfor kommer jeg ikke, er det så okay med dig, Jørgensen?"

Der kom pausen gud hjælpe mig igen. Det var mere enerverende end politikere, der lagde pauser ind i kvalmende, langsommelige sætninger med et øhm efter hvert andet ord.

"Om det er okay, ved du vel bedst selv," svarede Jørgensen. "Det var jo dine venner, som manden lemlæstede. Vi har i hvert fald foretaget ransagning på mistænktes bopæl, og flere af de effekter, vi fandt, peger mod, at hændelsesforløbene på Amager og Sorø hænger sammen."

"Det er godt, Jørgensen, så lykke til. Jeg skal nok følge med i aviserne."

"Du ved, at du skal vidne, når sagen går i gang? Det er din genkendelse af skjorten, der i første omgang binder de to forbrydelser sammen."

"Ja ja, det skal jeg nok. God jagt."

Han lagde røret på og konstaterede et ubehag i brystregionen. En mere voldsom følelse end før. Måske skulle den tilskrives den ufattelige hørm, der pludselig havde listet sig ind i kabinen, men omvendt kunne det også være noget andet og mere, der var i anmarch.

I et minut sad han og ventede, til trykket havde lagt sig en smule. Så gengældte han landmandens hilsen fra plexiglasfortet og satte vognen i gang. Da han var kommet fem hundrede meter hen ad vejen, sagtnede han farten, åbnede vinduet og begyndte at snappe efter vejret. Han tog sig til brystet og krummede ryggen alt det, han kunne, for at få spændingen væk. Så trak han ind til siden og begyndte at hive luften dybere og dybere ned i lungerne. Han havde set den slags panikanfald hos andre, men at have det inde i sin egen krop var helt surrealistisk. Han trykkede døren op, foldede hænderne om munden, så effekten af hyperventileringen blev mindsket, og smækkede så døren helt op til det fri.

"For satan da," råbte han og krummede sig forover, mens han vaklede ud i grøftekanten med et hårdtpumpende stempel bag bronkierne. Oppe over ham snurrede skyerne rundt, og himlen trak sig ned mod ham. Så lod han sig plumpe til jorden med benene ud til siden og famlede efter sin mobiltelefon i jakkelommen. Han skulle fandeme ikke dø af et hjerteanfald uden selv at have noget at skulle have sagt.

En bil ude på vejen sagtnede farten. De kunne ikke se ham sidde deromme bagved i grøftekanten, men han kunne høre dem. "Det ser underligt ud," sagde en stemme, og så kørte de bare videre. 'Havde jeg deres registreringsnummer, så skulle jeg fandeme lære dem,' var det sidste, han tænkte, før alt sortnede for ham.

HAN VÅGNEDE OP med mobiltelefonen klæbet til øret og en hulens masse jord omkring munden. Han fugtede læberne, spyttede, så sig forvirret om. Tog sig til brystet, hvor presset endnu ikke var taget helt af, og konstaterede, at det nok ikke var så galt fat. Så trak han sig op og faldt ind på forsædet. Klokken var ikke engang halv to. Så havde han ikke ligget der ret længe.

"Hvad var det, Carl?" spurgte han sig selv, tør i munden og tungen dobbelt så tyk som normalt. Hans ben føltes som is, mens huden på overkroppen sejlede i sved. Der var gået noget ravruskende galt i hans krop.

'Du er ved at tabe kontrollen,' brølede det i ham, mens han plumpede ind på forsædet. Og så ringede hans mobil.

Assad spurgte ikke til, hvordan han havde det, hvorfor skulle han også det? "Vi har så nu et problem, Carl," sagde han bare, mens Carl bandede indvendig.

"Teknikerne tør ikke fjerne den udstregningen i Merete Lynggaards telefonbog," fortsatte Assad ufortrødent. "De siger, at nummeret og udstregningen er gjort med den samme ball-pen, så selv om de så er tørret forskelligt op, så er risikoen alt for stor, at begge lag forsvinder."

Carl tog sig til brystet. Nu føltes det lige, som når man slugte luft. Satans ondt, gjorde det. Mon det virkelig var et hjerteanfald? Eller føltes det bare sådan?

"De siger, at vi må sende det hele til England. Noget med at de kombinerer en eller anden digitaliseringsprocesser med en kemisk opblødning, eller hvad de nu så sagde." Han ventede vel på, at Carl skulle korrigere ham, men Carl skulle fandeme ikke korrigere noget. Han havde nok i at klemme øjnene sammen og prøve at tænke de væmmelige spasmer væk, som pumpede i hans torso.

"Jeg synes det hele, at det tager for lang tid. De siger, at vi først har resultatet om tre til fire uger. Er du ikke enig?"

Han prøvede at koncentrere sig, men Assad havde ikke den slags tålmodighed.

"Jeg skulle måske ikke sige det til dig, Carl, men jeg føler, at jeg kan regne rigtig godt med dig, så jeg siger det alligevel. Jeg kender en fyr, som kan gøre det for os." Her ventede Assad vel en tilkendegivelse, men dér forregnede han sig. "Er du der nu stadigvæk, Carl?"

"Ja, for satan," hvislede det ud af Carl, efterfulgt af et dybt åndedrag, hvor lungerne spiledes fuldstændig ud. For satan, hvor gjorde det ondt et øjeblik, før trykket lettede. "Hvem er han?" spurgte han og prøvede at slappe af.

"Nej, det vil du ikke vide, Carl. Men det er en dygtig fyr, som kommer fra Mellemøsten. Jeg kender ham rigtig godt nok, han er dygtig. Skal jeg pudse ham på opgaven?"

"Lige et øjeblik, Assad, jeg skal lige tænke."

Han vaklede ud af bilen og stod et øjeblik foroverbøjet med hovedet hængende og hænderne på sine knæ. Nu kom blodet tilbage til hjernen. Ansigtshuden blussede, og presset i brystet fortonede sig. Åh, hvor var det godt. Trods hørmen, der drev i luften som en sygdom, føltes luften derude mellem læhegnene nærmest forfriskende.

Så rettede han sig op og havde det godt.

"Ja, Assad," sagde han i mobilen. "Jeg er her nu. Vi kan ikke have en pasforfalsker til at arbejde for os, er du med?"

"Hvem siger, at han er pasforfalsker? Ikke jeg da."

"Hvad så?"

"Han var bare god til sådan noget, der hvor han kom fra. Han kan fjerne stempler, så man ikke kan se den. Så kan han vel også fjerne lidt af blæk. Du behøver ikke at vide mere så. Han får heller ikke at vide, hvad det er, han har med at gøre. Han er hurtig, Carl, og det koster ingenting. Han skylder mig tjenester."

"Hvor hurtig?"

"Vi har det på mandag, hvis vi vil det."

"Så aflever skidtet, Assad. Aflever det."

Han mumlede noget i den anden ende. Okay på arabisk, formodentlig.

"Lige en ting mere så, Carl. Jeg skulle sige fra fru Sørensen oppe fra drabsafdelingen, at hende vidnet fra cyklistmordet er begyndt at snakke en smule. Jeg har fået at vide, at hun ...."

"Assad, stop lige. Det er ikke vores sag." Han satte sig ind i bilen igen. "Vi har nok at gøre med vores eget."

"Fru Sørensen ville ikke sige det direkte til mig, men jeg tror så, at dem oppe på anden sal gerne vil have din mening, altså uden at spørge dig sådan direkte."

"Pump hende for, hvad hun nu ved om det, Assad. Og tag så op til Hardy mandag morgen og fortæl ham det hele. Jeg er sikker på, at det vil more ham mere end mig. Tag en taxi, så ses vi bagefter inde på Gården, okay? Du kan godt holde fri nu. Hold dig munter imens, Assad. Hils Hardy og sig, at jeg kommer engang i næste uge."

Han trykkede røret på og så ud gennem forruden, der så ud til netop at have været igennem en blid byge. Men regn var det ikke, han kunne lugte det helt derind. Det var svinepis á la carte. Forårets landmenu.

PÅ CARLS BORD stod et overdådig ornamenteret monstrum af et tekogeraggregat og sydede. Havde Assad tænkt, at olieflammen skulle have holdt mynteteen varm og god, til Carl kom tilbage, så havde han forregnet sig, for nu var kedlen i hvert fald kogt så tør, at det knagede i dens bund. Han pustede flammen ud og satte sig tungt på stolen og mærkede trykket i brystet igen. Man havde hørt det før. En advarsel, så lettelsen. Så måske igen en kort advarsel og derefter: bang død! Lyse udsigter for en mand, der havde spandfulde af år at skulle hælde ud før pensionen.

Han tog Mona Ibsens visitkort op og vejede det i hånden. Tyve minutter op ad hendes bløde, varme krop, så skulle han nok få det bedre. Spørgsmålet var så, om han ville få det ligesådan, hvis han måtte nøjes med at trykke sig op ad hendes bløde, varme blik.

Han tog røret og tastede hendes nummer, og mens det duttede, kom trykket igen. Var det en livsbekræftende hjertebanken eller en advarsel om det modsatte? Hvor skulle han vide det fra?

Han snappede efter vejret, da hun sagde sit navn.

"Carl Mørck," sagde han kluntet. "Jeg er rede til at aflægge fuldt skriftemål nu."

"Så er det Peterskirken, du skal have fat i," sagde hun tørt.

"Nej, ærlig talt. Jeg fik et angstanfald i dag, tror jeg. Jeg har det ikke godt."

"Så bliver det mandag klokken elleve. Skal jeg telefonere noget beroligende ind, eller klarer du dig i weekenden?"

"Jeg klarer mig," sagde han og følte sig ikke helt sikker, da han lagde røret.

Uret tikkede nådeløst. Nu var der knap to timer til, at Morten Holland kom hjem fra sin eftermiddagsvagt i videobutikken.

Han hægtede Merete Lynggaards mobil af opladeren og tændte for den. 'Indtast pinkode', stod der. Så virkede batteriet da endnu. Go'e gamle Siemens, det vidste man, hvad var.

Så tastede han 1-2-3-4 og fik en fejlmelding. Derefter prøvede han med 4-3-2-1, og fik samme besked. Så var der kun ét skud tilbage i bøssen, før han blev nødt til at sende skidtet til eksperterne. Han åbnede sagsmappen og fandt frem til Merete Lynggaards fødselsdag. Omvendt kunne hun lige så godt have brugt Uffes fødselsdag. Han bladrede lidt og fandt også frem til den. Og så kunne det oplagt være en kombination af begge eller noget helt tiende. Han valgte at kombinere de to første tal i deres fødselsdata, Uffes først, og indtastede nummeret.

Da skærmbilledet tonede frem med en smilende Uffe, der holdt Merete om halsen, forsvandt trykket i brystet et øjeblik. Andre ville have udstødt et sejrsråb, men Carl orkede det ikke. I stedet langede han benene op på bordet.

Besværet af den ubekvemme stilling åbnede han for telefonregistret og gennemgik mobilens liste af udgående og indgående opkald i perioden 15. februar 2002 og frem til den dag, hvor Merete Lynggaard forsvandt. Der var ret mange. Nogle af disse numre skulle han nok ind i selskabernes arkivregistre for at finde. Numre, der var blevet udskiftet og siden udskiftet igen. Det lød besværligt, men da der var gået en time, var mønstret klart: Merete Lynggaard havde kun kommunikeret med kolleger og talsmænd for interesseorganisationer i hele den periode. Tredive opkald alene var fra hendes eget sekretariat, heriblandt det allersidste den 1. marts.

254

Altså var eventuelle opkald fra den falske Daniel Hale rettet mod hendes fastnettelefon på Christiansborg. Hvis der altså overhovedet havde været nogen opkald.

Han sukkede og skubbede et bundt papirer midt på bordet til side med foden. Hans højreben kriblede efter at give Børge Bak et los i røven. Hvis det gamle efterretningshold havde lavet en opkaldsliste til Merete Lynggaards kontor-telefon, så var den i hvert fald tabt, for i sagsmappen var der ingenting.

Nå, den side af sagen måtte han overlade til Assad på mandag, mens Mona Ibsen tog ham under behandling.

I BR-BUTIKKEN I Allerød var udvalget af Playmobil-legetøj ikke dårligt, snarere tværtimod, men prisen var sandelig også derefter. Hvordan borgere i byen havde råd til at sætte småfolk i verden, forekom ham uforståeligt. Han udvalgte sig det suverænt billigste sæt med mere end to figurer, en politibil med to betjente til 269,75, og bad om bonen. Morten Holland skulle jo nok alligevel en tur ned at bytte, sådan var det.

I samme øjeblik han så Morten hjemme i køkkenet, gik han til bekendelse. Trak de lånte effekter op af plastikposen og langede den nye æske med. Sagde til Morten, at han var mere end ked af det, og at han aldrig skulle gøre det igen. At han i det hele taget aldrig nogensinde mere skulle træde ind på Mortens enemærker, når han ikke var hjemme. Mortens reaktion var absolut forventelig, men det kom alligevel som en overraskelse, at det store, laskede eksempel på, hvor ødelæggende fedtrig føde og mangel på motion kunne være, i den grad var i stand til at spænde kroppen op i fysisk vrede. At en krop kunne sitre så meget af forurettelse, og at skuffelse kunne udtrykkes i så mange forskellige ord. Ikke alene havde han trådt Morten over hans mega-lange tæer, han havde åbenbart splattet dem fuldstændig ud over laminatparketten.

Carl så ærgerligt på den lille plastikfamilie, der stod på kanten af køkkenbordet, og ønskede, at det her aldrig var sket, da trykket i brystet vendte tilbage i en helt ny form.

I sine spruttende forsikringer om, at Carl skulle til at se sig om efter en anden lejer, bemærkede Morten ikke Carls problem. Ikke før han sank om på gulvet med krampe i kroppen fra halsen og ned til navlen. Det var ikke bare brystsmerter denne gang. Det var huden, der virkede for lille, musklerne, der kogte i blodtilstrømning, mavemuskelspasmer, der trængte alle indvolde op mod rygraden. Det gjorde egentligt ikke ondt, det forhindrede ham bare i at trække vejret.

Der gik kun få sekunder, før Morten lå over ham med opspilede griseøjne og spurgte, om han trængte til et glas vand. 'Et glas vand, hvad fanden skulle det hjælpe?' røg det ind i hovedet på ham, mens pulsen dansede sin egen utakt. Ville han pøse det på ham, så kroppen kunne få en lille, hyggelig erindring om pludselig sommerregn, eller havde han tænkt sig at tvinge det ind mellem hans sammenpressede tænder, der lige nu hvislede af undertryk fra hans stækkede indre blæsebælg?

"Ja tak, Morten," tvang han sig selv til at sige. Alt for at de kunne møde hinanden et sted på halvvejen, dér midt på køkkengulvet.

Da han atter var kommet på højkant og anbragt i det mest udsplattede hjørne af sofaen, var Mortens forskrækkelse afløst af pragmatisme.

Hvis en sindig fyr som Carl kunne ledsage sine undskyldninger med et så eklatant sammenbrud, så mente han det jo nok.

"Okay. Så er vi enige om at slå en streg over det her, ikke Carl?" sagde han med tunge øjenlåg.

Carl nikkede. Hvad som helst der kunne sikre ham husfreden og et bundt timers falden ned, før Mona Ibsen skulle til at grave i hans indre.

32

2007

NEDE BAG BØGERNE i bogreolen i stuen havde Carl gemt et par halvtomme flasker gin og whisky, som Jesper endnu ikke havde fået snuset sig frem til og rundhåndet omdelt til improviserede fester.

Han drak det meste af dem begge, før roen faldt over ham, og weekendens uendelige antal timer slæbte sig af sted i dyb, dyb søvn. Kun tre gange på to dage stod han op, og tre gange langede han til sig, hvad køleskabet nu havde at byde på. Jesper var alligevel ikke hjemme, og Morten var på besøg hos sine forældre i Næstved, så hvem bekymrede sig så om datoudløb og menuens akavede sammensætning?

Da mandagen kom, blev det Jespers tur til at ruske i Carl. "Så stå dog op, Carl, hvad sker der? Jeg skal have penge med til mad. Der er jo ikke en skid i køleskabet."

Han så på sin papsøn med øjne, der nægtede at forstå endsige acceptere dagslyset. "Hvad er klokken?" mumlede han og vidste et øjeblik ikke, hvilken dag det var.

"Kom nu, Carl. Jeg kommer pissemeget for sent nu."

Han så på vækkeuret, som Vigga allernådigst havde efterladt ham. Selv havde hun ingen respekt for nætternes udstrækning.

Han spilede øjnene op, pludselig lysvågen. Klokken var ti minutter over ti. Om mindre end halvtreds minutter havde han bare at sidde på sin stol og se ind i Mona Ibsens lødige behandlerblik.

"DU HAR SVÆRT ved at komme op for tiden?" konstaterede hun og kastede et hurtigt blik på sit armbåndsur. "Jeg kan se, at du stadig sover dårligt," fortsatte hun, som om hun havde haft gang i en korrespondance med hans hovedpude.

Han ærgrede sig. Måske ville det have hjulpet, hvis han havde nået at komme i bad, før han styrtede ud af døren. 'Bare jeg ikke stinker,' tænkte han og trak ansigtet en anelse ned mod armhulerne.

Hun sad roligt og så på ham med hænderne hvilende i sit skød, fløjlsbenene over kors i de sorte benklæder. Hendes hår var tjavset klippet og kortere end sidst, øjenbrynene tordnende sorte. Alt sammen vældig skræmmende.

Han fik fortalt historien om sit sammenbrud på Lars Tyndskids marker og forventede måske en anelse sympati.

"Føler du, at du svigtede dine kolleger ved skudepisoden?" gik hun i stedet lige til biddet.

Carl gjorde et par synkebevægelser, vævede lidt om en pistol, der kunne være kommet hurtigere frem, og om instinkter, der måske var blevet sløvet af års omgang med kriminelle.

"Du føler, at du svigtede dine venner, det er min overbevisning. I så fald vil du komme til at lide under det, hvis du ikke erkender, at tingene ikke kunne have udviklet sig anderledes."

"Ting kunne altid være gået anderledes," sagde han.

Hun overhørte det. "Du skal vide, at jeg også har Hardy Henningsen under behandling. Jeg ser derfor sagen fra to sider og burde have erklæret mig inhabil. Imidlertid er der ikke regulativer, der kræver det, så derfor spørger jeg, om du med den viden stadig ønsker at tale med mig. Du skal være klar over, at jeg ikke kan komme ind på, hvad Hardy Henningsen har fortalt mig, ligesom du naturligvis også er beskyttet den modsatte vej af min tavshedspligt."

"Det er okay," sagde han, men mente det ikke. Havde hendes kinder ikke været dækket af fine dun, og havde hendes læber ikke i den grad skreget efter at blive kysset, så havde han rejst sig og bedt hende om at skride ad helvede til. "Men jeg vil tale med Hardy om det," sagde han. "Hardy og jeg kan ikke have hemmeligheder for hinanden, det går ikke."

Hun nikkede og rettede ryggen. "Har du nogensinde ellers været fanget i situationer, hvor du følte, at du ikke magtede det?"

"Ja," sagde han.

"Hvornår?"

"Lige nu." Han sendte hende et dybt blik.

Hun ignorerede det. Kolde kone.

"Hvad ville du give for, at Anker og Hardy stadig gik rundt herinde?" spurgte hun og kom hurtigt med yderligere fire spørgsmål, som koordinerede en underlig sorgfølelse i ham. For hvert spørgsmål så hun ham i øjnene og noterede svarene på sin blok. Det føltes, som om hun ville tvinge ham ud til kanten. Som om han skulle falde eftertrykkeligt, før hun så sig i stand til at gribe ud efter ham.

Hun bemærkede væsken, der løb fra hans næse, før han selv gjorde det. Så løftede hun blikket og noterede sig fugten, der var ved at samle sig i hans øjne.

'Du blinker ikke, for så løber det sgu,' sagde han til sig selv og forstod ikke, hvad det var, der rørte sig i ham. Han var ikke bange for at græde, havde heller ikke noget imod, at hun så det, han forstod bare ikke, hvorfor det absolut skulle være nu.

"Græd bare," sagde hun på samme verdenskloge måde, som man ville opfordre et forslugent spædbarn til at bøvse.

DA DE TYVE minutter senere afsluttede sessionen, havde Carl fået nok af at blotte sig. Mona Ibsen derimod virkede tilfreds og rakte ham hånden og gav ham en ny tid. Hun forsikrede ham igen om, at udfaldet af skudepisoden var hændeligt, og at han nok skulle finde sig selv igen i løbet af et par ganges behandling.

Han nikkede og havde det på en vis måde bedre. Måske fordi hendes duft overskyggede hans egen, og fordi håndtrykket føltes så let og blødt og varmt.

"Du kontakter mig, hvis der er noget, du har på hjerte, Carl. Det er lige meget, om det er stort eller småt. Måske er det vigtigt for vores videre samarbejde, det ved man aldrig."

"Så har jeg allerede et spørgsmål," sagde han og prøvede at synliggøre sine senede, efter sigende sexede hænder for hende. Dem havde kvinder givet ham megen ros for gennem tiderne.

Hun bemærkede hans poseren og smilede for første gang. Bag de bløde læber anedes et tandsæt hvidere end Lis' oppe på anden. Et sjældent syn i en tidsalder, hvor rødvin og koffeinholdige drikke fik de flestes bisser til at ligne røgfarvet glas.

"Og det er?" sagde hun.

Han tog sig sammen. Det måtte briste eller bære. "Er du engageret til anden side?" Han blev selv helt forskrækket over, hvor klodset det lød, men nu var det for sent. "Ja, undskyld," han rystede på hovedet, den var svær at komme videre med. "Jeg ville bare spørge, om du måske kunne være modtagelig over for en middagsinvitation en dag?"

Hendes smil stivnede. Væk var de hvide tænder og den bløde ansigtshud.

"Jeg tror, at du skal komme dig først, før du foretager den slags offensiver, Carl. Og så skal du nok vælge dine ofre med større omhu."

Han mærkede ærgrelsen forplante sig hele vejen gennem kirtelsystemet, mens hun vendte ryggen til og åbnede døren til korridoren. Fanden stå i det. "Hvis du ikke synes, at du kan omfattes af kategorien 'et valg med stor omhu'," brummede han til hendes ryg, "så ved du vist ikke, hvor fantastisk du virker på det modsatte køn."

Hun vendte sig om og strakte en hånd frem mod ham og pegede på den af fingrene, der var ring på.

"Jo, det ved jeg godt," sagde hun og trak sig så baglæns ud af slagmarken.

Så stod han dér med ludende skuldre, i egne øjne en af de fineste opdagere, som kongeriget Danmark havde fostret, og spekulerede over, hvordan i alverden han havde kunnet overse noget så elementært.

DE RINGEDE FRA institutionen Godhavn og orienterede ham om, at de nu havde fået fat i den pensionerede pædagog John Rasmussen, og at han dagen efter skulle til København og besøge sin søster, og at han bad meddele, at han altid gerne havde villet se Politigården, så derfor ville han meget gerne aflægge Carl et besøg klokken ti-halv elleve, hvis det ellers var i orden. Carl kunne ikke ringe til ham, for sådan var deres policy, men han kunne ringe tilbage til institutionen, hvis der kom noget i vejen.

Det var først, da han lagde røret, at han kom tilbage til virkeligheden. Svipseren med Mona Ibsen havde koblet hans hjernedele fra hinanden, og nu var pusleriet med at samle dem igen først ved at komme i gang. Socialpædagogen fra Godhavn, der havde været på Gran Canaria, ville altså komme. Måske havde det været betryggende med en forsikring om, at manden kunne huske drengen, der blev kaldt Atomos, før Carl begyndte at tilbyde sig som guide på Politigården. Men skidt.

Han trak vejret helt ned i lungedybet og prøvede at få Mona Ibsen og hendes katteøjne kylet ud af organismen. Der var masser af små tråde i Lynggaard-sagen, der skulle bindes en knude på, så det var bare med at komme videre, før selvmedlidenheden fik kløerne i ham.

En af de første opgaver var, at hjemmehjælperen Helle Andersen fra Stevns skulle se på de fotos, han havde fået oppe i Dennis Knudsens hus. Måske kunne hun også lokkes ind på Gården med en vicekriminalkommissær-guidet rundtur. Alt for ikke at skulle køre hen over Tryggevælde Å en gang mere.

Han ringede til hende og fik fat på gemalen, der stadig påstod, at han var sygemeldt med utrolig ondt i ryggen, men ellers lød forbavsende frisk. Sagde "Hej Carl", som om de engang havde været på spejderlejr og ædt af den samme gryde.

At høre på ham var som at sidde ved siden af tanten, der aldrig fik en mand. "Ih jo, han ville da gerne råbe på Helle, hvis hun ellers var hjemme. Nej, hun var altid ude hos sine klienter til klokken ...! Hovsa, nu hørte han vist hendes bil ude i indkørslen. Joda, hun havde skam fået en ny bil, man kunne altid høre forskel på en 1,3'er og en 1,6'er. Og det var rigtigt nok, hvad manden i tv sagde, sådan nogle Suzukier holdt kraftpetervælteme, hvad de lovede. Næh du, det var i hvert fald mægtigt, når man lige var kommet af med sin gamle Opel til en god pris," plaprede

261

myldrekæften, mens konen i baggrunden meldte sin ankomst med et skingrende: "Hej, Ooooleeee! Er du hjemme? Fik du stablet alt brændet?"

Godt for Ole, at det ikke var socialmyndighederne, der lagde øre til det spørgsmål.

Helle Andersen var hjertelig imødekommende, da hun endelig fik pusten, og Carl takkede for hendes modtagelse af Assad den anden dag og spurgte så, om hun var i stand til at modtage et par billeder på e-mail, som han havde scannet ind.

"Nu?" spurgte hun og ville formodentlig i næste åndedrag fortælle ham, hvorfor det ikke var så godt. "Jeg har lige et par pizzaer med hjem," kom det så. "Ole vil helst ha' dem med salat, og de er ikke så sjove, hvis det grønne først er sunket helt til bunds i ostemassen."

Der gik tyve minutter, før hun ringede og lød, som om hun endnu ikke havde sunket den sidste bid.

"Har du åbnet din e-mail?"

"Ja," bekræftede hun. Hun sad netop og så på de tre filer.

"Klik på den første. Hvad ser du?"

"Det er ham Daniel Hale, som din assistent viste mig et billede af forleden. Ham havde jeg ikke set før."

"Så klik på det andet. Hvad med det?"

"Hvem er det?"

"Ja, det spørger jeg dig om. Han hedder Dennis Knudsen. Har du set ham før? Måske et par år ældre end på billedet her."

Hun grinede. "Ikke med den fjollede kasket på i hvert fald. Nej, jeg har ikke set ham før, det er jeg ret sikker på. Han minder mig om min fætter Gorm, men Gorm er mindst dobbelt så tyk."

Det lå nok til familien.

"Hvad så med den tredje? Du ser en person, der står og snakker med Merete inde ved Christiansborg, kort tid før hun forsvandt. Man ser ham godt nok kun bagfra, men siger det dig noget? Tøjet, håret, kropsholdningen, højden, drøjden, hvad som helst?"

Der kom en lille pause, som tydede godt.

"Jeg ved ikke, man ser ham jo, som du siger, kun bagfra. Men måske har jeg set ham før. Hvor tænkte du, at jeg kunne have set ham?"

"Ja, det var sådan set dig, der skulle sige det."

'Kom nu, Helle,' tænkte han. Hvor mange episoder kunne der være tale om?

"Jeg ved godt, at du tænker på manden, der afleverede brevet. Jeg så ham godt nok bagfra, men der havde han noget helt andet tøj på, så det er ikke så let. Men meget stemmer, jeg er bare ikke sikker."

"Så skal du heller ikke sige noget, skat," lød det i baggrunden fra den såkaldt rygplagede pizzaæder. Det var svært at lade være med at sukke dybt.

"Okay," sagde Carl. "Så har jeg et sidste billede, jeg gerne vil sende til dig." Han klikkede på mailboksen.

"Jeg har det nu," sagde hun i den anden ende ti sekunder senere.

"Så sig, hvad du ser."

"Jeg ser et billede af fyren, der også var på billede nummer to, tror jeg. Dennis Knudsen, var det ikke det, han hed? Han er bare dreng her, men det dér skægge ansigtsudtryk vil man da altid kunne kende. Sikke nogle sjove kinder. Han kørte nok go-cart, da han var dreng, skal jeg love for. Det gjorde min fætter Gorm pudsigt nok også."

Det var nok, før han vejede fem hundrede kilo, ville Carl gerne have tilføjet. "Prøv at se på den anden dreng bag ved Dennis Knudsen. Siger han dig noget?"

Der blev stille i den anden ende. Selv ryg-ekvilibristen holdt sin kæft. Carl lod tiden gå. Tålmodighed var opdagerens dyd, sagde man jo. Så var det bare med at leve op til det.

"Det er faktisk ret uhyggeligt," kom det endelig. Helle Andersens stemme var lige pludselig skrumpet ind. "Det er ham. Jeg er faktisk meget sikker på, at det er ham."

"Ham, der afleverede brevet til dig nede i Meretes hus, mener du?"

"Ja." Der kom igen en pause, som om hun først måtte modellere billedet af drengen med tidens tand. "Er det ham, I søger efter? Har han noget at gøre med det, der skete med Merete, tror du? Skal jeg være

263

bange for ham?" Hun lød oprigtig bekymret. Og måske havde hun også på et tidspunkt haft grund til at være det.

"Det er fem år siden, så du har intet at frygte, Helle. Bare tag det roligt." Han hørte hende sukke. "Du tror, at det er den samme person som manden med brevet, siger du. Er du nu helt sikker?"

"Det må det være. Ja, fuldstændig. Hans øjne er så karakteristiske, kender du ikke det? Uha, det er lige, så jeg får det mærkeligt."

'Det er nok pizzaen,' tænkte Carl og takkede, lagde røret og lænede sig tilbage i sædet.

Han så ned på et af den kulørte presses fotos af Merete Lynggaard, som lå oven på sagsmappen. Lige nu følte han stærkere end nogensinde før i denne sag, at han stod som bindeled mellem offer og gerningsmand. Ja, for første gang var han sikker i sin sag. Denne Atomos havde sluppet taget i sin barndom og var vokset frem mod djævelens gerninger, farverigt sagt. Ondskaben i ham havde ført ham til Merete Lynggaard, spørgsmålene var så bare hvorfor og hvor og hvordan. Måske fik Carl dem aldrig besvaret, men lysten til det var der i hvert fald.

Så kunne en kone som Mona Ibsen bare pudse sin ring imens.

BAGEFTER SENDTE HAN billederne til Bille Antvorskov. Der gik ikke fem minutter, så lå svaret der på e-mail: Jo, den ene dreng på billederne kunne godt minde om manden, han havde med inde på Christiansborg. Men han ville ikke med sikkerhed kunne skrive under på, om det var ham.

Carl var tilfreds. Han var sikker på, at Bille Antvorskov aldrig skrev under på noget som helst uden først at have undersøgt det i hoved og røv.

Så ringede telefonen, og det var ikke Assad eller manden fra Godhavn, som han troede, men af alle væsener på jord gud hjælpe ham Vigga.

"Hvor bliver du af, Carl?" vibrerede hendes stemme.

Han prøvede at dechifrere, hvad der var los, men nåede ikke til noget resultat, før svadaen kom.

"Receptionen startede for en halv time siden, og der er endnu ikke kommet et øje. Vi har ti flasker vin og tyve poser snacks. Hvis du også bliver væk, så ved jeg simpelthen ikke hvad."

"I dit galleri, mener du?"

Et par hurtige snøft vidnede om, at hun var lige ved at tude.

"Jeg ved ikke noget om nogen reception."

"Hugin sendte halvtreds indbydelser ud i forgårs." Hun snøftede en sidste gang og trak så den rigtige Vigga op af godteposen. "Hvorfor kan man i det mindste ikke regne med din støtte? Du, som har lagt penge i det her! "

"Prøv at spørge dit omvandrende gespenst."

"Hvem kalder du et gespenst? Hugin?"

"Har du da andre af den slags klemmelus daffende rundt?"

"Hugin har mindst lige så stor interesse som jeg i, at det her fungerer."

Han tvivlede ikke. Hvor kunne han ellers få udstillet sine fingerflåede stumper af undertøjsreklamer og smadrede McDonald's Happy Meal-figurer tilsjasket med Bilkas billigste maling?

"Jeg siger bare, Vigga, at hvis ham Einstein ellers har husket at lægge brevene i postkassen i lørdags, som han påstår, så ligger de altså først rundt omkring i folks postkasser, når de kommer hjem fra arbejde engang senere i dag."

"Guud nej, for fanden da også!" stønnede hun.

Så var der nok en mand i sort, der ikke fik noget på den dumme i aften. Ren fryd.

TAGE BAGGESEN BANKEDE på dørkarmen til Carls kontor i samme øjeblik, Carl havde sat tænderne i en af den slags cigaretter, der har råbt og skreget på en i timevis.

"Ja," sagde han med lungerne fulde af røg og genkendte manden iklædt en nydelig båret halvbrandert, der sendte en duft af cognac og bajere ind i rummet.

"Ja, jeg undskylder, at jeg afbrød vores telefonsamtale så brat forleden. Jeg havde brug for at tænke, nu hvor tingene alligevel kommer frem."

Carl bød ham tage plads og spurgte, om han ville have noget at drikke, men folketingsmanden viftede afværgende med den ene hånd og fandt stolen med den anden. Nej, tørstig var han vel nok ikke.

"Hvilke ting tænker du på nu?" Carl sagde det, så det kunne lyde, som om han havde mere i baghånden, hvilket absolut ikke var tilfældet.

"I morgen vil jeg trække mig fra min folketingspost," sagde Baggesen og så sig om i lokalet med tunge øjne. "Jeg går til vores formand efter denne samtale. Merete fortalte mig, at det ville gå sådan, hvis jeg ikke lyttede, men jeg lyttede ikke. Og så gjorde jeg jo alligevel det, jeg aldrig skulle have gjort."

Carl kneb øjnene sammen. "Så er det godt, at vi to får gjort rent bord, før du går til bekendelse over for gud og hvermand."

Den velvoksne mand nikkede og bøjede hovedet. "Jeg købte aktier i 2000 og 2001 og vandt på det."

"Hvilke aktier?"

"Alt muligt skidt og lort. Og så fik jeg en ny aktierådgiver, der rådede mig til at investere i våbenfabrikker i USA og i Frankrig."

Det kunne bankrådgiveren nede i Lokalbanken i Allerød nok ikke finde på at råde Carl til at stikke sine sparepenge i. Han tog et dybt hvæs og skoddede smøgen. Nej, det var bestemt ikke sådanne dispositioner, som førende medlemmer af det pacifistiske parti Radikalt Centrum ønskede at blive kendt for, det kunne Carl godt sætte sig ind i.

"Jeg lejede også to af mine ejendomme ud til massageklinikker. Jeg vidste det godt nok ikke i begyndelsen, men jeg fandt ud af det. De lå nede i Strøby Egede i nærheden af, hvor Merete boede, og man snakkede om det dernede. Jeg havde mange ting i gang i den periode. Desværre pralede jeg med mine forretninger over for Merete. Jeg var så forelsket, og hun var så ligeglad med mig. Måske håbede jeg, at hun ville blive lidt mere interesseret, hvis jeg var lidt stor i slaget, men selvfølgelig blev hun ikke det." Han masserede sin nakke med den ene hånd. "Sådan var hun jo slet ikke."

Carl fulgte røgen, til rummet havde opslugt den. "Og hun bad dig om at stoppe?"

"Nej, hun bad ikke om det."

"Hvad så?"

"Hun sagde, at hun måske ville komme til at sige det ved en fejltagelse til sin daværende sekretær, Marianne Koch. Meningen var klar nok. Med den sekretær ville alle vide det på et øjeblik. Merete advarede mig bare."

"Hvorfor interesserede hun sig overhovedet for dine sager?"

"Det gjorde hun heller ikke. Det var jo det, der var årsagen til det hele." Han sukkede og støttede hovedet i hænderne. "Jeg havde lagt an på hende i så lang tid, at hun til sidst bare ville have mig væk. Og på den måde fik hun sin vilje. Jeg er sikker på, at hvis jeg havde fortsat med at presse hende, så ville hun have sluppet oplysningerne om mig ud. Jeg bebrejder hende ikke. Hvad fanden skulle hun ellers gøre?"

"Så du lod hende være i fred, men til gengæld fortsatte du dine forretninger?"

"Jeg opsagde massageklinikkernes lejekontrakter, men aktierne beholdt jeg. Dem solgte jeg først et stykke tid efter den 11. september."

Carl nikkede. Ja, den katastrofe var der mange, der var blevet rige på.

"Hvad tjente du på det?"

Baggesen så op. "Godt og vel ti millioner."

Carl skød underlæben frem. "Og så slog du Merete ihjel, for at hun ikke skulle afsløre det?"

Det gav et sæt i folketingsmanden. Nu genkendte Carl fyrens forskrækkede ansigt fra sidste gang, han tog livtag med ham.

"Nej, nej! Hvorfor skulle jeg dog gøre det? Det var jo ikke ulovligt, det jeg havde gjort. Der ville jo bare være sket det, som alligevel sker i dag."

"Du ville blive bedt om at skride ud af din folketingsgruppe i stedet for selv at gå?"

Hans blik flakkede rundt i lokalet og fik først ro, da han fandt sine initialer på listen over mistænkte oppe på whiteboardet.

"Det dér kan du godt stryge," sagde han og rejste sig.

ASSAD MØDTE FØRST på arbejde ved tre-tiden. Betragteligt senere end man burde forvente af en mand med hans beskedne kvalifikationer og udsatte position. Carl overvejede et øjeblik nytten af en opsang, men Assads glade ansigt og begejstring indbød ikke til bagholdsangreb.

"Hvad hulen har du lavet i al den tid?" spurgte han i stedet og pegede op på uret.

"Jeg skal hilse fra Hardy, Carl. Du sendte mig selv derop."

"Var du hos Hardy i syv timer?" Han pegede igen på uret.

Assad rystede på hovedet. "Jeg fortalte ham jo, hvad jeg vidste om cyklistmordet så, og ved du, hvad han sagde?"

"Han kom vel med et bud på morderen?"

Assad så forbløffet ud. "Du kender ham vel nok godt nok, Carl. Ja, det gjorde han altså faktisk."

"Næppe med navns nævnelse kan jeg forestille mig."

"Med et navn? Nej, men han sagde, at man nok skulle lede efter en person, der havde betydning for vidnets børn så. At det nok ikke var en lærer eller en i dagsinstitutionerne, men sådan en, som de var virkelig meget afhængige af. Vidnets eks-mand eller en læge eller måske en, som børnene så meget op til. En ridelærer eller sådan noget. Men det skulle være en, som havde at gøre med begge børn. Det har jeg også lige sagt oppe på anden sal."

"Javel så!" Carl spidsede læberne. Det var da utrolig, så velformuleret han pludselig blev. "Jeg kan forestille mig, at Bak blev himmelhenrykt."

"Himmelhenrykt?" Han tyggede på ordet. "Måske. Hvordan ser man så ud så?"

Carl trak på skuldrene. Så kendte han ham igen. "Hvad har du ellers lavet?" Han loddede i Assads spil med øjenbrynene, at han havde noget i baghånden.

"Se, hvad jeg har her, Carl." Han trak Merete Lynggaards slidte læderbinds-kalender op af sin Fakta-pose og lagde den på bordet. "Se selv efter, er manden ikke så dygtig?" spurgte han.

Carl åbnede telefontavlen under H og registrerede omgående forvandlingen. Jo, det var fantastisk flot lavet. Hvor der før havde været en udstregning af et telefonnummer, stod der nu lidt udvisket, men dog ganske tydeligt: Daniel Hale og 25772060. Det var helt forrygende. Endnu mere forrygende end hastigheden af hans fingre, der søgte tastaturet for at tjekke telefonregistret.

Han måtte simpelthen lige slå nummeret op. Selvfølgelig forgæves. "Ugyldigt mobiltelefonnummer, står der. Ring op til Lis og bed hende tjekke nummeret med det samme. Sig, at det meget vel kan være udgået for fem år siden. Vi ved ikke, hvilken mobiloperatør der har haft det, men hun finder nok ud af det, er jeg sikker på. Skynd dig, Assad," sagde han og svingede ham et klap på granitskulderen.

CARL TÆNDTE EN smøg, lænede sig tilbage og opsummerede.

Merete Lynggaard mødte den falske Daniel Hale på Christiansborg og havde muligvis haft en flirt med ham, hvorpå hun droppede ham efter få dage. Udstregningen af hans navn i telefonbogen virkede usædvanlig for hende, nærmest rituel. Hvad årsagen end var til hendes handling, så var mødet med den såkaldte Daniel Hale nok en radikal oplevelse i Meretes liv.

Carl prøvede at se hende for sig. Den smukke politiker med livet foran sig, som så møder den forkerte. En bedrager, en mand med onde hensigter. Flere havde koblet ham med drengen, der blev kaldt Atomos. Hjemmehjælperen i Magleby mente, at denne dreng efter al sandsynlighed var identisk med manden, som afleverede brevet dernede med hilsenen 'God tur til Berlin', og ifølge Bille Antvorskov var drengen Atomos ham, som senere udgav sig for Daniel Hale. Samme dreng, som Dennis Knudsens søster påstod havde stor magt over hendes bror i barndommen, og efter alt at dømme også ham, der mange år senere ansporede sin ven Dennis Knudsen til at støde sammen med den rigtige Daniel Hales bil og derved forårsagede hans død. Indviklet og alligevel ikke.

Der var efterhånden mange ting, der havde hobet sig op i indiciernes hjørne: Der var Dennis Knudsens mærkelige dødsfald kort tid efter bilulykken. Der var Uffes alt for overvældende reaktion ved at se et urgammelt foto af drengen Atomos, der sandsynligvis senere møder Merete Lynggaard som Daniel Hale. Et møde, som manden havde gjort meget for at arrangere.

Og så var der endelig Merete Lynggaards forsvinden.

Han mærkede et surt opstød kradse sig vej og ønskede sig næsten en slurk af Assads klistermasse.

Carl hadede at vente, når det ikke var nødvendigt. Hvorfor helvede kunne han så ikke få lov til at tale med den skide pædagog fra Godhavn lige her på stedet? Drengen Atomos måtte da have et navn og et personnummer. Noget, der kunne strække sig helt ind i nutiden. Han ville bare vide det. Nu!

Han skoddede smøgen og trak de gamle lister over sagen ned fra whiteboardet og lod blikket løbe ned over den.

MISTÆNKTE:

1) Uffe

2) Ukendt postbud. Brevet om Berlin

3) Manden/kvinden fra Café Bankeråt

4) 'Kolleger' på Christiansborg – TB + ?

5) Rovmord efter røverisk overfald. Hvor mange penge i tasken?

6) Seksuelt overfald

TJEKKE:

Sagsbehandler på Stevns

Telegrammet

Sekretærerne på Christiansborg

Vidner på færgen Schleswig-Holstein

Plejefamilien efter ulykken/gamle studiekammerater på universitetet. Var hun deprimeret af natur? Var hun gravid? Forelsket?

Ud for 'Ukendt postbud' skrev han i parentes 'Atomos som Daniel Hale'. Så strøg han Tage Baggesens initialer og nederst på ark to spørgsmålet om, hvorvidt hun var gravid.

Ud over punkt tre stod nu punkt fem og seks stadig tilbage på det første stykke papir. Selv et lille beløb ville have kunnet friste en rovmorders syge hjerne, hvorimod punkt seks med seksuelle motiver som baggrund næppe var sandsynligt med de aktuelle forhold og tidsrammen på færgen taget i betragtning.

Af punkterne på det andet stykke papir manglede han stadig vidnerne på færgen, plejefamilien og studiekammeraterne. Hvad vidnerne angik, så havde rapporterne intet som helst at komme med, og resten var lige meget nu. Selvmord var det i hvert fald ikke.

'Nej, de sedler kommer jeg ikke så meget videre med,' tænkte han, så et par gange mere på dem og kylede dem så i papirkurven. Noget skulle der jo i den.

Han tog Merete Lynggaards telefontavle op og løftede den helt tæt til øjnene. Det var fandeme et godt stykke arbejde, som Assad havde fået udført. Overstregningslinjen var fuldstændig væk. Det var virkelig utrolig.

"Du fortæller mig, hvem der har lavet det her," råbte han tværs over gangen, men Assad bremsede ham med en håndbevægelse. Nu så han, at hans hjælper havde telefonrøret klistret til øret og sad og nikkede. Han så ikke oplivet ud, tværtimod. Så var det sikkert ikke muligt at finde en abonnent på det gamle mobilnummer, som stod i telefontavlen under Hale.

"Var der et taletidskort i mobilen?" spurgte han, da Assad kom ind med sin lap papir og let misbilligende viftede røgen væk.

"Ja," svarede han og rakte Carl lappen. "Det var en pige i syvende klasse på Tjørnelyskolen i Greve, som havde mobiltelefonen. Hun meldte den stjålet fra sin frakke, der hang sådan uden for hendes klasseværelse, mandag den 18.2. 2002. Tyveriet blev først anmeldt nogle dage efter, og ingen ved, hvem der gjorde det."

Carl nikkede, så kendte de altså abonnenten, men ikke den, der havde stjålet mobilen og brugt den. Det gav mening. Nu var han sikker på, at alt hang sammen. Merete Lynggaards forsvinden var ikke en følge af tilfældigheder. En mand havde nærmet sig hende med ureelle hensigter, som man sagde, og havde forårsaget en kæde af hændelser, som var endt med, at ingen siden havde set den smukke folketingspolitiker. I mellemtiden var der gået mere end fem år. Naturligvis frygtede han det absolut værste.

271

"Lis spørger så nu, om hun skal gå videre med sagen?" sagde Assad.

"Hvorledes?"

"Om hun så skal forsøge at koble de der samtaler fra den gamle telefon på Merete Lynggaards kontor med det her nummer?" Assad pegede på den lille lap papir, hvor pigens data, '25772060, Sanne Jønsson, Tværager 90, Greve Strand,' stod med ret sirlige blokbogstaver. Så *var* Assad altså i stand til at skrive, så det kunne læses.

Carl rystede på hovedet af sig selv. Havde han virkelig glemt at bede om at få sammenlignet listerne over samtaler? Nu måtte han fandeme til at bruge en blok, før Alzheimer-light'en for alvor satte ind.

"Klart nok," svarede han med myndig selvfølgelighed. På den måde blev der måske afdækket en tidskæde i kommunikationen, som kunne tegne et mønster i udviklingen og afviklingen af forholdet imellem Merete Lynggaard og den falske Daniel Hale.

"Men ved du hvad, Carl. Det vil tage et par dage. Lis har ikke tid nu, og hun siger, at det er temmelig så besværligt, når det er så lang tid siden så. Måske lykkes det ikke engang." Assad så helt sørgmodig ud.

"Sig nu, Assad, hvem der kan lave sådan noget flot arbejde," sagde Carl, mens han vejede Meretes kalender i hånden.

Men det ville Assad ikke.

Carl skulle lige til at forklare ham, at hemmelighedskræmmeri ikke gjorde noget godt for hans chancer for at få lov at blive i jobbet, men så ringede telefonen.

Det var forstanderen fra Egely, og hans afsky for Carl sivede ud af røret. "De skal vide, at Uffe Lynggaard forlod institutionen kort tid efter Deres fuldstændig vanvittige overgreb i fredags. Vi ved ikke, hvor han er nu. Politiet i Frederikssund er varskoet, men er der sket ham noget alvorligt, Carl Mørck, så skal jeg sørge for at forpeste Deres karriere fra nu af."

Så smækkede han røret på og efterlod Carl i et buldrende tomrum.

To minutter efter ringede drabschefen ned og bad ham om at stille på kontoret. Han behøvede ikke at krydre ordene, Carl kendte tonefaldet.

Han skulle komme op, og det skulle også i den grad være lige med det samme.

33

2007

ALLEREDE I DSB-KIOSKEn på Allerød station begyndte mareridtet. Gossips udvidede påskenummer kom en ugedag tidligere end normalt, og alle, der havde selv det mindste kendskab til Carl, vidste nu, at det lige præcis var et billede af ham, vicekriminalkommissær Carl Mørck, der sad dér i hjørnet på forsiden under tophistorien med prinsen og hans franske kærestes forestående bryllup.

Et par af de lokale trak sig pinlig berørte lidt ind i sig selv, mens de købte sandwicher og frugt. 'Kriminalbetjent truer journalist', tordnede overskriften, og nedenunder med små bogstaver stod der: 'Sandheden om dødsskuddene'.

Kioskmanden virkede reelt skuffet, da Carl ikke personlig agtede at investere i nyheden, men fandeme nej, om Pelle Hyttested skulle tjene til føden på hans indsats.

I toget blev der gloet en del, og Carl mærkede igen trykket sætte sig i brystkassen.

Inde på Gården blev det ikke bedre. Han havde afsluttet den foregående dag med at skulle stå skoleret på drabschefens kontor på grund af Uffe Lynggaards bortgåen, og nu blev han sendt derop igen.

"Hvad glor I på, gopler?" snerrede han undervejs af et par stykker, der ikke ligefrem så ud til at sørge på hans vegne.

"Ja, Carl. Spørgsmålet er jo, hvad jeg skal stille op med dig?" sagde Marcus Jacobsen. "I næste uge skal jeg vel frygte overskrifter, hvor der står, at du har udøvet psykisk terror over for en retarderet. Du ved vel, hvad pressen kan finde på, hvis Uffe Lynggaard omkommer, ikke?" Han pegede ind i bladet. Det var et opslag med et surt billede af Carl, som en fotograf havde taget på et gerningssted nogle år før. Carl huskede udmærket, hvordan han fik sparket pressen ud af det afspærrede område omkring gerningsstedet, og hvor rasende journalisterne blev.

"Så jeg spørger igen: Hvad gør vi ved dig, Carl?"

Carl trak ugebladet over mod sig og skimmede med ærgrelse tekstens ordlyd midt i de gule og røde layout-plamager. De kunne virkelig trykke en mand ned i mudderet, de dér sladdersprøjte-lavkaste-journalister.

"Jeg har overhovedet ikke udtalt mig om den sag til nogen på Gossip," sagde han. "Jeg sagde bare, at jeg ville have givet mit liv for Hardy og Anker, ikke andet. Ignorér det, Marcus, eller sæt en af advokaterne på det."

Han smed ugebladet tilbage og rejste sig. Nu havde han i overensstemmelse med sandheden aflagt vidnesbyrd. Hvad fanden ville Marcus så gøre ved det? Fyre ham måske? Det skulle der nok kunne komme nogle andre ret gode overskrifter ud af.

Chefen så resigneret på ham. "De ringede fra TV 2s kriminalmagasin Station 2 og ville gerne snakke med dig. Det sagde jeg, at de godt kunne glemme."

"Okay." Chefen turde vel ikke andet.

"De spurgte mig, om der var kød på Gossips historie om dig og den skudepisode ude på Amager."

"Javel. Men så vil jeg da gerne vide, hvad du svarede."

"Jeg sagde, at det hele var en fis i en hornlygte."

"Okay, det er godt." Carl nikkede sammenbidt. "Og mener du så også det?"

"Carl, prøv lige at høre efter. Du har været i tjenesten i lang tid nu. Hvor mange gange er det ikke sket i din karriere, at en kollega er moslet op i et hjørne? Tænk på den allerførste gang, du selv tullede rundt om natten som patruljebetjent i Randers, eller hvor du nu var, og pludselig stod der en flok skidefulde bonderøve foran dig, der ikke kunne lide din uniform. Kan du huske fornemmelsen? Og med årene så opstår der en gang imellem situationer, der er hundrede gange værre end det. Jeg har prøvet det, Lars Bjørn og Bak har prøvet det, og en masse gamle kolleger, der laver noget andet i dag, har prøvet det. Trusler på livet. Med økser og lægtehammere, metalstænger, knive, knuste ølflasker, haglgeværer og andre skydevåben. Og hvor mange gange kan man stå for mosten, og hvornår kan man så ikke mere, hvem ved det? Det er aldrig til at vide, er det vel? Vi har alle sammen været ude at skide på et eller andet tidspunkt. Hvis ikke, så er man jo ikke nogen ordentlig betjent, vel? Vi skal bare derud, hvor man ikke kan bunde en gang imellem, det er vores job."

Carl nikkede og følte trykket i brystkassen sætte sig på en ny måde. "Hvad er så konklusionen på det her, chef?" sagde han og pegede på ugebladet. "Hvad siger du så til det? Hvad tænker du om det?"

Drabschefen så roligt på Carl, og uden et ord rejste han sig, åbnede vinduet ud mod Tivoli, bøjede sig forover, tog bladet og foretog en tørrebevægelse bagi med det, vendte sig om mod vinduet og kylede skidtet ud i luften.

Tydeligere kunne han vist ikke sige det.

Carl mærkede det trække i smilerynkerne. Nu var der en fodgænger, der ville få sig et gratis tv-program.

Han nikkede til sin chef. Det var faktisk rørende.

"Jeg er tæt på at kunne komme med nye oplysninger i Lynggaardsagen," kvitterede han og ventede på at få lov til at gå.

Drabschefen nikkede med en vis anerkendelse. Det var i sådanne situationer, man vidste, hvorfor han var så afholdt, og hvorfor han havde kunnet holde på den samme smukke kvinde i mere end tredive år. "Og husk så lige, at du stadig ikke har meldt dig til leder-kurset, Carl," indskød han. "Og det sker inden i overmorgen, er du med?"

Carl nikkede, men det betød ikke noget. Hvis chefen insisterede på videreuddannelse, så måtte han nok først en tur rundt om fagforeningen.

DE FIRE MINUTTERS gang fra drabschefens kontor og ned i kælderen var en spidsrod af hånlige blikke og misbilligende attituder. 'Du er en skændsel for os alle sammen,' sagde nogle af øjnene, 'men det kan I fandeme selv være,' tænkte han. De skulle hellere tage at bakke ham op. Så ville han sikkert heller ikke have det, som om der stod en velfodret okse og stangede på hans brystkasse.

Selv Assad nede i kælderen havde set artiklen, men han klappede i det mindste Carl på ryggen. Han syntes, at billedet på forsiden var flot skarpt, men at bladet var alt for dyrt. Det var forfriskende med et par nye synsvinkler.

Præcis klokken ti ringede de oppe fra 'Buret' på Polititorvet. "Her står en mand til dig, Carl," sagde den vagthavende koldt. "Venter du en John Rasmussen?"

"Ja, send ham bare ned."

Fem minutter efter hørte de tøvende skridt ude på gangen efterfulgt af et forsigtigt: "Hallo, er her nogen?"

Carl tvang sig selv ud gennem døråbningen og stod så ansigt til ansigt med en anakronisme i islændersweater og fløjlsbukser og hele baduljen.

"John Rasmussen. Det er mig, der var pædagog på Godhavn, vi har en aftale," sagde han og rakte hånden frem med et lurende, krøllet blik. "Hør, er det ikke dig, der er på forsiden af et ugeblad i dag?"

Det var til at blive idiot af. I den mundering burde sådan nogle som han holde sig for gode til at glo på den slags.

Indledningsvis blev de derefter enige om, at John Rasmussen huskede Atomos, og de blev ligeledes enige om at gennemgå sagen før rundvisningen. Det gav så Carl muligheden for at spise ham af med en minirunde i stueetagen og så et hurtigt kig ud i gårdene.

Manden virkede rar, om end omstændelig, slet ikke den type, som utilpassede rødder kunne have tålmodighed til at være sammen med, hvis nogen spurgte Carl. Men der var nok stadigvæk en del, som Carl ikke vidste om utilpassede rødder.

"Jeg skal sørge for at faxe til dig, hvad vi har oppe på institutionen, det har jeg aftalt med kontoret, at vi godt kan gøre. Vi har nemlig ikke ret meget, skal jeg sige dig. Atomos' journalmappe forsvandt engang for nogle år siden, og da vi fandt den bag en reol, så manglede mindst halvdelen af sagsakterne." Han rystede på hovedet, så den løse hud under hans hage slaskede.

"Hvorfor var han anbragt deroppe hos jer?"

Han trak på skuldrene. "Du ved, problemer på hjemmefronten, og så en anbringelse hos en plejefamilie, der måske ikke var det bedste valg. Så kommer reaktionen, og somme tider går det over gevind. Han var vist nok en ret god dreng, men han havde for få udfordringer og for godt et hoved. En hæslig kombination. Du ser den overalt i fremmedarbejder-ghettoerne. De sprænges sgu itu af ubrugt energi, de unge mennesker."

"Var han kriminel?"

"I en eller anden forstand var han vel, men bare småting, tror jeg. Ja, okay, han kunne være meget heftig, men jeg husker ikke, at han var på Godhavn på grund af vold. Nej, det kan jeg ikke huske noget om, men det er jo også over tyve år siden, ikke sandt?"

Carl trak blokken frem. "Jeg stiller hurtige spørgsmål, så jeg vil sætte pris på, at du svarer enkelt. Hvis du ikke kan svare, så går vi videre. Du kan altid vende tilbage til det, hvis svaret kommer til dig senere. Okay?"

Manden nikkede venligt til Assad, der bød ham en af sine klæbrige, steghede substanser i en nysselig lille kop med guldblomster på. Han tog smilende imod den. Det skulle han nok komme til at fortryde.

Han rettede blikket mod Carl. "Ja," sagde manden. "Det er forstået."

"Drengens rigtige navn?"

"Han hed vistnok Lars Erik eller Lars Henrik eller sådan noget. Efternavnet var helt almindeligt, Petersen, tror jeg, men det kan jeg skrive i faxen."

"Hvorfor kaldte man ham Atomos?"

"Det var et eller andet med, hvad hans far havde lavet. På en eller anden måde så han ret meget op til sin far. Han havde mistet ham nogle år før, men jeg tror, at hans far havde været ingeniør og lavede noget til atomprøvestationen på Risø eller sådan noget. Men det tror jeg, at du ret let kan efterforske nærmere, når du har drengens navn og personnummer."

"I har stadig personnummeret?"

"Ja, det var ellers forsvundet med de andre ting i mappen, men vi havde et system i bogholderiet, som havde at gøre med tilskuddene fra kommuner og stat, så det er vedhæftet mappen nu."

"Hvor længe var han oppe hos jer?"

"Jeg tror, at han var der omkring tre-fire år."

"Det var længe, når man tænker på hans alder, var det ikke?"

"Både jo og nej. Sådan går det nogle gange. Det var ikke muligt at få ham videre i systemet. Han ville ikke tilbage til en ny plejefamilie, og hans egen familie var altså først i stand til at tage ham til sig på det tidspunkt."

"Har I hørt fra ham siden? Ved du, hvad der er sket med ham?"

"Jeg så ham tilfældigvis en del år senere, og da så han ud til at klare sig udmærket. Det var i Helsingør, tror jeg. Han arbejdede vist nok som steward eller styrmand eller sådan noget. Han havde i hvert fald uniform på."

"Du mener, at han var sømand?"

"Ja, det tror jeg. Noget i den stil."

'Jeg må se at få mandskabslisten på færgen Schleswig-Holstein udleveret af Scandlines,' tænkte Carl. Mon de nogensinde havde rekvireret den? Carl så endnu engang Baks brødebetyngede ansigt for sig, da han sad oppe hos chefen i torsdags.

"Lige et øjeblik," sagde han til manden og råbte til Assad, at han skulle gå op til Bak og spørge ham, om de havde sørget for at få mandskabslisten på den færge, hvor Merete Lynggaard forsvandt, og hvor den i så fald var blevet af.

"Merete Lynggaard? Handler det her om hende?" spurgte manden med julelys i øjnene og tog så en gevaldig slurk af sirupsteen.

Carl smilede til ham med sådan et smil, der udstrålede, hvor utrolig glad han var over at være blevet spurgt. Og så gik han ellers videre med spørgerunden uden at svare.

"Havde drengen psykopatiske træk? Kunne han udvise empati, husker du det?"

Pædagogen så tørstigt ned i sin tomme kop. Han hørte åbenbart til dem, der havde hærdet smagsløgene i mikro-makroens dage. Så løftede han sine grå øjenbryn. "Mange af de drenge, vi får op til os, er følelsesmæssigt afvigende. Selvfølgelig bliver der stillet en diagnose på nogle af dem, men jeg husker ikke, om det var tilfældet for Atomos. Jeg tror nok, at han var i stand til at udvise empati. Han var i hvert fald tit bekymret for sin mor."

"Havde han da grund til det? Var hun narkoman eller sådan noget?"

"Nej da, det var hun ikke. Jeg mener at huske, at hun var ret syg. Det var derfor, at det tog så lang tid at få ham tilbage til familien."

Bagefter blev rundvisningen kort. John Rasmussen viste sig at være en umættelig betragter og kommenterede alt, hvad han så. Hvis det havde stået til ham, så var samtlige kvadratmeter på Politigården blevet skridtet af. Ingen detaljer var for små til John Rasmussen, så Carl lod, som om der lå en bipper i hans lomme og tikkede løs. "Ja, desværre. Det er så signalet til, at der er sket et mord," sagde han med en alvor i ansigtet, som smittede pædagogen. "Jeg er bange for, at vi må slippe hinanden. Tak for nu, John Rasmussen. Jeg regner så med, at jeg har en fax fra dig inden for et par timer, skal vi ikke sige det?"

STILHEDEN HAVDE STORT set sænket sig over Carls domicil. Foran ham lå der en seddel, hvor der stod, at Bak ikke vidste noget om nogen mandskabsliste. Hvad fanden havde han forventet?

Inde fra Assads hummer lød der stille bønner fra bedetæppet i hjørnet, men ellers var der ingenting. Carl var stormomsust og blæst omkuld. Nu havde telefonen kimet dem ned i over en time på grund af den skide sladderblads-artikel. Alt fra politidirektøren, der ville give et godt ord med på vejen, til lokalradioer, hjemmeside-redaktører, tidsskriftsskribenter og alt muligt andet kravl, der bevægede sig på medieverdenens overdrev. Tilsyneladende morede det fru Sørensen oppe på anden at stille revl og krat ned til ham, så nu havde han sat telefonen på lydløs og aktiveret vis nummer-funktionen. Problemet var så, at han aldrig havde været god til at huske numre, men så slap han da for yderligere tiltale.

Faxen fra Godhavn-pædagogen, Rasmussen, blev det første, der hev ham ud af den selvvalgte dvale.

John Rasmussen var som ventet en høflig mand og takkede pænt for sidst og roste Carl for at have taget sig tid til at vise ham rundt. De følgende sider var de lovede dokumenter, og i al deres kortfattethed var oplysningerne guld værd.

Drengen, de kaldte Atomos, hed i virkeligheden Lars Henrik Jensen. Cpr-nummer 020172-0619, altså født i 1972, så i dag ville han være femogtredive år. Han og Merete Lynggaard var altså omtrent jævnaldrende.

'Et sindssvagt almindeligt navn, Lars Henrik Jensen,' tænkte han træt. Hvorfor pokker havde Bak eller nogen af de andre knuder i den gamle efterforskning ikke været så vakse at printe mandskabslisten fra færgen Schleswig-Holstein ud? Hvem vidste, om vagtplanerne fra dengang over hovedet var til at grave frem?

Han spidsede læberne. Hvor ville det dog være et stormskridt fremad, om det viste sig, at fyren havde arbejdet på færgen Schleswig-Holstein dengang, men det ville en forespørgsel til Scandlines forhåbentlig kunne afklare. Han sad et øjeblik og løb faxerne igennem endnu en gang, og greb så telefonrøret for at ringe til Scandlines hovedkontor.

Der lød en stemme, før han nåede at taste nummeret. Et øjeblik troede han, at det var Lis på anden sal, men så rullede Mona Ibsens voksovertrukne fløjlsstemme sig ud og fik ham til at holde vejret.

"Hvad skete der?" spurgte hun. "Den duttede ikke engang."

Ja, det gad han sandelig også godt vide. Hun måtte jo være blevet stillet ned til ham i det øjeblik, han tog røret.

"Jeg har set Gossip fra i dag," sagde hun.

Han bandede sagte. Også hun. Hvis det lorteugeblad vidste, hvor mange læsere han havde trukket til dem i den uge, så ville de placere hans kontrafej permanent under deres forsidelogo.

"Det er jo en noget speciel situation, Carl. Hvad har den betydet for dig?"

"Det er naturligvis ikke det bedste, der er sket mig, det skal jeg gerne indrømme," sagde han.

"Vi må nok snart mødes igen," sagde hun.

På en eller anden måde virkede tilbuddet ikke helt så tiltalende som

280

før. Sandsynligvis på grund af den signalforstyrrende vielsesring, som i mellemtiden var blevet trykket ned over hans antenner.

"Jeg har en formodning om, at du og Hardy først bliver psykisk frie, når morderne er fanget. Er du enig i det, Carl?"

Han følte afstanden til hende trives. "Overhovedet ikke," sagde han. "Det har ikke noget med de idioter at gøre. Sådan nogle som os må leve med faren hængende over os hele tiden." Han prøvede ihærdigt at huske drabschefens svada lidt tidligere på dagen, men det erotiske individs vejrtrækning i den anden ende af røret befordrede ikke hukommelsen. "Der er jo en masse gange i ens professionelle fortid, hvor det ikke gik galt, skal du regne med. En eller anden dag må uheldet jo komme."

"Det er godt, du siger det," sagde hun. Så havde Hardy nok sagt noget lignende. "Men ved du hvad, Carl? Det er det rene bullshit! Nu regner jeg med, at vi mødes regelmæssigt, så vi kan få styr på det her. I næste uge står der ikke mere i ugebladene, så får vi ro."

MAN VAR MEGET imødekommende på Scandlines og havde, ligesom i lignende sager med forsvundne personer, en arkiv-mappe på Merete Lynggaard liggende i så umiddelbar nærhed, at de med det samme kunne sige, at mandskabslisten fra den kedelige dag for længst var printet ud, og at en kopi i sin tid var overbragt til Rejseholdets folk. Alt mandskab over og under dæk var blevet udspurgt, og ingen havde desværre noget at sige, som kunne give et bare nogenlunde klart billede af, hvad der var sket med Merete Lynggaard under overfarten.

Carl havde lyst til at slå sig selv for panden. Hvor fanden havde man så i mellemtiden gjort af den liste? Brugt den som kaffefilter? Fanden tage Bak & co. og folk som dem.

"Jeg har et cpr-nummer," sagde han, "kan du søge efter det?"

"Desværre ikke i dag. De er på kursus i regnskabsafdelingen."

"Okay. Er listen så alfabetisk ordnet?" spurgte han, og det var den ikke. Kaptajnen og hans nærmeste medarbejdere måtte nødvendigvis stå først, sådan var det. Om bord på et skib kendte alle deres plads i hierarkiet.

"Vil du tjekke den igennem for navnet Lars Henrik Jensen?"

Vedkommende lo lidt træt i den anden ende. Det var åbenbart noget af en moppedreng, den liste.

Efter lige så lang tid, som det tog Assad at rejse sig fra endnu en bøn, tvætte sit ansigt ved en lille skål i hjørnet, pudse sin næse med et ganske sigende drøn og derefter sætte endnu en gang bolsjevand over kogeren, fik kontoristen på Scandlines' kontor afsluttet sin søgen. "Nej, der var ikke nogen Lars Henrik Jensen," sagde han og afsluttede.

Det var fandeme nedslående.

"Hvorfor hænger du så med hovedet, Carl?" Assad smilede. "Du skal ikke gå og tænke mere på det dumme billede i det dumme ugeblad. Du kan da bare tænke på, hvis du havde brækket alle dine arme og ben, det havde da været værre så."

Unægtelig en sær trøst.

"Jeg har fået navnet på ham drengen Atomos, Assad," sagde han. "Jeg havde en fornemmelse af, at han arbejdede på det skib, hvor Merete Lynggaard forsvandt, men det gjorde han ikke. Det er derfor, jeg ser sådan ud."

Carl fik et velafbalanceret dunk i ryggen. "Men du fandt ud af det med listen over skibets mandskab alligevel så. Flot, Carl," sagde han med samme rosende tonefald, som når et barn har præsteret på potten.

"Ja, det fik jeg nu ikke meget ud af, men vi klarer os. I faxen fra Godhavn stod der også Lars Henrik Jensens cpr-nummer, så vi skal nok finde fyren. Vi har gudskelov da alle de registre, vi har brug for."

Han tastede nummeret ind med Assad lige bag sig og følte sig som barnet, der skulle åbne en julegave. Det øjeblik, hvor en hovedmistænkts identitet blev slået fast, var alle kriminalbetjentes bedste øjeblik.

Og så kom skuffelsen.

"Hvad betyder det dér, Carl?" spurgte Assad og pegede på skærmen.

Carl lod musen falde og så op i loftet. "Det betyder, at personnummeret ikke er fundet. Der findes ikke en person i hele kongeriget Danmark med det personnummer, simpelthen."

"Du har ikke skrevet forkert så? Står det tydeligt på faxen?"

Han kontrollerede det. Jo, det var samme nummer.

"Måske er det så ikke det rigtige nummer?"

Godt set.

"Måske er der blevet rettet i det." Assad tog faxen ud af Carls hånd og så på cpr-nummeret med rynkede bryn. "Se her, Carl. Jeg tror, at der kan være rettet et tal eller to. Hvad siger du? Er der ikke sådan krattet i papiret dér og dér?" Han pegede på to af tallene i de sidste fire cifre. Det var svært at se, men på faxkopien forekom der i hvert fald en svag skygge over de to maskinskrevne tal.

"Er det bare de to tal, der er rettet, så er der hundrede mulige kombinationer, Assad."

"Ja, og hvad så? Fru Sørensen kan taste de cpr-numrene ind på en halv hurtig time, hvis vi sender nogle blomster med op."

Utrolig, som den fyr havde fået møvet sig ind på gimpen. "Der kan være mange flere muligheder, Assad. Kan man rette to tal, kan man også rette ti. Vi må have originalen sendt herind fra Godhavn og tjekke den nærmere, før vi begynder at opregne kombinationerne."

Han ringede med det samme til institutionen og bad dem om at sende det originale stykke papir til Politigården med Budstikken, men det nægtede de. De ville ikke lade originale akter forsvinde ud af systemet.

Så fortalte Carl, hvorfor det var så vigtigt. "I har sandsynligvis gemt på en forfalskning de sidste mange år."

Den påstand gik ikke i mål. "Nej, det tror jeg ikke. Det ville vi have opdaget, når vi indberetter oplysninger til myndighederne for at få refusion," lød det selvsikkert.

"Javel. Men hvad så hvis forfalskningen skete lang tid efter, at klienten var rejst fra jer, hvem hulen skulle så opdage det? I skal regne med, at det nye cpr-nummer først optræder i jeres journaler mindst femten år efter, at Atomos rejste."

"Alligevel er jeg bange for, at vi ikke kan udlevere det."

"Okay, men så må vi gå rettens vej. Jeg synes ikke, at det er pænt af jer at nægte at hjælpe os. Vi efterforsker måske et mord, tænk på det."

Hverken den sidste sætning eller truslen om en dommerafgørelse gjorde udslaget, det vidste Carl allerede på forhånd. Nej, at appellere til folks selvopfattelse var langt mere effektivt. For hvem kunne lide at få sat lumpne labels på sig? Ikke folk i behandlersystemet i hvert fald. Udtrykket 'ikke pænt af dig' var så underspillet, at det virkede voldsomt. Det var 'det stille udtryks tyranni', som en af hans lærere på Politiskolen yndede at kalde det.

"Du kommer til at sende os en e-mail først, hvor du forlanger at se originalen," sagde behandleren.

Så var den hjemme.

"HVAD HED ATOMOS-DRENGEN så i virkeligheden, Carl? Ved vi, hvordan han fik det dér kælenavn så?" spurgte Assad bagefter med foden oppe i Carls ene skuffe.

"Lars Henrik Jensen, siger de."

"Lars Henrik, mærkeligt navn. Det kan der ikke være mange, som der hedder."

'Nej, sikkert ikke dér, hvor Assad kommer fra,' tænkte Carl og lurede på en spydighed, da han så Assad stå med et eftertænksomt, fremmed udtryk i ansigtet. Et øjeblik så han helt anderledes ud end ellers. På en måde mere nærværende end normalt. Mere ligeværdig i en eller anden forstand.

"Hvad tænker du på, Assad?" spurgte han.

Det var, som om der gled en oliefilm over hans øjne. De blev facetterede, og farven skiftede. Han rynkede brynene og greb efter Lynggaardmappen. Efter et lille øjeblik fandt han det, han søgte.

"Kan det dér være et tilfælde?" spurgte han og pegede på en af linjerne i det øverste aktstykke.

Carl så på navnet og opdagede så først, hvilken rapport Assad stod med.

Et øjeblik prøvede Carl at se det hele for sig, og så skete det. Et eller andet sted i ham, hvor årsag og virkning ikke vejes mod hinanden, og hvor logik og forklaring aldrig udfordrer bevidstheden, dér hvor tanker kan leve frit og spilles ud mod hinanden, lige dér faldt ting på plads, og han forstod sammenhængen.

34

2007

AT SE IND i øjnene på Daniel, den mand, hun havde følt sig så draget mod, var ikke det største chok for hende. Heller ikke, at Daniel og Lasse var den samme person, selv om det fik benene til at ekse under hende. Nej, det at vide, hvem han i virkeligheden var, var det værste, der kunne overgå hende. Det tappede simpelthen alt. Kun den tunge skyld, der havde hvilet på hendes skuldre hele hendes voksne liv, stod nu tilbage.

Det var ikke direkte hans øjne, hun genkendte, det var snarere smerten i dem. Smerten og fortvivlelsen og hadet, der på et splitsekund havde overtaget mandens liv. Eller rettere drengens, det vidste hun nu.

For Lasse var bare fjorten år, da han en frostklar vinterdag så ud af sine forældres bilrude og i en anden bil opdagede en livssulten, ubetænksom pige i færd med at drille sin bror så eftertrykkeligt på bagsædet, at hun stjal sin fars opmærksomhed. Stjal de millisekunder, der kunne have låst hendes fars dømmekraft og hænder på rattet fast. De dyrebare, opmærksomme brøkdele, der kunne have sparet fem menneskers liv og afværget, at tre mennesker blev handicappet. Kun drengen Lasse og Merete slap fra den ulykke med livet og førligheden i behold, og netop derfor var det imellem de to, at regnskabet skulle gøres op.

Hun forstod det. Og hun overgav sig til sin skæbne.

I DE NÆSTE måneder kom manden, hun engang følte sig tiltrukket af under navnet Daniel og nu afskyede som Lasse, ind i forrummet og så på hende gennem køøjerne hver eneste dag. Somme tider stod han bare og betragtede hende, som om hun var et desmerdyr i bur, der snart skulle kæmpe til døden mod en overmagt af kobraslanger, og andre dage talte han til hende. Det var sjældent, at han spurgte om noget, det havde han ikke behov for. Det var, som han vidste, hvad hun ville svare.

"Da du så ind i mine øjne ovre fra jeres bil, i det øjeblik din far var ved at overhale os, syntes jeg, at du var den smukkeste pige, jeg nogensinde havde set i hele mit liv," sagde han en dag. "Og da du sekundet efter grinede til mig og ikke tog dig af, hvor meget postyr du skabte i jeres bil, så vidste jeg allerede, at jeg hadede dig. Det skete allerede i sekundet før, vi rullede rundt, og min lillesøster ved siden af mig brækkede sin hals på min skulder. Jeg hørte den knække, er du klar over det?"

Han betragtede hende indgående for at få hende til at slå blikket ned, men det ville hun ikke. Skammen var der, men det var også alt. Hadet var gengældt.

Så fortalte han sin historie om øjeblikkene, der ændrede alt. Om hvordan hans mor prøvede at føde sine tvillinger i bilvraget, og hvordan hans far, som han elskede og beundrede vildt, stirrede kærligt på ham, mens han døde med åben mund. Om branden, der slikkede op ad hans mors fastklemte ben inde under sædet. Om hans elskede lillesøster, sød og sjov, der lå mast under ham, og om den sidstfødte tvilling, der lå så akavet med navlestrengen trukket om halsen, og den anden, der lå på ruden og hylede, mens flammerne nærmede sig.

Det var så forfærdeligt at høre. Hun huskede kun alt for tydeligt deres fortvivlede skrig, mens hans fortælling skambed hende med skyld.

"Min mor kan ikke gå, det har hun ikke kunnet siden ulykken. Min bror kom aldrig i skole, han lærte aldrig, hvad andre børn kunne. Vi mistede alle sammen vores liv på grund af dig dengang. Hvordan tror du, det er, den ene dag at have en far, en sød lillesøster og udsigten til at få to små brødre, og så pludselig er der ingenting tilbage? Min mor havde et meget sårbart sind, men alligevel kunne hun somme tider le så sorgløst, før du kom ind i vores liv, og hun mistede alt. Alt!"

På det tidspunkt var kvinden kommet ind i rummet og virkede tydeligt mærket af hans beretning. Måske græd hun, det kunne Merete ikke afgøre.

"Hvordan tror du, jeg havde det de første måneder helt alene hos en plejefamilie, der tæskede løs på mig? Jeg, som aldrig i mit liv havde mødt andet end kærlighed og tryghed. Der var ikke et øjeblik, hvor jeg ikke brændte efter at slå igen på svinet, der ville have mig til at sige far til sig, og hele tiden så jeg dig for mig, Merete. Du og dine kønne, uansvarlige øjne, som udryddede alt det, jeg elskede." Han holdt en pause, der var så lang, at ordene, der kom, blev chokerende klare. "Åh, Merete, jeg lovede mig selv, at jeg skulle få hævn over dig og over dem alle sammen. Koste, hvad det ville. Og ved du hvad? I dag har jeg det fint. Min hævn er overgået alle jer svin, der tog vores liv fra os. Jeg overvejede også engang at slå din bror ihjel, skal du vide. Men så så jeg en dag, mens jeg holdt øje med jer, hvordan han låste dig fast. Hvor meget skyld der lå i dine øjne, når du var sammen med ham. Hvor meget han stækkede dig. Skulle jeg så lette den byrde for dig ved også at slå ham ihjel? Og var han ikke også et af dine ofre, måske? Så ham lod jeg leve. Men ikke min plejefar og ikke dig, Merete, ikke dig."

HAN VAR KOMMET på børnehjem, da han første gang prøvede at slå sin plejefar ihjel. Familien fortalte ikke myndighederne, hvad han havde gjort, og at det dybe sår i plejefaderens pande var efter hugget med en skovl. De sagde bare, at drengen var syg i hovedet, og at de ikke kunne tage ansvaret for ham. Så kunne de få en ny dreng at tjene på.

Men vilddyret i Lasse var vækket nu. Ingen mennesker skulle nogensinde mere få magt over ham og hans liv.

Derefter gik der fem år, to måneder og tretten dage, før erstatningssagen var overstået, og hans mor følte sig rask nok til at lade den nu næsten voksne Lasse flytte hjem til sig og hans let handicappede bror. Ja, den ene tvilling blev så forbrændt, at han ikke stod til at redde, men den anden overlevede trods navlestrengen om halsen.

Mens moren var på hospitalet og på rekreationshjem, blev den lille tvilling anbragt, men hun fik ham hjem, før han fyldte tre år. Han havde ar i ansigtet og på brystet efter flammerne og var på alle måder motorisk dårligt stillet på grund af iltmanglen, men han blev sin mors trøst i et par år, mens hun samlede kræfter til, at også Lasse kunne komme hjem. De fik halvanden million i erstatning for deres ødelagte liv. Halvanden million for tabet af hans far, tabet af hans fine virksomhed, som ingen længere kunne tage hånd om, tabet af en lillesøster og den lille tvilling, og dertil tabet af morens førlighed og hele familiens velfærd. Én og en halv sølle million. Når Merete ikke længere tog deres daglige opmærksomhed, så skulle hævnen også ramme forsikringsfolkene og sagførerne, der havde snydt dem for den erstatning, de havde krav på. Det havde Lasse lovet sin mor.

Merete havde meget at undgælde for.

TIDEN VAR VED at rinde ud, det vidste hun, og angsten og lettelsen groede i hende på samme tid. Næsten fem år i et så modbydeligt fangenskab var altfortærende, og nu måtte det have en ende. Selvfølgelig måtte det det.

Da de nåede nytårsaften 2006, var trykket i rummet for længst sat op til seks atmosfærer, og kun et enkelt af lysstofrørene blinkede ikke uafladeligt. Sammen med sin mor og bror kom en festklædt Lasse ind i rummet på den anden side af spejlglasruderne og ønskede hende glædeligt nytår og tilføjede, at det ville blive det sidste nytår, hun kom til at opleve.

"Vi kender jo godt din dødsdag, hvis vi tænker os om, gør vi ikke, Merete? Det er så logisk. Læg du de år og måneder og dage, som jeg blev tvunget væk fra min familie, til den dag, hvor jeg fangede dig som det dyr, du er, så ved du, hvornår du skal dø. Du skal lide i præcis lige så lang tid i ensomhed, som jeg måtte, men så heller ikke længere. Regn på det, Merete. Når tiden kommer, så åbner vi slusen. Det kommer til at gøre ondt, men det kommer sikkert også til at gå stærkt. Kvælstoffet har ophobet sig i dit fedtvæv, Merete. Du er ganske vist meget tynd, men luftlommerne ligger overalt i kroppen på dig, skal du regne med. Når dine knogler udvider sig, og benstumperne begynder at sprænges i dit væv, når trykket under dine plomber får dem til at eksplodere i munden på dig, når du mærker smerterne hvine igennem dine skulder- og hofteled, så ved du, at tiden er kommet. Regn på det. Fem år, to måneder og

288

tretten dage fra den 2. marts 2002, så kender du skriften på din gravsten. Du kan håbe, at blodpropperne i lunger og hjerne lammer dig, eller at lungerne sprænges og slår dig bevidstløs eller ihjel hurtigst muligt, men du skal ikke regne med det. Hvem siger også, at jeg vil lade det ske på ingen tid?

HUN SKULLE ALTSÅ dø den 15. maj 2007. Det var der enoghalvfems dage til, for datoen i dag fik hun til den 13. februar, nøjagtig fireogfyrre dage fra nytår. Hver dag siden nytårsaften havde hun levet med bevidstheden om, at hun selv ville gøre en ende på det, før de nåede så langt. Men indtil da forsøgte hun, så godt hun nu kunne, at leve afsondret fra tunge tanker og værnede i stedet om de bedste af sine minder.

Sådan forberedte hun sig mentalt til at sige verden farvel, og ofte havde hun taget tangen op og set på dens spidse kæber eller taget den længste af sine nylonpinde frem og overvejet at brække den i to stykker og slibe dem sylespidse på betongulvet. Et af de redskaber måtte det ende med. Hun ville lægge sig i hjørnet under spejlglasruderne og punktere sine pulsårer. Gudskelov kunne man se dem tydeligt, så tynde hendes arme var blevet.

I denne bevidsthed hvilede hun til netop denne dag. Efter at slusen havde afleveret maden, hørte hun igen Lasse og hans mors stemmer derude. Begge lød irritable, skænderiet fik sit eget liv.

'Svinet og kællingen er ikke altid kun pot og pande,' tænkte hun oplivet.

"Kan du heller ikke styre din mor, lille Lasse?" råbte hun. Selvfølgelig vidste hun, at den slags overmod ville medføre repressalier, hun kendte jo heksen derude.

Men kendte hun heksen, så kendte hun hende ikke godt nok, skulle det vise sig. Hun havde regnet med, at det ville gå ud over maden et par dage, men på ingen måde med, at det ville fratage hende retten til sit eget liv.

"Pas på hende, Lasse," snerrede den gamle derude. "Hun vil splitte os, hvis hun kan. Og hun vil snyde dig, kan du tro. Pas på hende. Hun har

289

en tang derinde, og den kan hun sagtens finde på at bruge mod sig selv, hvis det skal være. Vil du ha', at hun skal le sidst? Vil du det, Lasse?"

Der var en pause på kun et par sekunder, så hang Damoklessværdet over hende.

"Du hørte, hvad min mor sagde, ikke Merete?" lød hans stemme koldt gennem højttalerne.

Hvad nyttede det at svare?

"Fra nu af holder du dig væk fra glasruderne. Jeg skal kunne se dig hele tiden, er du med? Træk lokumsspanden hen til endevæggen. Nu! Hvis du på nogen måde forsøger at sulte dig eller gemme dig eller lemlæste dig selv, så skal du regne med, at jeg tager trykket af rummet hurtigere, end du kan nå at reagere. Hvis du stikker dig nogen steder, så vil blodet sprøjte ud af dig som et vandfald. Du vil mærke alt i dig sprænges, før du flyder hen i bevidstløshed, det skal jeg love dig. Jeg sætter kameraer op, og så overvåger vi dig fireogtyve timer i døgnet fra nu af. Vi retter et par projektører mod ruderne og sætter fuldt blus på. Jeg kan udløse kabinetrykket med fjernbetjening, skal du vide, sådan er det bare. Du kan tage faldøksen nu, eller du kan tage den senere. Men hvem ved, Merete? Måske styrter vi alle sammen omkuld i morgen. Måske bliver vi forgiftede af den dejlige laks, vi skal have i aften. Man ved aldrig. Så hold ud. Måske kommer der en dag en prins på sin hvide hest og giver dig et lift. Så længe der er liv, er der håb, er det ikke rigtigt, hvad jeg siger? Så hold ud, Merete. Men hold dig til reglerne."

Hun så op mod den ene af ruderne. Bag den kunne hun ganske svagt skimte Lasses konturer. En grå dødsengel, var han. Svajende derude i livet, forhåbentlig rugende på et sygt og mørkt sind, der for evigt ville martre ham.

"Hvordan slog du din stedfar ihjel? På samme bestialske måde?" råbte hun og ventede nok, at han ville le, men ikke at han fik de andre to med. Så var de derude alle tre.

"Jeg ventede ti år, Merete. Og så kom jeg tilbage med tyve kilo mere muskelvægt og så meget mangel på respekt, at jeg var lige ved at tro, at det alene kunne slå ham ihjel."

"Men så meget respekt kunne du alligevel ikke få," returnerede hun og grinede af ham.

Alt, hvad der kunne træde på hans sejrsrus, var værd at diske op med. "Jeg bankede ham ihjel, tror du ikke, det gav respekt? Ikke særlig raffineret, men sådan var det. Jeg smadrede ham ganske langsomt. Intet andet end hans egen kop te ville kunne mætte mig."

Det vendte sig i hende. Manden var totalt sindssyg. "Du er som ham, dit latterlige, syge dyr," hviskede hun. "Synd, at du ikke blev fanget allerede dengang."

"Fanget? Sagde du fanget?" Her lo han igen. "Hvordan skulle det kunne ske? Det var høsttid, og hans gamle lort af en høstmaskine ventede ude på marken. Det var ikke svært at vælte han ned i maskineriet, da det først var godt i gang. Han havde mange sære ideer, idioten, så at han ville høste om natten og kom af dage på den måde, undrede da ikke nogen. Han blev ikke savnet, skal jeg hilse og sige."

"Jeg skal love for, at du er en stor mand, Lasse. Hvem har du ellers slået ihjel? Har du mere på samvittigheden?"

Hun havde ikke regnet med, at det stoppede der, men det chokerede hende alligevel virkelig dybt, da hun hørte hans beretning om, hvordan han udnyttede Daniel Hales profession til at komme tæt på hende, og om på hvilken måde han satte sig i mandens sted, og hvordan han siden myrdede ham. Daniel Hale havde ikke gjort Lasse noget, han skulle bare væk, så Lasse ikke kunne blive afsløret ved en tilfældighed. Og det samme gjaldt Lasses hjælper, Dennis Knudsen, også han skulle dø. Ingen vidner, han var iskold.

"Min gud, Merete," hviskede hun til sig selv. "Hvor mange mennesker har du ikke bragt i ulykke uden at ville det?"

"Hvorfor slog du mig ikke bare ihjel, dit svin?" råbte hun mod ruden. "Du havde jo muligheden. Du siger jo, at du overvågede mig og Uffe. Hvorfor stak du mig så ikke bare ned med en kniv, når jeg gik ude i min have? Der har du garanteret også været, har du ikke?"

Der kom et øjebliks pause. Så sagde han det, ganske langsomt, så hun kunne forstå dybden af hans kynisme. "For det første var det for let. Dine lidelser skulle stå synligt for os i lige så lang tid som vores egne lidelser. Desuden, kære Merete, så ville jeg tæt på dig. Jeg ville se dig sårbar. Jeg ville have, at du skulle rystes i dit liv. Du skulle lære at elske denne Daniel Hale, og så skulle du også lære at frygte ham. Du skulle tage på din sidste tur med Uffe med en forvisning om, at der lå noget uafklaret og ventede, når du kom hjem. Det bragte mig overmåde stor tilfredsstillelse, skal du vide."

"Du er syg i hovedet!"

"Syg, er jeg det? Jeg kan sige dig, at det ingenting er imod den dag, hvor jeg fik at vide, at min mor havde ansøgt Lynggaard-fonden om hjælp til at kunne komme hjem til sig selv, når hun blev udskrevet fra hospitalet. Og hvor man gav hende et afslag med den begrundelse, at fundatsen udelukkende kunne tilgodese direkte efterkommere af Lotte og Alexander Lynggaard. Hun bad jeres pisserige fond om sølle hundrede tusinde kroner, og de sagde nej, selv om man vidste, hvem hun var, og hvad der var overgået hende. Så hun måtte tage flere år mere på institutioner. Forstår du nu, hvorfor også hun hader dig sådan, din forkælede ko?" Psykopaten græd derude. "Skide hundrede tusinde kroner. Hvad betød det for dig og din bror, ingenting!"

Hun kunne sige, at hun ingenting vidste, men gælden var betalt. For længst betalt.

SAMME AFTEN SATTE Lasse og hans bror kameraerne op og tændte for projektørerne. To skærende skarpe tingester, der gjorde nat til dag og udstillede hendes fængsel i en altoverskyggende hæslighed, som hun først nu fattede omfanget af. Uhumske detaljer. Det var så frygteligt at konfronteres med sin egen fornedrelse, at hun valgte at lukke øjnene det første døgns tid. Henrettelsespladsen var sat til skue, men den dømte valgte mørket.

Senere trak de ledninger hen over begge spejlglasruder til et par tændsatser, der i såkaldt nødstilfælde kunne sprænge ruden, og endelig kørte de trykflasker med ilt og brint og "brændbare væsker", som de sagde, i position lige udenfor.

Lasse meddelte, at alt var klar. Når hun var sprængt ihjel indefra, så ville de køre hende gennem deres kompostkværn, og derefter ville de sprænge hele skidtet i luften. Det ville blive et brag, man kunne høre milevidt væk. Denne gang skulle forsikringen nok komme til at betale. Hændelige uheld som den slags skulle bare forberedes ordentligt, og sporene slettes for altid.

"I kan tro, det skal blive løgn," sagde hun stille og udtænkte sin hævn.

Da der var gået et par dage, satte hun sig med ryggen til ruderne og begyndte at kratte med spidsen af tangen i betonen. Om yderligere et par dage ville hun være færdig, og det ville tangen sikkert også være. Så måtte hun bruge sin tandstikker til at stikke hul på sine blodårer, men det var også lige meget. Muligheden var der, det var nok.

Kratteriet tog hende mere end et par dage, snarere en uge, men så var fugerne også dybe nok til at kunne overleve næsten hvad som helst. Hun havde dækket dem med støv og skidt fra rummets kroge. Bogstav for bogstav. Når forsikringsfolkenes brandeksperter engang i fremtiden kom ud til brandtomten for at afdække omstændighederne, så var hun vis på, at i hvert fald et par af ordene ville blive opdaget, og så skulle de nok også få fat på hele budskabet. Der stod:

'Lasse, der ejer bygningen her, myrdede sin stedfar og Daniel Hale og en af sine venner, og derefter myrdede han også mig.

Pas godt på min bror Uffe, og sig til ham, at hans søster tænkte på ham hver eneste dag i over fem år.

Merete Lynggaard den 13. 2. 2007, kidnappet og indespærret på dette gudsforladte sted siden 2. marts. 2002.'

35

2007

DET, ASSAD VAR faldet over, stod i færdselspolitiets rapport over dødsulykken juleaftensdag 1986, hvor Merete Lynggaards forældre omkom. I den omtaltes også tre mennesker, der blev dræbt i modpartens bil. Det drejede sig om et nyfødt barn, en pige på bare otte år og så føreren af bilen, Henrik Jensen, som var ingeniør og grundlægger af en virksomhed, som hed Jensen Industries, men her var rapporten ikke sikker, hvilket en stribe af spørgsmålstegn midt i marginen indikerede. Ifølge et håndskrevet notat skulle det være 'en blomstrende virksomhed, der producerede gastætte stålindeslutninger'. Yderligere var der en kort sætning under notatet: 'en pryd for dansk industri', sat i citationstegn, formentlig ligeledes citeret fra et vidne.

Jo, Assad havde husket rigtigt. Henrik Jensen, hed chaufføren, der blev dræbt i den anden bil. Det navn lå ganske rigtigt overordentlig tæt på Lars Henrik Jensen. Ingen kunne påstå, at Assad var dum.

"Prøv at tage ugebladene frem igen, Assad," sagde Carl. "Måske har de offentliggjort navnene på de overlevende. Det skulle ikke undre mig, om drengen i modpartens bil hed Lars Henrik og på den måde var opkaldt efter sin far. Kan du se hans navn nogen steder?" Han fortrød rollefordelingen og rakte hånden frem. "Giv mig et par af sladderbladsartiklerne. Ja, og et par af dem der," sagde han og pegede på udklippene fra formiddagsaviserne.

Det var væmmelige billeder i den kulørte kontekst side om side med ligegyldige mennesker, der higede efter berømmelse. Flammehavet omkring Ford Sierraen fortærede alt, hvilket et billede af det udbrændte, sorte vrag dokumenterede. Det var et virkeligt under, at et par tilfældigt forbikørende Falck-folk fik de forulykkede fri, før alle brændte inde. I følge færdselspolitiets rapport var brandvæsenet ikke så hurtigt fremme som normalt, dertil var det glatte føre simpelthen for farligt.

"Her står så, at hende moren hed Ulla Jensen, og at hun fik ødelagt begge skinneben," sagde Assad. "Jeg kan ikke sige, hvad drengen hed, det står her ikke, de kalder ham bare for 'ægteparrets ældste'. Men han var fjorten år, det skriver de her."

"Det passer med Lars Henrik Jensens fødeår, hvis man ellers kan stole på noget som helst af det dér manipulerede cpr-nummer fra Godhavn," sagde Carl, mens han studerede et par af udklippene fra frokostaviserne.

Det første var ikke noget. Reportagen var sat op ved siden af ligegyldige politiske trakasserier og småskandaler. Det var en avis, der havde gjort det til sit varemærke at følge bestemte opskrifter på det, der solgte, uanset hvad det var, og den mikstur var åbenbart uopslidelig. Udskiftede han den fem år gamle avis her med en fra i går, så skulle han se sig godt om for at vide, hvilken der var den nyeste.

Han bandede lidt over medierne, mens han bladrede i den næste avis, og slog så op på siden, hvor navnet stod. Det sprang nærmest i øjnene på ham. Præcis som han havde håbet på.

"Her står det, Assad!" råbte han, mens hans øjne naglede oplysningen fast. I det øjeblik følte han sig som musvågen, der så byttet fra sit glid over trætoppene og så slog ned. En fantastisk fangst. Trykket i brystet slap taget i Carl, og der løb en sær form for lettelse gennem hans organisme.

"Hør, hvad der står, Assad: 'De overlevende i bilen, som grosserer Alexander Lynggaards bil torpederede, var Henrik Jensens hustru, Ulla Jensen, fyrre år, den ene af hendes nyfødte tvillinger samt deres ældste barn, Lars Henrik Jensen, fjorten år.'"

Assad lod sit udklip falde. Mørkebrune øjne blev klemt inde i smilerynker.

"Stik mig lige færdselspolitiets ulykkesrapport, Assad." Han greb den. Måske var alle de impliceredes personnumre remset op. Han lod pegefingeren glide ned over ulykkesforløbet og fandt kun de to chaufførers, Meretes og Lars Henriks fædre.

"Hvis du har drengens fars personnummer, kan du så ikke lige også finde sønnens i en fart, Carl? Så kunne vi måske også sammenligne det med det, vi fik på drengen fra Godhavn."

Carl nikkede. Det var formodentlig ingen sag. "Jeg tjekker lige, hvad jeg kan finde på Henrik Jensens historik, Assad," sagde han. "Så kan du imens bede Lis om at tjekke personnumrene. Sig til hende, at vi søger en adresse på Lars Henrik Jensen. Hvis han ikke har bopæl i Danmark, så bed hende om at søge på moren. Og hvis Lis finder hans personnummer, så skal hun også printe alle hans opholdsadresser siden ulykken ud. Tag mappen med derop, Assad. Skynd dig lidt."

Han gik på internettet og søgte på 'Jensen Industries', men det gav ingenting. Så søgte han på 'gastætte stålindeslutninger til atomreaktorer', hvilket resulterede i opremsningen af adskillige virksomheder i bl.a. Frankrig og Tyskland. Så føjede han ordene 'foringer til containmenter', der, så vidt han vidste, dækkede over nogenlunde det samme som 'gastætte stålindeslutninger til atomreaktorer', til søgningerne. Heller ikke det bragte ham videre.

Da han var ved at give op, fandt han en pdf-fil, som omtalte en virksomhed i Køge, og her optrådte sætningen 'en pryd for dansk industri', nøjagtig det samme ordvalg, der var brugt i færdselspolitiets rapport. Så var det sikkert herfra, citatet kom. Han sendte en venlig tanke til færdselsbetjenten, der havde forsket lidt dybere i stoffet end normalt. Han var nok havnet i kriminalpolitiet på et eller andet tidspunkt, det ville Carl vædde på.

Længere kom han ikke med Jensen Industries. Så var navnet nok ikke korrekt. En opringning til selskabsregistret gav ham den information, at der ikke var registreret virksomheder under nogen Henrik Jensen med det personnummer. Carl sagde, at det ikke kunne passe, og fik så tre mulige forklaringer. Måske var virksomheden på udenlandske hænder, måske var den registreret under et andet navn i en anden ejerkreds, eller måske lå den i et holdingselskab registreret under holdingselskabets navn.

Han tog sin kuglepen og stregede firmanavnet ud på sin blok. Som det var nu, var Jensen Industries bare en hvid plet i det højteknologiske landskab.

Han tændte en smøg og betragtede røgen lægge sig oppe under rørsystemet. En dag ville røgalarmerne ude på gangen fange færten og sende samtlige ansatte i bygningen ud på gaden i et infernalsk spektakel. Han smilede og trak et ekstra dybt hvæs og sendte en tæt sky over mod døren. Det ville sætte en stopper for hans lille illegale tidsfordriv, men det indre syn af Bak og Bjørn og Marcus Jacobsen, der stod og kiggede frygtsomt og ærgerligt op mod deres kontorer med deres hundredvis af hyldemeter af arkiverede uhyrligheder, ville næsten være det hele værd.

Så huskede han, hvad John Rasmussen fra Godhavn havde sagt. Han havde sagt, at faren til Atomos alias Lars Henrik Jensen måske havde haft noget med atomprøvestationen på Risø at gøre.

Carl slog nummeret op. Måske var det en blindgyde, men var der nogen, der måtte vide noget om gastætte stålindeslutninger til atomreaktorer, så måtte det selvfølgelig være folkene på Risø.

Den vagthavende var imødekommende og stillede ham videre til en ingeniør ved navn Mathiasen, som igen stillede om til en, der hed Stein, som igen sendte ham videre til en, der hed Jonassen. Jo længere han kom, jo ældre lød de. Ingeniør Jonassen introducerede sig slet og ret som Mikkel, og han havde travlt. Jo, han ville da godt lige bruge fem minutter på at hjælpe politiet, hvad handlede det om?

Han lød særdeles selvtilfreds, da han hørte spørgsmålet. "Om jeg kender en virksomhed, der lavede foringer til containmenter her i Danmark i midten af firserne, siger du?" sagde han. "Ja, mon ikke. HJ Industries var nok en af de førende i verden."

"HJ Industries," sagde manden. Carl kunne have sparket sig selv over benet. HJ for Henrik Jensen. H-J I-n-d-u-s-t-r-i-e-s, hvad ellers?! Så enkelt var det selvfølgelig. Det kunne de da godt have hjulpet ham med at tænke sig frem til på selskabsregistret, for katten da.

"Ja, Henrik Jensens selskab hed vel egentlig Trabeka Holding, spørg mig ikke hvorfor, men navnet HJI er kendt over hele jorden i dag. Deres standarder er stadig gældende. Det var en sørgelig historie med Henrik Jensens bratte død og det hurtige krak bagefter, men uden hans ledelse af de femogtyve medarbejdere og uden hans store kvalitetskrav så kunne virksomheden bare ikke fortsætte med at eksistere. Desuden havde virksomheden også lige undergået store forandringer, flytning og udbygning, så det var et meget uheldigt tidspunkt, det skete på. Det var virkelig store værdier og et stort knowhow, der gik tabt. Spørger du mig, så kunne virksomheden være reddet, hvis vi her på Risø havde interveneret, men det var der ikke politisk stemning for i ledelsen dengang."

"Kan du sige mig, hvor HJI lå?"

"Ja, fabrikken lå jo i lang tid i Køge, der var jeg selv nede flere gange, men så flyttede den op lige syd for København umiddelbart før ulykken. Jeg er ikke sikker på hvor. Jeg kan prøve at se, om jeg kan finde min gamle telefonbog, den er her et eller andet sted. Har du tid et øjeblik?"

Der gik vel fem minutter, mens Carl lyttede til manden støve rundt i baggrunden, mens han brugte sit sikkert enorme intellekt på at dykke ned i det danske sprogs allermest vulgære afkroge. Han lød, som om han også i den grad var pissesur på sig selv. Carl havde sjældent hørt noget lignende.

"Nej, desværre," sagde han, da han havde bandet af. "Jeg kan ikke finde den. Og jeg, som ellers aldrig smider noget ud. Typisk. Men prøv at tale med Ulla Jensen, hans enke, hun lever formentlig stadigvæk, hun er trods alt ikke så gammel. Hun må kunne fortælle dig alt, hvad du vil vide. En utrolig brav kone. Synd, at hun skulle rammes så hårdt."

Carl kom ham i møde. "Ja, det var synd," sagde han med det afsluttende spørgsmål parat.

Men nu havde ingeniøren talt sig varm. "Ja, det var jo vildt genialt, det der foregik på HJI. Bare svejsemetoderne, de kunne stort set ikke ses, om du så røntgenfotograferede svejsningerne med det bedste af de bedste apparaturer. Men de havde også alverdens metoder til at afsløre lækager, ja. De havde for eksempel et trykkammer, der kunne gå op til tres atmosfærer under afprøvningen af deres produkters holdbarhed. Måske det største trykkammer, jeg nogensinde har set. Uhyggelig avanceret styret.

Kunne beholderne stå for mosten dér, så kunne man også regne med, at atomkraftværkerne fik et førsteklasses udstyr. Sådan var HJI. Altid med i forreste række."

Han lød næsten, som om han havde haft aktier i foretagendet, han havde virkelig talt sig varm. "Du ved vel ikke, hvor Ulla Jensen bor i dag?" skyndte Carl sig at skyde ind.

"Næh, men det kan man vel finde ud af via folkeregistret. Hun bor da vistnok dér, hvor virksomheden lå til sidst. Den kunne de vist ikke smide hende ud af, så vidt jeg ved."

"Et eller andet sted syd for København, siger du?"

"Ja, lige præcis."

Hvordan i alverden kunne man sige "lige præcis" om noget så eklatant upræcist som "syd for København?"

"Er du særlig interesseret i den slags, så vil jeg da gerne invitere dig herned, hvis du har lyst," spurgte manden.

Carl takkede, men beklagede og henviste til overordentlig stor tidnød. Når det kom til en invitation til at bevæge sig rundt på en virksomhed som Risø, som han i parents bemærket i bund og grund altid havde haft lyst til at køre over med en tusinde tons damptromle og derefter sælge til en flække i Sibirien som vejbelægning, så ville det være synd at bruge af mandens ifølge egne oplysninger alt for knappe tid.

Da Carl lagde røret, havde Assad allerede stået i døråbningen i to minutter.

"Hvad så, Assad?" spurgte han. "Fik vi, hvad vi skulle? Fik de tjekket personnumrene?"

Han rystede på hovedet. "Jeg tror selv, at du skal gå op og snakke med dem, Carl. De er helt ..." han snurrede pegefingeren rundt ud for sin tinding "... oppe i hovederne i dag."

HAN NÆRMEDE SIG Lis i sekretariatet med forsigtighed og langs væggen som en parringslysten hankat. Ganske rigtig så hun utilnærmelig ud den dag. Det ellers så kækt pjuskede korte hår var klasket sammen i en frisure, der lignede en scooterhjelm. Fru Sørensen bag ved hende så på ham med lynende øjne, og inde i kontorerne begyndte folk at råbe af hinanden. Det var ren ynk.

"Hvad er der los?" spurgte han Lis, da de fik øjenkontakt.

"Jeg ved det ikke. Logger vi ind på de statslige arkiver, så bliver vi nægtet adgang. Det er, som om samtlige adgangskoder er ændret alle vegne."

"Internettet fungerer da fint."

"Så prøv at logge ind på cpr-registret eller hos Skat, så skal du bare se."

"Ja, du må bare vente ligesom alle andre," hoverede fru Sørensen med glansløs stemme.

Han stod et øjeblik og prøvede at finde udveje, men opgav da han så Lis' skærm modtage den ene fejlmeddelelse efter den anden.

Han trak på skulderen. Hvad pokker, så meget hastede sagen vel heller ikke. En mand som han vidste godt, hvordan man vender en force majeure til sin fordel. Når elektronikken havde valgt at sætte ud, så var det jo nok et tegn på, at han skulle placere sig nede i kælderen i en dybsindig dialog med kaffekopperne og benene oppe på bordet en times tid eller to.

"Hej, Carl," brød en stemme bag ham ind. Det var drabschefen i kridhvid skjorte og strøget slips. "Det er godt, at du er heroppe. Gider du lige komme ind i frokoststuen et øjeblik?" Det var ikke en forespørgsel, kunne han mærke. "Bak har en briefing, som du også har en vis interesse i, tror jeg."

DE STOD VEL femten mand inde i frokoststuen, Carl allerbagest, drabschefen ude til siden og et par betjente fra narkoafdelingen samt souschef Lars Bjørn og Børge Bak og hans nærmeste assistent lige midtfor med vinduerne i ryggen. Baks nærmeste medarbejdere så særdeles tilfredse ud.

Så gav Lars Bjørn ordet til Bak, og alle vidste, hvad han ville sige.

"Vi har foretaget en anholdelse i sagen om cyklistmordet her til morgen. Tiltalte sidder i øjeblikket i drøftelse med sin advokat, og vi føler os overbevist om, at der vil foreligge en skriftlig tilståelse, inden dagen er omme."

Han smilede og strøg hentehåret på plads. Det var hans morgen. "Hovedvidnet, Annelise Kvist, har afgivet fuld erklæring efter at have forvisset sig om, at den mistænkte var anholdt, og hun støtter vores opfattelse et hundrede procent. Det drejer sig om en ret estimeret og fagligt aktiv praktiserende speciallæge i Valby, der, ud over at have stukket pusheren i Valbyparken ned, også har medvirket til Annelise Kvists angivelige selvmordsforsøg og udøvet konkrete trusler mod hendes børns liv." Bak pegede på sin assistent, der fortsatte.

"Vi har under ransagning på hovedmistænktes bopæl fundet mere end tre hundrede kilo forskellige rusmidler, der i øjeblikket er ved at blive registreret af vores teknikere." Han ventede et øjeblik, til reaktionen havde lagt sig. "Der er ingen tvivl om, at lægen har opbygget et stort og forgrenet netværk af kolleger, der har skaffet sig markante indtægter ved alskens salg af receptpligtig medicin lige fra Metadon til Stesolid, Valium, Fenemal og morfin og ved specialimport af stoffer som Amfetamin, Zopiclon, THC eller Acetofanazin. Herudover store partier af neuroleptika, sovemidler og hallucinogerende stoffer. Intet var for stort eller for småt for den mistænkte. Der var kunder til det hele, lod det til.

Til distribuering af disse stoffer til fortrinsvis diskoteksbesøgende stod den myrdede i Valbyparken som hovedmanden. Vi gætter på, at den myrdede har forsøgt at afpresse lægen, og at denne har gjort kort proces, men at handlingen ikke var planlagt. Dette mord blev overværet af Annelise Kvist, og Annelise Kvist kendte lægen. Netop dette forhold gjorde, at lægen let kunne finde frem til hende og tvinge hende til tavshed." Han holdt inde, og Bak tog over igen.

"Vi ved nu, at lægen umiddelbart efter mordet opsøger Annelise Kvist på hendes bopæl. En speciallæge i luftvejssygdomme, der havde Annelise Kvists døtre som astmapatienter, begge særlig afhængige af deres medicin. Den aften udviste lægen betydelig voldelig adfærd i Annelise Kvists lejlighed og tvang hende til at give sine børn piller, hvis han skulle lade dem slippe med livet i behold. Pillerne forårsagede, at alveolerne trak sig livstruende sammen i pigernes lunger, og så gav ham dem en indsprøjtning, der modvirkede det. Det må have været meget traumatisk for moren at opleve, hvorledes hendes piger blev blå i hovederne og ikke kunne kommunikere med hende."

Han så rundt i lokalet, hvor folk sad og nikkede.

"Bagefter påstod lægen," fortsatte han, "at pigerne nu var afhængige af regelmæssige besøg i hans konsultation for at få modgift, hvis der ikke skulle komme et fatalt tilbagefald. Og så havde han morens tavshed i sin hule hånd.

At vi så alligevel fandt frem til vores kronvidne, kan vi takke Annelise Kvists mor for. Hun var ikke vidende om det intermezzo, der havde udspillet sig om natten, men hun vidste, at hendes datter havde overværet mordet. Det fik hun ud af datteren den næste dag, da hun så, hvilken choktilstand datteren befandt sig i. Moren fik bare ikke at vide, hvem der havde gjort det, det ville Annelise ikke ud med. Så da vi tager Annelise Kvist ind til afhøring på morens opfordring, er det en kvinde i dyb indre krise.

I dag ved vi også, at lægen opsøger Annelise Kvist et par dage efter. Han advarer hende. Hvis hun sladrer, så slår han pigerne ihjel. Han bruger udtryk som 'at flå dem levende' og får hende så langt ud, at han kan presse hende til at indtage en dødelig mikstur af piller.

I kender resten af historien, kvinden indlægges og reddes og klapper i som en østers. Men hvad I ikke ved, er, at vi under vores efterforskning har haft stor hjælp af vores nye Afdeling Q, som Carl Mørck står for."

Bak vendte sig mod Carl. "Du har ikke deltaget i efterforskningen, Carl, men du har stukket nogle gode tankekæder ind i processen. Det vil jeg og mit hold gerne sige tak for. Og også tak til din hjælper, som du har brugt som kurér imellem os og Hardy Henningsen, der også har givet sit besyv med. Vi har sendt blomster op til ham, skal I vide."

Carl var målløs. Et par af hans gamle kolleger vendte sig om mod ham og forsøgte at vriste en slags smil ud af deres stenansiger, men resten rokkede sig ikke en tomme.

"Ja," tilføjede vicekriminalinspektør Bjørn. "Der er mange, der har været i gang. Vi skal også takke jer, drenge," sagde han og pegede på de to narkobetjente. "Så er det jeres sag at trevle ringen af læger med skidt

mel i posen op. En kæmpesag, det ved vi. Til gengæld kan vi her i drabs-
afdelingen nu vende os mod andre opgaver, og det er vi glade for. Der
er jo nok at gøre for en rask mand også her på anden sal."

Carl ventede, til de fleste havde forladt lokalet. Han vidste udmærket,
hvor svært Bak havde haft ved at give ham den cadeau. Derfor gik han
hen til ham og rakte hånden frem. "Det havde jeg ikke fortjent, men jeg
siger tak, Bak."

Børge Bak så på hans fremstrakte hånd et øjeblik og pakkede så sine
papirer sammen. "Du skal sgu ikke takke mig. Jeg havde aldrig gjort det,
hvis ikke Marcus Jacobsen havde tvunget mig."

Carl nikkede. Så vidste de igen, hvor de havde hinanden.

UDE PÅ GANGEN var panikken ved at brede sig. Alle kontoristerne stod
rundt om chefens dør, og alle havde noget at beklage sig over.

"Ja ja, vi ved endnu ikke, hvad der er galt," sagde drabschef Marcus
Jacobsen. "Men så vidt politidirektøren oplyser, er der ingen offentlige
registre, der kan åbnes lige nu. Centrale servere er udsat for hackeran-
greb, der har ændret samtlige adgangskoder. Vi ved endnu ikke, hvem
der har gjort det. Det er ikke så mange, der er i stand til det, så der arbej-
des på højtryk for at finde de skyldige."

"Det er da løgn," var der en, der sagde. "Hvordan kan det lade sig
gøre?"

Drabschefen trak på skuldrene. Han forsøgte at se upåvirket ud, men
det var han nok ikke.

CARL MEDDELTE ASSAD, at arbejdsdagen var forbi, de kunne alligevel
ikke komme videre lige nu. Uden oplysningerne fra cpr-registret kunne
de ikke stedfæste Lars Henrik Jensens bevægelser, så tiden måtte gå sin
gang.

Da han kørte op mod Klinik for Rygmarvsskader i Hornbæk, hørte
han i radioen, at der var sendt breve til pressen, hvori det fremgik, at en
vred borger havde sat virussen i sving i de offentlige registre. Man regne-
de med, at det var en centralt placeret offentlig ansat, der var kommet i

303

klemme under kommunalreformen, men intet var endnu afklaret. Dataloger prøvede at forklare, hvorledes det kunne lade sig gøre at blotlægge så godt beskyttede data, og statsministeren kaldte de skyldige for "banditter af værste skuffe". Sikkerhedseksperter i datatransmission var allerede i fuld sving. Det hele skulle snart komme til at fungere igen, sagde statsministeren. Og den skyldige ventede der en lang, lang straf. Han var lige ved at sammenligne det med angrebene på World Trade Center, men han tog sig i det.

Det første kloge, han havde gjort i rimelig lang tid.

DER STOD GANSKE vist blomster på Hardys sengebord, men det var en buket, som selv de mest perifere tankstationer kunne levere mere prangende. Hardy var ligeglad, han kunne alligevel ikke se buketten, sådan som de havde placeret ham med ansigtet mod vinduet den dag.

"Jeg har også en hilsen til dig fra Bak," sagde Carl.

Hardy så på ham med den slags blik, man kalder tvært, men som man i virkeligheden ikke kender ord for. "Hvad har jeg overhovedet med den dødssyge stodder at gøre?"

"Assad gav ham dit tip, og nu har de foretaget en anholdelse, som holder."

"Jeg har sgu ikke givet nogen noget tip om noget."

"Jo, du sagde, at Bak skulle se sig om i behandlerkredsen omkring hovedvidnet, Annelise Kvist."

"Hvilken sag snakker vi om?"

"Cyklistmordet, Hardy."

Han rynkede brynene. "Jeg aner ikke, hvad du taler om, Carl. Du har pudset den åndssvage sag om Merete Lynggaard på mig, og hende psykolog-kællingen taler hele tiden om skudepisoden ude på Amager. Det må være rigeligt. Jeg aner ikke, hvad cyklistmordet er for noget."

Nu var Hardy ikke den eneste med rynkede bryn. "Assad har ikke talt med dig om cyklistmordet, er du sikker? Har du problemer med hukommelsen, Hardy? Det er okay, at du siger det."

"Årh, skrid med dig, Carl. Jeg gider ikke høre på det pis. Hukommelsen er min værste fjende, kan du ikke forstå det?" spruttede han med spytskum i mundvigene og glasklart blik.

Carl løftede afværgende hånden. "Undskyld, Hardy. Så har Assad bare misinformeret mig. Det kan jo ske."

Men sådan havde han det slet, slet ikke inderst inde.

Sådan noget kunne og måtte bare ikke ske.

36

2007

HAN GIK TIL morgenbordet med spiserøret brændende af sure opstød og søvnen hængende tungt på skuldrene. Hverken Morten eller Jesper sagde et ord til ham, hvilket var standard for hans papsøn, men absolut et uheldsvangert tegn i Mortens tilfælde.

Morgenavisen lå pænt på hjørnet af spisebordet med forsidehistorien om Tage Baggesens frivillige tilbagetrækning fra folketingsgruppen på grund af dårligt helbred, og Morten dykkede hovedet tavst mod tallerkenen og holdt æde-kadencen i gang, til Carl nåede om på side seks og måbende sad og stirrede på et grovkornet foto af sig selv.

Det var det samme billede, som Gossip havde bragt af ham dagen før, men denne gang side om side med et let udvisket udendørsfoto af Uffe Lynggaard. Teksten var under ingen omstændigheder flatterende.

'Lederen af Afdeling Q, der står for efterforskningen af de af Danmarkspartiet udpegede 'henlagte sager af særlig betydning', har inden for to dage markeret sig i pressen på særdeles uheldig vis', stod der.

De havde ikke gjort så meget ud af Gossip-historien, men til gengæld havde de sørget for interviews, hvor personalet på Egely fra alle sider anklagede ham for hårdhændede metoder og for at være skyld i Uffe Lynggaards forsvinden. Specielt oversygeplejersken blev fremstillet tændergnistrende rasende. Brugte udtryk som misbrug af imødekommenhed, åndelig voldtægt og manipulation. Artiklen sluttede med ordene: 'Ved redaktionens slutning er det ikke lykkedes at få en kommentar fra politiledelsen.'

Man skulle lede hårdt efter en spaghettiwestern med sortere skurke end Carl Mørck. Godt gjort, når man nu vidste, hvad der virkelig var sket.

"Jeg skal til terminsprøve i dag," vækkede Jesper ham.

Carl så op over avisen. "I hvad?"

"I matematik."

Det lød ikke godt. "Er du klar til det?"

Drengen trak på skuldrene og rejste sig, som sædvanlig uden blik for det righoldige udvalg af service, han havde pladret til med smør og syltetøj, og hvad der ellers var sat på bordet af snask.

"Lige et øjeblik, Jesper!" råbte Carl efter ham. "Hvad betyder det der?"

Hans papsøn vendte sig mod ham. "Det betyder, at hvis jeg ikke gør det godt, så er det ikke sikkert, at de indstiller mig til gymnasiet. Too bad!"

Carl så Viggas bebrejdende ansigt for sig og lod avisen falde. De sure opstød begyndte snart at gøre nas.

ALLEREDE UDE PÅ parkeringspladsen muntrede folk sig med gårsdagens nedbrud i de offentlige registre. Et par af dem anede ikke, hvad de skulle lave på arbejde. De var ansat til henholdsvis at sørge for byggetilladelser og medicintilskud, og ingen af dem lavede andet end at sidde og glo på skærme.

I bilradioen udtalte flere borgmestre sig negativt om kommunalreformen, som indirekte havde udløst hele miseren, og lige så mange rasede over, at den efterhånden permanent ulykkelige situation med overbelastning og overbebyrdelse af kommunernes medarbejdere nu så ud til at blive endnu værre. Hvis den formastelige, der havde lagt registrene ned, tillod sig at vise sig på et af de mange, mange hårdt ramte rådhuse, så skulle den nærmeste skadestue nok få noget at se til.

På Politigården var man imidlertid fortrøstningsfulde. Den, der havde sat det hele i gang, var allerede anholdt. Når man havde fået den anklagede, en ældre kvindelig programmør i Indenrigsministeriet, til at forklare, hvordan man udbedrede skaden, så ville man offentliggøre det hele. Det kunne kun være et spørgsmål om få timer, så var alt normalt igen.

Topstyringen ovenfra, som så mange var så godt trætte af, var reetableret.

Stakkels dame.

SÆRT NOK LYKKEDES det Carl at nå ned i kælderen uden at møde nogen kolleger på vejen, og det var godt. Morgenavisernes nyhed om Carls sammenstød med en psykisk handicappet mand på en institution i Nordsjælland havde med garanti allerede bredt sig ind i selv det mest inferiøre kontor i den enorme bygning.

Nu håbede han bare, at Marcus Jacobsens onsdagsmøde med chefinspektøren og de andre chefer ikke udelukkende kom til at handle om det.

Han fandt Assad på sin plads og gik lige i kødet på ham.

Efter få sekunder virkede Assad groggy. Aldrig havde hans vennesæle hjælper set den side af Carl, som nu foldede sig ud for ham i fuld bredde.

"Ja, du har løjet for mig, Assad," gentog Carl og naglede hans blik fast. "Du har ikke omtalt cyklistmordet med ét eneste ord over for Hardy. Du har selv konkluderet alting, og det var selvfølgelig dygtigt gjort, men til mig sagde du noget andet. Det kan jeg ikke ha', er du med? Det får konsekvenser."

Han så det knage inde bag Assads brede pande. Hvad foregik der? Havde han dårlig samvittighed eller hvad?

Han valgte at gå hårdt på. "Spar dig, Assad! Du fyrer ikke mere pis af på mig! Hvem er du egentlig, Assad? Det vil jeg gerne vide. Og hvad lavede du, når du nu ikke var oppe hos Hardy?" Han afværgede Assads protest. "Ja, jeg ved godt, at du har været der, men ikke ret længe ad gangen. Spyt ud, Assad. Hvad foregår der?"

Assads tavshed kunne ikke dække over hans uro. I glimt så man det jagede dyr bag det rolige blik. Havde de været fjender, så ville han formodentlig springe op og tage kvælertag.

"Øjeblik," sagde Carl. Han vendte hovedet mod computeren og tastede sig ind på Google. "Jeg har et par spørgsmål til dig, er du med på den?"

Der kom ikke noget svar.

"Hører du efter?"

En summen fra Assad svagere end den, computeren afgav, skulle formodentlig bekræfte det.

"Der står i din journal, at du og din kone og to døtre kom til Danmark i 1998. I var i Sandholmlejren i perioden 1998-2000, og så fik I asyl."

Assad nikkede.

"Det var hurtigt."

"Det var dengang, Carl. Alt er anderledes nu så."

"Du kommer fra Syrien, Assad. Hvilken by? Det står ikke i journalen."

Han vendte sig om og så Assads ansigt mørkere end nogensinde.

"Er jeg i dit forhør, Carl?"

"Ja, det kan man godt sige. Nogen indvendinger?"

"Der er mange ting, jeg ikke vil fortælle dig, Carl. Det må du respektere så. Jeg har haft et ondt liv. Det er mit, ikke dit."

"Det forstår jeg. Men hvilken by kommer du fra? Er det særlig hårdt at svare på?"

"Jeg kommer fra en forstad til Sab Abar."

Carl tastede navnet ind på indekset. "Den ligger langt ude i ingenting, Assad."

"Har jeg måske sagt andet, Carl?"

"Hvor langt vil du sige, der er ind til Damaskus fra Sab Abar?"

"En dagsrejse. Mere end to hundrede kilometer."

"En dagsrejse?"

"Ting tager tid der. Man skal først igennem byen, og så er der bjergene."

Ja, sådan så det i hvert fald ud på Google Earth. Mere øde sted skulle man lede længe efter. "Hafez el-Assad, hedder du. Det står der i hvert fald i Udlændingestyrelsens papirer om dig." Han tastede navnet ind på Google og fandt det omgående. "Er det ikke et kedeligt navn at slæbe rundt på?"

Han trak på skuldrene.

"Navnet på en diktator, der regerede Syrien i niogtyve år! Var dine forældre medlemmer af Baath-partiet?"

"Ja, det var de."

"Så du er opkaldt efter ham?"

"Der er flere i familien med det navn, kan jeg fortælle dig."

Han så på Assads mørke øjne. Han var i en anden tilstand end normalt.

"Hvem var Hafez el-Assads efterfølger?" kom det hurtigt fra Carl.

Assad blinkede ikke engang. "Hans søn Bashar. Skal vi så ikke lade være med det her, Carl. Det er ikke godt for os."

"Nej, måske ikke. Og hvad hed så den anden søn, ham der døde i en bilulykke i 1994?"

"Det husker jeg ikke lige nu."

"Ikke det? Det er mærkeligt. Her står ellers, at han var sin fars kæledægge og udvalgte. Han hed Basil. Jeg vil mene, at alle i Syrien med din alder kunne fortælle mig det uden tøven."

"Ja, det er rigtigt. Basil, hed han." Han nikkede. "Men der er så ret mange ting, jeg har glemt, Carl. Jeg VIL ikke huske det. Jeg har ...." Han ledte efter ordet.

"Du har fortrængt det?"

"Ja, det lyder rigtigt nok."

'Okay, er det med den på, så kommer jeg ikke videre ad den vej,' tænkte Carl. Så måtte han skifte over i et andet gear.

"Ved du, hvad jeg tror, Assad? Jeg tror, at du lyver. Du hedder slet ikke Hafez el-Assad, det var bare det første navn, du kom i tanke om, da du søgte om asyl, ikke? Jeg kan forestille mig, at ham, der havde lavet dine falske papirer, fik sig et billigt grin, gjorde han ikke? Det er måske oven i købet samme mand, som hjalp os med Merete Lynggaards telefontavle, er det det?"

"Jeg synes, vi skal gøre stop nu, Carl."

"Hvor kommer du i virkeligheden fra, Assad? Ja, nu har jeg jo vænnet mig til navnet, så det kan vel gå an, selv om det vel i virkeligheden er dit efternavn, ikke, Hafez?"

"Jeg er syrer, og kommer fra Sab Abar."

"Fra en forstad til Sab Abar, mener du?"

"Ja, nordøst for centrum."

Det lød alt sammen meget tilforladeligt, men uden videre at tage det for gode varer havde Carl svært ved. For ti år og hundredvis af afhøringer siden, måske. Men ikke længere. Instinktet knurrede. Assad reagerede ikke helt rigtigt.

"Du kommer i virkeligheden fra Irak, ikke, Assad? Og du har lig i lasten, som vil sende dig ud af landet og tilbage, hvor du kom fra, er det ikke rigtigt?"

Nu skiftede Assads ansigt igen. Linjerne i hans pande viskedes ud. Måske havde han øjnet en udvej, måske talte han bare sandt.

"Irak? Overhovedet ikke, nu er du dum at høre på, Carl," sagde han såret. "Kom hjem og se mine ting, Carl. Jeg havde kuffert med hjemmefra. Du kan tale med min kone, hun forstår en smule engelsk. Eller mine piger. Så ved du, at det er rigtigt så, hvad jeg siger, Carl. Jeg er politisk flygtning, og jeg har oplevet meget slemt. Jeg vil ikke gerne tale om det, Carl, så vil du ikke nok lade mig i fred? Det er rigtigt, at jeg ikke var meget hos Hardy, som jeg sagde, men der er meget langt op til Hornbæk. Jeg prøver at hjælpe min bror ind i landet, og det tager også tid, Carl. Undskyld. Jeg skal så nok sige tingene ligeud i fremtiden."

Carl lænede sig tilbage. Det var lige før, han fik lyst til at sovse sin skeptiske hjerne ind i noget af Assads sukkervand. "Jeg forstår ikke, at du er kommet så hurtigt ind i politiarbejdet, Assad. Jeg er meget glad for din hjælp. Du er en spøjs fyr, men du kan altså noget. Hvor kommer det fra?"

"Spøjs? Hvad er det? Noget med ånder og sådan noget?" Han så på Carl med troskyldige øjne. Jo, han kunne noget. Måske var han i det hele tage bare et naturtalent. Måske var alt, hvad han sagde, sandt. Måske var det ham selv, der bare havde udviklet sig til en knotten krakiler.

"Der står ikke meget om din uddannelse i papirerne, Assad. Hvad var den?" spurgte han.

Assad trak på skuldrene. "Det blev ikke til så rigtig meget, Carl. Min far havde et lille firma, der handlede med konserves. Jeg ved alt om, hvor længe en dåse flåede tomater kan holde i halvtreds graders varme."

Carl prøvede at smile. "Og så kunne du ikke holde dig fra politik, og du endte med at have det forkerte navn, er det sådan?"

"Ja, noget i den der retning."

"Og du blev tortureret?"

"Ja. Carl, jeg vil ikke ind på det. Du har ikke set, hvordan jeg så kan være, når jeg bliver ked af det. Jeg kan ikke snakke om det, okay?"

"Okay," han nikkede. "Og fremover fortæller du mig så altid, hvad du gør i arbejdstiden, er du med?"

Han stak en tommel i vejret.

Carls blik lod Assads slippe.

Så strakte Carl hånden i vejret med spredte fingre, og Assad klaskede sin hånd mod den.

Det var godt nok.

"Okay, Assad. Videre i teksten. Vi har nogle opgaver," sagde han. "Vi skal finde denne Lars Henrik Jensen. Om forhåbentlig ikke så længe kan vi igen logge os ind på cpr-registret, men indtil da må vi prøve at finde hans mor, Ulla Jensen hedder hun. En mand ude på Risø ..." Han så, at Assad skulle til at spørge, hvad det var for noget, men det kunne altid komme. "En mand har oplyst mig om, at hun bor syd for København."

"Er Ulla Jensen et sjældent navn?"

Han rystede på hovedet. "Nu ved vi, hvad mandens firma hed, så vi har flere indfaldsvinkler. I første omgang ringer jeg til selskabsregistret. Så må vi håbe, at det ikke også er lukket ned. Imens går du ind på Krak og leder efter en Ulla Jensen. Prøv Brøndbyerne, og så gå sydover. Vallensbæk, måske Glostrup, Tåstrup, Greve-Kildebrønde. Du skal ikke helt ned til Køge, for der lå mandens virksomhed før. Det er nord for det."

Assad så lettet ud. Skulle lige til at gå ud af døren, men vendte sig så om og gav Carl et kram. Hans skægstubbe var som syle, og barberspritten en kopi, men følelsen var ægte nok.

Han sad et øjeblik, da Assad var valset over til sig selv, og lod følelsen sætte sig. Det var næsten som at have fået sit gamle hold tilbage.

SVARET KOM FRA begge sider på en gang. Selskabsregistret havde fungeret upåklageligt hele tiden under nedbruddet, og HJ Industries var kun fem sekunders tastearbejde fra at blive identificeret. Det ejedes af Trabeka Holding, et tysk selskab, som de kunne søge nærmere oplysninger på, hvis han var interesseret. De kunne ikke se ejerkredsen, men det var til at finde, hvis de talte med deres tyske kolleger. Da de havde oplyst ham om adressen, råbte han ind til Assad, at han godt kunne stoppe, men Assad råbte tilbage, at han også havde fundet et par mulige.

De sammenlignede deres resultater. Den var god nok. Ulla Jensen boede på HJIs fallerede ejendom på Strøhusvej i Greve.

Han slog op på sit kort. Det var kun få hundrede meter fra, hvor Daniel Hale var brændt ihjel på Kappelev Landevej. Han huskede, da han stod derude. Det var den vej, han havde set ned på, da de stod og så ud over landskabet. Den vej med møllen.

Han mærkede adrenalinpumpens langsomme acceleration. De havde en adresse nu. Og de kunne være dernede om tyve minutter.

"Skal vi ikke ringe derned først så, Carl?" Han stak ham sedlen med telefonnummeret.

Han så tomt på Assad. Så var det ikke kun guldkorn, der kom ud af den mands mund. "Det er en vældig god idé, hvis vi ønsker at komme til et tomt hus, Assad."

OPRINDELIG HAVDE DET vel været en almindelig bondegård med stuehus, svinestald og ladebygning omkring den brolagte gårdsplads. De kunne se helt ind i stuerne ude fra vejen, så tæt på lå den. Omme bag de hvidkalkede bygninger lå der endnu tre-fire større bygninger. Et par af dem havde sandsynligvis aldrig været taget i anvendelse; det gjaldt i hvert fald en bygning på ti-tolv meters højde, der stod med gabende tomme huller, hvor vinduerne skulle have været sat i. Hvordan myndighederne nogensinde havde kunnet tillade den rædsel, var ikke til at forstå. Den ødelagde totalt udsynet ned til markarealerne, hvor rapsens gule tæpper gled over i græsmarker så grønne, at farven umuligt kunne gengives på kunstig vis.

Carl scannede landskabet og bemærkede intet liv, heller ikke ved nogen af bygningerne. Gårdspladsen virkede forsømt, ligesom alt det andet. Kalken på stuehuset var skallet af. Ud til vejen lå der lidt længere nede mod øst bunker af skrammel og bygningsaffald. Bortset fra mælkebøtterne og de blomstrende frugttræer, der knejsede op over eternittaget, virkede alt trøstesløst.

"Der er ikke nogen bil på gårdspladsen, Carl," sagde Assad. "Måske er det længe siden, at der har boet nogle der."

Carl pressede tænderne sammen og prøvede at holde skuffelsen på afstand. Nej, Lars Henrik Jensen var ikke her, sagde også alt i ham. Satans, satans også.

"Lad os gå ind og kigge os om, Assad," sagde han og parkerede vognen i grøftekanten halvtreds meter længere henne ad vejen.

De gik stille til værks. Gennem læhegnet kom de om på bagsiden af huset og ind i en have, hvor frugtbuske og skvalderkål kæmpede om pladsen. De buede vinduer i stuehuset var grå af ælde og snavs, og alt virkede dødt.

"Se her," hviskede Assad med næsen trykket mod en af ruderne.

Carl fulgte hans opfordring. Også inde i stuen virkede alting forladt. Bortset fra standarden og tornekrattet var det næsten som et Torneroseslot. Støv på bordene, hen over bøger og aviser og alskens papir. Papkasser i hjørnet, der ikke var pakket ud. Tæpper, der stadig lå som sammenrullede bundter.

Det var en familie, der virkelig var blevet afbrudt i en lykkeligere tid.

"Jeg tror, at de var ved at flytte ind, da ulykken skete, Assad. Det sagde manden fra Risø også."

"Jamen se derude bagi så."

Han pegede ind igennem stuen og over på en døråbning, hvorfra lyset strømmede ind, og gulvet bagved lyste blankt.

"Du har ret. Det ser anderledes ud."

De søgte gennem en urtehave, hvor brumbasserne summede om blomstrende purløg, og havnede på den anden side af huset nede i det ene hjørne af gårdspladsen.

Carl gik tæt på vinduerne i stuehuset. De var godt haspet til. Bag de første ruder kunne man skimte et værelse med nøgne vægge og et par stole op ad væggen. Han lagde panden på ruden og så rummet åbne sig op. Der var ingen tvivl om, at det blev brugt. Et par skjorter lå på gulvet, sengetøjet på boksmadrassen var krænget til side, og ovenpå lå en pyjamas, som han med sikkerhed havde set magen til i et varehus-katalog for ikke så længe siden.

Han trak vejret kontrolleret og lagde instinktivt hånden på bæltet, hvor tjenestepistolen havde siddet i en årrække. Nu var det fire måneder siden, at han sidst havde haft den der.

"Der har sovet nogen i den seng for nylig," sagde han sagte i retning mod Assad, der stod et par vinduer længere henne.

"Her har også været nogen lige så for nylig," sagde Assad. Carl stillede sig ved siden af ham og så ind. Det var rigtigt. Der var pænt rengjort i køkkenet. I en dør midt for væggen fik man et blik videre ind i den støvede stue, de havde set omme fra den anden side. Den lå der som et gravkammer. Som en helligdom, man ikke måtte betræde.

Men køkkenet havde været brugt for ganske nylig.

"Dybfrysere, kaffe på bordet, elkedel. Der er også et par fyldte cola-flasker derhenne i hjørnet," sagde Carl.

Carl vendte sig mod svinestalden og bygningerne bag den. De kunne fortsætte og foretage en ransagning uden forudgående retskendelse og så tage skraldet bagefter, hvis det viste sig ubegrundet, for man kunne jo ikke ligefrem påstå, at øjeblikket ville forspildes, såfremt de foretog husundersøgelsen på et andet tidspunkt. For så vidt kunne det lige så godt være i morgen, ja, måske var det endda bedre i morgen. Måske var der nogen i huset til den tid.

Han nikkede. Nej, det var nok bedst, at de ventede og kørte deres andragende den slagne vej gennem retten. Han trak vejret dybt. I virkeligheden orkede han næsten ikke nogen af delene.

Mens han stod og tænkte, tog fanden pludselig ved Assad. For en så tæt og tung krop var han forbavsende adræt, og gårdspladsen forceredes i et par spring, før han stod ude på landevejen og vinkede ad en bonde, der var ude at lufte sin traktor.

Carl gik op mod dem.

"Ja," hørte han bonden sige, mens han nærmede sig, og traktoren tøffede i tomgang. "Moren og sønnen bor der stadigvæk. Det er lidt specielt, men hun har vist indrettet sig i den dér bygning." Han pegede på det bageste af de tilliggende huse. "Mon ikke de er hjemme nu? Jeg har i hvert fald set hende uden for huset i morges."

Carl viste ham sit skilt, hvilket fik bonden til at dreje tændingsnøglen om.

"Sønnen," spurgte Carl, "er det Lars Henrik Jensen?"

Her kneb bonden sit ene øje i og tænkte. "Næh, det hedder han vist ikke. Han er sådan en sær, lang starut. Hvad hulen er det nu, han hedder?"

"Ikke Lars Henrik, altså."

"Nej, ikke det."

Det var gyngerne og karrusellerne. Op og ned, tæt på og langt fra. Carl havde prøvet det før. Et utal af gange. Det var blandt andet det, han var så træt af.

"Den bygning derovre, siger du," sagde han og pegede.

Bondemanden ledsagede sit nik med en snotklat, der piskede hen over motorhjelmen på hans spritnye legetøj af en Ferguson.

"Hvad lever de af?" spurgte Carl og pegede rundt i landskabet.

"Jeg ved det ikke. Jeg forpagter lidt jord af dem. Kristoffersen derovre forpagter også noget. Så har de lidt brakmark med tilskud, og hun har sikkert også lidt pension. Ja, og så kommer der en vogn et eller andet sted fra et par gange om ugen med noget plastik-tingeltangel, som de vistnok skal rengøre, og så kommer de vist også ved samme lejlighed med noget mad til dem. Jeg tror, at damen og sønnen derinde klarer sig." Han grinede. "Det er jo bondelandet, det her. Her mangler vi sjældent noget."

"En vogn fra kommunen?"

"Nej, det er det dæleme ikke. Nej du, det er søreme fra et rederi eller sådan noget. Der er sådan et mærke på, som man somme tider ser på skibe i fjernsynet. Jeg ved ikke, hvor det kommer fra. Det der med havet og søen og sådan noget har aldrig interesseret mig."

DA HAN TØFFEDE videre ned mod møllen, betragtede de bygningerne bag svinestalden. Underligt, at de ikke havde lagt mærke til dem oppe fra vejen, for de var ganske store. Det skyldtes nok, at læhegnene var tæt beplantet, og løvet tidligt på færde i år, takket være varmen.

Ud over den trelængede gård og den store, halvfærdige hal var der tre flade bygninger forskudt for hinanden ind over et planeret grusareal, som man formentlig i tidernes morgen havde tænkt sig skulle asfalteres. Nu havde ukrudt og vildfaren sæd samlet sig alle vegne om bygningerne, og bortset fra en ret bred sti, der forbandt alle husene, var der grønt overalt.

Assad pegede på de smalle hjulspor på stien. Carl havde også set dem. Brede som cykelhjul, parallelle. Helt sikkert fra en kørestol.

I det øjeblik de nærmede sig det bageste hus, som bonden havde udpeget, ringede Carls mobiltelefon skingert og klart. Han så Assads blik, mens han bandede over ikke at have sat den på lydløs.

Det var Vigga, der ringede. Ingen kunne som hun melde sin ankomst på banen på et ubelejligt øjeblik. Han havde stået i væsken fra rådnende lig, mens hun bad ham om at købe fløde med til kaffen. Hun havde fanget ham, mens mobilen lå i en jakke under en taske i tjenestevognen i fuld fart under en eftersætning af mistænkte. Vigga kunne bare det der.

Han tastede 'røret på' og koblede ringetonen ud.

Det var dér, han løftede sit hoved og så lige ind i øjnene på en lang og mager mand i tyveårs-alderen. Hovedet var underligt langstrakt, nærmest deformt, og hele den ene side af ansigtet var præget af de kratere og den sammentrukne hud, som arrene efter brandsår skaber.

"Her kan I ikke være," sagde han med en stemme, der hverken var voksen eller et barns.

Carl viste ham sit skilt, men fyren forstod tilsyneladende ikke, hvad det betød.

"Jeg er politimand," sagde han venligt. "Vi vil gerne snakke med din mor. Vi ved, at hun bor herinde. Tror du, at du kan spørge hende, om vi må komme lidt ind, så vil jeg være meget glad."

Den unge mand så ikke imponeret ud over hverken skilt eller de to mænd. Så var han nok ikke helt så enfoldig, som han ved første øjekast så ud.

"Hvor længe skal jeg vente?" sagde Carl brysk. Det fik det til at gibbe i fyren. Så forsvandt han ind i huset.

Der gik et par minutter, hvor Carl mærkede trykket i brystet stige, og hvor han forbandede sig selv over, at tjenestepistolen ikke havde forladt våbenkammeret på Politigården en eneste gang siden hans sygeorlov.

"Hold dig bag mig, Assad," sagde han. Han kunne lige se overskrifterne i morgendagens avis. 'Kriminalbetjent ofrer assistent i skuddrama. For tredje dag i træk laver vicepolitikommissær Carl Mørck fra Afdeling Q på Politigården skandale.'

Han skubbede til Assad for at understrege alvoren og stillede sig helt tæt op ad dørkarmen. Kom de ud med et haglgevær eller sådan noget, så skulle hans hoved ikke være det første, som geværløbet pegede på.

Så kom fyren ud og bad dem indenfor.

HUN SAD LIDT inde i rummet i en kørestol og røg på en cigaret. Svær at aldersbestemme, grå og rynket og udslidt, som hun var, men efter sønnens alder at dømme næppe mere end et par og tres. Hun virkede krumbøjet, som hun sad der i kørestolen. Underbenene var underligt akavede, som kviste, der var blevet knækket og selv måtte finde ud af en måde at gro sammen på igen. Bilulykken havde virkelig sat sine spor, det var ynkeligt og sørgeligt at se.

Carl så sig om. Det var ét stort rum. Vel omkring to hundrede og halvtreds kvadratmeter eller mere, men trods fire meter til loftet alligevel stærkt dunstende af tobak. Han fulgte røgspiralen fra hendes cigaret op mod loftsvinduerne. Kun ti Velux-vinduer sad der i alt, så rummet var ganske dunkelt.

Her i dette lokale fandtes alting. Køkkenet nærmest indgangsdøren, toiletdøre ude i siden. Stuen, der bredte sig med Ikea-møbler og billige tæpper ind over betongulvet for femten-tyve meter længere henne at ende i den afdeling, hvor hun tilsyneladende sov.

Ud over den kvalme luft var alt i skønneste orden derinde. Her så hun fjernsyn og læste i ugeblade og tilbragte formentlig det meste af sit liv. Manden var død fra hende, og nu klarede hun sig, som hun bedst kunne. Hun havde jo sin dreng til at gå til hånde.

Carl bemærkede Assads blik vandre langsomt igennem lokalet. Der var noget djævelsk over hans øjne, som de gled ind over alting og indimellem standsede og skruede sig ind på en detalje. Han var dybt koncentreret, armene tungt hængende langs siderne, benene tungt parallelle på gulvet.

Hun modtog dem forholdsvis venligt, men gav kun hånden til Carl. Han præsenterede dem og bad hende om ikke at blive urolig. De søgte hendes ældste søn, Lars Henrik, sagde Carl. De havde nogle spørgsmål at stille, ikke noget særligt, bare rutine. Om hun kunne sige dem, hvor de kunne finde ham.

Hun smilede. "Lasse sejler," sagde hun. Hun kaldte ham altså Lasse. "Han er ikke hjemme lige nu, men om en måned er han i land igen. Så skal jeg sige det til ham. Har De et visitkort, som jeg kan give ham?"

"Nej, desværre." Han prøvede at smile drenget, men konen bed ikke på. "Jeg skal sende mit kort, når jeg er tilbage på kontoret. Naturligvis." Han prøvede smilet igen. Denne gang var det bedre timet. Det var den gyldne regel. Sig først noget positivt, og smil bagefter, så virker man oprigtig. Den anden vej rundt kan betyde hvad som helst. Indsmigren, flirt. Alt, hvad der er bedst for en selv. Så meget kendte konen da til livet.

Han gjorde mine til at trække sig tilbage og tog fat i Assads ærme. "Men fru Jensen, så har vi en aftale. Hvad er det i øvrigt for et rederi, Deres søn arbejder for?"

Hun kendte rækkefølgen af udsagn og smil. "Uhh, jeg ville ønske, at jeg kunne huske det. Han sejler såmænd for så mange." Og så kom hendes smil. Han havde før set gule tænder, men ikke nogen så gule som disse.

"Han er styrmand, ikke sandt?"

"Nej, han er hovmester. Lasse er dygtig til mad, det har han altid været."

Carl prøvede at se drengen, der holdt Dennis Knudsen på skulderen, for sig. Drengen, de kaldte Atomos, fordi hans døde far producerede noget til atomkraftværker. Hvornår havde han fremavlet sin viden om mad? Hos plejefamilien, der tævede ham? Oppe på Godhavn? Da han var en lille dreng hjemme hos sin mor? Carl havde også været meget igennem her i livet, men han kunne ikke spejle et æg. Var det ikke for Morten Holland, så vidste han snart ikke hvad.

"Det er dejligt, når det går ens børn godt. Glæder du dig til at se din bror igen?" sagde han henvendt til den vansirede fyr, der stod og betragtede dem med en mistro, som om de var kommet for at stjæle fra dem.

Hans blik flakkede over mod moren, men hun fortrak ikke en mine. Så kom der ikke noget ud af fyrens mund, det var sikkert og vist.

"Hvor sejler Deres søn for tiden?"

Hun så på ham, mens de gule tænder langsomt forsvandt bag tørre læber. "Lasse sejler meget på Østersøen, men jeg mener, at han er i Nordsøen lige nu. Somme tider sejler han ud med ét skib og hjem med et andet."

"Det må være et stort rederi, husker De ikke hvilket? Kan de ikke beskrive rederiets logo?"

"Nej, desværre ikke. Jeg er ikke så god til den slags."

Han så igen på den unge fyr. Den fyr vidste alting, det så man på ham. Kunne sikkert tegne det forbandede logo, hvis han fik lov.

"Det sidder så ellers på bilen, som kommer her et par gange om ugen," skød Assad ind. Det var ikke godt timet. Nu blev fyrens øjne meget urolige, og konen trak røgen dybt ned i lungerne. Hendes ansigtsudtryk skjultes af en tyk tåge af røg, der blæstes ud på en gang.

"Ja, det er ikke noget, vi rigtig ved noget om," skød Carl ind. "Der var bare en nabo, der mente at have set det, men han kan jo tage fejl." Han trak i Assad.

"Må vi takke for i dag," sagde han så. "De beder Deres søn Lasse om at ringe mig op, når han kommer hjem. Så får vi hurtigt de par spørgsmål ud af verden."

De gik mod døren, mens konen trillede efter dem. "Kør mig lidt ud, Hans," sagde hun til sønnen. "Jeg trænger til lidt frisk luft."

320

Carl vidste, at hun ikke ville slippe dem af syne, før de havde forladt grunden. Havde der været en bil på gårdspladsen eller her omme bagved, så ville han tro, at det var, fordi de ønskede at holde skjult, at Lars Henrik Jensen befandt sig i en af bygningerne. Men Carls intuition sagde imidlertid noget andet. Hendes ældste søn var der ikke, hun ville bare have dem væk.

"Det er ellers en fantastisk samling bygninger, I har her. Det var engang en fabrik?"

Hun kom lige bagefter. Pulsende på en ny smøg, mens kørestolen rumlede frem over stien. Hendes søn skubbede på med hænderne knuget om kørestolens håndtag. Han virkede særdeles ophidset derinde under det ødelagte ansigt.

"Min mand havde en fabrik, der lavede avancerede beholdere til atomkraftværker. Vi var lige flyttet hertil fra Køge, da han døde."

"Ja, jeg husker historien. Det gør mig frygtelig ondt." Han pegede over på de to forreste flade bygninger. "Var det så derovre, at produktionen skulle ligge?"

"Ja, der og i den store hal." Hun pegede rundt. "Svejsehuset dér, trykprøveanlægget dér, og fuldmontagen i hallen. Dér, hvor jeg bor, skulle lageret af færdige containmenter have været."

"Hvorfor bor De ikke inde i huset? Det virker da som et godt hus," spurgte han og opdagede foran det ene hus en række gråsorte spande, som ikke passede i landskabet. Måske havde de stået der fra den foregående ejer. Sådan nogle steder som her gik tiden somme tider uendeligt langsomt.

"Åhh, De ved! Der er så mange ting derinde, som ikke hører den her tid til. Og så er der jo dørtærsklerne, dem er jeg ikke så god til." Hun bankede på kørestolens ene armlæn.

Han mærkede, hvordan Assad trak ham lidt til siden. "Vores bil står derovre, Assad," sagde han og nikkede den anden vej.

"Jeg vil bare hellere gå igennem hegnet dér og så op på landevejen," sagde Assad, men Carl så, at al hans opmærksomhed var rettet mod skrotbunkerne, der lå på et udtjent betonfundament.

"Ja, det der skidt var her allerede, da vi kom," sagde hun undskyldende, som om en halv container skrot kunne forværre ejendommens i øvrigt ret så traurige helhedsindtryk.

Det var ubestemmeligt affald. Oven på affaldsbunken lå flere af de gråsorte bøtter. De havde ingen kendetegn, men virkede nærmest som noget, der kunne have været olie i eller måske madvarer i større kvanta.

Han ville have stoppet Assad, hvis han havde mærket, hvad han havde i sinde, men hans hjælper var allerede sprunget på tværs over metalstænger og sammenfiltrede tovværker og plastikrør, før Carl kunne nå at reagere.

"Ja, undskyld, men min makker her er en uforbederlig samler. Hvad finder du, Assad?" råbte han.

Men lige dér var Assad ikke hans medspiller. Han var på rov og sparkede til skrottet, vendte noget af det, og endelig stak han hånden ned og greb fat i en tynd metalplade, der efter nogen baksen viste sig at være en halv meter høj og mindst fire meter lang. Han vendte den om. Interlab A/S, stod der.

Assad så op på Carl, og Carl gav ham et anerkendende blik tilbage. Det var fandeme godt set. Interlab A/S. Daniel Hales store laboratorium, der nu var flyttet til Slangerup. Så var der en direkte forbindelse mellem familien og Daniel Hale.

"Deres mands selskab hed da ikke Interlab, vel, fru Jensen?" spurgte Carl og smilede til hendes sammenknebne læber.

"Nej, det var det firma, der solgte os grunden og et par af bygningerne."

"Min bror arbejder på Novo. Jeg synes, at jeg kan huske, at han engang har nævnt det firma." Han sendte en undskyldende tanke til sin storebror, der lige i øjeblikket sandsynligvis fodrede minkdyr oppe i Frederikshavn. "Interlab, lavede de ikke enzymer og sådan noget?"

"Det var et prøvelaboratorium."

"Hale, hed han det? Daniel Hale, var det sådan?"

"Ja, ham, der solgte min mand det her, hed Hale. Men det var nu ikke Daniel Hale, han var bare en dreng dengang. Familien flyttede Interlab nordpå, og efter den gamles død flyttede de en gang til. Men her startede det altså." Hun bredte hånden ud mod skrotbunken. Interlab havde rejst sig godt og grundigt, hvis det her var begyndelsen.

Carl betragtede hende indgående, mens hun talte. Alt i hende udstrålede lukkethed, og lige nu strømmede ordene ud af hende. Hun virkede ikke febrilsk, snarere tværtimod. Hun virkede dybt kontrolleret. Alle nerveenderne i hende var blevet snøret sammen. Hun prøvede at virke normal. Det var det, der var så unormalt.

"Var det ikke ham, der så blev slået ihjel ikke så langt herfra?" skød Assad ind.

Denne gang kunne Carl have sparket ham over skinnebenet. Åbenmundethed som det her måtte de lige have en snak om, når de kom hjem.

Han så tilbage mod bygningerne. De udstrålede mere end en falleret families historie. Det grå i grå havde også mellemtoner. Det var, som om bygningerne signalerede til ham. Maveopstødene tog til, når han så på dem.

"Blev Hale slået ihjel? Nej, det husker jeg ikke noget om." Han sendte Assad et par lynende øjne og vendte sig mod konen.

"Jeg kunne egentlig godt tænke mig at se, hvordan Interlab startede. Det ville more mig at kunne fortælle min bror. Han har så tit talt om at starte for sig selv. Kunne vi måske få lov til at se de andre bygninger? Bare sådan privat."

Hun smilede til ham. Alt for venligt. Så kom der altså et udsagn om det modsatte. Hun ville ikke have ham mere hos sig. Han skulle bare ud og væk.

"Åh, det ville jeg såmænd gerne. Men min søn har låst alt af, så jeg er ikke i stand til at lukke Dem ind. Men når De nu snakker med ham, så spørg ham dog ved den lejlighed. Så kan De jo også tage Deres bror med."

ASSAD VAR TAVS, da de kørte forbi huset med skrammerne på væggen, hvor Daniel Hale mistede livet.

"Ja, den var helt gal der på gården," sagde Carl. "Vi må derned igen med en dommerkendelse."

Men Assad hørte ham ikke. Sad bare dér og stirrede ud i luften, mens de nåede Ishøj og betonklodserne begyndte at hobe sig op. Ikke engang da Carls mobil ringede og Carl famlede efter headsettet, reagerede han.

"Ja," sagde Carl og forventede Viggas skarpslebne udfald. Han vidste, hvorfor hun ringede. Nu var den gal igen. Receptionen var jo flyttet til i dag. Fandens reception. Han kunne virkelig godt undvære et par håndfulde fedtede chips og et glas af Irmas den billigste, for slet ikke at tale om det misfoster, hun havde valgt at slå sig sammen med.

"Ja, det er mig," sagde stemmen. "Helle Andersen fra Stevns."

Han skiftede vognen ned i lavere gear og opmærksomheden op.

"Uffe er kommet herned til huset. Jeg er på hjemmebesøg, og så kom der en taxichauffør fra Klippinge med ham lige før. Han havde før kørt med Merete og Uffe, så han genkendte ham, da han så Uffe rage rundt i kanten af motorvejen ved afkørslen til Lellinge. Han er dødsenstræt og sidder her i køkkenet og drikker det ene glas vand efter det andet. Hvad skal jeg gøre?"

Carl så ud på lyskrydset. En brise af uro steg til vejrs. Det var fristende at lave en U-vending og bare trykke speederen i bund.

"Er han okay?" spurgte han.

Hun lød lidt bekymret, lidt mindre landkonefrisk end normalt. "Jeg ved det ikke rigtig. Han er jo godt beskidt og ligner noget, man har trukket gennem lorterenden, men han er altså ikke helt sig selv."

"Hvordan mener du?"

"Han sidder ligesom og grubler. Han ser rundt i køkkenet, som om han ikke kan genkende det."

"Det kan han vel heller ikke." Han så for sig antikvitetshandlernes kobberpander, der hang fra gulv til loft. Krystalskåle på rad og række, pastelfarvet tapet med eksotiske frugter på. Selvfølgelig kunne han ikke genkende noget.

"Nej, jeg mener ikke indretningen. Jeg kan ikke forklare det. Han virker bange for at være her, men alligevel vil han ikke med mig ud i bilen."

"Hvor ville du da køre ham hen?"

"Ind på politistationen. Han skal saftsuseme ikke rende sin vej igen. Men han vil altså ikke med. Heller ikke selv om antikvitetshandleren spurgte pænt."

"Har han sagt noget? En lyd eller sådan noget?"

Lige nu sad hun i den anden ende og rystede på hovedet, sådan noget mærkede man. "Nej, ikke lyde. Men han sitrer ligesom. Sådan havde vores første unge det også, når han ikke kunne få, hvad han ville. Jeg husker engang i supermarkedet ..."

"Helle, du skal ringe til Egely. Uffe har været væk i fire dage nu, de skal vide, at han er okay." Han slog nummeret op i telefontavlen. Det var det eneste rigtige. Blandede han sig, så gik det galt. Aviserne ville gnide sig i deres tryksværtesorte hænder.

Nu dukkede de små lave huse på Gammel Køge Landevej op. En iskiosk fra gammel tid. En nedlagt elektrikerforretning, der nu husede et par barmfagre piger, som sædelighedsafdelingen havde haft meget bøvl med.

Han så på Assad og overvejede at pifte højt for at se, om der overhovedet var liv i dyret. Man havde da før hørt om folk, der var døde med åbne øjne og midt i en sætning.

"Er du der, Assad?" spurgte han og ventede ikke noget svar.

Carl rakte ind over ham og åbnede handskerummet og fandt en halvflad pakke Lucky Strike.

"Carl, vil du ikke nok lade være med det der? Det stinker i bilen," kom det forbavsende nærværende fra Assad.

Hvis det var et problem med lidt røg, så kunne han da få lov at gå hjem.

"Hold lige ind her," fortsatte Assad. Så havde han måske selv fået samme idé.

Carl smækkede handskerummet i og fandt et indhak foran en af småvejene ned til stranden.

"Den er helt gal, Carl." Assad så nu på ham med mørke øjne. "Jeg har tænkt over, hvad vi så dernede. Den var helt gal over det hele."

Carl nikkede langsomt. Den fyr var da heller ikke til at skjule noget for.

"Inde i den gamle kones stue var der fire tv-apparater."

"Jaså, jeg så kun ét."

"Der stod tre ved siden af hinanden, ikke ret store, helt nede ved fodenden af hendes seng. De var sådan dækket til, men jeg så lyset fra dem."

Han måtte have øjne som en ørn parret med en ugle. "Tre fjernsyn tændt under et tæppe. Kunne du se det på den afstand, Assad? Der var jo mørkt som graven."

"De stod der så, helt nede ved sengekanten op imod væggen. Ikke ret store, nærmest som en slags ..." han ledte efter ordet, "som en slags ..."

"Monitorer?"

Han nikkede kort. "Og ved du hvad, Carl? Det går mere og mere op for mig i mit hoved. Der var tre eller fire monitorer. Du kunne godt se et svagt gråt eller grønt lys igennem tæppet dernede. Hvad var de der for? Hvorfor var de tændt? Og hvorfor var de så dækket til, lige som om vi ikke måtte se dem?"

Carl så ud på vejen, hvor lastvognene gnavede sig ind mod byen. Ja, hvorfor?

"Og nu lige en ting mere så, Carl."

Nu var det Carl, der ikke rigtig hørte efter. Han trommede på rattet med tommelfingrene. Hvis de kørte ind til Politigården og skulle igennem hele proceduren, så ville der gå mindst to timer, før de kunne være dernede igen.

Så ringede mobiltelefonen igen. Hvis det var Vigga, så ville han bare smide på. Hvordan kunne hun tro, at han stod til rådighed dag og nat?

Men det var Lis. "Marcus Jacobsen vil gerne se dig på sit kontor, Carl. Hvor er du?"

"Han må vente, Lis, jeg er på vej til en ransagning. Er det avisartiklen?"

"Jeg ved det ikke med sikkerhed, men det kan godt være. Du kender ham. Han kan blive så tavs, når nogen skriver dårligt om os."

"Så fortæl ham, at Uffe Lynggaard er fundet og i god behold. Og fortæl ham, at vi arbejder på sagen."

"Hvilken sag?"

"At få de satans aviser til at skrive noget positivt om mig og afdelingen."

Så drejede han vognen ind i en U-vending og overvejede at sætte det blå lys på.

"Hvad var det, du var ved at sige til mig lige før, Assad?"

"Det om cigaretterne."

"Hvad mener du?"

"Hvor længe har du røget det der samme mærke, Carl?"

Han rynkede næsen. Hvor længe havde Lucky Strike overhovedet eksisteret?

"Man skifter da ikke bare sådan mærke, vel? Og hun havde ti pakker rød Prince liggende på bordet, Carl. Helt friske pakker. Og hun havde sådan helt gule fingre, det havde hendes søn ikke."

"Hvor vil du hen med det?"

"Hun røg Prince med filter, og sønnen røg ikke, er jeg ret sikker på så."

"Ja, og?"

"Hvorfor var der så ikke filter på de smøger, der lå næsten øverst i askebægeret?"

Det var her, Carl satte udrykningen i gang.

37

Samme dag

ARBEJDET TOG TID, for gulvet var glat, og dem, der sad et sted derude og kontrollerede hende på skærmene, måtte ikke blive mistænksomme over de konstante ryk i hendes overkrop.

Hun havde siddet på gulvet midt i rummet det meste af natten med ryggen til kameraerne og slebet på den lange rest af nylonpinden, som hun havde vrikket i to stykker dagen før. Hvor ironisk det end var, så var denne nylonstiver fra hætten på hendes jakke bestemt til at blive hendes vej ud af denne verden.

Hun lagde de to pinde i skødet og lod fingrene glide hen over dem. Én var snart sylespids, og én havde hun formet som en neglefil med knivsæg. Det var nok den, hun ville bruge, når den var klar. Nej, den spidse ville ikke kunne gøre hullet i hendes pulsåre stort nok, var hun bange for, og skete det ikke hurtigt nok, så ville blodet på gulvet afsløre hende. Ikke et øjeblik tvivlede hun på, at de ville lukke trykket ud af rummet i samme øjeblik, de opdagede det. Så hendes selvmord måtte og skulle foregå effektivt og hurtigt.

Hun ville ikke dø på den anden måde.

Da hun hørte stemmerne i højttalerne et eller andet sted derude på gangen, stak hun stiverne i jakkelommen og lod overkroppen falde lidt forover, som om hun var faldet hen i stillingen. Når hun sad sådan, havde Lasse ofte stået og råbt til hende, uden at hun reagerede, så det var der ikke noget usædvanligt i.

Hun sad tungt i denne skrædderstilling og stirrede op på den lange skygge, som projektørerne dannede af hendes krop. Deroppe på væggen sad hendes virkelige jeg. En skarptrukken silhuet af et menneske i forfald. Tjavset hår, der dækkede skuldrene, en nedslidt jakke uden indhold. Et levn fra fortiden, der ville forsvinde, når lyset snart slukkedes. Det var den 4. april 2007 i dag. Hun havde enogfyrre dage tilbage at leve i, men hun ville begå selvmord fem dage før, den 10. maj. Den dag ville Uffe fylde fireogtredive år, og hun ville tænke på ham og sende ham tanker om kærlighed og inderlighed og om, hvor smukt livet kunne være, mens hun stak sig. Hans lyse ansigt skulle være det sidste glimt i hendes liv. Uffe, hendes elskede bror.

"Det skal gå stærkt nu," hørte man konen råbe gennem højttalerne inde fra den anden side af glasvæggen. "Lasse er hos os om ti minutter, så skal det hele være klar. Så tag dig sammen, dreng." Hun lød febrilsk.

Det skramlede bag spejlglasruderne, og Merete så over mod slusen. Men spandene kom ikke ind til hende. Hendes indre ur sagde også, at det var for tidligt.

"Jamen mor," råbte den magre mand tilbage. "Vi skal have en anden akkumulator herind. Der er ikke strøm på det batteri, der står her. Vi kan ikke udløse sprængningen, hvis vi ikke skifter det. Det sagde Lasse for et par dage siden til mig."

Sprængningen? En bølge af kulde væltede gennem Meretes krop. Skulle det være nu?

Hun kastede sig på knæ på gulvet og forsøgte at tænke på Uffe, mens hun af alle kræfter gned den knivformede af nylonstiverne mod det glatte betongulv. Hun havde måske kun ti minutter. Hvis hun fik skåret dybt nok, så kunne hun måske miste bevidstheden i løbet af fem minutter. Det var det, det hele handlede om.

Mens nylonpinden alt for langsomt ændrede form, trak hun vejret tungt og klynkende. Stadigvæk var den for sløv. Hun skottede over mod tangen, der havde fået spidserne slebet af, mens hun krattede sit budskab ned i betongulvet.

"Åhh," hviskede hun, "Bare en dag mere, så havde jeg været klar." Så tørrede hun sveden af panden og førte håndleddet op mod munden. Måske kunne hun bide sin pulsåre over, hvis hun fik godt fat. Hun nappede lidt i kødet og fik ikke fat i noget. Så drejede hun håndleddet og prøvede at få fat med sine hjørnetænder, men hun var for knoklet og tynd nu. Knoglen lå i vejen, tænderne var ikke spidse nok.

"Hvad laver hun derinde?" råbte heksen skingert, mens hun bankede ansigtet mod ruden. Hendes øjne var vidt opspilede, man så kun dem, mens resten af hende lå i skygge med de bragende projektører som baggrund.

"Åbn slusen helt. Det skal være NU," kommanderede hun sønnen.

Merete så over mod lommelygten, der lå parat ved siden af hullet, som hun havde boret under slusedørens tap. Hun lod nylonstiveren falde og kravlede på alle fire over mod over slusen, mens kvinden derude vrængede af hende og alt inden i hende græd og bad for livet.

Igennem højttalersystemet hørte hun manden deromme rasle ved slusedøren, da hun greb lommelygten og borede den ned i hullet i gulvet.

Der lød et klik, og så gik drejemekanismen i gang, mens hun stirrede på slusedøren med hamrende hjerte. Kunne lygten og tappen ikke holde, så var hun fortabt. Trykket i hendes krop ville udløses som en granat, forestillede hun sig.

"Åh kære, kære Gud, lad det ikke ske," græd hun og kravlede tilbage mod nylonstiveren, mens tappen derhenne bankede mod lommelygten. Hun vendte sig mod synet og så lommelygten rokke en anelse. Så hørte hun en lyd, hun ikke havde hørt før. Som et kameras zoomlinse, der bliver aktiveret. En summen af mekanik, der effektivt udløses, efterfulgt af et hurtigt dunk mod slusedøren. Den yderste sluse var åbnet, og nu lå hele trykket på den inderste dør. Så var der kun lommelygten imellem hende og den forfærdeligste død, hun kunne forestille sig. Men lommelygten rokkede sig ikke yderligere. Måske havde døren åbnet sig hundrededele af millimeter, for den hvislende lyd af luft, der pressede sig ud af kammeret, steg i styrke, til den lød som en hylende piften.

Hun følte det i kroppen efter få sekunder. Pludselig mærkede hun pulsslaget i sit øre, registrerede en svag trykken i pandehulen som en forkølelse, der var ved at sætte sig.

"Hun har spærret døren, mor," råbte manden.

"Så sluk og tænd igen, dit fjols," snerrede hun.

Et øjeblik faldt hyletonen til et lavere leje. Så hørte hun mekanismen blive sat i gang, og igen steg tonen.

De prøvede flere gange forgæves at få den inderste slusedør til at makke ret, mens hun filede på sin nylonstiver.

"Vi skal have hende slået ihjel nu og have hende væk, har du forstået det?" råbte hundjævelen derude. "Løb ud efter forhammeren, den står omme bag huset."

Merete stirrede op på glasset. Det havde været hendes fængselstremmer og værn mod udyrene på én og samme tid de sidste par år. Smadrede det glas, var hun væk med det samme. Trykket ville udlignes på et sekund. Måske ville hun ikke engang nå at mærke det, før hun var ude af denne verden.

Hun lagde hænderne i skødet og førte nylonkniven op til det venstre håndled. Den åre havde hun betragtet tusinde gange nu. Det var der, stikket skulle ind. Den lå dér så fin og mørk og åben i den sarte, tynde hud.

Så knyttede hun hånden og pressede til, mens hun lukkede øjnene. Trykket på åren føltes ikke rigtigt. Det gjorde ondt, men huden gav ikke efter. Hun så på mærket, som nylonpinden havde efterladt. Det var bredt og langt og virkede dybt, men det var det ikke. Det blødte ikke engang. Nylonkniven var bare ikke skarp nok.

Så smed hun sig på siden og greb efter den sylespidse nylonstiver, der lå på gulvet. Spilede øjnene op og vurderede præcis, hvor huden rundt om åren virkede tyndest. Så trykkede hun til. Det gjorde ikke så ondt, som hun havde frygtet, og blodet farvede omgående spidsen rød og gav en tryg og altfavnende fornemmelse. Med den ro i sjælen betragtede hun blodet pible frem.

"Du har stukket dig, din ko," råbte konen, mens hun slog på det ene køøje, og slagene ekkoede i rummet. Men Merete lukkede hende ude og følte ingenting. Hun lagde sig stille tilbage på gulvet, samlede sit lange hår bag nakken og stirrede op i det sidste lysstofrør, der stadig fungerede.

"Undskyld, Uffe," hviskede hun. "Jeg kunne ikke vente." Hun smilede op til billedet af ham, som svævede i rummet, og han smilede igen.

Drønet fra forhammerens første slag pulveriserede drømmesynet. Hun så over mod spejlglasset, der vibrerede, hver gang et slag faldt. Det blev ligesom uigennemsigtigt af det, men mere skete der ikke. For hvert slag, manden bankede ind i ruden, efterfulgtes det af en udmattet stønnen. Så prøvede han at slå på det andet køje, men heller ikke det gav efter. Hans tynde arme var ikke vant til at håndtere den vægt, det mærkede man. Intervallerne imellem slagene blev også længere og længere.

Hun smilede og så ned ad sin krop, der lå så afslappet på gulvet. Sådan havde hun altså set ud, Merete Lynggaard, da hun døde. Om ikke lang tid ville hendes krop være sønderdelt og hundeæde, men det gjorde hende ikke noget at tænke på. Til den tid ville hendes sjæl være udfriet. Nye tider ville vente på hende. Hun havde oplevet helvede på jord, og hun havde sørget det meste af sit liv. Mennesker havde lidt på grund af hende. Værre kunne det aldrig blive i det næste liv, hvis der var et. Og var der ikke noget, hvad var der så at frygte?

Hun lod blikket glide ned langs siden og opdagede, at pletten på gulvet var sortrød, men ikke meget større end en håndflade. Så drejede hun sit håndled og så på stiksåret. Blødningen var stort set stoppet. Et sidste par dråber piblede frem, smeltede sammen som tvillingers hænder, der søgte hinanden, og størknede så lige så langsomt.

Imens holdt slagene derude op, så det eneste, hun hørte, var den sivende luft i slusesprækken og pulsslagene i øret. De lød kraftigere end før. Nu hun mærkede efter, var hun ved at få hovedpine, samtidig med at det begyndte at værke i krop og led som en influenza, der meldte sin ankomst.

Så tog hun nylonstiveren en gang til og pressede den dybt ind i såret, der netop havde lukket sig. Filede lidt frem og tilbage og vippede den fleksible stiver op og ned, så hullet ville blive stort nok.

"Jeg er her nu, mor!" råbte en stemme. Det var Lasse.

Hans bror lød bange gennem højttalersystemet. "Jeg ville udskifte batteriet, men mor bad mig om at hente forhammeren, Lasse. Jeg kunne ikke smadre glasset, jeg gjorde, hvad jeg kunne."

"Det kan ikke smadres på den måde," svarede han. "Der skal mere til. Nu har du vel ikke ødelagt detonatorerne?"

"Nej, jeg passede på, hvor jeg slog," svarede hans bror. "Det gjorde jeg virkelig, Lasse."

Merete trak nylonstiveren ud og så op mod de matsprængte glas, der strålede i alle retninger. Såret i håndleddet blødte mere nu, men ikke ret meget. Åh gud, hvorfor ikke? Var det en vene og ikke en arterie, hun havde punkteret?

Så stak hun sig i den anden arm. Hårdt og dybt med det samme. Det blødte mere, åh gudskelov.

"Vi kunne ikke forhindre, at politiet kom ind på grunden," sagde heksen så pludselig derude.

Merete holdt vejret. Så, hvordan blodet pludselig fandt vej og begyndte at løbe hurtigere. Politiet, havde de været her?

Hun bed sig i læben. Mærkede hovedpinen tage til, og hvordan hjerterytmen gik ned i kadence.

"De ved, at Hale ejede grunden her," fortsatte kvinden. "Den ene af dem sagde, at han ikke vidste, at Daniel Hale blev dræbt her i nærheden, men han løj, Lasse, jeg kunne se det på ham."

Nu begyndte det at presse i ørerne. Som når et fly lagde an til landing, bare hurtigere og kraftigere. Hun forsøgte at gabe, men kunne ikke.

"Hvad ville de mig? Har det noget at gøre med ham, de skrev om i aviserne? Er det ham med den nye politiafdeling?" sagde Lasse.

Propperne i ørerne gjorde, at stemmerne lå længere væk nu, men det måtte de bare ikke. Hun ville høre det hele.

Nu virkede det næsten, som om kvinden klynkede derude. "Jeg ved det ikke, Lasse," sagde hun flere gange.

"Hvorfor tror du, de kommer tilbage til gården?" fortsatte han. "Du sagde vel, at jeg var ude at sejle."

"Jamen Lasse, de ved, hvilket rederi du er ansat i. De havde hørt om bilen, som kommer fra rederiet, det kom den sorte til at røbe, og den danske betjent var vred over det, det var tydeligt. De ved sikkert allerede, at du ikke har været ude i flere måneder. At du er i cateringafdelingen nu. De finder ud af det, Lasse, jeg ved det. Også at du sender overskuds-maden herned flere gange om ugen i rederiets biler, der skal bare en opringning til, Lasse, det kan du ikke forhindre. Og så kommer de tilba-ge. Jeg tror bare, at de kørte hjem efter en ransagningskendelse. De spurgte, om de måtte se sig om."

Merete holdt vejret. Politiet ville komme tilbage? Med en ransag-ningskendelse? Troede de det? Hun så på det blødende håndled og pres-sede en finger hårdt i såret. Det piblede ud under tommelfingeren og samlede sig i folderne under håndleddet, hvorfra det dryppede langsomt ned i skødet på hende. Hun ville først slippe igen, når hun følte sig over-bevist om, at slaget var tabt. De skulle nok vinde over hende, men lige nu var de trængt. Hvilken vidunderlig følelse det var.

"Med hvilken begrundelse ville de se ejendommen?" spurgte Lasse.

Trykket i Meretes ører steg. Hun kunne næsten ikke udligne. Prøvede at gabe og lyttede, så godt hun kunne. Hun mærkede også et pres inde-fra i hoften nu. I hoften og i tænderne.

"Den danske kriminalbetjent hævdede, at han havde en bror, der ar-bejder på Novo, og at han gerne ville se det sted, som en stor virksom-hed som Interlab er udsprunget af."

"Sikke noget vås."

"Det var derfor, jeg ringede til dig."

"Hvornår var de her præcis?"

"Det er ikke tyve minutter siden."

"Så har vi måske ikke engang en time. Vi skal også have liget skovlet sammen og bragt væk, det når vi ikke. Vi skal have tid til at rengøre og spule efter os. Nej, vi må vente til senere. Nu handler det om, at de ikke finder noget og så lader os i fred."

Merete prøvede at skubbe ordene "skovlet sammen" fra sig. Var det virkelig hende, Lasse talte om? Hvordan kunne noget menneske være så modbydeligt og kynisk?

"Gid de kommer og tager jer, før I slipper væk!" råbte hun. "Gid at I vil rådne op i fængslet som de svin, I er! Jeg hader jer, forstår I det? Jeg hader jer alle sammen!"

Hun rejste sig langsomt, mens skyggerne bag ruderne flød ud i de sønderbankede glasflader.

Lasses stemme var iskold. "Så forstår du måske endelig, hvad had er! Nu forstår du det måske, Merete?" råbte han tilbage.

"Lasse, har du ikke tænkt dig at sprænge huset i luften nu?" brød kvinden ind.

Merete lyttede intenst.

Der var en pause. Han tænkte vel. Det var hendes liv, det handlede om. Han tænkte, hvordan han bedst skulle komme om ved at slå hende ihjel. Nu handlede det ikke om hende, hun var prisgivet. Det handlede om dem selv.

"Nej, det kan vi ikke gøre under de her omstændigheder, vi må vente. De må ikke ane, at der er noget galt. Hvis vi sprænger det hele i luften nu, så går vores plan i vasken. Vi får ikke forsikringssummen, mor. Vi bliver tvunget til at forsvinde. For altid."

"Det klarer jeg ikke, Lasse," sagde kvinden.

'Så dø sammen med mig, din heks,' tænkte Merete.

Ikke siden dengang hun så ind i Lasses øjne til deres stævnemøde på Bankeråt, havde hun hørt ham tale så blidt. "Jeg ved det, mor. Jeg ved det," svarede han. Nærmest menneskelig lød han et øjeblik, men så kom spørgsmålet, der fik hende til at klemme endnu hårdere i såret. "Har hun spærret slusen, siger du?" sagde han.

"Ja. Kan du ikke høre det? Trykudligningen går alt for langsomt."

"Så sætter jeg timeren i gang."

"Timeren, Lasse. Men det tager jo tyve minutter, før dyserne lukker op. Er der ikke en anden løsning? Hun har stukket sig selv, Lasse. Kan vi ikke stoppe luftudskiftningsanlægget?"

Timeren? Havde de ikke sagt, at de kunne udløse trykket, når som helst de ønskede det? At hun ikke kunne nå at gøre sig selv fortræd, før de åbnede helt op? Var det løgn?

Inde i hende samlede hysteriet sig. 'Pas på, Merete', kørte det igennem hende. 'Reager på det. Gå ikke ind i dig selv.'

"Stoppe for luftudskiftningen, hvad skal det nytte?" Lasse lød tydeligt irriteret. "Luften blev udskiftet i går. Der går mindst otte dage, før luften er brugt op. Nej, jeg sætter timeren i gang."

"Har I problemer?" råbte hun. "Fungerer jeres skidt ikke, Lasse?"

Han prøvede at få det til at virke, som om han lo ad hende, men han narrede hende ikke. Det var tydeligt, at han var rasende over hendes hån.

"Du kan være helt rolig," sagde han kontrolleret. "Min far konstruerede det. Det var verdens mest avancerede trykprøveanlæg. Her fik man de fineste og bedst afprøvede containmenter på kloden. De fleste pumper vand i beholderen og trykprøver den indefra, men på min fars virksomhed udsatte man dem også for tryk udefra. Alt blev gjort med yderste agtpågivenhed. Timeren kontrollerede temperatur og fugtighed i rummet, indpassede alle faktorerne, så trykket ikke udlignedes for hurtigt. Ellers kom der revner i beholderne under kvalitetskontrollen. Derfor tager det hele tid, Merete! Derfor!"

De var sindssyge alle sammen. "I har virkelig problemer," råbte hun. "I er jo sindssyge. I er fuldstændig fortabt ligesom jeg."

"Problemer? Jeg skal give dig problemer," råbte han tilbage med ophidset stemme. Hun hørte skramlen derude og hurtige skridt på gangen. Så tegnedes der en skygge ude i siden af glasset, og to øredøvende brag forplantede sig gennem højttalersystemet, før hun så det ene rudeglas ændre farve endnu en gang. Nu var det snart helt hvidt og uigennemsigtigt.

"Hvis du ikke pulveriserer det her hus fuldstændig, Lasse, så har jeg lagt så mange visitkort herinde, at I ikke kan fjerne dem. I slipper ikke." Hun lo. "I slipper ikke. Jeg har gjort det umuligt for jer."

Så hørte hun i det efterfølgende minut seks brag mere. Det var tydeligvis skud affyret parvis. Men begge glas holdt.

Kort tid efter kom presset i skulderleddet. Ikke ret meget, men det var ubehageligt. Det og så presset i pandehuler og bihuler og kæbeled. Det trak i huden. Hvis det var konsekvensen af den minimale trykudligning, som den piftende lyd og sprækken derovre forårsagede, så ville det, der ventede hende, når de tog hele trykket, blive fuldstændig uudholdeligt.

"Politiet kommer," råbte hun. "Jeg kan mærke det." Hun sænkede hovedet og så ned ad sin blødende arm. Politiet ville ikke nå det i tide, hun vidste det godt. Hun ville snart blive tvunget til at løfte fingeren fra såret. Om tyve minutter åbnede dyserne.

Hun følte en varm strøm glide ned ad den anden arm. Så havde det første stiksår forræderisk åbnet sig igen. Lasses profetier kom til at holde stik. Når trykket inde i hendes krop steg, så ville blodet fosse ud af hende.

Hun vred kroppen en anelse, så hun kunne presse det piblende håndled mod sit knæ, og kom et sekund til at le. Det føltes som en barneleg i en svunden tid.

"Jeg aktiverer timeren nu, Merete," sagde han derude. "Om tyve minutter åbner dyserne og tager trykket i rummet. Så går der yderligere omkring en halv time, før rummet er nede på én atmosfære. Det er rigtigt, at du kan nå at tage dit eget liv inden da, det tvivler jeg ikke på. Men jeg kan ikke se det længere, Merete, er du med? Jeg kan ikke se det, for glassene er fuldstændig uigennemsigtige nu. Og når jeg ikke kan se det, så er der heller ikke andre, der kan. Vi forsegler trykkammeret, Merete, vi har masser af gipsplader herude. Så må du dø imens, på den ene eller anden måde."

Hun hørte kvinden le.

"Kom bror, kom og hjælp mig her," hørte hun Lasse sige. Han lød anderledes nu. Ovenpå.

Det skramlede derude, og ganske langsomt blev der mørkere og mørkere i rummet. Så slukkede de projektørerne, og endnu flere plader blev stablet op ad ruderne, til der til sidst var fuldstændig mørkt.

"Godnat, Merete," sagde han stille derude. "Må helvede fortære dig i evig ild." Så slog han højttaleranlæggets knap fra, og alt blev tyst.

38

Samme dag

KØEN NED AD motorvej E20 var langt værre end normalt. Selv om politisirenen var ved at gøre Carl vanvittig inde i kabinen, så hørte folkene i bilerne ingenting. Sad i deres egne tanker med bilradioen på fuld skrue og ønskede sig langt væk.

Assad sad og bankede i frontpanelet af arrigskab, og de sidste kilometer før afkørslen lå de det meste af vejen i vigesporet, mens bilerne foran dem nødtvungent trak sammen, så de kunne slippe forbi.

Da de endelig holdt uden for gården, pegede Assad over på den anden side af vejen. "Var den bil der før?" spurgte han.

Carl fik øje på vognen efter at have kørt blikket op ad grusvejen ud i ingenmandsland. Den stod skjult bag et buskads cirka hundrede meter længere oppe. Formodentlig det forreste af en kølerhjelm af en stålgrå firehjulstrækker.

"Jeg er ikke sikker," sagde han og prøvede forgæves at ignorere mobiltelefonen i sin inderlomme. Så hev han den frem og kiggede på nummeret. Det var inde fra Politigården.

"Ja, det er Mørck," sagde han og så ned mod gården. Alt var som før. Ingen tegn på panik eller flugt.

Det var Lis i røret, og hun lød selvtilfreds. "Så kører det, Carl. Alle registrene fungerer nu igen. Konen fra indenrigsministeriet har spyttet ud med modgiften til det skidt, hun satte i gang, og fru Sørensen har allerede tastet alle cpr-kombinationerne på Lars Henrik Jensen ind, som Assad bad hende om. Det har været besværligt, jeg tror, at I skylder hende en stor buket, men nu har hun fundet manden. To af cifrene i hans cpr-nummer var ganske rigtig ændret, ligesom Assad antog. Han er registreret på Strøhusvej i Greve." Hun nævnte nummeret.

Carl så ind på et par håndsmedede tal på gårdens facade. Jo, det var det samme nummer. "Tak skal du ha', Lis," sagde han og prøvede at lyde begejstret. "Sig tak til fru Sørensen. Det var et virkelig godt stykke arbejde."

"Jamen der er mere, Carl."

Carl trak vejret dybt og så Assads mørke blik scanne området foran dem. Carl følte det også. Der var noget virkelig besynderligt over hele den måde, de mennesker havde indrettet sig på. Det var slet, slet ikke normalt.

"Lars Henrik Jensen er ustraffet og hovmester af profession," kværnede Lis i baggrunden. "Han arbejder for rederiet Merconi og sejler mest på Østersøen. Jeg har talt med hans arbejdsgiver lige før, og Lars Henrik Jensen er ansvarlig for cateringen på de fleste af deres skibe. En dygtig mand, siger de. De kalder ham i øvrigt for Lasse alle sammen."

Carl slap synet af gårdspladsen foran sig. "Har du et mobiltelefonnummer på ham, Lis?"

"Kun et fastnet-nummer." Hun nævnte det, men han skrev det ikke op. Hvad skulle de bruge det til? Ringe ind og sige at de kom om to minutter?

"Ikke noget mobilnummer?"

"På den adresse er der kun nævnt en Hans Jensen."

Okay. Det hed den magre unge mand altså. Han fik nummeret og takkede endnu engang.

"Hvad var det?" spurgte Assad.

Han trak på skuldrene og tog bilens registreringsattest ud af handskerummet. "Ikke noget, som vi ikke vidste i forvejen, Assad. Skal vi gå til den?"

DEN MAGRE MAND åbnede døren, lige så snart de bankede på. Han sagde ikke noget, lukkede dem bare ind, næsten som om de var ventet.

De ville vist have det til at se ud, som om han og kvinden havde siddet

339

i ro og mag og spist ved en blomstret voksdug ti meter inde i rummet. Formodentlig en dåse Ravioli, de lige havde flået op. Mærkede man efter, var skidtet sikkert iskoldt. Ham narrede de ikke. Spil for galleriet.

"Vi har en ransagningskendelse med," sagde han og hev registreringsattesten fra bilen op af lommen og strakte den et kort øjeblik mod dem. Den unge mand fór sammen ved synet.

"Må vi se os lidt om?" Han sendte Assad over mod monitorerne med en håndbevægelse.

"Det spørgsmål behøver jeg åbenbart ikke at forholde mig til," sagde kvinden. Hun sad med et glas vand i hånden og virkede udpint. Det opsætsige i hendes øjne var væk, men hun virkede på ingen måde bange, bare som om hun havde resigneret.

"De dér monitorer, hvad bruger I dem til?" spurgte han, efter at Assad havde tjekket toiletterne. Han pegede på det grønne lys, der strålede gennem noget stof.

"Åh, det er noget, som Hans har gang i," sagde kvinden. "Vi bor langt ude på landet, og man hører så meget. Så vi ville sætte nogle kameraer op, så vi kunne overvåge området omkring huset."

Han så Assad trække klædet af og ryste på hovedet. "De er helt blanke alle tre, Carl," meddelte han.

"Må jeg spørge dig, Hans: Hvorfor er skærmene tændt, hvis de ikke er sluttet til nogen steder?"

Drengen så over på sin mor.

"De er altid tændt," svarede hun, som om det kunne overraske. "Strømmen kommer fra tilslutningsbøsningen."

"Tilslutningsbøsningen, jaså! Og hvor sidder så den?"

"Det ved jeg ikke. Det ved Lasse." Hun så på ham med triumf i øjnene. Blindgyden var etableret. Han stod midt i den og kiggede op ad stejle vægge. Troede hun.

"Lasse sejler ikke for tiden, har vi fået oplyst af rederiet. Hvor er han så?"

Hun smilede let. "Når Lasse ikke sejler, så er det noget med damer. Det er ikke noget, han blander sin mor ind i, og det skal han heller ikke."

Smilet bredte sig. De gule tænder var snart parate til at snappe efter ham.

"Kom, Assad," sagde han. "Herinde er der ikke mere at gøre. Vi tager de andre huse nu."

Han fik lige et glimt af hende, da han gik ud af døren. Hun havde allerede hånden fremme mod cigaretpakken, der lå på bordet. Smilet var væk. Så var de på rette spor.

"NU HOLDER VI hele tiden øje med, hvad der sker omkring os, Assad. Vi tager den bygning først," sagde han og pegede over på den, der hvælvede sig højt op over alle andre.

"Stil dig her og hold øje med, om der sker noget nede ved de andre huse, er du med, Assad?"

Han nikkede.

Da Carl vendte sig, lød der et stille, men alt for karakteristisk klik bagfra. Han vendte sig mod Assad og så ham stå med en ti centimeter lang, blinkende springkniv i hånden. Brugte man den rigtigt, så var ens modstander i alvorlige problemer, og brugte man den forkert, så kom alle i problemer.

"Hvad fanden laver du, Assad? Hvor kom den fra?"

Han trak på skulderen. "Trylleri, Carl. Jeg skal nok trylle den væk bagefter så, det lover jeg."

"Fanden heller, skal du."

I tilfældet Assad var følelsen i Carl af aldrig at have oplevet noget lignende åbenbart ved at etablere sig permanent. Et bundulovligt våben? Hvordan pokker kunne han finde på noget så åndssvagt?

"Vi er ude i embeds medfør, Assad, er du med? Det her er galt på alle måder, giv mig den."

Den ekspertise, hvormed Assad foldede kniven sammen i et snuptag, var i sandhed bekymrende.

Carl vejede den i hånden, før han stak den i jakkelommen med Assads misbilligende blik efter. Selv hans gode, gamle spejderdolk vejede mindre end den.

DEN STORE HAL var bygget over et støbt gulv, som frost og indtrængende vand havde sat sprækker i. De gabende huller, hvor der skulle have været vinduer, var sorte og frønnede i kanten, og limtræsbjælkerne, der bar loftet, var ligeledes mærket af vind og vejr. Det var et enormt rum og bortset fra lidt skrammel og femten-tyve spande magen til dem, han havde set rundt om på grunden, fuldstændig tomt.

Han sparkede til en spand, så den snurrede rundt om sig selv og sendte en stank af råddenskab op i synet på ham. Da den stoppede, havde den trukket en cirkel af slam omkring sig. Han kiggede på slammet. Var det wc-papir-rester? Han rystede på hovedet. Spandene havde stået i al slags vejr og havde søbet i regnvand. Hvad som helst ville lugte sådan og se sådan ud, bare der gik tid nok.

Han så på spandens bund og identificerede Merconi-rederiets logo, som var præget i plastikken. Sikkert dem, som man havde bragt skibenes overskudsmad hjem i.

Han greb et gedigent fladjern i skrammelbunken og gik ud og fik Assad med over mod den bageste af de tre forskudte bygninger.

"Bliv stående her," sagde han og vurderede hængelåsen, som efter sigende kun Lasse havde nøglen til.

"Du henter mig, Assad, hvis du observerer et eller andet underligt," fortsatte han og stak fladjernet ind under hængelåsbeslaget. I den gamle tjenestebil havde de haft en hel kasse værktøj, der kunne åbne sådan noget så let som ingenting. Nu måtte han bare bide tænderne sammen og lade det grove arbejde råde.

Han maste et halvt minut, før Assad vendte sig om og lige så stilfærdigt tog fladjernet ud af hånden på ham.

'Lad dog barnet,' tænkte Carl.

Der gik et sekund, så bankede låseblinket ned i gruset foran hans fod.

Et par øjeblikke efter entrede han bygningen med lige dele årvågenhed og nederlagsfølelse i sig.

Rummet lignede det, moren boede i, men i stedet for møbler stod der midt i hallen en række svejseflasker i forskellige farver og herudover måske hundrede meter tomme stålreoler. I det fjerneste hjørne var der stablét en bunke rustfri metalplader oven på hinanden ved siden af en dør. Ellers ikke så meget andet. Han kiggede nærmere på døren. Den kunne umuligt føre ud i det fri, så havde han lagt mærke til det.

Han gik over og tog i den. Messinghåndtaget var blankt, og den var låst. Han så på Ruko-låsen, også den havde blanke mærker efter nylig brug.

"Assad, kom herind. Tag jernet med," råbte han.

"Sagde du så ikke, at jeg skulle blive derude?" spurgte Assad, da han stod foran ham.

Carl rakte ham jernet og pegede på døren. "Vis mig så, hvad du kan."

DET VAR ET tungt duftende rum, der mødte dem. Seng, bord, computer, fullsize-spejl, rødt Wiltax-tæppe, åbent klædeskab med habitter og to-tre blå uniformer, en håndvask med glashylde og stribevis af aftershave-flasker. Sengen var redt, papirerne lå sirligt i en bunke, intet pegede på et menneske i ubalance.

"Hvorfor tror du, han låste døren, Carl?" spurgte Assad, mens han løftede skriveunderlaget og kiggede under det. Bagefter lagde han sig på knæ og kiggede ind under sengen.

Carl besigtigede resten. Nej, Assad havde ret. Umiddelbart var der ikke noget at skjule, så hvorfor låse?

"Her ER noget, Carl. Ellers var der så ikke den lås."

Carl nikkede og dykkede ind i klædeskabet. Der var parfumelugten igen. Den klæbede nærmest til tøjet. Han bankede på bagvæggen, men det afslørede intet usædvanligt. Imens havde Assad løftet gulvtæppet, og det skjulte ingen lem.

De scannede loftet og væggene og fikserede begge spejlet på samme tid. Det hang så alene. Omkring det stod væggen kridhvid og mat.

Carl bankede på væggen med knoerne. Den virkede massiv.

'Måske kan spejlet hægtes af,' tænkte han og tog fat, men det sad virkelig fast. Så lagde Assad kinden helt tæt til væggen og skævede ind bag det.

"Jeg tror, at det hænger på et hængsel i den anden side. Der sidder sådan en slags lås her."

Han stak fingeren ind bag spejlet og lirkede palen ud af låsen. Så greb han fat i kanten og trak til. Hele rummet panorerede forbi i spejlet, da det gled til side og afslørede et mandshøjt, dybsort hul i væggen.

'Næste gang vi er i felten, forbereder jeg mig', tænkte Carl og så for sit indre blik pencillommelygten ligge oven på papirbunkerne bag skrivebordsskuffen. Han stak hånden ind og famlede efter en kontakt og tænkte derefter med længsel på sin pistol. Et øjeblik mærkede han presset i brystet.

Han trak vejret dybt og lyttede. Nej, der kunne da for satan ikke være nogen herinde. Hvordan skulle de på nogen måde kunne have låst sig inde med en hængelås på yderdøren? Eller kunne man forestille sig, at Lasse Jensens bror eller mor havde fået til opgave at låse Lasse inde i sit skjul, hvis politiet skulle komme tilbage og snuse rundt?

Han fandt kontakten et stykke inde på væggen og trykkede, parat til at springe til siden, hvis der skulle være nogen, der ventede dem. Der gik et sekund, hvor sceneriet foran dem blinkede, mens lysstofrørene tændte.

Så stod det klart.

De havde fat i den rigtige person nu. Ingen tvivl om det.

Han mærkede, hvordan Assad gled lydløst ind i rummet bag sig, mens han selv nærmede sig opslagstavlerne og de slidte stålborde langs væggen. Han stirrede op på billeder af Merete Lynggaard i alle afskygninger. Fra hendes første optræden på talerstolen til hjemmeidyllen på den løvspættede græsplæne på Stevns. Ubekymrede øjeblikke fanget af en, der ville hende ondt.

Han lod blikket falde ned på det ene af stålbordene og fattede omgående, med hvilken systematik denne Lasse, alias Lars Henrik Jensen, havde arbejdet sig frem mod sit mål.

I første bunke lå alle papirerne fra Godhavn. Han løftede en flig af bunken og så de originale sagsakter vedrørende Lars Henrik Jensen. De, der var forsvundet for år tilbage. På flere af arkene havde han ubehjælpsomt øvet sig på at rette cpr-numrene. Senere blev han dygtigere, og på det øverste kunne han sit kram. Jo, Lasse havde fiflet med de tilbageværende papirer i Godhavn, og det havde han vundet tid på.

Assad pegede på den næste bunke. Her lå der en korrespondance mellem Lasse og Daniel Hale. Tilsyneladende havde Interlab endnu ikke fået betaling for restsummen på bygningerne, som Lasses far havde overtaget mange år tidligere. I begyndelsen af 2002 afsendte Daniel Hale så en faxmeddelelse om, at han agtede at udtage en stævning. Kravet var på to millioner kroner. Daniel Hale drev sig selv mod afgrunden, men hvordan kunne han kende sin modstanders viljestyrke? Måske var det det krav, der satte hele kædereaktionen i gang lige netop på det tidspunkt.

Carl tog det øverste af papirerne. Det var en kopi af en fax, som Lasse Jensen havde sendt den samme dag, Hale blev slået ihjel. Det var en meddelelse og en ikke underskrevet kontrakt.

'Jeg har skaffet pengene. Vi kan underskrive og afslutte handelen hos mig i dag. Min advokat medbringer alle nødvendige papirer, kontraktudkastet faxes herved med. Indfør dine kommentarer og rettelser, og tag så papirerne med herned,' stod der. Jo, der var tænkt på det hele. Var papirerne ikke brændt i bilen, så skulle Lasse nok have sørget for, at de forsvandt, inden politiet og redningsfolkene kom. Carl noterede sig mødedatoen og klokkeslættet. Det stemte alt sammen fuldstændig. Hale var blevet lokket ned til det, der skulle blive hans død. Dennis Knudsen ventede på ham på Kappelev Landevej med foden på speederen.

"Og hér, Carl," sagde Assad og tog det øverste stykke papir op fra den næste bunke. Det var et udklip fra Frederiksborg Amts Avis, som nævnte Dennis Knudsens død nederst på en side. 'Død som følge af stofmisbrug,' stod der kort.

Så var han godt placeret i statistikken.

Carl granskede de næste sider i bunken. Ingen tvivl om, at Lasse Jensen havde tilbudt Dennis Knudsen mange penge for at fremprovokere denne bilulykke. Heller ingen tvivl om, at det var Lasses bror, Hans, der var gået ud foran Daniel Hales bil og dermed havde tvunget den ud i midterrabatten. Alt som aftalt, bortset fra at Lasse aldrig betalte Dennis, hvad han havde lovet, og Dennis blev vred.

Et forbavsende velformuleret brev fra Dennis Knudsen gav Lasse det ultimatum, at enten betalte han de tre hundrede tusinde kroner, eller også ville Dennis smadre ham et sted ude på vejene, en dag han ikke vidste hvornår kom.

Carl tænkte på Dennis' søster. Jo, det var sandelig en dejlig lillebror, hun gik og sørgede over.

Han så op på opslagstavlerne og fik et overblik over tidens onde tand i Lasse Jensens liv. Bilulykken, afslag fra forsikringsselskabet. Et afslag om støtte fra Lynggaard-fonden. Motiverne samlede sig og stod markant tydeligere end før.

"Tror du, at han er blevet godt sindssyg oven i hovedet af alt det her?" spurgte Assad og rakte ham en genstand.

Carl rynkede brynene. "Jeg tør ikke tænke på det, Assad."

Han så nøjere på tingesten, som Assad havde rakt ham. Det var en lille, kompakt Nokia-mobiltelefon. Rød og ny og skinnende at se på. Bagpå var der skrevet 'Sanne Jønsson' med små, skæve blokbogstaver og et lille hjerte over. Gad vide, hvad pigen ville sige, når hun hørte, at den stadig eksisterede?

"Vi har det hele her," sagde han til Assad og nikkede op mod billeder af Lasses mor, der sad i en hospitalsseng og græd. Billeder af Godhavns bygninger og af en mand, hvorunder der stod skrevet 'Plejefar Satan' med fede bogstaver. Ældgamle avisudklip, der berømmede HJ Industries og Lasse Jensens far for enestående pionérarbejde inden for dansk fin-industri. Der var mindst tyve detail-fotos fra færgen Schleswig-Holstein, og der var sejlplaner, opmåling af afstande og antallet af trapper ned til vogndækket. Der var også et minutskema i to kolonner. Et for Lasse, og et for hans bror. Så havde de været to om det.

"Hvad betyder det?" spurgte Assad og pegede på tallene.

Carl var ikke sikker.

"Det kunne betyde, at de har bortført hende og slået hende ihjel et andet sted. Jeg er desværre bange for, at det kan være forklaringen på det."

"Og hvad betyder så det?" fortsatte Assad og pegede på det sidste stålbord, hvor der lå nogle ringbind og en række snittegninger af teknisk art.

Carl tog det første ringbind op. Det var inddelt med faneblade, og forrest stod der 'Håndbog i Dykning – Søværnets Våbenskole AUG 1985'.

Han bladrede et øjeblik og læste overskrifterne: dykkerfysiologi, ventiloversigter, overflade-dekompressionstabeller, oxygenbehandlingstabeller, Boyles lov, Daltons lov.

Det rene volapyk.

"Er dykning så noget, man skal kunne som hovmester, Carl?" spurgte Assad.

Carl rystede på hovedet. "Måske er det bare hans fritidsinteresse."

Han bladrede i papirbunken og fandt så et udkast til en manual skrevet med sirlig skråskrift.

'Anvisning til trykafprøvning af containmenter, ved Henrik Jensen, HJ Industries. 10.11.1986'.

"Kan du læse det dér, Carl?" spurgte Assad med øjnene klæbet til teksten. Det kunne han åbenbart ikke.

På den første side var der tegnet nogle diagrammer og oversigter over rørgennemføringer. Tilsyneladende var der tale om specifikationer til ændringer af et eksisterende anlæg, formentlig det, som HJ Industries havde overtaget fra Interlab ved købet af bygningerne.

Så godt han nu kunne, skimmede han den håndskrevne side og hæftede sig ved ordene 'trykkammer' og 'indelukke'.

Han løftede hovedet og så op på et nærbillede af Merete Lynggaard, der hang oven over papirbunken. Ordet trykkammer buldrede en gang til gennem hovedet på ham.

Han fik en kuldegysning ved tanken. Kunne det virkelig passe? Tanken var ualmindelig forfærdelig. Det var, lige så sveden begyndte at pible frem.

"Hvad er der i vejen, Carl?" spurgte Assad.

"Gå ud og hold øje med pladsen. Gør det *nu*, Assad."

Hans makker skulle til at gentage spørgsmålet, da Carl igen vendte sig mod den sidste papirbunke. "Gå nu, Assad, og pas på. Tag den her med." Han rakte Assad jernstangen, som de havde brækket døren op med.

Han bladrede hurtigt i bunken. Der var mange matematiske udregninger, mest ført med Henrik Jensens hånd, men også med andres. Der var bare ikke noget i stil med det, han søgte.

Endnu en gang betragtede han det knivskarpe foto af Merete Lynggaard. Det var formentlig taget på klos hold, men næppe noget, hun havde bemærket, for hun havde blikket rettet lidt til siden. Der var et særligt udtryk i hendes øjne. Noget livgivende og sprælsk, som på en eller anden måde smittede betragteren. Carl var sikker på, at det ikke var derfor, Lasse Jensen havde hængt det op. Snarere tværtimod. Der var mange huller i billedets kant. Formentlig havde det været taget ned og sat op igen mange, mange gange.

Han tog de fire knappenåle, der hæftede det til opslagstavlen, ud én efter én, og løftede så fotografiet ned og vendte det om.

Hvad der var skrevet på bagsiden, var en gal mands værk.

Han læste det flere gange.

"Disse lede øjne vil ploppe ud af dit hoved. Dit latterlige smil skal druknes i blod. Dit hår vil visne bort, og tankerne forstøve. Tænderne vil rådne. Ingen vil længere huske dig for andet end det, du er: en luder, en tæve, en satan, en helvedes morder. Dø som det, Merete Lynggaard."

Og nedenunder stod der med blokbogstaver tilføjet:

6/7 2002: 2 ATMOSFÆRER
6/7 2003: 3 ATMOSFÆRER
6/7 2004: 4 ATMOSFÆRER
6/7 2005: 5 ATMOSFÆRER
6/7 2006: 6 ATMOSFÆRER
15/5 2007: 1 ATMOSFÆRE

Carl så sig over skulderen. Det var som om væggene trak sig sammen om ham. Han førte hånden op til panden og stod og tænkte, så det knagede. De havde hende, han var sikker. Hun var her i nærheden. Her stod, at de ville dræbe hende om fem uger, den 15. maj, men sandsynligvis havde de allerede gjort det. Han og Assad havde fremprovokeret det, følte han. Og det var sket her i området. Helt sikkert her.

'Hvad gør jeg? Hvem ved noget?' tænkte han og borede sig ned i hukommelsen.

Han greb sin mobil og tastede sig ind på Kurt Hansen, hans gamle kollega, der var havnet i Folketinget for partiet Højre.

Han trippede rundt på gulvet, mens kaldetonen kørte. Tiden lå et sted og lo ad dem alle sammen, han mærkede det så tydeligt nu.

Et sekund før han ville afbryde forbindelsen, meldte Kurt Hansens karakteristiske stemme sig med en rømmen.

Carl bad ham om tie, bare lytte og tænke hurtigt. Ikke spørge, bare svare.

"Om hvad der sker, hvis man lader en person udsætte for tryk på op til seks atmosfærer i en periode på fem år, og så slipper trykket på én gang?" reflekterede Kurt. "Det var dog et mærkeligt spørgsmål. Sådan en situation er vist meget hypotetisk, ikke sandt?"

"Bare svar, Kurt. Du er den eneste, jeg kender, der ved noget om disse ting. Jeg kender ikke andre med et erhvervsdykker-certifikat. Sig mig, hvad der sker, hvis det er sådan?"

"Ja, så dør man vel."

"Ja, men hvor hurtigt?"

"Jeg aner det ikke, men det bliver en beskidt affære."

"Hvordan?"

"Alt sprænges inde i en. Alveolerne sprænger lungerne. Kvælstoffet i knoglerne sprænger vævet itu, organerne, ja, alt i kroppen udvider sig, for der er luft overalt i kroppen. Blodpropper, hjerneblødning, massive blødninger, ja selv..."

Carl stoppede ham. "Hvem kan hjælpe en i den situation?"

Her rømmede Kurt Hansen sig igen. Måske vidste han det ikke. "Er det en aktuel situation, Carl?" spurgte han så.

"Det er jeg alvorligt bange for, ja."

"Så skal du ringe til Holmen. De har et mobilt dekompressionskammer. En Duocom fra Dräger." Han gav ham nummeret, og Carl takkede af.

Det tog kun et øjeblik at få Søværnets folk sat ind i situationen.

"Skynd jer, det er sindssygt vigtigt," sagde Carl. "I må have folk med trykbor og den slags med. Jeg ved ikke, hvilke forhindringer I kommer til at møde. Og underret Politigården. Jeg må have forstærkning."

"Jeg tror, jeg har fattet situationen," sagde stemmen.

39

DE NÆRMEDE SIG den sidste af bygningerne med meget stor omhu. Spej-
dede årvågent rundt på jorden, om der skulle være gravet noget ned for
nylig. Stirrede på de slibrige plastiktønder, der lå langs muren, som om
de kunne indeholde en bombe.

Også denne dør var låst med en hængelås, som Assad brækkede af
med fladjernet. Snart blev det vel en del af hans jobbeskrivelse.

Der lugtede sødt i hallens forrum. Som en blanding af eau de colog-
ne-duften i Lasse Jensens sovekammer og kød, der har ligget for længe.
Eller måske snarere som duften af rovdyrburene i Zoologisk Have på en
varm, blomstrende forårsdag.

På gulvet lå en masse beholdere i forskellige længder i skinnende rust-
frit stål. De fleste var ikke helt færdigmonteret med måleinstrumenter,
men enkelte var. Uendelige hylder på den ene væg antydede, at man
havde næret forventning om, at produktionen ville blive stor. Sådan var
det ikke blevet.

Carl vinkede Assad efter sig videre over mod den næste dør og førte
pegefingeren op mod sine læber. Assad nikkede og knugede fladjernet,
så knoerne blev hvide. Han dukkede sig lidt, som om han ville gøre sig
selv til et mindre angrebsmål. Det virkede nærmest som en refleks.

Carl åbnede den næste dør.

Der var lys i rummet. Lamper i armeret glas belyste et korridorareal,
hvor der til den ene side var døre ind til en række kontorer uden vindu-
er og til den anden side en dør videre ind til endnu en korridor. Carl
viste med hånden, at Assad skulle undersøge kontorerne, og gik selv ind
i den smalle, lange gang.

Der var uhumsk. Som om man igennem tiderne havde klasket lort eller snavs på vægge og gulv. Meget ulig den ånd, som fabrikkens stifter Henrik Jensen, havde ønsket at skabe disse omgivelser i. Carl havde svært ved at forestille sig ingeniører i hvide kitler i dette miljø, som her nu så ud. Meget svært.

For enden af korridoren var der en dør, som Carl åbnede forsigtigt, mens han knugede springkniven i jakkelommen.

Han tændte lyset og konstaterede, at det var et opmagasineringsrum med et par rulleborde og masser af gipsplader og diverse brint- og iltflasker. Han spilede instinktivt næseborene op. Her lugtede af krudt. Som om et våben havde været affyret i rummet for relativt nylig.

"Der var ikke noget i noget kontor," hørte han Assad sige stille bag sig.

Carl nikkede. Her var der tilsyneladende heller ikke noget. Ikke ud over det samme uhumske indtryk, han netop havde fået i korridoren, der førte herind.

Assad trådte ind og så sig om.

"Han er så ikke her, Carl."

"Det er ikke ham, vi leder efter nu."

Assad rynkede brynene. "Hvem så?"

"Shhh," sagde Carl. "Kan du høre det?"

"Hvad?"

"Hør efter. Der er en ganske svag hvislen."

"Hvislen?"

Han rakte hånden op for at få ham til at tie stille og lukkede selv øjnene. Det kunne være en ventilator i det fjerne. Det kunne være vand, der løb i rørene.

"Det er noget luft, der siger sådan, Carl. Som noget, der er punkteret."

"Ja, men hvor kommer det fra?" Carl drejede sig langsomt omkring. Det var simpelthen umuligt at lokalisere. Rummet var højst tre en halv meter bredt og fem-seks meter langt, og alligevel syntes det, som om lyden kom alle steder og ingen steder fra på samme tid.

Han affotograferede rummet. Til venstre for ham stod der fire gipsplader ved siden af hinanden i et lag på måske fem plader. Nede for ende-væggen stod der en enkelt gipsplade på skrå. Væggen til højre stod nø-gen.

Han kiggede op i loftet og så fire felter med små huller og imellem dem bundter af ledninger og kobberrør gå fra korridoren og videre ind over de mange gipsplader.

Assad så det også. "Der må være et eller andet omme bag pladerne så, Carl."

Han nikkede. Måske en ydermur, måske noget andet.

For hver plade de tog fat i og rejste op ad den modsatte væg, var det, som om lyden kom nærmere.

Til sidst stod de foran en væg, hvorpå der sad en stor, sort kasse oppe under loftet og herudover adskillige vippekontakter, måleinstrumenter og knapper. På den ene side af dette kontrolpanel var der indfældet en buet dør i to sektioner klædt med metalplader, og på den anden to store koøjer med pansrede og helt mælkehvide glas, hvorpå der med gaffa-tape var klistret ledninger imellem et par stifter, som han vurderede kunne være detonatorer. Under·hvert koøje lå et overvågningskamera på stativ. Der var ikke svært at forestille sig, hvad de havde været brugt til, og hvad meningen kunne være med detonatorerne.

Under kameraerne lå nogle små, sorte kugler. Han samlede dem op og konstaterede, at det var hagl. Han følte på rudeglassets struktur og trådte et skridt tilbage. Ingen tvivl om at der var affyret skud mod glas-ruderne. Så var der måske noget i situationen, som folkene her på går-den ikke havde fuld kontrol over.

Han lagde øret til væggen. Den pivende lyd kom et sted derindefra. Ikke fra døren, ikke fra glassene. Bare derindefra. Det måtte være en ek-strem høj lyd, siden den kunne trænge igennem det massive indelukke.

"Den står på mere end fire bar, Carl."

Han så op på trykmanometret, som Assad stod og dunkede på. Det var rigtigt. Og fire bar var det samme som fem atmosfærer. Så var rummet allerede droslet ned med en atmosfæres tryk.

"Assad, jeg tror, at Merete Lynggaard er derinde."

Hans makker stod helt stille og betragtede den buede metaldør. "Tror du?"

Han nikkede.

"Trykket går i nedad retning, Carl."

Det var rigtigt. Nålens bevægelse var faktisk synlig.

Carl så op på de mange kabler. De tynde ledninger imellem detonatorerne endte blindt med afisolerede ender nede på gulvet. Så havde de nok tænkt sig at skulle koble et batteri eller en eller anden sprængningsenhed til dem. Var det det, de ville gøre den 15. maj, når trykket skulle sænkes til en atmosfære, som der stod bag på fotoet af Merete Lynggaard?

Han stirrede rundt for at finde hoved og hale i det hele. Kobberrørene gik direkte ind i rummet. Måske var der ti i alt, så hvordan kunne man vide, hvilke der udløste trykket, og hvilke der satte det op? Skar man et af dem over, risikerede man i allerhøjeste grad at gøre det værre for den, der sad inde i trykkammeret. Det samme gjaldt, hvis man gjorde noget ved de elektriske ledninger.

Han trådte over mod slusedøren og vurderede relæboksene, der sad ved siden af. Her var der ingen tvivl, det stod alt sammen sort på hvidt ud for de seks knapper: Topdør åben. Topdør lukket. Slusedør åben yderst, slusedør lukket yderst. Slusedør åben inderst, slusedør lukket inderst.

Og begge porte i slusedøren stod på lukket. Det skulle de blive ved med.

"Hvad tror du, at den dér er til?" spurgte Assad og var betænkelig nær ved at dreje et lille potentiometer fra OFF til ON.

Nu havde det været godt, om Hardy havde stået ved siden af og set med. Hvis der var en ting, som Hardy kunne bedre end de fleste, så var det noget med knapper.

"Den kontakt er så sat op efter alt det andet," sagde Assad. "Hvorfor er de andre ellers lavet af det der brune noget?" Han pegede på en firkantet boks af bakelit. "Og hvorfor skulle den dér så være af plastik som den eneste af dem alle sammen?"

Det var rigtigt. Der var masser af års forskel på typerne af kontakter.

Assad nikkede. "Jeg tror, den skrueknap måske enten stopper processen, eller også betyder den slet ikke noget." Så dejlig ukonkret kunne det siges.

Carl trak vejret dybt. Nu var det snart ti minutter siden, han havde talt med folkene ude på Holmen, og der ville gå længere tid. Hvis Merete Lynggaard var derinde, så blev de nødt til at gøre noget drastisk.

"Drej på den," sagde han med bange anelser.

I samme sekund hørte de pifteriet skære igennem rummet med fuld styrke. Carls hjerte ploppede op i halsen. Et øjeblik var han overbevist om, at de havde udløst yderligere tryk.

Så så han op og identificerede de fire hullede felter i loftet som højttalere. Det var herfra, pifte-lydene inde fra rummet hørtes, og de var gennemtrængende enerverende.

"Hvad sker der nu?" råbte Assad med hænderne for ørerne. Svært at svare ham, når han gjorde sådan.

"Jeg tror, at du har tændt for et samtaleanlæg," råbte han tilbage og vendte ansigtet mod felterne i loftet. "Er du derinde, Merete?" råbte han tre-fire gange og lyttede så intenst.

Nu kunne han tydeligt høre, at det var lyden af luft, der passerede gennem noget snævert. Som den lyd man frembringer gennem tænderne, lige før det rigtige pift kommer. Og lyden var konstant.

Han så bekymret på trykmåleren. Nu var de næsten nede på fire komma fem atmosfæres tryk. Det gik hurtigt.

Han råbte igen, denne gang alt hvad han kunne, og Assad tog hænderne fra ørerne og råbte med. Deres fælles appel ville kunne vække de døde, tænkte Carl, og håbede inderlig, at det ikke var kommet så vidt.

Så lød der et dunk fra den sorte boks oppe under loftet, og rummet blev et øjeblik helt stille.

'Boksen deroppe er den, der styrer trykudligningen,' tænkte han og overvejede, om han skulle løbe ind i et andet rum og hente noget, han kunne stå på, så han kunne åbne boksen.

Det var i det øjeblik, de hørte stønnene gennem højttaleren. Som den

lyd man hører trængte dyr eller mennesker i dyb krise eller sorg udstø-
de. En lang, monoton klagetone.

"Merete, er det dig?" råbte han.

De stod et øjeblik og ventede og hørte så en lyd, som de tolkede som
et ja.

Carl mærkede det brænde i halsen. Merete Lynggaard var derinde.
Indespærret i over fem år i disse ulækre, trøstesløse omgivelser. Og nu var
hun måske ved at dø, og Carl anede ikke, hvad han skulle gøre.

"Hvad kan vi gøre, Merete?" råbte han og hørte i det samme et
enormt brag fra gipspladen ved endevæggen. Han konstaterede omgåen-
de, at der var blevet skudt gennem gipspladen med et haglgevær, og at
pladen havde spredt haglene overalt i rummet. Flere steder mærkede
han sit kød dunke og varmt blod sive lige så stille ud. Et evigt langt tien-
dedel af et sekund stod han lammet, og så kastede han sig bagud mod
Assad, der stod med en blødende arm og et ansigtsudtryk, der svarede til
situationen.

Da de lå på gulvet, var gipspladen faldet forover og havde åbenbaret
den, der havde affyret skuddet. Han var ikke svær at kende. Bortset fra
furerne i ansigtet, som hans svære liv og martrede indre havde tilføjet
ham de seneste år, så så Lasse Jensen fuldstændig ud som på de ung-
domsfotos, de havde set af ham.

Lasse trådte frem af sit skjul med sit rygende haglgevær og besigtige-
de de skader, hans skud havde forvoldt, med samme kølige ligegyldig-
hed, som hvis det havde været en oversvømmelse i en kælder.

"Hvordan fandt I frem til mig?" spurgte han, mens han knækkede ge-
værløbet og satte nye patroner i. Han gik helt frem mod dem. Ingen tvivl
om, at han ville trække af, når det passede ham.

"Du kan nå at stoppe nu, Lasse," sagde Carl og rettede sig lidt op fra
gulvet, så Assad kunne komme fri af hans krop. "Hvis du stopper nu, så
slipper du med ganske få år i fængsel. Ellers bliver det livstid for mord."

Fyren smilede. Det var ikke svært at forstå, at kvinder kunne falde for
ham. Han var en satan i forklædning. "Så er der meget, I ikke ved," sagde
han og rettede løbet direkte mod Assads tinding.

'Ja, det tror du,' tænkte Carl, mens han mærkede Assads hånd bane sig vej ned i hans jakkelomme.

"Jeg har tilkaldt forstærkninger. Mine kolleger vil snart være her. Giv mig den haglbøsse, Lasse, så går det alt sammen."

Lasse rystede på hovedet. Han troede det ikke. "Jeg slår din kollega ihjel, hvis du ikke svarer. Hvordan fandt I mig?"

Når man tænkte på, hvor presset han måtte være, så var han alt for kontrolleret. Givetvis rablende gal.

"Det var Uffe," svarede Carl.

"Uffe?" Her skiftede mandens ansigtsudtryk. Den oplysning ville bare ikke falde på plads i den verden, han havde sat sig selv til at regere. "Vås! Uffe Lynggaard ved ikke noget, og han taler ikke. Jeg har fulgt med i pressen de sidste par dage. Han sagde ikke noget, du lyver," fortsatte han.

Nu havde Assad fået greb om springkniven, det mærkede han.

Regulativer og våbenlov op i røven. Han håbede bare, at Assad kunne nå at bruge den.

Der lød en lyd i højttalerne over dem. Som om kvinden inde i rummet ville sige noget.

"Uffe Lynggaard genkendte dig på et foto," fortsatte Carl. "Et foto, hvor du og Dennis Knudsen står ved siden af hinanden som drenge. Husker du det billede, Atomos?"

Navnet sved som et slag i ansigtet på ham. Det var tydeligt, at års lidelser dukkede op til overfladen i Lasse Jensens indre.

Han krængede læberne nedad og nikkede. "Javel, det ved du også! I ved altså det hele, skal jeg gå ud fra. Så forstår I vel også, at I nu må følge Merete på vej."

"Du når det ikke, der er hjælp på vej," sagde Carl og lænede sig lidt frem, så Assad kunne trække kniven op og føre den frem i et hug. Spørgsmålet var så, om psykopaten nåede at trykke på aftrækkeren inden da. Fyrede han begge løb af på én gang på klos hold, så ville både Assad og han være prisgivet.

Lasse smilede igen. Han var allerede på ret køl. Psykopatens varemærke: Intet bed på.

"Jeg når det, vær sikker på det."

Rykket i Carls jakkelomme og det efterfølgende klik fra springkniven faldt sammen med den lyd, som kød giver, når det bliver stukket i. Sener, der blev skåret over, friske muskler, der blev stækket. Carl så blodet på Lasses ben, samtidig med at Assad slog geværløbet opad med sin blodige venstre arm. Braget ud for Carls ører, da Lasse trak af i ren refleks, lukke- de al lyd ude, og han så Lasse falde lydløst baglæns og Assad kaste sig over ham med kniven løftet til hug.

"Nej," råbte Carl og hørte det dårlig nok selv. Han prøvede at rejse sig, men mærkede nu omfanget af det skud, han havde taget imod. Han så ned under sig, hvor blodet var kørt ud i striber. Så tog han sig til låret og pressede til, mens han rejste sig.

Assad sad blødende oven på Lasses brystkasse og kniven ved hans stru- be. Carl hørte det ikke, men så, hvordan Assad råbte til manden under sig, og så ligeledes, hvordan Lasse spyttede Assad i ansigtet for hver en sætning.

Så kom hørelsen gradvis tilbage på det ene øre. Nu var relæet over dem igen begyndt at lukke luft ud af kammeret. Denne gang lå piveto- nen et toneleje højere end før. Eller var det hans hørelse, der spillede ham et puds?

"Hvordan stopper vi det lort? Hvordan lukker man for ventilerne? Sig det!" råbte Assad for gud ved hvilken gang, og spytklatten fra Lasse fulg- te. Først nu opdagede Carl, hvordan spytteriet efterfulgtes af et øget pres med kniven på Lasses strube.

"Jeg har snittet hals over på bedre mennesker end dig," råbte Assad og ridsede ham, så blodet silede ned ad hans hals.

Carl vidste ikke, hvad han skulle tænke.

"Selv om jeg vidste det, så sagde jeg ikke noget," hvæsede Lasse under ham. Carl så ned ad Lasses ben, hvor Assad havde stukket. Blødningen virkede ikke voldsom. Slet ikke som når den store arterie i låret bliver skåret over, men sikkert heller ikke ufarligt.

Han så op på manometret, hvor trykket faldt langsomt, men støt. Hvor helvede blev hjælpen af? Havde folkene på Holmen ikke alarmeret hans kolleger, som han bad om? Carl støttede sig til muren og tog sin mobiltelefon frem og tastede nummeret til vagttjenesten. Der ville kunne være assistance hos dem om få minutter. Hans kolleger og ambulancefolkene ville få nok at se til.

Han mærkede ikke slaget mod sin arm, konstaterede blot, hvordan mobiltelefonen smadrede i gulvet, og armen faldt ned langs siden. I et ryk vendte han sig og så, hvordan det tynde væsen bag dem fik banket fladjernet, de havde brækket låsen op med, ind mod Assads tinding.

Han faldt om på siden uden et ord.

Så trådte Lasses bror et skridt frem og stampede på mobiltelefonen, til den lå i sønderdelte komponenter.

"Åh gud, er det alvorligt, min dreng?" lød det bagfra. Kvinden trillede ind i sin kørestol med livets fortrædeligheder skåret i ansigtet. Hun ænsede ikke den bevidstløse mand på gulvet. Så ikke andet end blodet, der sivede fra hendes søns bukser.

Lasse rejste sig besværet og så vredt på Carl. "Det er ingenting, mor," sagde han og trak et lommetørklæde op af bukselommen, hev bæltet ud af bukserne, og strammede det hele om låret, sekunderet af sin bror.

Hun trillede forbi dem og stirrede op på manometret. "Hvordan har du det, din elendige kælling?" råbte hun mod ruden.

Han så ned på Assad, der lå og åndede svagt på gulvet. Så overlevede han måske. Carl lod blikket glide rundt på gulvet i håb om at få øje på springkniven. Måske lå den under Assad, måske ville den komme til syne, når den magre fyr flyttede sig lidt.

Det var, som om fyren mærkede det. Han vendte sig mod Carl med et barns udtryk i ansigtet. Som om Carl ville stjæle noget fra ham eller måske endda begynde at slå. Blikket, han sendte Carl, var opbygget af barndommens ensomhed. Af andre børn, der ikke forstod, hvor sårbart et enfoldigt individ kunne være. Og han hævede fladjernet og sigtede mod Carls hals.

"Skal jeg slå ham ihjel, Lasse, skal jeg? Jeg kan godt."

"Du skal ingenting," snerrede kvinden og trillede nærmere.

"Sæt dig, politisvin," kommanderede Lasse, mens han rettede sig i fuld højde. "Gå ud efter batteriet, Hans. Vi sprænger huset i luften. Det er det eneste, vi kan gøre nu. Skynd dig. Om ti minutter er vi væk herfra."

Han ladede sit haglgevær og fulgte Carl med øjnene, mens Carl gled ned ad væggen, til han sad med slusedøren i ryggen.

Så flåede Lasse gaffa-tapen af glasruderne og hev sprængladningerne til sig. Med en hurtig håndbevægelse snurrede han den dødelige mix af ledninger og detonatorer rundt om Carls hals som et tørklæde. ·

"Du kommer ikke til at mærke noget, så du skal ikke være bange. Men det bliver anderledes for hende derinde. Sådan må det være," sagde Lasse koldt og trak gasflaskerne hen mod væggen til trykkammeret bag Carl.

Så kom hans bror ind med batteriet og en rulle ledning.

"Nej, vi gør det på en anden måde, Hans. Vi tager batteriet med ud igen. Du skal bare koble det sådan her," sagde Lasse og viste ham, hvordan sprængladningerne om Carls hals blev koblet til forlængerledningerne og siden til batteriet. "Klip rigeligt af. Det skal strække helt ud til gårdspladsen."

Han lo og så direkte på Carl. "Ja, vi sætter strømmen til derude, og så tager sprængningen skiderikkens hoved, samtidig med at trykflaskerne ryger i luften."

"Men hvad så inden. Hvad så med ham der?" spurgte hans bror og pegede på Carl. "Han kan jo bare rive ledningerne over."

"Ham?!" Lasse smilede og trak batteriet et stykke væk fra Carl. "Ja, du har helt ret. Ham får du lov til at slå bevidstløs om et øjeblik."

Så slog hans stemme om, og han vendte sig mod Carl med alvor ætset i ansigtet. "Hvordan fandt du frem til mig? Dennis Knudsen og Uffe, siger du. Jeg forstår det ikke? Hvordan koblede du dem til mig?"

"Du begik tusinde fejl, din nar. Derfor!"

Lasse trak sig lidt tilbage i rummet med noget, der kunne tolkes som vanvid, dybt forankret i øjenhulerne. Han ville med garanti skyde ham om et øjeblik. Tage roligt sigte og trykke af. Farvel, Carl. Han skulle i hvert fald ikke få lov at forhindre, at de sprængte det hele i luften. Som om han ikke vidste det.

Carl så med ro i sjælen op på Lasses bror. Han fumlede. Ledningerne ville ikke makke ret. De krøllede sig sammen, når han rullede dem ud.

I samme øjeblik mærkede han Assads sårede arm sitre mod sit underben. Så var han måske ikke så hårdt såret. En ringe trøst i den her situation. Om lidt var de jo alligevel slået ihjel.

Carl lukkede øjnene og prøvede at genkalde sig et par øjeblikke af betydning i sit liv. Efter få sekunders tomhed i hovedet åbnede han dem igen. Ikke engang den trøst kunne han få.

Havde hans liv virkelig haft så få højdepunkter at byde på?

"Du skal ud af rummet nu, mor," hørte han Lasse sige. "Kør ud på gårdspladsen, helt væk fra ydermurene. Vi kommer ud om et minut. Så forsvinder vi."

Hun nikkede. Rettede blikket en sidste gang mod det ene af koøjerne og spyttede på ruden.

Da hun passerede sine sønner, så hun med hån på Carl og manden, der lå ved siden af ham. Havde hun kunne sparke ud efter dem, havde hun gjort det. De havde stjålet hendes liv, som andre havde stjålet det før dem. Hun befandt sig i en permanent tilstand af bitterhed og had. Intet fremmed skulle komme ind i hendes glasboble.

'Der er ikke plads til, at du kan komme forbi, din heks,' tænkte Carl og så på, hvor akavet Assads ene ben var strakt ud til siden.

Da hun kørte mod Assads ben, udstødte Assad et brøl, mens han i et ryk stemte sig op og i et spring stod imellem kvinden og døren. De to mænd ved ruderne vendte sig om, og Lasse hævede haglgeværet, da Assad med blodet silende fra tindingen bukkede sig bag kørestolen, tog fat om kvindens kantede knæ og stormede mod mændene med kørestolen som rambuk. Lydbilledet var infernalsk. Assads brølen, kvindens skrig, pifteriet fra trykkammeret og mændenes advarselsråb, afløst af den tumult, som kørestolen forårsagede, da den bankede de to mænd omkuld.

Kvinden lå med benene i vejret, da Assad sprang op på hende og kastede sig forover mod geværet, som Lasse forsøgte at rette mod ham. Den unge mand bagved begyndte at hyle, da Assad fik fat i løbet med den ene hånd og begyndte at banke løs på Lasses strubehoved med den anden. Efter få sekunder var det overstået.

Assad trak sig bagover med geværet i hånden, puffede kørestolen til side, tvang en hostende Lasse op at stå og stod så et øjeblik og så på ham.

"Sig, hvordan man stopper det lort så," råbte han, mens Carl rejste sig.

Carl opdagede springkniven helt inde ved væggen lidt længere henne. Han viklede ledningerne og detonatorerne af sig og gik hen og samlede den op, mens den tynde mand prøvede at få sin mor på benene.

"Ja, sig det. Nu!" Carl stak kniven frem mod mandens kind.

De så det samtidig i Lasses øjne. Han troede dem ikke. I hans hjerne handlede det kun om en ting: at Merete Lynggaard skulle dø derinde i rummet bag dem. Ensom, langsomt og pinefuldt, det var Lasses mål. Så skulle han nok tage sin straf bagefter. Hvad rørte det ham?

"Vi spænger ham og familien lige i luften, Carl," sagde Assad med sammenknebne øjne. "Merete Lynggaard derinde er alligevel snart færdig. Vi kan ikke gøre noget for hende mere så." Han pegede op på manometret, der nu stod på et godt stykke under fire atmosfærer. "Vi gør det samme mod dem, som de ville gøre mod os. Og vi gør Merete en tjeneste."

Carl så ham i øjnene. Derinde i hans lille hjælpers varme øjne lå der en kim til inderlig had, som ikke skulle have for megen næring.

Carl rystede på hovedet. "Det kan vi ikke gøre, Assad."

"Jo, Carl, det kan vi," svarede Assad. Han rakte sin frie hånd frem mod Carl og trak langsomt ledningerne og detonatorerne ud af Carls hånd og viklede dem så om Lasses hals.

Mens Lasses blik søgte mod hans besværgende mor og broren, der stod sitrende bag hendes kørestol, sendte Assad Carl et blik, der ikke var til at misforstå. De måtte drive det hele helt derud, hvor Lasse begyndte at tro på dem. For Lasse ville ikke kæmpe for at redde sit eget skind, men han ville kæmpe for at redde sin mors og sin brors. Assad havde set det. Det var rigtigt.

Så løftede Carl Lasses arme og forbandt de afisolerede ender til forlængerledningerne, som Lasse havde foreskrevet.

"Sæt jer i hjørnet," kommanderede Carl kvinden og hendes yngste søn. "Tag din mor, og sæt dig med hende på skødet, Hans."

Den yngste søn så på ham med bange øjne, løftede så sin mor op i favnen, som om hun var et fnug, og satte sig så ned med ryggen mod endevæggen.

"Vi spr ænger jer alle tre og Merete Lynggaard i luften, hvis du ikke fortæller os, hvordan du slukker din djævlemaskine," sagde Carl, mens han viklede den ene af forlængerne til batteriets ene pol.

Lasse slap synet af sin mor og vendte hovedet mod Carl med brændende had i øjnene. "Jeg ved ikke, hvordan man stopper det," sagde han roligt. "Jeg kan finde ud af det ved at læse manualerne. Men det er der ikke tid til."

"Det er jo løgn, du trækker tiden ud!" råbte Carl. Han så ud ad øjenkrogen, hvordan Assad overvejede at slå ham.

"Så siger vi det," sagde Lasse og vendte hovedet mod Assad med et smil.

Carl nikkede. Han løj ikke. Han var iskold, men han løj ikke, det sagde mange års erfaring. Lasse vidste ikke, hvordan man stoppede anlægget uden at læse i manualen. Sådan var det desværre.

Han vendte sig mod Assad. "Er du okay?" spurgte han og lagde hånden på bøsseløbet. Det var i sidste øjeblik, før Assad havde smadret Lasse i ansigtet med geværkolben.

Assad nikkede med vrede i blikket. Haglene i armen havde ikke gjort nævneværdig skade, slaget i tindingen heller ikke. Han var gjort af solidt stof.

Carl trak forsigtigt haglbøssen ud af hans hænder. "Jeg kan ikke gå så langt. Jeg tager haglbøssen, Assad, og du løber over efter manualen. Du så den før. Den håndskrevne manual i det inderste rum. Den ligger i den bageste bunke. Øverst, tror jeg. Tag den, Assad. Og skynd dig!"

Lasse smilede, i samme øjeblik Assad var væk, og Carl stak bøsseløbet ind under hans hage. Som en gladiator vejede Lasse sine modstanderes styrker for at udsøge den at kæmpe imod, der matchede ham bedst. Det var tydeligt, at han mente, at Carl var en bedre modstander for ham end Assad. Og det var lige så tydeligt for Carl, at han tog fejl.

Lasse bakkede over mod døren. "Du tør ikke at skyde mig, det turde den anden. Jeg går nu, du kan ikke forhindre mig i det."

"Nå, tror du det!" Carl trådte frem og greb ham hårdt i struben. Næste gang manden rørte sig, bankede han geværløbet i synet på ham.

Så hørte de politisirenerne i det fjerne.

"Løb," skreg Lasses bror i baggrunden, mens han rejste sig i et sæt med sin mor i favnen og sparkede kørestolen over mod Carl.

I samme sekund var Lasse ude. Carl ville løbe efter ham, men kunne ikke. Han var åbenbart mere ilde tilredt end Lasse. Benet ville bare ikke lystre.

Han rettede geværet mod konen og sønnen og lod kørestolen glide forbi og ramle ind i væggen.

"Se," råbte den magre fyr, mens han pegede på den lange ledning, som Lasse trak efter sig.

Og alle i rummet så, hvordan ledningen gled hen over gulvet, mens Lasse givetvis forsøgte at flå sprængladningerne af halsen, idet han løb gennem korridoren. Så, hvordan ledningen blev kortere og kortere, mens han asede sig ud af bygningen, og til sidst, hvordan ledningerne pludselig ikke var længere og hev batteriet omkuld og med sig over mod døren. Da batteriet nåede hjørnet og ramlede ind i dørkarmen, gled den løse ledning ind under batteriet og ramte den anden pol.

De mærkede kun braget som en svag rystelse og en dump lyd i det fjerne.

***

MERETE LÅ PÅ ryggen i mørket og lyttede til pifteriet, mens hun forsøgte at tilpasse armenes stilling, så hun var i stand til at presse hårdt på begge håndled på samme tid.

Der gik kun kort tid, før huden begyndte at klø, men mere skete ikke. Et øjeblik følte hun det, som om alverdens mirakler ville lyse over hende, og skreg mod dyserne i loftet, at de ikke kunne ramme hende.

Hun vidste, at miraklet ville udeblive, da plomben i den første tand begyndte at give sig. I de følgende minutter overvejede hun at slippe sine håndled, for hovedpinen og ledsmerterne og presset i alle hendes indre organer tog til og bredte sig. Da hun skulle til at slippe håndleddene, kunne hun ikke engang føle sine egne hænder.

'Jeg må vende mig,' tænkte hun og gav kroppen ordre til at glide om på siden, men musklerne havde ikke længere nogen kraft. Hun mærkede uklarheden samtidig med, at opkastningsfornemmelserne fik hende til at gylpe og på det nærmeste kvæle hende.

Således lå hun fikseret og mærkede kramperne tage til. Først i sædemusklerne, så i mellemgulvet, så hen over brystkassen.

'Det går for langsomt,' skreg det i hendes indre, mens hun igen forsøgte at løsne sit fastlåste pres på pulsårerne.

Efter yderligere et par minutter gled hun hen i en tågedøs. Tanker om Uffe var umulige at fastholde. Hun så farveflash og lysglimt og roterende former, intet andet.

Da de første plomber sprang, begyndte hun at klage sig langtrukkent og monotont. De kræfter, hun havde tilbage, opbrugtes med denne klagen. Men hun hørte ikke sig selv, dertil var styrken af pifteriet fra dyserne over hende alt for stærk.

Så stoppede udsivningen af luft med ét, og lyden forsvandt. Et øjeblik bildte hun sig ind, at redningen kunne være kommet til hende. Hun hørte stemmer derude. De kaldte på hende, og hendes hylen tog af. Så spurgte stemmen, om hun var Merete. Alt i hende sagde: "Ja, jeg er her." Måske sagde hun det også højt. Derefter talte de om Uffe, som om han var en almindelig dreng. Hun sagde hans navn, men det lød forkert. Så lød der et brag, og Lasses stemme var tilbage og skar gennem håbet. Hun trak vejret langsomt og mærkede nu, hvordan fingrenes akavede pres løsnedes fra håndleddene. Hun vidste ikke, om det stadig blødte. Mærkede hverken smerte eller lindring.

Og så begyndte det at pifte i loftet igen.

Da jorden rystede under hende, blev alt koldt og varmt på samme tid. Hun huskede et øjeblik på Gud og hviskede hans navn i tankerne. Så gav det et glimt i hendes hoved.

EPILOG

2007

PRESSEDÆKNINGEN BLEV MASSIV. Trods det triste udfald var efterforskningen og opklaringen af Lynggaard-sagen en succeshistorie. Piv Vestergård fra Danmarkspartiet var yderst tilfreds og solede sig overalt som den, der havde forlangt afdelingen oprettet, og benyttede samtidig lejligheden til at pukke på alle, der ikke delte hendes syn på samfundet.

Det var bare en af grundene til, at Carl gik ned med flaget.

Tre ture på hospitalet, haglene pillet ud af benet, en enkelt aftale med psykologen Mona Ibsen, som han selv aflyste. Meget mere var det ikke blevet til.

Nu var de tilbage på pinden nede i kælderen. Der hang to små plastikposer på opslagstavlen, begge fyldt med hagl. Femogtyve i Carls og tolv i Assads. I skrivebordsskuffen lå der en springkniv med et ti centimeter langt blad. Som tiden gik, ville hele molevitten nok blive kylet ud.

De passede på hinanden, han og Assad. Carl ved at lade ham komme og gå, som han ville, og Assad ved at trække en mild stemning af ubekymrethed ind i kælderkontoret. Efter tre ugers dødvande med smøger og Assads kaffe og kattejammermusik i baggrunden langede Carl så endelig hånden frem mod bunken af sagsakter, der lå på hjørnet, og bladrede i dem.

Der var mere end rigeligt at tage fat på.

"Skal du så ud i Fælledparken i eftermiddag, Carl?" spurgte Assad fra døråbningen.

Carl så sløvt op på ham.

"Du ved, 1. maj. Mange mennesker på gaderne og fest og farver så. Er det ikke sådan, man siger?"

Han nikkede. "Måske senere, Assad, men du kan godt tage derud nu, hvis du vil." Han så på uret. Klokken var tolv. I gamle dage var en halv fridag en folkeret de fleste steder.

Men Assad rystede på hovedet. "Det er ikke noget for mig, Carl. For mange folk jeg ikke gider møde."

Carl nikkede. Det måtte så blive hans sag. "I morgen kigger vi på bunken her," sagde han og slog på den. "Skal vi ikke sige det, Assad?"

Smilerynkerne omkring Assads øjne samlede sig, så det var lige før, at plastret i tindingen løsnede sig. "Bare godt, Carl!" sagde han.

Så ringede telefonen. Det var Lis, og det var det sædvanlige. Drabschefen ville se ham på sit kontor.

Carl åbnede den nederste skrivebordsskuffe og fremdrog et tyndt plastikchartek. Denne gang havde han virkelig på fornemmelsen, at han fik brug for det.

"HVORDAN GÅR DET, Carl?" Det var tredje gang på en uge, at Marcus Jacobsen havde haft lejlighed til at høre svaret på det spørgsmål.

Han trak på skuldrene.

"Hvilken sag er du i gang med nu?"

Igen svarede han med et skuldertræk.

Drabschefen tog halvbrillerne af og lagde dem i papir-massakren foran sig. "Anklageren har i dag indgået et forlig med Ulla Jensen og hendes søns forsvarere."

"Jaså."

"Otte år til moren og tre år til sønnen."

Carl nikkede. Meget forventeligt.

"Ulla Jensen havner formentlig i psykiatrisk forvaring."

Han nikkede igen. Hun ville sikkert snart få følgeskab af sin søn. Hvordan skulle det stakkels individ nogensinde kunne komme hel ud af et fængselsophold? Drabschefen sænkede hovedet. "Er der noget nyt om Merete Lynggaard?"

Carl rystede på hovedet. "De holder hende stadig i koma, men man forventer ikke noget. Hjernen har formentlig taget varig skade af de mange blodpropper."

Marcus Jacobsen nikkede. "Du og dykkereksperterne ude fra Flådestation Holmen gjorde, hvad I kunne, Carl."

Han smed et tidsskrift over mod Carl. 'Dykking', stod der på forsiden. Kunne de ikke stave eller hvad?

"Ja, det er et norsk dykkertidsskrift. Prøv at slå op på side fire."

Han slog op og så et øjeblik på billederne. Et gammelt foto af Merete Lynggaard. Et billede af trykbeholderen, som dykkerfolkene koblede til slusedøren, så hjælperen kunne få kvinden ud af hendes fængsel og ind i det mobile trykkammer. Nedenunder var der en kort tekst om hjælperens funktion og forberedelse inde i den mobile beholder, om tilkoblingen og trykkammersystemet, og om hvordan man først satte trykket lidt op i kammeret blandt andet for at stoppe blødningerne fra kvindens håndled. De havde illustreret det hele med en plantegning af bygningen og et tværsnit af Dräger Duocom'en med hjælperen indeni, mens han gav hende ilt og ydede hende førstehjælp. Så var der fotografier af lægerne foran det enorme trykkammer på Rigshospitalet og af seniorsergent Mikael Overgaard, tenderen, der assisterede den dødeligt dykkersyge patient inde i trykkammeret. Og endelig var der et kornet billede af Carl og Assad på vej ud til ambulancerne.

'Enestående samarbejde mellem Søværnets dykkereksperter og en nyoprettet politiafdeling afslutter årtiers mest kontroversielle forsvindingssag i Danmark,' stod der med store typer på norsk.

"Ja," sagde drabschefen med charmesmilet på. "I den sammenhæng er vi blevet kontaktet af Politidirektoratet oppe i Oslo. De vil gerne vide mere om dit arbejde, Carl. Til efteråret vil de sende en delegation herned, og så vil jeg bede dig om at tage vel imod dem."

Han mærkede selv, hvordan hans mundvige dalede nedad. "Det har jeg ikke tid til," protesterede han. Han skulle fandeme ikke have nordmænd til at rende rundt i gangene dernede. "Husk, at vi kun er to mand i afdelingen. Hvor meget er det nu lige, vores budget lyder på, chef?"

369

Marcus Jacobsen undveg behændigt. "Nu hvor du er frisk og tilbage i arbejde, så er det tid til at skrive under her, Carl." Han langede den samme åndssvage ansøgning til de såkaldt 'kompetencegivende kurser' over mod Carl.

Carl lod den ligge. "Jeg vil ikke, chef."

"Jamen, det skal du, Carl. Hvorfor vil du ikke?"

'Lige nu tænker vi begge to på smøger,' tænkte Carl. "Der er mange årsager," sagde han. "Tænk på velfærdsreformen. Inden længe har vi fast afgangsalder på halvfjerds år, alt efter hvor på rangstigen vi befinder os. Men jeg gider fandeme ikke være mimre-politimand, og jeg gider heller ikke ende som skrivebordsartist. Jeg gider ikke mange ansatte. Jeg gider ikke læse lektier, jeg gider ikke gå til eksamen, det er jeg for gammel til. Jeg gider ikke lave nyt visitkort, jeg gider i det hele taget ikke blive forfremmet en gang til. Derfor, chef."

Drabschefen så træt ud. "Du nævner mange ting, som ikke kommer til at ske. Men det er de rene gisninger, Carl. Hvis du vil være chef for Afdeling Q, så tager du de kurser."

Han rystede på hovedet. "Nej, Marcus. Ikke mere læsning til mig, jeg gider ikke. Det er slemt nok, at jeg skal høre min papsøn i matematik. Han dumper jo alligevel. Afdeling Q ledes nu og fremover af en vicekriminalkommissær, siger jeg, og ja, jeg bruger stadig den gamle titel, og dermed basta." Carl løftede sin hånd og strakte plastikchartekket ud i luften.

"Kan du se det her, Marcus?" fortsatte han og tog papiret ud af plastiklommen. "Det her er Afdeling Qs driftsbudget, eksakt som det blev godkendt i Folketinget."

Der lød et dybt suk på den anden side af bordet.

Han pegede på bundlinjen. Fem millioner kroner om året, stod der. "Så vidt jeg kan konstatere, så er der en difference på mere end fire millioner på det tal og det, som jeg efter bedste evne kan regne ud, at min afdeling vil koste. Mon ikke det er nogenlunde korrekt?"

Drabschefen gnubbede sig i panden. "Hvad vil du med det, Carl?" spurgte han synlig irriteret.

"Du vil gerne have, at jeg glemmer det her papir, og jeg vil gerne have, at du glemmer alt om den kursusanmodning."

En synlig forandring af drabschefens ansigtsfarve blev ledsaget af en overkontrolleret stemme. "Det er afpresning, Carl. Det benytter vi os ikke af herinde."

"Netop, chef," sagde Carl, fiskede sin lighter op af lommen og antændte budgetarket. Tal for tal tog flammerne hele redeligheden, hvorpå han dumpede asken på en brochure for kontorstole – og rakte Marcus Jacobsen lighteren.

DA HAN KOM ned, lå Assad på sit bedetæppe og var langt væk, så Carl skrev en seddel og placerede den på gulvet lige uden for Assads dør. "Vi ses i morgen," stod der.

På vejen op til Hornbæk grublede han over, hvad han skulle sige til Hardy om sagen ude på Amager. Spørgsmålet var, om han overhovedet skulle sige noget. I de sidste uger havde Hardy slet ikke haft det godt. Spytsekretionen var nedsat, og Hardy havde svært ved at tale. Det var ikke noget permanent, sagde de, men det var Hardys livslede til gengæld blevet.

Af den grund havde de flyttet ham til en bedre stue, hvor han nu lå på siden og formodentlig lige akkurat kunne skimte skibskolonnerne i Øresund et sted derude.

For et år siden havde de to siddet på Bakken og ædt stegt flæsk med persillesovs til den store guldmedalje, mens Carl havde brokket sig over Vigga. Nu sad han dér på sengekanten og kunne ikke tillade sig at brokke sig over noget som helst.

"Politiet i Sorø måtte lade manden i skjorten gå, Hardy," sagde han så ligeud.

"Hvem?" spurgte Hardy hæst og rokkede ikke hovedet så meget som en millimeter.

"Han har et alibi. Men alle dernede er sikre på, at det er den rigtige mand. Ham der skød dig og mig og Anker og begik mordene nede i Sorø. Og alligevel måtte man lade ham gå. Jeg er ked af at skulle sige det, Hardy."

"Det skider jeg på." Hardy hostede et øjeblik og rømmede sig så, mens Carl gik over på den anden side af sengen og vædede en papirserviet under vandhanen. "Hvad nytter det mig, at de fanger ham?" sagde Hardy med slim i mundvigene.

"Vi fanger ham og de andre, der var med i det, Hardy," sagde Carl og tørrede hans læber og hage. "Jeg kan mærke, at jeg snart bliver nødt til at involvere mig. Svinene skal ikke gå fri, det skal de fandeme ikke."

"God fornøjelse," sagde Hardy og sank en enkelt gang, som om han skulle tage sig sammen til at sige noget. "Ankers enke var her i går," kom det så. "Det var ikke rart, Carl."

Carl huskede Elisabeth Høyers bitre ansigt. Han havde ikke talt med hende siden Ankers død. Selv til begravelsen havde hun ikke sagt et eneste ord til ham. Fra det sekund de overbragte hende nyheden om hendes mands død, var alle bebrejdelserne rettet mod Carl.

"Sagde hun noget om mig?"

Det svarede Hardy ikke på. Lå bare i lang tid og blinkede ganske langsomt. Som om skibene derude havde taget ham med på langfart.

"Vil du stadig ikke hjælpe mig med at dø, Carl?" spurgte han så endelig.

Carl strøg ham på kinden. "Bare jeg kunne, Hardy. Men jeg kan ikke."

"Så skal du hjælpe mig til at komme hjem, vil du love mig det? Jeg vil ikke være her mere."

"Hvad siger din kone, Hardy?"

"Hun ved det ikke, Carl. Jeg har lige besluttet det."

Carl så Minna Henningsen for sig. Hardy og hun havde mødt hinanden som helt unge. Nu var deres dreng flyttet hjemmefra, og hun så stadig ung ud. Som tingene var, havde hun sikkert nok at gøre med sit eget.

"Tag ind til hende og snak med hende i dag, Carl, så gør du mig en utrolig tjeneste."

Carl så ud på skibene.

Den bøn ville livets realiteter nok få Hardy til at fortryde.

ALLEREDE EFTER FÅ sekunder mærkede Carl, at han ville få ret.

Minna Henningsen åbnede døren ind til et lystigt og leende selskab, der umuligt kunne forenes med Hardys forhåbninger. Seks kvinder med farvestrålende tøj , kække hatte og vilde planer for resten af dagen. "Det er 1. maj, Carl. Sådan gør vi tøser her i klubben jo. Husker du ikke det?" Han nikkede til et par af dem, da hun trak ham ud i køkkenet.

Det tog ham ikke lang tid at sætte hende ind i situationen, og ti minutter efter stod han igen ude på gaden. Hun havde holdt ham i hånden og fortalt, hvor svært hun havde det, og hvor meget hun savnede sit gamle liv. Så havde hun lagt sit hoved ind til hans skulder og grædt en smule, mens hun prøvede at forklare, hvorfor hun ikke havde kræfter til at passe Hardy.

Da hun fik tørret sine øjne, spurgte hun ham med et forsigtigt, skævt smil, om han kunne have lyst til at komme over til hende en aften og spise middag. Hun sagde, at hun trængte til en at tale med, men meningen bag ordene var så utilsløret og direkte, som den overhovedet kunne være.

DERNEDE PÅ STRANDBOULEVARDEN absorberede han larmen ovre fra Fælledparken. Der var gang i den lige nu. Så var folket måske atter ved at vågne op.

Han overvejede at gå derover en stund og få sig en pilsner for mindernes skyld, men satte sig alligevel ind i bilen.

'Var jeg ikke så vild med Mona Ibsen, den dumme psykolog, og var Minna ikke gift med min lamme ven Hardy, så ville jeg tage imod hendes invitation,' tænkte han, da mobiltelefonen ringede.

Det var Assad, og han lød ophidset.

"Hej hej, lidt langsommere, Assad. Er du stadig på arbejde? Kom igen, hvad er det, du siger?"

"De har ringet ovre fra Rigshospitalet og orienteret drabschefen. Jeg har så lige fået det at vide af Lis. Merete Lynggaard er blevet vækket af sin koma."

Carls øjne gled ud af fokus. "Hvornår er det sket?"

"Her til formiddag. Jeg tænkte, du gerne ville vide det så."

Carl takkede, lagde røret på og stirrede ud på træerne, der knejsede livsdueligt med deres lysegrønne, sitrende grene. Han burde være glad langt ind i sjælen, men det var han ikke. Måske ville Merete ligge hen som en grønsag resten af sit liv. Intet her i verden var ligetil. Ikke engang foråret varede ved, det var jo det mest smertelige ved at genopleve det. 'Ja, snart vil det igen blive tidligt sent,' tænkte han og hadede sig selv for sit sortsyn.

Han så endnu en gang over mod Fælledparken og Rigshospitalets vederkvægende grå kolos, der ragede højt op dér omme bagved.

Så satte han for anden gang sin p-skive og satte kurs mod parken og hospitalet. 'Genstart Danmark,' var majfestens slogan, og folk sad spredt i græsset med bajere, mens en storskærm kastede Jytte Andersens afskedstale helt over til Frimurerlogen.

Det skulle sandelig nok hjælpe.

Dengang han og hans venner var unge, sad de i kortærmede T-shirts og lignede stankelben. I dag var den samlede fedtmasse ganget op med tyve. Nu var det en befolkning i overdreven fred med sig selv, der var ude at protestere. Regeringen havde givet dem deres opium: billige smøger og billig sprut og skidt og kanel. Var disse folk på plænen uenige med regeringen, så var problemet til gengæld kun midlertidigt. Middellevealderen var på kraftig retur. Snart behøvede de ikke engang at skulle irriteres over sundere menneskers sportsudøvelser i Danmarks Radio.

Jo, der var styr på situationen.

GRUPPEN AF JOURNALISTER stod allerede parat ude i mellemgangen.

Da de så Carl træde ud af elevatoren, kastede de sig ind imellem hinanden for at få netop deres spørgsmål frem på podiet.

"Carl Mørck," råbte en af de forreste. "På hvilket niveau betragter lægerne Merete Lynggaards hjerneskader? Ved du det?"

"Har vicepolitikommissæren besøgt Merete Lynggaard før?" spurgte en anden.

"Hej Mørck! Hvordan synes du selv, at du klarede jobbet? Er du stolt af dig selv?" kom det fra siden. Han vendte sig mod stemmen og så lige ind i Pelle Hyttesteds rødmelerede griseøjne, mens de andre journalister nidstirrede manden, som om han var sit arbejde uværdigt.

Det var han også.

Carl svarede på et par spørgsmål og vendte så blikket indad, mens trykket i brystet tog til. Ingen havde spurgt ham om, hvorfor han var der. Han vidste det ikke engang selv.

MÅSKE HAVDE HAN regnet med et større opbud af besøgende inde på afdelingen, men bortset fra oversygeplejersken fra Egely, der sad nederst på en stol ved siden af Uffe, så var der ingen ansigter, han genkendte. Merete Lynggaard var godt stof i pressen, men som menneske var hun nu bare endnu en patientjournal. Akutbehandling af dykkerlæger i trykkammeret i to uger. Dernæst en uge i Traumecentret. Så på intensivafdelingen på Neurokirurgisk og nu her på Neurologisk.

Beslutningen om at vække hende af komaen var et forsøg, sagde afdelingssygeplejersken, da han henvendte sig. Hun indrømmede, at hun vidste, hvem Carl var. Det var ham, der havde fundet Merete Lynggaard. Havde han været en anden, så havde hun smidt ham ud.

Carl bevægede sig langsomt op mod de to skikkelser, der sad og drak vand af plastikkrus. Uffe med begge hænder.

Carl nikkede til oversygeplejersken fra Egely og ventede ikke noget til gengæld, men hun rejste sig og gav ham hånden. Hun virkede bevæget, men sagde ikke noget til ham. Satte sig bare ned igen og stirrede mod døren til sygestuen med hånden på Uffes underarm.

Der var tydeligvis stor aktivitet inde på stuen. Flere læger nikkede til dem, mens de gik frem og tilbage, og efter en time spurgte en sygeplejerske, om de ville have en kop kaffe.

Carl havde ikke travlt. Det ene af Morten Hollands grillparties lignede alligevel det andet.

Han tog en slurk af koppen og betragtede Uffes profil, som han sad der så stille og kiggede på døren. Når sygeplejerskerne gik forbi, fikserede han sit blik på døren bagved. Ikke et øjeblik tabte han den af syne.

Carl fangede oversygeplejerskens blik og pegede så på Uffe og spurgte lydløst med fagter om, hvordan det var fat. Han fik et smil tilbage af hende og en virren med hovedet. Ikke helt dårligt og ikke helt godt, plejede det at betyde.

Der gik et par minutter, før kaffen begyndte at virke, og da han kom tilbage fra toilettet, stod stolene på gangen tomme.

Så trådte han frem mod døren og åbnede den på klem.

Der var helt stille inde i lokalet. Uffe stod for enden af sengen med sin ledsagers hånd på skulderen, mens en sygeplejerske noterede cifrene, som hun aflæste på de digitale måleinstrumenter.

Man så næsten ikke Merete Lynggaard, som hun lå dér med lagenet trukket op til hagen og bandager omkring hovedet.

Hun virkede fredfyldt, med adskilte læber og svagt sitrende øjenlåg. Blodudtrædningerne i hendes ansigt var tilsyneladende ved at fortage sig, men helhedsindtrykket var alligevel bekymrende. Så vital og sund hun havde virket engang, lige så skrøbelig og truet virkede hun nu. Snehvid, papirtynd hud og grottedybe rande under øjnene.

"I kan godt gå frem til hende," sagde sygeplejersken, mens hun stak kuglepennen i brystlommen. "Jeg vækker hende nu igen. I skal ikke være sikre på, at der kommer en reaktion. Det skyldes ikke kun hjerneskaden og perioden i koma, det skyldes mange ting. Hun ser stadig meget dårligt på begge øjne, og hun har stadig lammelser fra blodpropperne og formentlig også massive hjerneskader. Men hun er ikke chanceløs, som det ser ud nu. Vi tror på, at hun en dag selv vil kunne gå rundt, men spørgsmålet er så, hvor meget hun vil være i stand til at kommunikere fremover. Blodpropperne er der ikke mere, men det er tavsheden. Afasien har nok taget hendes talesprog for altid, det tror jeg, at vi skal indstille os på." Hun nikkede for sig selv. "Vi ved ikke, hvad hun tænker derinde, men man må jo håbe."

Så trådte hun frem til sin patient og stillede på et af de mange drop, der hang over sengen. "Så! Nu tror jeg, at hun er hos os om et øjeblik. I trækker bare i den snor, hvis der er noget, I vil os." Og så gik hun med klaprende træsko og masser af andre opgaver foran sig.

De stod alle tre stille og så på Merete. Uffe fuldstændig udtryksløs og

376

hans ledsager med et sørgmodigt drag om munden. Måske havde det været bedst for alle, om Carl aldrig var blevet involveret i den sag.

Der gik et minuts tid, så åbnede hun øjnene ganske langsomt, synlig generet af lyset udefra. Det hvide i hendes øjne var et netværk af rødbrunt, og alligevel var synet af hende i vågen tilstand ved at tage pusten fra Carl. Hun blinkede flere gange, som om hun prøvede at fokusere, men tilsyneladende lykkedes det ikke. Så lukkede hun igen øjnene.

"Kom, Uffe," sagde oversygeplejersken fra Egely. "Sæt dig lidt hos din søster."

Tilsyneladende forstod han det, for han fandt selv frem til stolen og satte sig ved sengekanten med ansigtet så tæt på sin søsters, at hendes åndedrag fik hans lyse pandehår til at vibrere.

Da han havde siddet sådan og betragtet hende et stykke tid, løftede han en flig af lagenet væk, så den ene af hendes arme kom til syne. Så tog han hende i hånden og sad sådan med blikket stille vandrende omkring i hendes ansigt.

Carl trådte et par skridt frem og stillede sig ved siden af oversygeplejersken ved fodenden af sengen.

Synet af den tavse Uffe med søsterens hånd i sin og ansigtet hvilende mod hendes kind var yderst rørende. Han virkede i det øjeblik som en forvildet hundehvalp, der efter hvileløs søgen netop havde fundet tilbage til hvalpekuldets varme og tryghed.

Så trak Uffe sig en anelse tilbage, betragtede hende endnu en gang indgående og lagde så læberne til hendes kind og kyssede hende.

Carl så, hvordan hendes krop sitrede lidt under lagenet, og at hjerterytmen gik en smule op på EKG-apparaturet. Han lod blikket gå over til det næste måleinstrument. Ja, pulsen steg også en smule. Så kom der et dybt suk fra hende, og hun åbnede øjnene. Denne gang skyggede Uffes ansigt for lyset, og det første, der mødte hendes blik, var hendes bror, der sad og smilede til hende.

Carl mærkede, hvordan han selv stod og spilede øjnene op, mens Meretes blik blev mere og mere bevidst. Hendes læber skiltes. Så vibrerede de. Men inde mellem de to søskende var der et spændingsfelt, som bare ikke ville tillade kontakt. Man kunne ligefrem se det på Uffe, der langsomt blev mørkere i ansigtet, som om han holdt vejret. Så begyndte han at rokke lidt frem og tilbage, mens klagelyde formede sig i hans strube. Han åbnede munden og virkede presset og forvirret. Klemte øjnene sammen og slap så sin søsters hånd, mens han førte hænderne op til sin hals. Lydene ville bare ikke komme, men han tænkte dem, det var helt tydeligt.

Så slap han al luften ud af systemet og virkede, som om han ville falde tilbage på stolen med uforrettet sag. Men så begyndte strubelyden igen og denne gang længere oppe i halsen.

"MMmmmmmm," sagde han og trak vejret tungt af udmattelse. "MMmmmee," kom det så. Merete så intenst på sin bror nu. Ingen tvivl om, at hun vidste, hvem der sad foran hende. Hendes øjne blev blanke.

Carl snappede efter vejret. Sygeplejersken ved siden af ham havde ført hænderne op til munden.

"MMmmmeerete," kom det så efter en enorm kraftanstrengelse fra Uffe.

Uffe blev selv chokeret over strømmen af lyde. Trak vejret hurtigt og lod kæben falde et øjeblik, mens kvinden ved siden af Carl begyndte at hulke, og hånden søgte Carls skulder.

Så kom Uffes arm op igen og fandt Meretes hånd.

Han knugede den og kyssede den og rystede i hele overkroppen, som om han netop var trukket op af et hul i isen.

Og så med et sæt bøjede Merete pludselig nakken bagover med vidt opspilede øjne, det meste af kroppen spændt, alle fingrene i den frie hånd trukket ind i håndfladen som under en krampe. Selv Uffe mærkede forandringen som noget ildevarslende, og oversygeplejersken trådte omgående frem og hev i snoren.

Så kom der en dyb, mørk lyd fra Merete, og hele kroppen slappedes. Hun havde stadig åbne øjne og fangede sin brors blik. Så lød der endnu en hul lyd fra hende, som når man ånder på en kold rude. Hun smilede nu. Det virkede, som om lyden fra hendes indre pirrede hende.

Bagfra åbnedes døren, og en sygeplejerske efterfulgt af en ung læge med søgende øjne stormede ind. De bremsede op foran sengen og så på en afslappet Merete Lynggaard, der holdt sin bror i hånden.

De kiggede undersøgende på alle instrumenterne og fandt tilsyneladende intet alarmerende, hvorpå de vendte blikket mod Carl og Uffes ledsager. De skulle lige til at stille spørgsmål, og så kom lyden igen fra Merete Lynggaards mund.

Uffe lagde øret helt hen til sin søsters læber, men alle i rummet kunne høre det.

"Tak, Uffe," sagde hun stille og rettede blikket op mod Carl.

Og Carl mærkede trykket i brystet gradvis tage af.

*****

Kvinden i buret
Af Jussi Adler-Olsen

Politiken skønlitteratur
Politikens Forlag
JP/Politikens Forlagshus A/S
Vestergade 26
1456 København K
Tlf.: 33 47 07 07
Fax: 33 47 07 08

www.politikensforlag.dk